최독견 작품집

승방비곡(외)

최독견 지음 / 강옥희 책임편집

일러두기

   이 책에 실은 전 작품은 단편의 경우 발표 당시의 잡지나 신문에 난 원전을 원본으로 삼았으며, 장편소설은 초판본을 원문으로 삼았다.
   가급적이면 원전에 나타난 작가의 어투와 형식을 살리고, 작중에서 누락된 단어 등은 삽입했으며, 독자의 이해를 요하는 부분에는 편저자가 주석을 달았다.
   작품이 게재된 신문이나 잡지의 공식적인 발표 날짜 외에 작품 말미에 붙여놓은 날짜는 작가가 작품을 퇴고하면서 붙여놓은 것으로 보아 원문 그대로 표기해 놓았다.
   작품은 가능한 한글쓰기를 원칙으로 하고 필요에 따라 한자를 괄호없이 잇달아 써서 참고하도록 하였다. 맞춤법은 작품의 의미를 훼손하지 않는 범위에서 현대어 표기로 바꾸었고, 작중의 대화에 나오는 방언은 작품의 분위기를 살리기 위해 그대로 표기했다.

최독견편 | 차례

발간사 · 3
일러두기 · 7

단편소설 —— 11
유린 · 13
정화 · 33
책략 · 55
조그만 심판 · 63
낙원이 부서지네 · 81
양심 · 86
마담의 생태 · 93

장편소설 —— 107
승방비곡 · 109

수필 — 373

일인일문—삶의 힘 · 375
시언—여름과 군걱정 · 377
나의 로맨틱 시대—상해황포강반의 산책 · 379
대중문화에 대한 편상 · 381

해설/한국 근대 대중소설의 개척자 — 388

작가 연보 · 405
작품 연보 · 407
연구 논문 · 411

단편소설

유린蹂躪
정화淨化
책략策略
조그만 심판
낙원이 부서지네
양심
마담의 생태

유린

어느 해 양력 삼월 오일 첫 토요일이었다.
봄소식이 늦은 서울은 아침부터 해토우*나 올 듯이 음산하고 흐릿하던 하늘에서 백매화송이 같은 눈이 풀풀 날리기 시작했다.
"빌어먹을 날이 눈은 왜 올까."
등교하기 전에 다녀 나온 사무실을 첫째 시간을 마치고 또 한 번 다녀 나오는 한영자는 누구에게도 풀어 볼 길이 없는 자기의 심화를 무심하게 내리는 눈발에나 던져버리려는 듯이 혼자서 종알거리며, 높직한 문턱에 몸을 비스듬히 기대고 유리창 너머로 펄펄 날리는 눈발을 바라다보고 있었다. 내리는 눈은 땅에 부딪치는 대로 조그만 흔적을 남기는 듯 마는 듯 녹아버렸다. 꼬리에 꼬리를 달고 떨어지는 눈은 앞서 떨어진 것과 똑같은 운명을 밟고는 스러지는 것이었다. 소사실小使室에서 종소리가 요란히 울렸다.
영자는 그제야 유리창에서 떠나서 교실로 들어갔다.
선생의 수업을 듣는지 마는지 자기 공상에 빠져서 한 시간을 마치고 난 영자는 선생의 뒤를 따르다시피 교실을 나와서 사무실로 따라갔다.

---
* 解土雨 : 겨울이 지나고 땅이 풀릴 무렵에 내리는 비.

"정 선생님…… 안 왔어요?"

영자는 아무쪼록 가볍게 물어 보려 했으나 어쩐지 자기도 모르게 말을 더듬거리는 것이었다.

"안 왔는 걸……. 배달은 되었는데."

서무 겸 서기 사무를 보는 키가 작달막한 남자는 좀 미안한 듯이 대답했다.

"네."

이렇게 풀기 없이 대답하고 나가려는 영자를 위로나 하려는 듯이 그는

"서류는 혹 나중에 오는 수도 있으니까 다음 시간에 한 번 더 와 보고 가지."

"네."

영자는 입 속으로 대답을 하고 사무실을 나왔다. 정 선생의 미안해 하는 듯한 대답이 영자는 도리어 미안했다. 그리고 난로 옆에 모여 서 있는 선생들이 자기가 돌아서 나오는 뒷모양을 보고 나서

"저 애가 어디서 올 돈이나 있는 걸 기다리는지?"

하고 뒷공론들이나 하지 않을까 하는 생각에 영자는 혼자서 얼굴을 붉혔다.

이 날의 마지막 수업 시간인 셋째 시간도 끝이 났다.

어느 틈에 내리던 눈도 그치고 춘설에 젖은 기름걸레를 친 듯한 대지 위에는 이른 봄 한나절 볕이 흐르는 듯 번쩍였다.

"애, 어느 틈에 볕이 저렇게 났니. 입때 오던 눈은 그림자도 없이 녹아 버리고……."

"어느 게 봄 눈 슬 듯 한다더니 봄에 온 눈이 자취 있더냐."

"아아, 하까나이 하루노 유끼요! (허무한 봄눈이여)……."

"애, 장래 여류시인이 감흥이 막 끓어오르는구나. 그 다음 시구를 또 좀 읊어야지."

"아, 이렇게 히야까시*하기냐. 그러지 말고, 야, 내일 우리 날 좋거든 청량리나 나가 보자. 버들강아지들이 퍽 자랐을 테니. 그것을 꺾어다가 화병에 꽂고 봄의 향기에 취하잔 말이야."

"너 같은 장래의 시인이나 버들강아지 꺾어 화병에 꽂고 봄의 향기를 맡을 줄 알지. 나 같은 멍텅구리야 말리어 불쏘시개나 한다면 모르지만……."

"쟤가 왜 저리 빈정거릴까. 저 공부 굇자리**가 시험 때가 되니까 공부하려고 저러지. 공부 너무 하면 성공도 하기 전에 폐병부터 걸린다나."

"처녀가 폐병으로 죽는 것도 시적이라면서."

"에이, 망할 계집애. 너와 말 안 하련다."

이렇게 봄의 소녀들처럼 재잘거리며 교실을 나오는 동무들의 뒤를 따라 나오는 영자는 그네들과 같이 봄을 속삭이고 시를 속삭이기에는 그의 가슴이 너무나 현실에 눌렸다. 그는 자기 뒤에 따라 나오던 학생들까지 다 빠져나가도록 문 옆에 가 기대서서 무엇을 생각하다가 내키지 않는 걸음으로 사무실로 향했다.

사무실 문 앞에 딱 다다른 영자는 다시금 주저하게 되었다.

"안 왔어……."

하고 미안해할 정 선생의 대답—자기의 등 뒤에 떨어질 모여 선 선생들의 시선—영자는 암만해도 그 문의 손잡이를 열 용기가 나지 않았다.

'에— 그만 그대로 가버리지. 웬 걸 왔을라고. 만일 왔으면 월요일에 오면 불러서 줄 테지.'

억지로 단념하고 막 돌아서려 할 때 사무실 문이 안에서 확, 열렸다. 문을 열고 나오는 것은 정 선생이었다.

"응, 영잔가. 왔어, 왔어! 왜 들어오지 않고 거기 서있어? 나는 또 그대

---

* ひやかし : 놀리는 것, 야유하는 것.
** 괴—자리 : 으뜸 자리.

로 가버리지나 않을까 해서 쫓아 나오던 길인데."

 자기의 비겁한 태도를 남에게 보인 부끄러움에 잠깐 불쾌하던 영자의 가슴은 정 선생의 왼편 손에서 편지 한 봉을 받아 드는 순간에는 즐거움에 가슴이 설렜다.

 '경성 ××여자 고등 보통학교 제3학년 한 영자 즉전即展'

 이렇게 쓴 봉투에 십전우표가 붙고 장방형의 도장이 찍히고 그 밑에 갸름한 종잇조각이 붙은 그것이야말로 이 몇 달 동안 영자의 조그만 가슴을 태우고 기다리게 하던 것이었다. 머리를 숙여 인사를 하고 돌아서 나오는 영자는

 '그럴 줄 알았으면 얼른 들어가서 여러 선생들 앞에서 보란 듯이 가지고 나올 걸.'
하는 야릇한 후회가 끓어올랐다.

 교문을 나선 영자는 유쾌했다. 자기의 보드라운 뺨을 핥고 달아나는 쌀쌀한 서풍도 어쩐지 시원하고 눈 녹은 언덕길에 뒤축 닳은 구두가 찍찍 미끄러지는 발걸음도 경쾌하거든, 개이는 하늘에서 퍼져 내리는 삼월의 태양이랴!

 길가에서라도 어서 뜯어보고 싶은 조급한 욕망을 꾹 참고 하숙으로 돌아와서 대문을 호기있게 열고 마당으로 들어선 영자는 마루에서 무슨 일을 하고 있는, 석 달 동안이나 밥값을 못 준 주인마누라의 눈치를 쳐다볼 생각도 않고 자기 방으로 들어갔다. 그 방에 같이 있는 다른 학교에 다니는 순덕이는 아직 돌아오지 않은 모양이었다.

 영자는 손에 들고 있던 편지를 막 뜯으려다가 무엇을 생각하고 초록 천으로 덮은 조그만 책상 위에다가 놓고 그 위에 자기의 두 손을 포개 얹고 아베마리아의 초상처럼 꿇어앉았다.

 '대체 얼마나 왔을까? 청구한 백 원을 다 보내시기는 쉽지 않은 일이고 만일에 오십 원이 왔으면 큰일인데…… 밥값 석 달치 사십 이원, 월사금

구 원, 그것만 해도 오십 원이 넘는데. 신 학년 준비는 집에 내려갔다 와서 하더라도 우선 동무들에게 꾼 돈이며 이 봄방학에 내려갈 차비는 있어야지. 밥값은 두 달치만 줘. 그래도 모자라지.'

머릿속에서 계산을 하는 영자의 미간은 잠깐 어두워졌다.

"좌우간 떼어 보고야 알 일이지."

봉피를 뜯고 알맹이를 쑥 잡아 뺀 그는 아버지의 편지보다도 먼저 붉은 글자로 인쇄한

'가와세'*부터 손에 들었다. '가와세'의 액면을 본 영자의 가슴은 뛸 듯이 기뻤다.

"아, 아. 감사한 아버지."

기름기가 조금 퍼진 듯한 검은 먹으로 찍은 백 원이라고 쓴 돈 수효가 영자로 하여금 이렇게 부르짖게 했다.

"이만하면 넉넉하다. 모두 물어주고도 여유가 있다."

세 번이나 창갈이를 해서 대다리**가 험하게 된 구두를 벗어버릴 것만 해도 기뻤다.

영자는 즐거운 공상을 멈추고 아버지의 편지를 읽기 시작했다.

객지에 몸 편히 있다니 반갑다. 집안에 별고는 없으니 안심하여라. 보내라는 돈은 지금까지 백방으로 구처하다 못해 금년 양식인 벼 스무 섬 있는 것을 열 섬을 팔아서 돈 백 원을 부친다. 너도 짐작하겠지만 집안 형편은 말이 아니다. 삼 년 동안 네 공부 뒤치다꺼리한다고 어줍지 않은 땅마지기나 있던 것은 다 팔아버리고 작년부터도 남의 땅을 부치지 않았느냐. 네가 아무리 안달을 하더라도 애초에 그만둘 것을 공연히 예산 없는 짓을 시작해 놓고 지금에는 후회막급이다. 졸업이래야 겨우 일 년밖에 안 남은 것을 이

---

* *かあせ* : 환전어음.
** 구두창에 갑피甲皮를 대고 맞꿰매는 가죽 테.

제 그만 둔다는 것은 너를 위해도 애석한 일이고 남 보기에도 부끄러운 일이지마는, 원수의 돈이 없는데야 어찌 하느냐. 공부도 먹어야 하지 않느냐. 여러 말하기 싫다. 너도 이 이상 아비의 애를 태우지 말고 이 학기만 마치고는 공부는 단념하고 내려오너라. 그래도 억지를 쓰면 무슨 도리가 생기겠지 하고 생각하다가는 큰 낭패를 할 테니 그리 알아라. 부 평서.

'가와세' 액면 백 원을 보고 떠오르던 기쁨은 꿈같이 사라지고 영자의 낯빛은 절망에 어두워졌다.

편지를 끝까지 읽고 난 영자는 그 아버지의 뜻을 야속하게 생각하기에는 사연이 너무 간곡하고 눈물겨우며, 그 뜻대로 순종하고 단념하기에는 그 편지가 너무나 심한 자기의 희망에 대한 절연장이었다.

'삼 년 동안이나 쌓아 놓은 것을 이제 일 년을 못 견뎌 미끄러뜨려 버리다니.'

하고 생각하니 영자의 가슴은 답답했다. 이 학교만이라도 마쳤으면 무엇이 될 듯했다. 아무 것도 되는 것이 없다 하더라도 이것만은 졸업을 해야 할 것 같았다.

모든 짐을 싸매가지고 서울을 영영 떠나는 자기— 아침부터 저녁까지 집안에서 낮잠이나 자고 늦장을 뽑고 있을 자기— 빈둥빈둥 놀고 있는 자기를 시집 못 보내서 속을 썩일 아버지 어머니—

그밖에 여러 가지의 자기가 학업을 중도에 폐하고 내려감으로 맺어질 결과가 영자의 눈앞에 나타났다.

"아아, 나는 어떻게 하면 좋아?"

영자는 책상 위에 팔을 괴고 쓰러지듯이 엎드렸다.

아무리 해도 자기의 힘으로 버티어 볼 길이 없는 현실 앞에 영자는 울며 항복할 수밖에 없었다. 이번 학년 휴가에 내려가서는 다시 올라오지 않을 준비를 하고 내려가려고 생각하니 분주하던 시험 준비도 갑자기 한 가해졌다.

"졸업도 못 할 텐데 시험이나 잘 치면 무슨 소용이 있나."

그는 조그만 자포자기에 빠져버렸다. 이 며칠 전까지는 자기도 그러했건마는, 교실 한 모퉁이에서 오굴오굴 머리를 모으고 수학 공식을 푸는 동무들이나 리더(讀本)를 들고 운동장 가를 거닐며 스펠(單字)을 외는 동무를 보아도 마음이 좋지를 않았다. 야릇한 시기까지 끓어올랐다.

며칠이 지나서 영자는 비로소 담임선생에게 자기의 사정을 말했다. 담임선생으로부터 영자의 사정을 들은 교장 이하 여러 선생들은 입학 이래 삼 년 동안을 줄곧 우등, 첫째로 내려온 행실이 단정한 영자의 중도 퇴학을 애석하게 생각했다. 그 중에도 특별히 영자의 경우를 동정하는 것은 삼학년 담임인 최라는 선생이었다. 그는 어떻게 하든지 공부 잘 하고 얌전한 영자로 하여금 이 학교만이라도 마치도록 해주었으면 하는 생각이 간절했다. 그러나 팔십 원의 월급을 타가지고 일곱 식구 살림을 해나가는 최 선생의 처지로는 그야말로 마음뿐이었다. 학교 당국에서는 누가 영자에게 밥만 먹여 주는 사람만 있으면 수업료, 기타 학교에 납입하는 비용만은 어떻게 면제하도록 해 줄 의견까지 가지고 있었다.

"영자, 아무쪼록 낙심하지 말고 공부하는 날까지는 열심히 해야 돼. 혹시 계속해 공부할 기회가 닿을지도 모르니……."

최 선생은 의미 있게 말했다. 그는 이 며칠 동안 영자의 일을 걱정해 오던 끝에 어젯밤에 어느 친구에게 시내 어떤 사립 고등 보통학교 이사요, 부호 실업가인 백원기의 집에서 보통학교에 다니는 어린애들을 하교 후에 복습 동무나 해 줄 가정교사 겸 보모 비슷하게 와 있어 줄 얌전한 여자 한 명을 구한다는 이야기를 듣고, 즉석에서 영자의 사정을 말하고 좀 천거해 달라고 부탁을 했다.

"응, 그런 일에야 가장 적당할 테지. 특별히 무슨 봉급을 바랄 것도 아니니까. 직업적으로 할 사람에게는 댈 수 없는 일이고, 무엇 내가 추천할 것도 없겠지. 자네도 백씨를 잘 아는 터이니 내일 아침이라도 전화로 물어 보게나."
 이렇게 대답하는 그 친구의 말대로 그는 오늘 아침 학교에 출근하는 즉시로 백씨에게 전화를 걸어서 그런 사람을 구한다는 것과 아직 약속한 곳이 없는 것도 알고, 그 일에 대해 오늘 오후 네 시 후에 방문하겠다는 약속까지를 해 둔 만큼 자기 딴에는 팔구분의 기대를 가지고 있으나, 만일에 무슨 문제로 안 될 때에 일보다 말이 앞서는 경솔함을 면하기 위해 영자에게는 자세한 사정은 말하지 않고, 다만 영자가 하루라도 낙심하고 공부를 게을리하는 것이 민망해 백씨 집을 찾아가는 길에 영자를 불러서 말을 한 것이었다.

 그 이튿날 아침, 영자는 손수 나와 부르는 최 선생을 따라 응접실로 들어갔다.
 "거기 앉어."
 최 선생은 응접실 한복판에 놓인 둥그런 테이블 옆에 둘러 놓인 의자에 앉으며 영자에게도 앉기를 권했다.
 "네."
 영자는 몸을 굽혀 대답은 했으나 앉지는 않았다.
 최 선생은 더 권할 생각도 않고 의논성 있게 말을 꺼냈다.
 "저, 영자에게 무슨 의논을 좀 해보려고 불렀는데……."
 "……."
 영자는 말없이 최 선생의 입을 쳐다보며 선생 앞에서 하는 그들의 버릇으로 몸을 굽실했다. 이런 경우의 침묵은 저 편에 대한 경의의 표시다.
 "영자 저, 어느 상류 가정에 가정교사로 들어가 볼 테야?"
 "아이, 제가 무슨 그럴 자격이 있어요."
 "아니야, 별로 어려운 것은 없어. 금년에 보통학교 이년급 되는 아홉 살 되는 계집애하고 유치원에서 보통학교로 올라가는 일곱 살 먹은 사내애, 그 두 애의 동무 노릇을 해 줄 게야. 그것도 영자가 학교에 갔다 온 여가에 밤저녁으로 복습이나 시키고 할 것이니까……. 그렇지 않고야 영자가 공부할 수도 없을 것이 아닌가. 그 대신 무슨 일정한 봉급을 받을 것도 아니고 그저 밥이나 얻어먹고 교과서나 문방구 같은 것이나는 이편에서 말하지 않아도 그 집 주인이 생각이 있을 테니까……."

최 선생은 이만하면 만족하지 않느냐 하는 듯한 표정으로 영자를 바라보았다.

"아이 선생님. 그렇게 된다면 저는 얼마나 기쁜지 모르겠어요. 그러나 그렇게 될 수가 있을까요?"

"아마 십에 팔구는 되겠지. 어제 저녁 때 내가 그 집 주인을 찾아갔었어. 그랬더니 아직 아무도 온 사람이 없으니까 사람만 얌전하면 두겠다고 오늘 하교 후에 나더러 영자를 데리고 자기 집으로 오라고 했으니 하교한 뒤에 나와 같이 좀 가보는 게 어때?"

"네, 좋도록 해주세요. 그러나 부끄러워서 어떻게 해요. 또 그러다가 안 된다고나 하면."

"되고 안 되는 것은 장차 봐야 알 일이고, 부끄럽기는 뭐가 부끄러워. 그 집 주인이래야 나이 오십이나 된, 영자에게는 할아버지 격이나 되는 노인인데……. 자, 그럼 하교한 뒤에 나한테 바로 와, 응."

최 선생은 이렇게 다지고 교무실로 들어가버렸다.

교실에서 나온 영자는 여러 가지 공상에 선생의 수업은 들리는지 마는지 했다. 최 선생의 말씀대로 그렇게 계속하게 되면 얼마나 좋을까 하는 즐거운 기대와, 만일 찾아갔다가 일이 틀어지면 그때는 어떻게 할까 하는 걱정에 가슴은 부질없이 두근거렸다. 오륙 시간 후에 알 수 있는 어떤 결과가 멀고 먼 자기 장래의 행복과 불행의 갈림길 같이 중대하게 생각되었다. 자기의 일생을 통해 처음으로 당하는 큰 일 같았다.

'어떠한 태도로 그 집 주인을 대해야 좋을 것인가.'
하는 궁리도 끓어올랐다. 매일 밥 알 한 개 붙이지 않고 먹어 치우는 양철 도시락에 담긴 점심도 그 날은 반도 못 먹어서 배가 불렀다. 지루하게 기다리던 마지막 시간은 끝이 났다.

안국동 네거리에서 전차를 내린 최 선생과 영자는 화동을 향해 올라가다가 어느 집 문 앞에 다다랐다.

네모지게 깎아 세운 두 개의 돌기둥에는 무거워 보이는 철문이 환하게 열려 있었다. 돌기둥 한 편에는 '백원기'라고 쓴 커다란 대리석 문패가 달려 있고, 그 옆에는 '일본 적십자사 명예 회원'이라는 목패가 붙었으며, 또 한 편 기둥에는 전화번호표, 라디오 가입 마크 같은 것들이 시시하게 붙어 있었다. 이 모든 것은 이 집 주인이 돈이 많다는 것, 명예와 지위도 남부럽지 않다는 것, 문화 생활을 한다는 것을 설명하고 있는 것이었다. 통 털어 간단하게 결론을 지으면 그 모든 것은 돈 많은 집 간판이었다.

돌문을 들어서면 조그마한 정원이 있고 그 정원 너머로 정면으로 규모는 적으나마 소쇄*한 이층 양옥이 보이고, 그 바른 편으로 깊숙이 들여다 보이는, 처마가 번쩍 들리고 용마루가 기다란 조선 기와를 덮은 것은 이 집 안방인 모양이었다.

'아아, 내가 이런 집에서 살게 된다면.'

영자는 이런 공상을 하며 최 선생을 따라 양옥으로 들어가는 문 앞에 섰다. 최 선생이 초인종 단추를 누르자 조금 뒤에 우툴두툴한 유리를 낀 문이 안에서 열리며 사환인 듯한 소년이 나와 공손하게 그들을 맞이했다.

사환의 인도를 따라 그들은 응접실로 들어가 주인 나오기를 기다렸다.

사환이 홍차를 들고 들어와 두 사람 앞에 막 권하려 할 때에 슬리퍼 끄는 소리가 나자 이 집 주인인 듯한 뚱뚱한 남자가 들어왔다.

---

*瀟灑 : 산뜻하고 깨끗한.

최 선생은 황망하게 자리에서 일어서며 허리를 굽혔다. 영자도 따라 일어섰다.

주인은 외모보다는 좀 경망해 보이는 어조로

"오래 기다리시게 해서 미안합니다. 자, 여기는 또 다른 손님도 찾아오고 하면 분주할 테니 우리 저 이층으로 올라갑시다."

손들은 변변하게 인사도 할 틈이 없이 두 손님을 끌고 이층에 있는 자기의 서재 겸 응접실로 쓰는 방으로 올라갔다.

파르스름한 커튼 사이로 새어내리는 오후의 태양에 비치는 이 방안의 모든 장식은 아늑하고도 화려했다.

영자의 눈에 비치는 모든 것은 그저 화려하고 진기했다. 기름걸레로 닦아놓은 듯한 사면 벽, 그 밑으로 둘러 놓인 우단으로 씌운 소파. 이 집 주인의 유일한 자랑거리인, 사들인 지 몇 해가 되도록 한 번도 펼쳐 본 적이 없는 키 높은 책장에 가득하게 꽂혀 있는 두꺼운 양장책. 남쪽 창 밑에 놓인 대리석으로 만든 동그란 탁자 위에 봉우리진 철쭉가지를 꽂은 순금 화병.

'저 화병 한 개만 해도 내가 십 년 공부할 학비는 되겠네.'

영자는 남몰래 속으로 이런 생각도 했다.

"선생님, 이 학생이 어제 제가 말씀하던 그 학생이올시다."

최 선생은 조심스럽게 영자를 주인에게 소개하고 영자를 돌아보며

"아까 내가 이야기하던 분이야. 일어나 인사하지."

하고 영자에게 주의를 시켰다.

영자는 여자 고등 보통학교 입학시험을 치를 때에 교장실에서 구술 시험을 받던 그 때보다도 한층 더 조심스럽고 경건한 마음으로 허리를 굽혀 인사를 겨우 하고는 앉을 생각도 않고 고개를 숙인 채로 서 있었다.

"아하, 한영자 씨군. 공부를 매우 잘 하신다는 말은 최 선생님에게 들었소. 자, 어서 거기 앉으시오."

"거기 앉지."

최 선생의 말이 떨어진 뒤에야 영자는 날아갈 듯이 가볍게 의자에 걸터앉았다. 조붓한 이마 밑으로 또렷하게 빛나는 두 눈, 오똑한 코밑으로 붉게 타는 입술에 잠긴 긴장한 입, 이 모든 것을 알맞게 싸고 있는 갸름한 윤곽, 뽑은 듯한 목 뒤에서 미끄러져 어깨에서 한 바퀴 궁글러* 온 몸을 싸고도는 십 팔 세 처녀에게서만 볼 수 있는 부드러운 곡선이 테이블 한 개를 격해 앉은 주인의 시선을 사로잡았다. 금년 오십이라는 자기 나이도 잊어버리고 손자딸 같은 영자를 여자로서 바라보고 앉았던 백씨는

"그러면, 우리 어린애 둘의 동무를 해 주시오. 그것들을 사람을 좀 만들어 주오."

주인의 승낙이 떨어지자 영자보다도 최 선생이 먼저 머리를 숙여 감사하다는 뜻을 표했다.

"자, 그럼 내일부터라도 공연히 밥 사 먹고 하숙에 있지 말고 집으로 오우. 우선 우리 마누라에게 소개를 할 테니 나와 같이 잠깐 안방에 다녀오겠소? 최 선생님은 여기서 잠깐 기다리시라고 하고."

영자는 주인을 따라 안방으로 들어갔다. 주인이 자기 마누라라고 소개하는 여자는 그 언어나 동작으로 보아 학생 퇴물인 듯 싶은 삼십 세쯤 된 얼굴에 암상**이 가득해 보이는 여자였다.

'이 사람이 본 마누라일까?'

영자는 속으로 이런 생각을 하며 어색하게 서 있노라니까,

"숙자, 영철이 다 어디 갔니?"

그 아버지가 부르는 소리를 따라 어디서 뛰어들어오는지 그 어머니 모습을 닮은 계집애와 그 아버지 외모를 닮은 사내애가 그 아버지 앞에 나타났다.

---

* '굴러가다'의 전라도 방언. 궁그르다, 궁글러가다 = 구르다, 굴러가다.
** 남을 미워하고 샘을 잘 내는 잔망스러운 심술.

"오, 어디들 갔었니? 자, 너희들 인사해야 해. 이 분이 선생님이야. 내일부터 너희들 글 가르쳐주고 노래 가르쳐 줄 선생님이야. 선생님 예쁘지 않으냐. 어서 인사들 해."

숙자라는 계집애는 영자를 잠깐 쳐다보고 부끄러운 듯이 돌아서고 영철이라는 사내애는 쓰지도 않은 모자를 벗는 흉내를 내고 고개를 끄떡했다.

지금까지 수줍고 조심스럽게 앉았던 영자는 비로소 두 뺨이 쏙 들어가게 방긋이 웃었다. 그리고 사내애의 손목을 잡아 자기 앞에 앉혔다.

"너 몇 살 되었니?"

"나는 일곱 살이에요. 누나는 아홉 살이고……."

"아이고, 용하구나. 누나 나이까지 알고."

"내가 일본말도 썩 잘하는데."

"조까짓 게 무슨 일본말을 해."

아버지 옆에 앉았던 숙자가 까짜를 올리는* 바람에 화가 난 영철이는

"왜 몰라, 왜 몰라. 내 할께, 봐. 모모노하나 사꾸라노하나 네꼬우시 우마 우마노 구비니 쯔께따스즈, 왜 못해, 왜 못해."

이렇게 짓궂게 늘어놓는 영철의 대꾸에 온 방안 사람이 깔깔 웃었다.

"고거 까부는 데는 제일이야. 암만 그래 봐. 네가 낙제하고야 말 테니."

"왜 낙제해, 왜 낙제해. 누나나 이제 낙제하지."

"암, 영철이야 낙제할 리가 있나. 이제 우등 첫째 해서 상을 많이 타 올테지."

영자는 이렇게 영철의 편을 들고 자기 옆으로 한 걸음 바짝 끌어안았다.

이렇게 귀여운 아이들을 동무해 이제부터 평안하게 공부할 것이 생각할수록 기뻤다. 학자를 못 대주겠다고 걱정을 하시는 고향 부모에게도 떳떳이 버틸 수가 있고 공부를 못하고 내려간다고 깔보는 듯 동정하는 듯 이상하게 대하는 동무들에게도 커다란 얼굴로 번듯이 대할 듯해 유쾌

* 추어올리면서 남을 놀리는.

했다. 그것보다도 내 힘으로 내가 공부를 한다는 것이 영자로 하여금 일찍이 경험하지 못한 기쁨을 자아내게 했다.

영자는 그 이튿날부터 백원기의 집 식구가 되었다. 아이들이 무시로 드나들며 공부를 하는데는 영자의 방이 편리할 것, 아이들이 공부하는 처소는 위생에 적당하고 한적하고 아이들의 체육장려로 보아 의자를 놓고 지내야 할 것이라는 요건 밑에서 영자가 거처할 방은 양옥 이층 남쪽으로 기다란 베란다를 통해 뚝 떨어져 있는 조그만 양실로 정했다. 그 방 한 편에 놓인 영자의 침대에는 연남색 커튼이 아늑하게 가려 있고, 이 편으로는 영자의 책상이 놓이고 그 다음으로 키 작은 책상과 조그만 의자 두 개가 나란히 놓인 것은 아이들이 공부하는 곳이었다. 한 편 모퉁이에는 그리 크지 않으나 얌전한 피아노까지 놓여 있었다.

영자는 새로 전개되는 그 생활에 만족하다기보다 '내가 이렇게 호사한 생활을 하다가 어떻게 될까' 하는 야릇한 불안을 느끼지 않을 수 없었다. 그 생활은 영자가 처음으로 맛보는 '부르주아지' 한 것이요, 문화적인 것이었다. 매일 두어 시간씩 어린아이들의 동무 노릇을 해주는 것으로써 받는 보수로는 너무 큰 것이었다. 더욱이 이 집 주인의 자기에 대한 친절은 그저 황송했다. 따라서 이 집안사람들은 누구나 영자를 보고 선생님이라고 존경했다. 다만 이 집 주인의 본마누라가 살아 있을 때부터 희생처녀와 상종하다가 아이(지금의 숙자)를 배게 되어, 따로 집을 사주어 살림을 시키다가 본마누라가 죽은 뒤에 맞아들였다는 주인마누라만이 영자에게 그렇게 좋은 낯을 보이지 않고 뾰루퉁하고 있는 것이 영자의 마음의 평화를 혼란하게 하나, 순진한 처녀인 영자로서는 그 주인마누라의 뾰루퉁한 감정을 검토, 해부해 보려고 생각하기까지는 여자로서의 경험이 없었다.

가족보다 하인의 수효가 훨씬 많은 이 집의 식구로는 주인 내외를 비롯해 작년에 대학 예과에 들어갔다는 스무 살 된 주인의 전실 소생인 원철이라는 장남과 영자가 맡아 가르치는 두 오누이를 합해 다섯 식구가 주인집의 원 가족이고, 그 다음으로는 손님 대우를 받는 두 식구가 있으니 하나는 영자 자신이요, 또 하나는 명년에 의학전신학교를 마친다는 주인의 친구의 아들이라는 스물 세 살 되는 안형식이라는 청년이었다.

이 집 가족 중에 영자와 가장 거리가 먼 것이 그 두 청년이었다. 아침 학교로 갈 때나 저녁 학교에서 돌아올 때나 멀리 앞서가는 그들의 뒷그림자를 보거나 뒤에서 따라오는 그들의 발자취를 듣는 영자는, 자기가 뒤떨어졌으면 일부러 천천히 걷고 그들이 뒤에 오는 눈치가 있으면 일부러 걸음을 빨리 하는 것이었다. 젊음을 경계하는 그들의 거리는 어색하게도 멀었다.

영자의 눈에 비치는 두 청년의 시선, 그것은 원철의 그것이 정열적이요 유혹적임에 비해 형식의 그것은 냉정하고 초연한 것이었다.

녹음을 적시는 한여름 궂은비가 고요히 내리는 어느 날 밤이었다. 조그만 뒷사랑 문이 열리며 어둠 속으로 조심스럽게 나오는 것은 원철이었다. 원철은 그림자처럼 소리 없이 양옥 이층으로 올라갔다.

젊음에 떨리는 원철의 손이 영자의 방문에 달린, 사기로 만든 둥그런 손잡이를 붙잡고 안으로 밀어 보았다. 문은 안으로 잠겨 있었다.

원철은 창황과 주저함으로 떨리는 가슴을 끌어안고 벽에 기대어 머리를 숙이며 무엇을 생각했다.

이때였다. 저 편에서부터 걸어오는 누구의 발자취 소리에 깜짝 놀란 원철이는 저 편 모퉁이로 뚫린 막다른 난간으로 황망하게 몸을 피했다. 이 편으로 점점 가까이 오던 발자취는 영자의 방문 앞에서 멈추는 듯 하더니 서슴지 않고 그 방문을 열고 그 방으로 들어가는 것을 원철은 보지 않고도 알 수 있었다.

원철의 온 몸에서는 사내의 마음이 타올랐다.

'대체 누구일까? 영자의 방에 들어가는 것이……. 형식이 놈인가.'

원철의 가슴은 질투로 뛰었다.

원철은 가만가만히 영자의 방으로 뚫린 창 아래로 가서 온 몸을 귀삼아 방안의 동정을 살폈다.

"에구머니. 이게 누구세요!"

잠결에 외치는 듯한 영자의 음성이었다.

"나요, 나요. 떠들지 마오."

원철은 눈을 동그랗게 떴다.

'그럴 리가 있나?'

원철은 영자의 말에 대답하는 그 음성이 분명히 자기 아버지의 것임을 알았을 때에 자기의 귀를 의심하려 하였다.

그러나 일순간 뒤에 다시 자기의 귀에 들리는 남자의 음성에 원철은 온 몸에 맥이 풀리는 듯하였다.

"내가 영자를 귀여워해서 그러는 거니……. 이 밤중에 누가 알기나 할 텐가……."

"그건 무슨 말씀이세요. 귀여우면 그저 귀여워하시지. 싫어요, 싫어요. 어서 나가세요."

"글쎄, 고집 피우지 말고 내 말만 들어. 영자에게 해로울 것은 없을 테니. 내가 영자의 모든 편리를 도모해 줄 테니……. 응."

"싫어요. 싫어요. 이로운 것도 편리한 것도 다 싫어요. 당신께서는 저더러 밤이면 문을 꼭 잠그고 자야 한다고 하지 않았어요. 그러시더니 당신은 이 잠근 문을 언제든지 열 수 있는 열쇠를 따로…… 싫어요. 그런 친절이 저는 무서워요."

잠깐 침묵이 지나간 뒤에 영자는 울 듯한 음성으로 부르짖었다.

"놓으세요, 놓으세요. 소리를 지를 테에요. 사람을 부를 테에요."

밖에서 듣는 원철은 손에 땀이 흘렀다. 가슴이 부질없이 두근거렸다. 이제 영자가 소리를 지르고 하인들이 뛰어 올라오고 할 광경을 생각하니 발악하는 영자가 도리어 얄미웠다. 그러자 그만 단념했는지 문을 쾅, 하고 닫고 저 편으로 걸어가는 그 아버지의 발자국 소리가 멀어지는 것을 들은 원철은 그때에나마 단념하고 나감으로써 어떤 창피한 광경을 당하지 않고 그 장면이 사라지는 것이 그 아버지를 위해 안심되는 한 편으로, 환경과 정실 모든 것을 저버리고 사내의 야심을 여지없이 짓밟는, 영자가 가진 여자의 힘이 통쾌하기도 했다.

'남자의 친절을 처음부터 경계하는 여자는 약은 여자이다. 받아 오던 친절을 도중에 물리칠 수 있는 여자는 굳센 것이다. 사내가 가진 돈과 사내가 가진 친절을 물리칠 수 있는 여자만이 이 세상 모든 사내의 야심을 짓밟을 수 있을 굳센 여자이다.'

원철은 책에 쓰인 구절이나 외는 듯이 마음속으로 중얼거리며 자기가 무엇하러 올라왔는지도 잊어버린 듯이 올라올 때보다도 더욱 조심스러운 걸음으로 아래로 내려갔다.

마당으로 내려와서 전깃불이 환히 흘러내리는 영자의 방을 쳐다본 원철은

'그러나 내가 들어갔으면 영자가 그렇게 물리치지 않았을는지도 모르지.'

하는 야릇한 사내의 마음이 머리를 들지 않는 것도 아니었다.

그 이튿날 아침 일찍이 일어난 영자는 조반도 먹지 않고 급한 사정이 있어서 자기 집으로 내려간다는 간단한 이유를 주인마누라에게만 고하고는 자기의 짐을 가지고 백씨 집을 나와버렸다.

영자가 이렇게 총총히 나가버린 이유를 아는 사람은 다만 주인 부자父子 뿐이었다.

영자가 나간 그 다음날 오후였다. 학교에서 돌아오던 원철은 양옥 밑층 응접실에서 자기 아버지와 마주앉은 손님을 유리창 너머로 바라보고 깜짝

놀라지 않을 수 없었다. 그것은 영자를 처음에 소개하던 최 선생이었다.
'아하, 마침내 저이가 담판을 하러 왔구나.'
이렇게 짐작한 원철은 그 아버지의 점잖지 못한 행동을 면전에서 육박하고 질문할 광경이 불안하게 생각되어 그대로 지나칠 수가 없었다. 그는 책가방을 든 채로 응접실에 앉은 그들의 눈에 뜨이지 않을 곳에서 그들의 대화를 엿들었다.
"선생님을 찾아온 것은 그 한영자의 일에 대해서 좀 여쭈어 볼 양으로……."
최 선생은 비로소 심방 온 요건을 말하는 모양이었다.
"네, 영자 일이오. 네, 대관절 영자가 노형을 보고 뭐라고 말해요?"
"제가 영자를 만나 본 것은 아닙니다. 어제 학교에 오지 않기에 웬일인가 했더니, 오늘 저에게 편지를 했는데 뜻밖에 공부를 단념하고 자기 시골로 내려가노라고 했기에……."
"응, 그래 편지에 뭐라고 썼어요?"
그 아버지의 어조는 침착하지 못했다.
"무엇 자세한 사연도 없이 그저 내려간다는 인사뿐이더군요."
최 선생은 편지를 그대로 읽어 들려주는 모양이었다.

선생님, 저는 공부도 무엇도 다 집어치우고 집으로 내려갑니다. 선생님을 찾아가 뵈옵고 고별의 인사라도 여쭙고 내려가는 것이 도리에 마땅할 것이오나, 차시간이 바쁘고 다른 사정도 있어 이대로 실례합니다. 선생님, 부디 안녕히 계십시오. 여러 선생님께도 제 사정을 말씀해 주십시오. 정거장에서 이 편지를 드립니다.

"갑자기 무슨 일이 그렇게 급하게 생겨서 집으로 내려갔는지 댁에서는 아실 듯싶어서……."

하고 말끝을 흐리는 최 선생에게 그 아버지는 가장 점잖은 어조로 대답했다.

"으흠, 사실인즉 내 집에서 내보낸 것입니다. 그래서 내 집에 못 있게 되니까 낙심이 되어서 자기 시골로 내려간 모양이구려. 먼저 소개해 주신 노형에게 의논이라도 하고 내보내는 것이 사리에 당연할 것이지마는 피차에 좋지 않은 이야기를 구태여 하는 것보다도……."

원철은 그 아버지의 다음 말이 몹시도 궁금했다.

'그까짓 이미 지나간 일을 비밀에 묻어버리지 않고 점잖지 못한 추태를 솔직히 자백해 버리려나' 하는 걱정도 원철에게는 없지 않았다.

"네, 그러면 영자에게 무슨 불미스러운 일이라도……."

최 선생의 황송한 듯한 음성이었다.

"음, 요즘 시체時體 사람들에게는 예사일일는지 모르지마는 우리 완고한 사람의 눈으로 보아서는 참을 수 없는 일이거든……. 다른 게 아니라 내 집에는 금년 스무 살 되는 내 자식놈이 있고, 또 내가 맡아 공부시키는 친구의 자식인 청년 하나가 있는데…… 영자가 내 집에 온 지 불과 몇 달에 여러 가지로 눈에 거친 일이 있어…… 허허…… 이것도 젊은 사람이 들으면 썩어진 늙은이의 완고한 수작으로 돌려버릴지 모르지마는…… 암만해도 우리 눈으로 보면 연애니 뭐니 하는 것도 더 말할 수 없이 외입이요, 서방질로 밖에…… 허허…… 그래 어린아이들 동무해 줄 생각은 않고 밤저녁이면 우리 집 손님 학생을 동무해 출입이 너무 잦아서……. 그러니 책임지고 맡은 친구 자식의 공부에도 방해가 될 듯하고 또는 노형의 부탁인 영자의 신상에도 좋을 것 같지 않고, 또는 제일로 가정 풍기가 문란해서 이래저래 참다못해 괴이한 실태나 없기 전에 박정한 일이지마는 나가달라고 했더니……. 그러나 남의 처녀의 일이고 해서 노형에게도 통정을 않으려 했더니 이처럼 일부러 찾아와 물으시니 말씀하는 것이니 이미 지나간 일이고 혹 서신으로라도 이런 말을 그 처녀에게 비추지는 마시오."
 "네네, 그것은 매우 미안한 일이었습니다. 제 생각에는 그 애만은 어디에 내놓아도 든든하려니 하고 저로서도 믿고 천거를 했었는데요."
 "암, 물론 노형이야 그랬겠지. 범연하면 내게 소개를 했겠소. 그것도 그 영자가 그르다기보다 내 집에 있는 청년이 단정치 못한 탓이겠지요. 어쨌든 마음놓을 수 없는 것이 이 즈음 젊은 남녀들이야. 그러니 딸 가진 사람이 그 딸을 공부시켜야 좋을지, 소학교나 마치면 집안에 들여앉혀야 할지 몰라서 주저하는 것도 무리가 아니야. 더욱이 지방에 있는 부형들의……. 이것만은 누구보다도 여자 교육 당국자들인 당신네들이 깊이 생각할 문제야……."
 "네. 그 점에는 우리 교육자들이 언제나 주의와 감독을 게을리 하는 바가 아니지마는 청년 남녀 자신들의 자각이 생기기 전에는 우리들의 힘만으로도 도저히……."
 최 선생은 한심한 듯이 한숨을 지으며 자리에서 일어서는 모양이었다.
 "아, 왜 좀 더 이야기나 하시지요."
 "아니올시다. 너무 오래 폐를 끼쳤습니다."
 주객이 문밖으로 나오는 수선한 소리에 원철은 한 편으로 몸을 비켰다.
 문밖에 나서서 썼던 모자를 벗어 들고 공손히 인사하는 최 선생에게
 "모처럼 오셨는데 실례했습니다……. 아까도 말씀했지마는 영자에게는 언제까지나 내게서 이런 말 들은 체 마십시오."
 "네네. 뭐 다시 만날 일도 없겠고요. 그대로 내버려두는 수밖에……."
 이렇게 대답하고 최 선생은 나갔다.
 원철은 이때처럼 그 아버지를 점잖지 않게 생각해 본 적은 없었다. 문밖에 나가는 최 선생을 쫓아가서 그저께 밤 일을 사실대로 이야기하고 싶은 충동에 모자를 획, 벗어 들고 자기 방으로 들어갔다.
  ─《상해일일신문》(1921), 《동아일보》(1928. 2. 27~3. 8).

정화

 뚝섬이 잠기느니 마포가 떠나가느니 나중에는 남산, 북악산까지 삼켜버릴 듯이 수선거리던 대 자연의 폭위暴威도 이제는 끝이 났는지 흰구름 사이로는 파아란 하늘이 높직이 보이며, 과학이 자연을 정복하느니 문명이 인류를 지배하느니 입만 살아 재잘대던 약하디 약한 사람의 무리들을 비웃는 듯 어루만지는 듯 뜨거운 태양이 동편 하늘에서 번쩍이고 있다.
 다 죽는다고 떠들던 그들의 입에서는 다시 엷은 웃음이 흘러내렸다.
 아버지의 시체, 어머니의 시체, 아들의 시체, 딸의 시체, 어여쁜 가족의 참혹한 시체를 무서운 물자국이 아직도 마르지 않은 백사장에다 덩그러니 뉘어 놓고도 구호반의 손으로 나눠주는 한 덩이 시들은 주먹밥을 받을 양으로 눈물 콧물을 씻고 손을 내미는 뚝섬 이재민의 머리 위에도 뜨거운 햇볕은 내려 쪼인다.
 늙은이의 팔뚝 같은 엉성한 뿌리들을 내어놓고 비스듬히 누워 있는 커다란 양버드나무 밑에는 수마의 참적*을 말하고 있는, 보기에도 지긋지긋한 물에 퉁퉁하게 불은 남자의 시체 두 개가 나란히 누워 있고, 그 옆

---
* 慘迹 : 참혹한 자취.

에는 이 강대에서는 드문 초췌한 중에도 미인의 자태를 엿볼 수 있는 스물 대여섯 살쯤 되어 보이는 젊은 여자가 수재를 겪고 난 옷을 그대로 입고 앉아 있다. 그는 신문지 조각 위에 받아 놓은 한 주먹밥과 오이지쪽 위에 커다란 쉬파리가 앉은 것을 날릴 생각도 않고 얼빠진 사람 모양으로 가고 오는 흰구름 사이로 파아란 하늘만 쳐다보며 어떤 깊은 생각에 젖어 있다.

이 젊은 아낙네의 머리에는 무엇이 떠도는가. 또 죽음 그것에 싸여 있는 사나이의 두 시체는 무슨 비밀을 말하고 있는가.

연년이 들이미는 홍수의 재앙은 이 강대에 사는 주민들에게

"사람은 못 살 놈의 고장이야. 어서 어디로 떠나야지."

이런 탄식을 하게 한다. 그러나 그럭저럭 그 한 때만 넘기면 다시 애착이 생겨서 차마 못 떠나고 그곳에서 살게 된다.

봄물이 한강 일대를 잔잔하게 흐를 때 그물만 던지면 펄펄 뛰는 은빛 같은 생선을 무진장으로 건져내며, 가을바람이 솔솔 불 때 누렇게 익은 곡식을 뒤뜰에서도 그리고 앞마당에서도 거둘 수 있다.

그들이 어찌 그 한 때의 고생을 못 참아 이 연강 일대의 부고富庫를 버릴 수 있으랴. 자마장리雌馬場里 김성팔의 부부도 이 저주할 지방에 애착을 가지고 사는 사람들 중의 하나였다.

스물 다섯 살이나 된 노총각 성팔이가 당시 열 한 살 되는 간난이(성팔이 처의 이름)에게 데릴사위로 들어간 것은 십사 년 전 옛 일이다.

그 십사 년 동안을 그들은 봄 물결같이 잔잔한 가정에서 평화로운 날을 보내어 왔다.

성팔의 장인 부처가 모아 주고 죽은 유산은 부지런한 사위와 딸의 노력으로 점점 늘어갔다. 집은 커지고 세간은 늘고 땅은 넓어졌다. 성팔의 집에도 더부살이가 필요할 만큼 되었다.

작년 봄 어느 날이었다.

"그 고된 일을 혼자서 어떻게 하세요. 농사일이나 잘 하는 더부살이를 하나 두세요, 영감."

이것이 귀여운 아내의 정다운 의논이었다.

"까짓 거 혼자서 몇 해 더 고생하지. 더부살이를 한 명 두려면 돈이 적지 않게 든다고. 그리고 술잔이나 먹는 놈을 두면 아니꼬운 일이 많고."

"어디서 참한 사람을 골라서 두지요."

"남은 다 마찬가지지. 제 일처럼 해 줄 놈이 이 세상에 어디 있나."

이런 의논이 있은 지 며칠 후에 성팔의 집에는 돌이라는 배(舟) 잘 부리고 농사일 잘하는 그야말로 그 강대 일꾼으로는 마침인 더부살이가 들어왔다. 스물 여섯 살밖에 안 된 돌이는 숭굴숭굴하게 생긴 품이 미남자라고 할 수는 없어도 누가 보든지 밉게 생각지는 않았다. 훌쩍 큰 키, 동그스름한 얼굴에 높직한 코, 이것이 돌이를 대표하는 남성미였다.

돌이가 들어온 지 얼마 되지 않아서 주인아씨와 돌이 사이에는 다만 사랑하는 남녀만이 볼 수 있는 이상한 시선이 주인 성팔이의 눈을 피해서 오고가곤 했다. 달콤한 이 시선이야말로 평화에 싸인 성팔의 가정을 여지없이 파괴하는 도화선이 아닐 수 없었다. 끝내 남편의 눈을 피해서 사랑을 속삭여 오던 그들에게는 마침내 주인 성팔이의 밝지 못한 눈도 속일 수 없는 최후가 왔다.

성팔이의 머리에는 커다란 의문이 떠돌았다. 아무리 생각을 돌려보아도 성팔 자신도 그 의문을 없앨 수가 없었다.

'내가 쓸데없는 걱정을 하는 것이 아닐까? 나이 어리고 얌전한 아내를 데리고 사는 늙은 사람이 늘 하는 쓸데없는 질투가 아닐까? 나의 마누라야 설마……'

이렇게 생각하던 성팔이는 다시 머리를 흔들었다.

'아니다, 아니다. 돌이는 나보다 열 세 해나 젊었다. 얼굴이 잘났다. 그리고 나의 처는 나보다 열 네 해나 아래다. 그는 여자로의 청춘이 이제야

왔다. 내가 무슨 그에게 참으로 남편다운 만족을 주는가.'

이렇게 생각해 가면 돌이와 그 아내에 대한 의심의 실마리는 끝없이 풀려 나왔다.

'내가 저번에 돌이를 내보내자고 할 때 그는 어찌해 낯빛을 붉히고 반대했을까? 부지런하고 일 잘하는 것이 그에게 그렇게 중요한 무엇이 될까? 둘도 없이 믿고 지내는 남편의 의견을 대번에 물리쳐버릴 만큼 그렇게 중요할 것인가?'

그는 마침내

'오냐, 증거를 잡자. 그러면 제 아무리 싫어도 할 수 없으리라.'

이렇게 부르짖고 회심의 쓴웃음을 지었다.

성팔이는 지금까지 정말 판관(처妻 시하에 산다는 말) 생활을 해 왔다. 데릴사위로 들어간 그가 처갓집 유산으로 살아온 주위의 경우가 그를 어쩔 수 없이 판관을 만든 것이다. 그래서 아내의 주장은 절대의 권위가 있고 성팔의 주장은 아내의 반대면 그만 찌그러지는 것이었다. 그러나 이 일만은 판관으로서도 참지 못할 일이다.

금년 봄이다. 솔솔 부는 바람이 고요히 잠들려는 잔잔한 강물을 구기며 뉘엿뉘엿 넘어가는 쇠잔한 태양이 내일의 평화를 기약하고 붉은 놀 밑으로 잠기는 어느 날 황혼이었다.

성팔이가

"여보게, 나는 문 안을 좀 다녀와야겠네. 오늘이 김평산댁 대상일세. 나는 내일 아침에야 나오겠네. 문 일찍 걸고 자게."

그 아내에게 이렇게 말하고 그는 오래 써 보지 않던 갓을 내어 쓰고 제법 두루마기 차림에 비도 안 오는데 우산까지 들고 나섰다.

"무얼 잠깐 다녀서 밤으로 나오시구려. 나 혼자 적적해서 어찌 견디우. 네? 밤으로 나오시우."

아내의 붉은 입술에서 이렇게 정다운 인사가 흘렀다.
"아무래도 오늘 저녁으로 못 나올 테니 기다리지 말게."
"그럼 내일은 일찍 나오시우?"
"암 그러지."
성팔의 그림자가 멀리 동구 밖으로 사라졌다. 필연적으로 오는 어둠은 모든 것을 자기의 품속에 넣고야 말았다.
집집마다 등불이 켜지기 시작했다.
그러나 성팔의 집에는 등불이 켜질 줄 몰랐다.
어두워 가는 밤을 따라 점점 어두워질 뿐이었다. 이 어둠 속에서는 무엇이 속살거리는가?
"암 그래, 잘 됐지. 누가 저더러 일찍 오랬나. 삼 년 석 달이라도 나오지 말지. 미친 녀석, 히히히."
"이거 왜 웃고 떠들고 야단이요. 누가 들으면 어쩌려고! 그렇지 않아도 작자가 요즘 무슨 눈치를 챈 모양이던데 어서 나갔다가 이따 들어오우. 불 켜겠소."
이것이 여자의 말소리.
"아따, 여자라는 게 겁은 퍽도 많지. 내일 아침에야 올 걸 무엇이 급해서. 눈칠 채다니 그 놈이 무슨 눈치를 채?"
"아니 글쎄, 요즘은 공연히 통명을 더러 부리니 말이지."
"그것은 도둑이 제발 저리다는 격으로 우리가 그렇게 생각하니까 그런 것이야."
"쉬……."
연놈은 입을 다물었다. 그들은 온 몸을 귀삼아 무엇을 들으려 했다. 참으로 들리는 것인지 또는 착각인지 뒷문을 향해 한 걸음 한 걸음 가까워 오는 발자취를 들었다.
달콤한 환락은 깨어지고 공포에 떨던 그들은 의심할 것 없이 그것이 무엇인지를 알았다.

뒷문 고리를 잡아채는 요란한 소리와 같이 돌이는 앞문을 차고 비호같이 달아났다.

"이 년. 문 열어라."

그의 아내는 지금까지 그렇게 무서운 남편의 음성을 들어본 적이 없었다. 문을 열까 말까 창황하여 주저할 즈음에 문지도리*가 빠지며 뒷문이 와락 열렸다. 남편의 무서운 그림자가 어둠 속에서 나타났다. 성냥을 긋는 소리가 마치 천둥이나 치는 것처럼 요란하게 들렸다. 성냥 끝에서 일어나는 한 줄기 광명이 온 방 안을 밝혔다. 남의 처로는 가장 꺼리는 죄악의 가지가지의 증거가 말없이 흩어져 있었다.

함부로 흩어진 아내 머리를 비롯해 온 방 안을 날카로운 시선으로 한 번 돌아본 성팔이는

"들어왔던 놈이 누구냐!"

하고 버럭 소리를 질렀다.

"들어오긴 누가 들어왔다고 그러우?"

자기 스스로도 어림없는 변명인 줄 알면서 그 아내는 이렇게 대답할 수밖에 없었다.

성팔이는 남자가 띠는 검은 혁대를 문턱 아래에서 집어서 그 아내의 턱 밑에다 바싹 들이대며

"이래도 그 따위 소리를 할 테야?"

하고 그리 아프지 않을 만큼 걷어찼다. 그 아내는 걷어차이는 대로 모로 쓰러져서 아무 대답이 없었다. 성팔이도 아무 말이 없이 그저 내려다보고만 있었다. 커다란 분규를 싸고 있는 방안은 다시 고요하다. 흥분한 남편의 숨결과 공포에 떠는 아내 숨결이 어우러져 방안은 한껏 긴장이 고

---

* 문짝을 닫고 여닫게 하는 물건. 돌쩌귀.

조되었다. 무서운 침묵은 쉽게 깨지지 않았다.

돌이는 다시 성팔의 집에 안 들어왔다. 그러나 돌이가 멀리 도망을 간 것은 아니었다. 며칠 후에 그는 건넛동네 다른 집에서 더부살이를 다시 하게 되었다.

성팔이는 돌이를 자기 집에서 나가게 한 것이 어찌나 시원한지 몰랐다.
아, 그러나 돌이가 성팔의 집을 나갔다고 그것으로 성팔이는 과연 안심할 수가 있을까. 성팔의 가정에는 다시 전과 같은 평화가 올까? 아니다. 연놈의 관계는 더욱 깊어 갔다. 한 집에서 떠난 뒤로 그들은 점점 그리운 생각이 간절해졌다. 이것이 사랑의 집착성이다. 주위의 장애와 압박은 그들의 사랑을 북돋우고 시련하는 데 지나지 못했다.

요전 첫 장마가 지기 며칠 전 일이다. 비가 오려고 그런지 그야말로 찌는 듯한 더위였다. 해는 졌건마는 서늘한 저녁 바람은 불어오지 않았다. 동구 밖 포플러나무가 총총 들어선 숲 사이에는 벌써 황혼이 물들어서 자못 으슥했다. 그 으슥한 숲 속을 스며 흐르는 물소리가 잔잔히 잔잔히 사람을 꺼리는 남녀를 부르는 듯했다.

이 잔잔하게 흐르는 물결 리듬을 따라서 한껏 삼가는 연놈의 속살거리는 말소리가 그쳤다 이어졌다 한다.

"여보, 글쎄 허구한 날을 어떻게 이렇게 살우."
"그러면 어떻게 하노."
"아, 여보. 그러면 어떻게 하다니. 사나이가 돼서 그렇게 궁리가 안 난단 말이오?"

년은 이렇게 핀잔을 주듯 짜증내듯 가늘망정 날카로운 목소리로 말했다.

"궁리가 무슨 궁린가. 우리가 그만 달아날까?"
"어디로?"
"저 강원도 두메로 들어가지. 거기는 아직 호적 안 한 사람이 수북하고 순사 못 본 사람이 많다는데."

"거길 가면 어떻게 살우?"

"어떻게 살긴. 하늘 있고 땅 있으면 사람 살기 마련이지. 그저 평생 쌀밥은 못 구경한다대. 감자와 옥수수만 먹고 산다나."

"아이고. 나는 그거만 먹곤 못 살겠소."

"그래도 우리가 성팔이 놈의 꼴 안 보고 마음 놓고 살면 그것이 좋지 않아. 단 하루를 살아도."

"그거는 그렇지만 지금 재산이 다 우리 부모가 물려주고 돌아가신 것인데 그것을 죄다 그 놈을 주고 우리가 달아나요? 그건 못하겠소."

"이 사람 답답한 소리도 하네. 그렇기에 그대는 나하고 살고 나는 그대하고 사는 행복이 있지 않은가. 그래 그대는 나보다도 집간 땅마지기 배(船) 조각이 귀하단 말인가?"

"아이, 그렇지는 않지만 그 세간 가지고 당신하고 나하고 잘 살면 더 좋지 않우?"

"그렇게 될 수야 어디 있나. 오늘 밤 꿈에나⋯⋯."

"내가 그렇게 되는 법을 말할께 들을 테요?"

"암, 듣고말고."

"듣고 꼭 그대로 할 테요?"

"꼭⋯⋯."

"그래서⋯⋯."

이번에는 년이 말할 터인데 문답이 끊어졌다. 다음 말을 들을 양으로 기다리는 놈은 고개를 돌려 년의 얼굴을 들여다보았다. 꼭 다문 입은 쉽게 말이 나올 듯도 않았다. 다만 까만 눈만이 어둠 속에서 반짝일 뿐이다.

"왜 그렇게 가만히 앉았어?"

그래도 대답이 없었다. 놈은 년의 옆으로 바싹 다가앉으며 년의 어깨에다 손을 얹고 얼굴을 들여다보며

"왜 말을 안 해. 갑자기 벙어리가 되었나."
"정말 내가 하는 대로 할 테요?"
무거운 입은 떨어졌다.
"한단 밖에. 어쩌라고."
"우리 그 놈을 죽여버리자고, 응?"
"응, 죽이다니?"
놈은 과연 놀라는 모양이었다.
"그 놈을 죽이면 그 재산은 우리가 가지고 당신과 내가 잘 살 수 있지 않우?"
"하기야 그렇지만 산 사람을 어떻게 죽이나."
"아따, 산 사람이기에 죽이지. 그까짓 거 양잿물 한 냥 어치면 알아볼 걸."
이번에는 놈이 아무 대답도 못했다. 무서운 침묵은 계속되었다.
"왜? 암말도 않고 앉았소. 남더러 벙어리라고 하더니."
이번에는 년의 팔이 놈의 목을 껴안았다. 그리고 흔들며
"어서 이야기를 해요. 왜 말이 없소?"
"양잿물로 사람 죽이려다가는 사람도 못 죽이고 감옥소 구경이나 톡톡히 하지."
"그럼 어떻게 하우?"
"우리 사촌이 진고개* 일인의 병원에 가 있는데 그 무슨 약인지 하얀 가루약인데 아무 맛도 없고 냄새도 안 나기 때문에 그 약은 고양이란 놈도 생선 토막에다 발라 두면 모르고 먹고는 즉사한다네 그려. 그런데 사람도 숟가락 꼭대기로 하나만 먹으면 그만이라든데."
"그 약을 어떻게 구하오? 구할 수 있소?"
"거야 우리 사촌한테 가서 무슨 짐승 잡는다고 하고 얻어 오면……. 그렇지만 어떻게 생사람을……."

---

* 지금의 충무로.

"또 못난 소리를 하는구려. 그 놈을 그대로 두면 내가 죽어버릴 테야. 일평생을 이렇게 마음을 졸이고 살 수 있나."

"못난 소리도 하지. 죽기는 왜 죽어. 이렇게 재미나는 세상을 죽어서 몰라?"

놈은 년을 힘껏 껴안았다. 년은 온몸을 그의 억센 팔에다 실으며 응석을 부리듯이

"우리 그렇게 해요. 당신은 그 하얀 가루만 구해 오구려. 일은 내가 낼 테니."

"글쎄……"

연놈은 껴안은 채로 각일각으로 더해 가는 향락에 취했다.

잔잔히 흐르는 물소리를 그들은 듣는지 못 듣는지…….

"에그, 비가 오시네."

"정말이네."

연놈은 마침내 정신이 났다. 가는 비는 부슬부슬 내리기 시작했다. 그들은 종종걸음으로 동네로 들어갔다.

"그럼 내일이라도 문 안을 댕겨 오지."

"글쎄 비가 멎으면 댕겨 오지."

연놈이 동구 안으로 들어서서 이 편 길, 저 편 길로 헤어지며 한 말이다.

돌이는 집으로 돌아온 후 사랑 윗목 한 편에 눕기는 누웠으나 잠은 올 것 같지 않았다. 그의 머릿속에는 성팔이를 죽이고 살리는 것으로 가득 찼다. 죽여야지 하고 작정을 하려면 죽여서야 되나 하는 굳센 무엇이 가로막는다. 죽이다니 하고 물러서려면 그 놈을 안 죽이면 내가 불행이다. 그 놈을 죽이는 데 비로소 어여쁜 아내가 생기고 집이 생기고 땅이 생기고 그리고 배가 생긴다. 하루아침에 큰 집 주인이 된다고 훈수한다. 그는 엉성한 남의 집 사랑 윗목에 누운 자기의 주위를 돌아다보았다. 뒤숭숭

한 자기 머리를 괸 빈대 낀 목침조차 주인집 것이다. 발치에 놓은 장기판 위에는 일전 성팔의 아내가 해준 광당포 적삼이 놓여 있다. 오오 그것은 제 것이다. 그밖에 무엇이 있는가? 아내도 없다. 집도 없다. 그러나 성팔이가 죽으면 집이 있다. 아내가 있다. 땅이 있다. 배가 내 것이다. 조그마한 부잣집 주인이 나 아니냐? 밖에는 쏟아져 내리는 빗소리가 요란하다. 자기 옆에는 건넛집 더부살이하는 노인의 코고는 소리가 시끄럽다. 돌이는 한 잠도 못 들었다. 날은 밝았다. 비는 멎지 않고 퍼부었다. 그 이튿날도 비는 왔다.

사흘째는 홍수다. 김서방네 집이 뜨고 이서방네 집이 물 속에 잠겼다. 그러나 돌이는 띄울 집이나 있던가. 세간이나 있던가. 모두 떠나간대야 남의 것이다. 다만 성팔이네 집이 무사한가. 아니 성팔이 처만 잘 있는가. 그것만이 그의 염려거리다.

나흘째 되는 날이다. 하늘은 씻은 듯이 개었다. 다 죽었다고 떠들던 사람들은 다시 물 찼던 뒷설거지에 분주했다.

무너진 담을 쌓던 돌이는 등 뒤에 와 있는 성팔의 처를 보았다. 연놈은 말없이 웃었다.

"그래 문 안은 댕겨 왔수?"

"그 비에 문 안은 다 뭐요."

"그럼 언제나 가려오?"

"내일이나 이 담을 쌓고 들어가 보지."

간단한 문답이 끝나고 성팔의 처는 돌아갔다. 돌이는 다시 담쌓기를 시작했다.

그 이튿날 돌이는 문 안을 들어가는 길로 진고개 ×××병원으로 그 병원 약국에서 심부름하는 자기의 사촌 동생을 찾아갔다. 마침 자기의 사촌이 어디를 가서 내일 아침에야 돌아온다는 것을 병원 주인에게 들어안 돌이는 적이 실망했다.

'나갔다가 내일 다시 올까. 아무 데서나 문 안서 자고 내일 그것을 얻어가지고 나갈까?'

망설이다가 마침내 황금정* 어떤 친구를 찾아 어둑한 행랑방에서 창밖에 들리는 굳은 빗소리를 들으며 잠 안 오는 하룻밤을 지냈다.

이튿날 아침 돌이는 그의 사촌으로부터 조그만 약봉지를 얻어서 마코** 빈 갑으로 다시 꾸려 속주머니에 집어넣고 병원 뒷문을 나서서 비 오는 거리를 총총걸음으로 내려갔다.

돌이가 배를 타고 강을 건너 비를 쪼르르 맞고 뚝섬에 돌아온 때는 강물이 저번보다 더 붇는다고 동네 사람들이 불안하게 떠들 때이다. 비는 낮과 밤을 계속해 왔다. 돌이는 아직까지 성팔의 처에게 문 안 다녀온 자기의 사명을 다한 기꺼운 소식을 전하지 못하고 있다.

참혹하게 내리는 빗속에 또 하루가 지났다.

"아, 물이 저렇게 늘어 오네. 아랫동네 자마장은 벌써 떴다네."

동네 사람들은 이렇게 떠들며 좀 더 높은 곳으로 세간을 옮겨 놓느니 어린 아이들을 끌고 가느니 야단이었다.

그들 틈에 끼어서 땀을 흘리며 주인집 세간을 나르기에 분주하던 돌이는 지려던 짐을 벗어 놓고 툇마루에 걸터앉아서 이 바쁜 통에는 차마 없을 침착한 태도로 무엇을 생각했다.

'온 동네가 다 떠나가기로 내 것이야 무엇이 없어지랴. 최후로 나의 붉은 몸뚱이만이 저 편 언덕으로 헤엄치면 그만이 아닐까. 그보다도 더 시급한 것이 있다. 자마장 동네가 물에 떴다지 않으냐. 자마장리는 넓고 넓은 이 세상에도 다만 하나밖에 없는 내가 사랑하는 성팔의 처가 산다. 남의 세간 나부랭이를 져 옮기기에 땀을 흘릴 이 때가 아니다. 성팔의 처

---

* 지금의 을지로.
** 담배상표.

44 최독견

가, 아니 나의 처가 지금 붉은 물 속에서 죽음을 면하려고 헤매이며 나를 부르고 있을지도 모른다.'

생각이 여기에 미친 돌이는 잠시도 그곳에 머물러 있을 수가 없었다. 그는 미친 사람처럼 머리를 두어 번 설렁설렁 내흔들며 달음질쳐 자마장으로 내려갔다.

이것을 본 주인은

"여보게, 어디를 가나. 저것 보게. 물은 아까보다도 저렇게 늘었네. 마른 세간만이라도 어서 옮겨 놓도록 해야지. 여보게!"

"여보게, 이 비 오시는데 어디를 가나, 어디를 가? 이 사람아!"

이렇게 부르는 주인이며 같이 일하던 동무에게는 대답도 없이 뒤도 돌아보지도 않고 물에 잠긴 지름길로 철벅철벅 달아났다.

자마장리는 어제 저녁때부터 방 안에 물든 집이 많아서 높은 곳을 찾아 세간을 옮겨 놓기에 분주했다.

성팔의 집에서도 해지기 전에 모든 세간을 자기 집 뒤뜰 언덕진 곳에 있는 커다란 버드나무 밑으로 옮겨 놓고 각각으로 불어오는 물을 경계하고 있었다. 비는 잠시도 멎지 않고 퍼부어 왔다. 집집마다 불이란 불은 다 꺼져버리고 온 동네는 물과 어둠에 잠기고 말았다. 이곳 저곳에서 일어나는 사람 살리라는 소리가 요란한 빗소리 물소리와 아울러 더 한층 처참하게 들릴 뿐이었다.

"이것 보세요. 내가 지금 올라앉고 있는 뒤주가 거의 물에 잠겼어요. 이것 봐요. 들썩들썩하는 게 밑이 떠나갈 것 같아."

버드나무 밑에다 절구를 놓고 그 위에 가 올라앉고 있던 성팔이는 아내의 이 말을 듣고 그제야 정신이 난다는 듯 물로 철벙 뛰어내리며

"큰일났네. 얼른 이리 내려오게. 그 뒤주가 떠나가면 사람도 겉묻어 떠나갈 테니."

하며 그 아내를 안아 내렸다. 뒤주는 사람이 내려서자 모로 쓰러지며 물 위로 떠올랐다.

"여보, 세간이고 뭐고 다 내던지고 어서 더 높은 데를 찾아 올라갑시다. 어서."

성팔의 처는 떨리는 목소리로 그 남편을 졸랐다.

"이 어두운데 어디가 어딘지를 알아야 가지. 높은 데라니 이 동네에 우리 집이 제일 높지 않은가. 저 사람 살리라는 소리 좀 들어보게. 다른 집은 더한 모양들일세. 어디가 어딘지 알 수나 있어야 나가나 보지."

"저것 좀 보우. 저 머릿장이 떠나가는구려. 그러다가는 옷걸이도 떠나갈까 보구려."

"옷걸이가 다 무엇이야. 사람이 죽겠는데 나를 꼭 붙잡어. 까딱하면 넘어질 테니."

"가긴 어디를 가 이 답답한 사람아. 옳지 옳지, 저 버드나무로나 올라갈까?"

"내가 어떻게 올라가우?"

"내게 업히게. 그리고 내 어깨에 올라서서 그 위로 뻗은 가지를 튼튼하게 붙잡고 말 타듯이 그 굵은 가지에 가 걸터앉게."

"자, 나는 올라왔으니 이번에는 영감이 올라오구려. 올라오니 살 듯싶소."

"응, 이제 올라가지."

성팔이는 자기 아내를 올려 보내 놓고 물에 젖은 멱서리*를 하나 얻어 들고 나무 위로 올라갔다. 그리고 멱서리를 겹쳐서 나뭇가지에다 깔고 마치 한 쌍의 새 모양으로 아내와 나란히 앉았다. 젖은 옷을 통해 전하는 체온이 그들로 하여금 새삼스레 이상한 촉감을 느끼게 했다.

"저것 보세요. 저 사람들이 타고 있는 지붕이 막 떠나가는구려."

---

* 짚으로 촘촘히 엮어서 곡식 따위를 담는데 쓰는 그릇.

과연 앞마을 집 한 채가 삼사 인의 사람을 실은 채로 급한 물결을 따라 하류로 흘러 내려가는 것이 보인다. 떠나가는 지붕 위에 섰는 사람들은 미친 듯이 손을 내어 흔든다. 구원을 청하는 최후의 기호다. 마주 보이던 이웃 조그만 집도 넘실넘실 떠내려가는 것이 보인다.

성팔의 집 뒷담 밑이 뿌리까지 패이는지 요란한 소리가 나며 뒤뜰 일판은 마치 여울처럼 물결이 급해졌다. 지금 올라앉았는 나무 뿌리까지 파여질 듯이 물결은 험해졌다. 성팔 부처의 늘어진 발끝을 씻으며 흐르는 붉은 물결은 성팔의 부처에게 좀 더 높은 가지로 기어오르기를 재촉하는 듯했다.

"이 일을 어찌 하우. 미구에 우리가 앉은 가지도 물에 잠길 것 같구려. 좀 더 높은 가지로 옮겨 앉아요. 만일 이 나무가 쓰러지면 우리는 어떻게 살겠소?"

"가만히 있게. 저 윗동네에서 웬 배 한 척이 이리로 내려오네. 저것 보게."

"정말 저것 보세요. 우리를 보고 손짓을 하지 않아요? 아마 우리들을 구하러 오나베. 저것 보세요. 또 손짓을 하지 않아요?"

"글쎄 그게 누구일까?"

"아이고, 영감. 저게 돌이가 아니에요?"

"돌이? 돌이가 어떻게 올까?"

"우리들을 구해 주려 오는 거지요, 구해 주려고. 우리를 그 배에 태워 가려고……."

성팔의 처는 누구보다도 돌이를 알아보기에 밝은 눈을 가졌다.

과연 멀리 떠오는 조그만 배를 젓고 있는 것은 어김없는 돌이었다.

성팔의 처는 미친 듯이 팔을 내어 흔들었다. 성팔이는 그 아내가 떨어지지나 않을까 하여 붙잡은 나뭇가지를 놓치지 말라고 주의를 시켰다.

배는 차차 가까워졌다. 고요히 노를 젓는 돌의 굵은 팔뚝에 일어나는 힘까지도 분명하게 보였다.

"박(돌의 성이다)서방!"
"이 사람 돌이."
성팔의 부처는 번갈아 가며 돌이를 불렀다.
"네……."
반가운 대답이 길게 들렸다.
"배를 가지고 어서 들어오세요."
"네……."
돌이는 뱃머리를 이 편으로 돌렸다. 선체는 좌우로 몹시 흔들리며 오는 듯 마는 듯 이 편으로 다가왔다.
"아, 큰일났습니다. 이러고는 못 들어가겠습니다. 총총하게 박힌 아카시아 나무 꼭대기에 뱃머리가 마주쳐서 들어갈 수가 없습니다. 저 위에서 내려가자니 저 담 파여 나간 자리의 급한 물결에 배가 엎어질 테고, 이걸 어찌하면 좋습니까!"
돌이는 난처하다는 듯이 이렇게 부르짖었다.
"그러면 이 사람 저 앞마당 쪽으로 돌아 들어오지도 못하겠나?"
"어림도 없습니다. 이 물결을 거슬러서는 올라가지도 못합니다."
"아, 그러면 어찌하면 좋은가. 이것 보게. 우리 앉은 데까지 물에 잠겨 오네."
그의 어조는 비창했다.
"큰일났습니다 그려. 그럼 배를 나무에다 붙들어 매고 나만 헤엄쳐 건너가서 한 분씩 배로 옮아오시도록 하지요."
"그럼 어서 그렇게 해 주어, 박서방."
돌이는 조금 아래에 있는 양버드나무에다 배를 맬 양으로 배를 천천히 미끄러뜨리어 내려가서 기다란 갈고리로 그 나무를 걸어 당기고 굵은 삼바로 뱃머리를 붙잡아 매고 다음에 나무에다 얽어맬 준비를 시작했다.
이때였다. 요란한 소리와 함께 물 위로 용마루만 겨우 내놓고 있던 성팔의 집은 무너져 물 속으로 숨어버렸다.

"저것 봐, 집이……."

나뭇가지에서 발을 구르며 이렇게 소리를 치던 성팔의 아내는 어떻게 발을 헛디뎠는지 그대로 붉게 흐르는 물 위로 텀벙 떨어져버렸다.

"저 일을 어찌나. 저 일을."

성팔이는 아내가 물에 떨어지는 것을 보며 미친 듯이 부르짖으며 뒤미처 물로 뛰어들었다.

배를 붙잡아 매고 있는 돌이는 요란한 소리에 고개를 돌리자 잇달아 물 속으로 떨어지는 성팔의 부처를 보았다. 집이 무너져 파여나간 까닭에 물결은 더 급해지고 험해졌다.

붉은 물결에 싸여 떠내려가는 성팔의 아내는 두 손길만을 물 위로 내어 흔들었다. 미친 듯 내젓는 손길은 '나를 구해 주시오, 돌씨' 하는 듯했다. 두서너 간 새를 두고 성팔이는 따라 떠내려가며 애써 헤엄을 치려 하는 모양이나 급하고 험한 물결에 옷 입은 채로 떨어진 성팔이는 팔과 다리를 함부로 허우적거릴 뿐이었다.

이것을 보고 있던 돌이는 일각도 주저할 수가 없었다. 배 위에다 옷을 벗어 놓고 용감하게 물로 뛰어들었다.

사나운 물결을 헤치고 들어가는 돌이의 동작은 기민했다. 빠르게 물결을 이용해 한껏 빨리 내려가던 그는 어느덧 성팔이 처의 앞길을 막았다. 돌이는 마침내 물 위에 나왔다 들어갔다 하는 애인의 손목을 붙잡아 자기의 힘껏 높이 쳐들었다. 물 속에서 공중으로 머리를 내민 성팔의 처는 머리를 함부로 내어 흔들며 먹은 물을 토하려고 푸푸, 내어 불었다. 돌이는 한 편 팔로 그를 고이 껴안고 한 편 팔로 헤엄을 치며 배를 향해 나아가기 시작했다. 그제야 눈을 똑바로 떠서 돌이를 쳐다본 성팔의 처는 두 팔로 돌의 목을 껴안으려 했다.

"아서, 아서. 그렇게 하면 내가 헤엄을 칠 수가 없으니 그저 가만히 내

허리에 매달리기만 하오."
"응응……."
 차디찬 물 속이지만, 빈사의 경우이지만 껴안은 애인의 몸에서는 그래도 따뜻한 김이 오는 듯했다.
 돌이는 마침내 죽음의 바다를 건너서 거친 물결 위에서 외로이 흔들리고 있는 뱃전을 붙잡았다. 이것이야말로 삶의 언덕이다.
"아, 저는 살았지요."
 배 위에 올라앉은 성팔의 처는 이렇게 말했다.
"지금은 아무 걱정 없습니다. 내가 여기 있으니 안심하시오."
"우리 영감은 어찌 되셨어요?"
"당신의 영감이요? 성팔이요? 아, 참 어찌 되었노?"
 돌이는 멀리 흐르는 물 위로 시선을 던졌다.
"아, 저기 저것이 우리 영감이 아니에요?"
"아 참, 그것이구려. 무슨 나뭇가지에 매달려 있는지 떠내려가지 않고 그 자리에 있는구려."
"여보시오. 제발 좀 우리 영감을 살려주오. 우리 영감은 나 때문에 저렇게 되었어요. 만일 저대로 죽으면 나 때문에 죽는 것이에요. 나를 살려주신 당신은 우리 영감도 살려주세요. 나 때문에 죽게 된 저이를 살려주세요. 나를 사랑하는 당신이거든 제발 나를 살리려다가 죽게 된 저이를 구해 주세요."
 성팔의 처는 누가 뒤에서 주워섬기는 것처럼 이렇게 말했다. 이렇게 말하는 그의 얼굴에는 참으로 신성한 인정이 넘치는 표정이 흘렀다. 이것이 사람으로서의 가장 숭고한 표정이다. 죽음의 바다에서 헤어 나온 사람이 죽음의 바다에서 헤매는 사람을 보고만 나타낼 수 있는 값진 고귀한 표정이다. 이 고귀한 표정이야말로 악마라도 사람다운 본성에 돌아갈 수 있고 원수라도 사랑하고 싶도록 마음을 돌릴 수 있는 것이었다.

돌이는 마침내 이 숭고한 표정의 포로가 되었다. 자기의 양심은 한껏 피로한 자기의 몸뚱이를 또 한 번 거친 붉은 물 속으로 뛰어들게 하지 않을 수 없었다. 그 거친 물결이 돌이를 이 세상에서 영원히 발을 끊게 하는 죽음의 마지막 길이라 할지라도 그의 양심은 그의 몸뚱이를 그 물 속에 던지고야 말았다.

　성팔이를 죽이기 위해 진고개로 독약을 구하러 갔던 돌이는 이제 성팔이를 살리기 위해 거친 물결을 헤엄치고 있다.

　물에 떠내려가던 성팔이는 손에 닿는 것이나 눈에 보이는 것은 검불이라도 붙잡고 물거품이라도 붙잡으려 했다. 그는 눈앞에 보이는 펑퍼짐한 나뭇가지를 살고지라고 붙잡고 매달렸다. 그러나 매달려서 떠내려가는 것은 잠시 막을 수 있으나 이 나뭇가지에 몸을 싣고 잠시라도 물 밖으로 몸을 내어놓을 수는 없었다. 그래도 그는 그 나뭇가지를 생명같이 붙잡고 있었다. 물결에 밀리는 성팔의 체중에 나뭇가지는 부러졌다. 성팔의 생명은 다시 끊어졌다. 성팔이는 부러진 나뭇가지를 붙잡은 채로 다시 떠내려갔다. 그는 거의 의식을 잃어버렸다. 이 때 그의 팔에 닿는 튼튼한 물체가 있었다. 그것은 돌이의 팔이다. 몸뚱이다. 전력을 다해 따라온 돌이는 성팔의 팔을 붙잡았다. 자기의 주위에 있는 물체면 붙잡으리라는 의식밖에는 아무 정신이 없는 성팔이는 마침내 돌이의 두 팔과 함께 허리를 꼭 끌어안았다. 돌이는 '이거 큰일났구나' 하고 성팔의 팔을 뿌리치려 했다. 그러나 최후의 에네르기를 다 내어 붙잡는 성팔의 손과 팔은 마치 굵은 쇠사슬처럼 풀래야 풀 수도 없고 떼어낼래야 뗄 수도 없었다. 돌이는 마침내 운동의 자유를 잃었다. 두 다리만 쓸데없이 물 속에서 허우적거릴 뿐이다. 돌이는 맑은 정신을 가지고 그대로 물 속에 잠기지 않을 수 없었다.

　배 위에서 초조하게 바라보고 서있는 성팔의 처는 돌이가 성팔이를 붙잡는 것을 보고 자기가 구해진 듯이 그렇게 돌에게 끌려 나올 줄 알고 안심했다. 그러나 둘은 다 함께 물 속에 잠기는 듯했다.
 '아! 어찌 된 셈일까.'
 그는 안타깝게 부르짖었다. 조금 있다가 둘은 함께 물 위로 나타났다. 둘은 껴안은 채로 엎어졌다 뒤쳐졌다 하며 물결에 싸여 떠내려가는 모양이었다.
 '저러다가는 둘 다 한꺼번에 죽지나 않을까.'
 하는 의심이 떠올랐다. 그는 미친 듯이
 "사람 살려요."
하고 소리를 질렀다.
 이때였다. 멀리 상류에서 이상한 소리가 성팔이 처의 귀에 들렸다. 마치 자동차 길에서 나는 소리 같은 것이었다. 그는 소리나는 편을 바라보았다. 그 소리는 차차 가까이 들렸다. 그것은 물에 빠진 사람을 구하러 다니는 구조선이었다. 깃발을 휘날리는 구조선은 쏜살같이 달려왔다. 그는 손을 내어두르며 사람 살리라고 소리를 질렀다. 석유발동기를 장치한 구조선이 왔다. 성팔의 처는 그 배로 옮겨 타고 지금 떠내려간 성팔과 돌이를 구해 달라고 애걸했다. 지금까지 아득하게 보이던 두 사람은 그만 보이지 않았다. 구조선은 성팔의 처가 가리키는 방향으로 선두를 돌리고 속력을 놓았다. 선두에 서 있는 구조원의 망원경 렌즈에는 물 위에 떴다 가라앉았다 하며 흘러가는 두 사람이 나타났다.
 다시 속력을 내는 발동기 소리가 요란하게 났다. 구조원들은 벌써 그물 던질 준비를 갖추고 있었다. 앞서거니 뒤서거니 나타났다 숨었다 떠내려가는 성팔이와 돌이는 벌써 시체인 것을 증명하는 것처럼 아무 자발적 동작이라고는 없었다. 엎어지는 것이나 뒤쳐지는 것이나 뜨는 것이나 잠기는 것이나 모든 것은 다만 물결치는 대로 될 뿐이었다.
 "여보세요들, 둘 다 죽었나 봅니다. 저 일을 어쩌면 좋아요."
 성팔의 처는 선창에서 발을 굴렀다.

그물 던지는 소리가 철썩, 났다.

"아, 비꼈다. 조금 넘겨 쳤으면."

다음 사람이 준비했던 그물이 철썩, 물 위에 떨어졌다.

"옳다, 바로 씌웠다."

첫 그물에 씌어 나온 것은 성팔이었다. 창백한 얼굴, 퉁퉁 붙은 배는 보기에도 징그러웠다. 그물은 다시 돌이의 시체를 씌웠다.

죽음, 그것을 말하는 두 남자의 시체가 배 위에 나란히 누워있다.

의사는 번갈아가며 인공호흡을 했다. 두 사람의 입에서는 누르스름한 물이 간헐적으로 솟아올랐다.

배는 어느덧 뚝섬 보통학교 앞에 닿았다. 두 시체를 언덕진 나무 밑에 내려 뉘었다.

의사는 다시 인공호흡을 계속했다.

오분 십분 십오분을 지났다. 그래도 그들의 얼굴은 점점 창백해질 뿐이요, 소생의 빛이 보이지 않았다.

의사는 인공호흡을 멈추고 바지 주머니에서 손수건을 꺼내 이마에 흐르는 땀을 씻고 자기의 머리를 주먹으로 툭툭 치면서 점잖게 말했다.

"깨어나려면 지금쯤은 체온이 좀 돌아와야 할 터인데 아무래도 절망인 듯 하오."

지금까지 그린 듯이 앉아서 의사가 하는 일만 보고 앉아있던 성팔이 처는 한 걸음 가까이 다가앉으며 한 손은 성팔의 가슴 위에, 또 한 손은 돌이의 가슴 위에 올려놓았다. 탄력 없는 두 사나이의 피부는 시체 그것처럼 찼다.

성팔이 처의 굳게 다문 입술이 미묘한 근육 작용에 떨렸다. 그리고 길고 검은 속눈썹이 곱게 젖으며 수정을 녹인 듯한 맑은 눈물이 스며 흘렀다.

이 눈물은 성팔이를 위해 흐르는 것도 아니요, 돌이를 위해 흐르는 것도 아니요, 자기를 위해 흐르는 것은 더욱이 아니었다.
그 눈물이야말로 사랑을 초월하고 미움을 초월하고 자아를 잊어버린 초인간적 감정에서만 흐를 수 있는 정화淨化된 눈물이었다.

— 《신민》(1925. 12).

책략

해지자 불어오는 늦어가는 가을바람은 첫눈이나 오려는 듯이 쌀쌀했다. 자기 방에서 앉았다 엎드렸다 하며 무엇을 생각하던 S는 무슨 결심이나 한 듯이 벌떡 일어나서 장문을 열고 치마와 저고리를 갈아입고 자줏빛 숄을 두르고 문밖으로 나섰다. 사람이 가고 오고, 개, 짐승이 따라오고 따라가고, 솔개가 하늘을 높이 날고 전선대가 울고 동(動)하고 정(靜)하는 모든 주위의 현상이 나하고는 아무 관계가 없다는 듯이 다소곳이 걷는 S의 머리에는 내일 미국으로 유학을 떠나는 P선생이라는 남자와 자기의 친구 K라는 여자와 자기, 세 남녀가 움직이고 있을 뿐이었다.

"가서 K를 만나면 뭐라고 말을 꺼내나. 내가 별로 찾아가 본 일도 없는 K를 불시에 찾아가는 것이 어색한 일이 아닐까. 그 약은 K가 먼저 눈치를 채지 않을까?"

S의 머리는 비지찌개처럼 부글부글 끓었다.

"좌우간 가서 경우를 보고 할 일이다."

S의 걸음은 불어오는 북풍과 같이 빨라졌다. S의 빨리 놀리던 발은 K의 집 대문을 멀리 바라보자 휘발유 떨어진 자동차 모양으로 느려졌다.

"에, 그만 도로 돌아갈까."

하고 망설이던 S는

"갈 걸 뭐 하러 여기까지 와. 내가 미쳤다."
하고 자기 스스로의 핀잔에 못 이겨 K의 집 대문을 들어섰다.
"아이구머니! 어쩌면 내일은 해가 서편에서 뜨려나봐. 네가 우리 집에를 다 오고."
K의 접대가 생각했던 것보다 친절한 데 용기를 얻은 S는 호호 웃으며,
"왜 나는 네 집에 못 올 사람이가?"
"난 또 우리 집엔 못 올 사람이라고."
K도 호호 웃었다.
"너희 집에를 하도 안 왔으니 너한텐 그런 말을 들어도 싸다. 오늘도 널 보러 일부러 온 게 아니라 저 어디 갔다 오던 길에 그저 지나가기 뭣해서 들렀어……."
S는 자기 말이 그럴 듯하게 돌아가는데 스스로 감심했다.
"그러면 그렇지. 나 같은 걸 일부러 찾아오기나 하려고. 너 같은 '부르'가 나 같은 '프로'의 집에를."
"얘, 만나는 맡에 히야까시 하기가? 그리고 네가 '부르'가 될지 내가 '부르'인지 알 수 있나. 시집가 봐야 알 일이지. 백만장자한테만 시집을 가면 그만 '부르'가 되는 게고, 가난뱅이를 따라가면 '프로'가 되는 게지. 너나 나나 여자가 별 수 있니."
"너는 너희 집이 부자니 가지고라도 가지."
"에이, 그래 날더러 지참금을 차고 시집을 가란 말이야? 모욕도 분수가 있지. 너같이 미인이 못 되서 말이지. 호호호."
S는 노여운 척하려다가 이렇게 둘러씌우고 웃어버렸다.
여자의 예민한 신경이 K에게 잠깐 침묵을 명했다.
"애 참, 너와 의논해 볼 일이 있다."
S의 두렵고 푸른 입술이 가벼운 침묵을 찢었다.
"뭘?"

K의 쌍꺼풀진 눈이 조금 크게 떠졌다.

"P선생이 내일 아침 첫차로 떠난다지."

S는 무슨 다시 거두지 못할 물건이나 던진 듯이 속으로 불쾌했다.

'오, 네가 그걸 알아보려고 일부러 왔구나.'

하고 K가 생각하지 않나 하여 K의 불그레한 뺨이며 눈초리를 샅샅이 훑어보았다. 그러나 불쾌한 감정에만 신경질적으로 떨리는 K의 입술이 이상이 없고 K가 노할 때에 흔히 볼 수 있는 눈이 둔한 삼각으로 변하지 않는 것을 보고 S는 적이 안심했다.

"오오, 참 그렇던가. 내일이 예배 삼일이니까……."

K는 이제야 생각이 났다는 듯이 이렇게 대답하고 까만 눈을 두어 번 깜박였다.

"그래 너 전송하러 나갈래?"

마침내 안심한 S는 K를 찾아온 일의 전부인 물음을 최후로 묻고, 제가 하던 말을 상상하던 것보다 쉽게 물어버렸다.

"원, 별 소리가 다 많다. 전송, 무슨 전송. 넌 어쩔 테니?"

적이 날카로워진 K의 시선이 S의 좁은 이마에서 암상스러워 보이는 미간을 거쳐서 이러한 모습에 예외로 보는 풍부한 뺨까지를 사르르 더듬어 내려왔다.

S는 이때가 중요한 찰나라는 듯이 나의 표정으로써 K의 의심을 일으킬 것을 두려워하는 듯이 소맷부리에서 손수건을 꺼내어 헛코를 풀고 나서

"글쎄 말이야. 우리가 P선생 대접을 해선 물론 나가 보는 것도 좋겠지만 암만해두 그만 두는 게 좋을 것 같애. 우리 여자들이 하는 일엔 너무나 흉이 많고 비평이 많으니까……."

"너무 잘 생각했다. 네 말과 같이 멀리 가는 P선생 대접을 해서는 정거장까지 나가 전송을 하는 것도 좋지만 워낙 여자들의 말이라면 손톱만

하게라도 빼놓지 않고 찧고 까불고 하는데. 더욱이 P선생이 아내나 있다든지 또는 나이가 많다든지 하면 모르지만, 젊은이요 독신인데 우리가 전송이라도 나가고 하면 이러니저러니 비평받기 쉬울 것이니까. 차라리 P선생 한 사람에게 실례를 해서 여러 사람의 비평을 물리치는 것이 약은 일이야, 얘."

"옳아, 그래 나도 그렇게 생각은 했어."

"너나 나가 보려무나."

"얘가 미쳤나. 네가 나간다면 혹 동무해서 나갈는지 모르지만 나 혼자 미쳤니."

S가 K를 찾아 온 일이 이것으로 끝이 났다. S는 자기가 책략한 바가 별로 힘들이지 않고 맺어진 느낌 그대로의 유쾌함를 느꼈다. 유쾌한 김에 얼른 일어서 돌아오고 싶었으나 그 이야기가 끝났다고 곧 일어서서는 '그 때문에 왔었구나' 하는 의심을 받을까 하여 주저하고 앉아서 이런 이야기 저런 이야기를 해 보았으나 감흥이 없어진 대화는 동안 닿는 곳에서 맛없이 끊어지곤 했다. 그럴 때마다 괴로운 침묵이 오는 것이었다. S는 참다못해 하품을 했다. 객에게서 나온 하품은 주인에게로 옮아갔다. 주인의 체면도 잊고 K도 하품을 했다. 가벼운 권태가 두 사람을 싸고돌았다. 푸른 천으로 덮은 책상 위에서 둔한 소리를 내고 있는 녹슨 목각종을 살짝 쳐다 본 S는

"아이, 벌써 열 시가 됐네. 너무 오래 앉아있었군."

"뭘, 열 시야 초저녁인데 더 앉아서 이야기 해."

"아니, 가 봐야 해. 오늘 낮에 나와서 지금까지 안 들어갔는데."

"모처럼 온 걸 아무 것도 대접을 안 해서 미안하다. 또 와, 응. 나한테 욕 안 먹으려거든."

"또 오지. 나더러만 오라고 하지 말고 네가 좀 와요."

S는 돌아오는 길에 제과점과 과일집을 들러서 기차 안에서 먹기에 적

당함직한 과자와 과일을 보기 좋게 싸서 바스켓에다 넣어가지고 가벼운 걸음으로 자기 집으로 돌아왔다.

일찍 자고 일찍 일어나리라 하고 자리에 누운 S는 달콤한 흥분에 잠을 잘 수가 없었다. 자기의 강적인 K가 P의 전송을 나오지 않게 된 것이 얼마나 유쾌하고 몸 가벼운 일인지 몰랐다. 그리고 멀리 떠나는 P에게 자기가 정성을 다해 전송을 하는 것은 그의 호감을 사고, 있지 않을 인상을 주는데 얼마나 효력이 있으랴. 그리고 그가 무슨 틈을 타서든지 나에게만 조용히

"S씨 제가 도중에서도 가끔 편지하고 미국 가서는 곧 주소를 적어 편지할게요."

하고 악수를 청하는 그 점잖고도 젊은 얼굴의 표정이 자기의 꼭 감은 눈 앞을 어지르는 때 잠은 올 것 같지 않았다.

날은 새었다. S는 손수 나가 물을 데워가지고 세수를 했다. 그리고 화장대 앞으로 갔다. 잠을 잘 못 잔 탓인지 자기의 얼굴은 평일보다 한층 곱지 못했다. S는 오늘처럼 자기의 얼굴에 불만을 느낀 적이 없었다. 분을 발랐다가는 밀어버리고 다시 바르곤 했다.

'분 안 바르고 얼굴이 희어지는 수는 없나. 입술이 좀 붉게 빛났으면.'
하고 속으로 엉터리없는 공상도 해 보았다.

숄을 두르고 경대 앞에 가서 보고는 다시 숄을 장안에다 집어넣고 낙타오버를 꺼내 입었다. 과실 넣은 바스켓을 하인을 들려가지고 나갈까 하고 생각한 S는 도리어 손수 들고 나가는 것이 한층 더 P의 호감을 살듯한 생각이 들어서 회색 장갑을 끼고 바스켓을 들고 가벼운 걸음으로 자기 집을 나섰다.

들길에는 하얀 서리가 깔리고 잎 떨어진 나뭇가지에는 참새 무리가 요란하게 울었다.

아직 차시간이 안 되어서 그런지 정거장 구내에는 사람이 많지 않은 모양이고 대합실 문은 꼭 닫혀 있었다. 유리창으로 들여다보이는 왔다 갔다 하는 양복 입은 뒷그림자는 후리한 키로 보든지 충실한 어깨로 보든지 틀림없는 P선생이었다. 이 편을 내다만 보면 웃으며 마주 나오려니 했으나 P선생은 돌아선 채로 왔다 갔다 할 뿐이었다.

'P선생이 나를 못 보았으니 불의에 문을 열고 들어가서 좀 놀래 줄 수밖에 없다.'

S는 속으로 이렇게 궁리라 하고 찰나 후에 올 재미있는 광경을 예상하고 무슨 신비한 뚜껑이나 열듯이 무겁게 닫힌 대합실 문을 열었다.

문을 열고 들어선 S는 자기의 기대가 여지없이 틀어지고 온갖 계획이 수포로 돌아갈 때, 남에게 당치 못할 모욕을 당할 때, 남의 책략에 꼼짝 없이 넘어갈 때, 또는 제 꾀에 스스로 넘어갈 때, 이런 모든 때에만 느낄 수 있는 온갖 불쾌를 거듭한 참혹한 감정에 전신이 바르르 떨렸다. S와 똑같은 감정에 떨리는 사람이 대합실에는 또 하나 있었다. 그는 먼저 와서 P선생과 재미있게 이야기하고 있던 K였다. S와 K의 날카로운 시선이 마주쳐 일어나는 증오의 불길은 그때가 만일 어두운 밤 같으면 파랗게 빛났을지도 모른다.

자기의 거동이 자기로서도 수상하다고 정신이 들 때에 S는 비로소 자연스럽지 못한 인사를 P선생에게 하고 회색 장갑을 낀 손에 들려 서슬이 푸르게 오던 과일바스켓은 밥 값 못 낸 길손의 행장처럼 한 편 구석에 쓸어박혔다.

어젯밤 S와 K가 만나 본 전말을 모르고 감정이 예민하지 못한 P선생은 S와 인사를 마치고는 S와 K의 무서운 암투에는 전혀 알 바가 없는 듯이 손목시계를 한 번 들여다보고는 누가 오나 해서 유리창 바깥을 내다보고 나서,

"그래서요?"

하고 K에게 듣던 이야기를 재촉하는 모양이었다.

S는 "그래서요?" 하는 P선생이 어쩌 그런지 K와 같은 정도로 미워졌다. 그래서 '빌어먹을 녀석' 하고 속으로 욕을 하고 연놈의 꼴도 보기 싫다는 듯이 남창南窓을 향하고 돌아섰다. 불그레한 햇발이 불쾌한 흥분에 타는 S의 얼굴을 따뜻이 비추었다.

S는 P선생은 빌어먹을 녀석, 하고 욕을 하고 싶을 만큼 미워하는 자기가 좀 무서워졌다. K를 죽이고 싶게 미운 것은 남에게 말 못할 분한 일이 있지마는 P선생을 미워하는 것은 자기를 위해 매우 불리한 일인 듯했다.

'내가 무슨 이야기를 하는데 K가 나중 왔다 할지라도 역시 나직하고 부드러운 말소리로 그래서요? 하고 이야기를 재촉할 것인데 그것으로 P선생을 미워하는 것은 어리석기 짝이 없는 짓이요, 아량 좁은 일이다.' 하고 생각한 S는 '빌어먹을 녀석' 하고 P선생에게 욕하는 분자를 아무쪼록 자기 감정권 내에서 몰아내기로 했다. 그래서 S는 억지로 긴장된 얼굴의 근육을 풀고 P선생의 앞으로 가서 자기도 무슨 이야기를 꺼내려 했다. 그러나 갑자기 할 이야기도 없고 설사 있다 하더라도 K의 이야기가 끝나기 전에 덤빌 수도 없어서 한 편 벤치에 가 걸터앉았다.

미늘(鉤)이 있으면 S의 온몸을 끌어 나갈 듯이 힐끗 곁눈으로 보는 K의 꼴과 P선생의 떡 벌어진 가슴과를 번갈아 보는 S의 머릿속에는 P선생과 K와 자기 세 남녀가 정삼각으로 벌려졌다. P선생은 마치 베이스볼의 용감한 타자가 볼을 날리고 퍼스트(1루)에서 세컨드(2루)로, 세컨드에서 서드(3루)로 돌아가 듯이 자기의 가슴에 가 안겼다가는 번개 같이 K에게로 가고 K에게로 갔다가는 다시 자기에게로 달려오곤 했다. S는 자기도 모르게 머리를 가만히 좌우로 흔들었다. 그런 생각을 물리치려는 듯이……

송별객이 차차 늘었다. 다른 승객도 많이 왔다. 정거장 구내에는 S와 K

의 암투는 알 턱이 없다는 듯이 각기 제 볼 일에 수선거렸다.

둔하고도 큰 음향이 저 편에서 들려 왔다. 기차가 가슴 답답하게 닥쳐왔다. 사람들이 타고 내리느라고 한바탕 야단이었다. S는 바쁘고 분한 중에도 가지고 온 과실바구니를 잊지 않을 정성을 P선생을 위하여 또는 자기를 위하여 가졌었다. 수놓은 하얀 손수건을 종이에다 싸서 과일 틈에다 찔러서 차창으로 들여 밀며 안녕히 가세요, 하고 자기도 채 들리지 않는 소리로 종알거렸다.

역장의 호각 소리가 나자 전송 온 사람들은 차에서 멀찍이 물러섰다.

"왱!—"

기차가 뒤로 주춤했다. 차창으로 머리를 내민 P선생이 모자를 내둘렀다. 밖에 선 사람들도 혹은 모자도 두르고 혹은 수건도 두르고 했다. S와 K도 하얀 수건을 나풀나풀 내흔들었다.

기차는 따라가면 붙잡힐 듯이 느린 걸음으로 산굽이를 돌았다. 플랫폼에 죽 늘어섰던 사람들은 무슨 싱거운 일이나 당한 것 모양으로 느린 발길들을 돌려놓았다.

S는 K더러 봐라 한 듯이 인력거를 소리쳐 불러 타고 달아나는 차 위에서 흘깃, 눈을 한 번 흘리고 몸을 좌우로 흔들며 먼 산을 바라보았다.

(1926. 10. 11)

— 《문예시대》(1926. 11).

조그만 심판

밤이다, 감옥의 밤.

일만 촉 전등이 귀화鬼火 같이 번쩍이는 S감옥의 밤은 불안한 정적에 죽은 듯 고요했다.

각 감방에서 웅성거리는 수백 명 죄수의 이야기 소리는 이 불안한 정적을 깨치기 전에는 연자매 당나귀처럼 돌아다니는 간수의 사벨* 소리만큼도 힘이 없었다.

"고노 감보오가 이치방 야까마시이조 시즈싸니 셍까! (이 감방이 제일 떠든다. 조용히 못하겠느냐!)"

개장수라는 별명을 가진 간수가 호령을 내렸다. 그러나 고양이 눈알만한 식창食窓에 뚫린 구멍이 환해질 때(간수가 문에서 비껴 설 때)에는 감방에서는 다시 이야기가 시작되었다.

"여보 이백오십 호, 나가거든 편지나 좀 하오. 우리 형님 이름으로 알지? 그리고 나도 얼마 안 있어 나갈 테니까 우리 나가서 사회(그들은 감옥 밖을 사회라고 한다)에서 한 번 만납시다."

강도 초범에 칠 년 징역을 다 살고 이제 몇 달 안 남은 이백칠십 호는

---
* 본디 군인이나 경찰관이 차던 서양식 긴 칼.

강간미수로 이 년 징역을 살고 내일 만기 출옥을 하는 이백오십 호에게 이렇게 말했다.

"이 도적 녀석아, 나가 만나긴. 요 체격에 꿈쩍 마라!(강도질)나 한 번 큼직이 해보련."

서울의 쓰리단 뻐꾸기패의 우두머리라는 절도 칠 범의 오백 호가 일백칠십 호에게 건네는 수작이다.

"에이, 재리*가 될 녀석."

일백칠십 호는 이렇게 말하고 웃었다.

"이 녀석아, 그럼 감옥에서 사귄 놈들이 사회에서 만나면 무슨 신통할 일이 있더냐."

이렇게 대꾸를 한 오백 호는 말끝을 이어

"여보게, 이백오십 호. 나는 부탁할 거 한 가지밖에 없네. 자네 나가거든 그 목도(죄수간에 통용되는 담배의 은어)나 좀 사들여 보내게."

했다.

"여보, 이백오십 호. 내야 세상에 무슨 큰 변이나 생기기 전에야 별 수 없이 감옥 귀신 될 놈이니까 사회에 나가서 만나자는 기약도 할 수 없소. 그러니 이런 놈도 살아나갈 수 있는 무슨 기맥이나 보아 편지나 좀 해줘. 저번에도 외역外役 나갔던 이들의 말을 들으니까 ××이 ×××다고 호외가 돌더라는데."

맨 뒤에 앉아있던 살인범인 무기수 구백 호가 이렇게 말하고 한숨을 휘— 내쉬었다. 이백오십 호는 누구의 말이든지 그저 그 사람을 따라 '네' 혹은 '응' 하고 대답할 뿐이었다.

이번에는 식창이 벌컥 열리며 개장수의 시커먼 두 눈이 번쩍였다.

"다레다 하나시떼 이루노와 고햐꾸고 기사마다로 아시다 히도이메니

---

* '몹시 인색한 사람'을 멸시하여 이르는 말.

아와시떼 야루까라 오보에떼오레." (누구냐 떠드는 게. 구백 호 네 놈이지. 내일은 혼내 줄 테니)

"못 된 바람은 시구문으로 분다고…… 단또상 와다시 하나시 없습니다."

"소레쟈 다레다." (그럼 누구냐?)

"와다시 와까랑입니다."

"와까랑?"

오백 호의 딱 잡아떼는 바람에 멋없이 방 안을 들여다보고 섰던 간수는 철창을 요란하게 내리고 가버렸다.

"염병할 개장수."

오백 호는 거의 입버릇처럼 중얼거리고 모로 돌아앉으며

"이 사람 이백오십 호, 오늘은 이야기 좀 하게. 자네 비밀을. 대관절 강간미수라니, 맛이나 보았나? 맛 보았으면야 미수될 리가 있나……. 맛도 못 보고 이 년 징역은 고된 걸. 인석아, 그 약을 흘리고 대들었던 이야기나 좀 해."

하며 이백 오십호의 옆구리를 쿡쿡 찔러가며 키득거렸다.

이백오십 호는 그래도 웃지도 않고 무엇을 골똘하게 생각하고 있었다.

"저렇게 얌전한 양반이 어쩌다가 한 때 욕심을 참지 못하고 그 짓을 했담 그래. 대관절 여자가 꽤 예뻤든가 보지, 응."

언제나 우울에 싸여 있는 구백 호의 얼굴에도 이 말 끝에는 빙그레 웃음이 흘렀다.

"흥, 생각하면 기맥힌 일입죠."

이백오십 호는 비로소 고개를 들었다.

"그래, 어쨌단 말이요?"

"맛도 못 봤단 말이지."

"그런 게로구먼."

장차 나올 재미있는 이야기를 들을 사람들의 호기심을 가진 재촉이다.

"내가 감옥에 들어온 후로 지금까지 나에 대한 일을 누구에게도 말하지 않았더니……."

말끝을 뚝 끊은 그의 얼굴은 무슨 침통한 일을 당한 사람처럼 긴장하며

"내가 어려서 부모를 잃고 열 네 살 때부터 남의 집을 살았지요."

"참 이백오십 호, 올 해 몇이던가?"

구백 호는 방안을 대표나 한 듯이 이야기 대꾸를 한다.

"올해 서른 셋입죠."

"그러니 고생도 퍽 했군. 그래서."

"그래 어려서는 애도 보고 잔심부름도 하고 하다가 차차 커가며 소도 먹이고 쉬운 들일도 하기 시작해 스무 살부터는 실일꾼이 되었지요."

"응, 그래 장가는 언제 들고?"

"내 얘기를 들으세요. 그래, 돈 없는 놈이 장가들 수 있나요? 서른 살까지 총각으로 지냈지요. 그러다가 서른 한 살 되던 해 봄에 남의 집 살아 근근이 모은 돈으로 열여섯 살 나는 색시를 선채 이백 원으로 싸고 안성 땅으로 장가를 들었지요."

"호사했구먼. 그래서."

"장가라고 들고 나서 긁어모았던 돈은 죄 써버렸지요. 그래, 처가 근처 안성읍으로 와서 이번에는 양주가 남의 집 드난살이*를 하게 되었지요. 안성에서는 꼭지 가는 부자지요. 김참사네라고 예전에는 군 참사로 지금은 도평의원으로 안성에는 뜨르르하는 세도꾼이지요."

"암, 도평의원이랄 때야 돈 많고 일본 사람 교제 잘 해야지. 그래 그 집에서 드난을 살았어?"

구백 호는 신이 나게 말대꾸를 해준다.

"김참사 집에 막서리**를 한 칸 얻어가지고 드난살이 한 편으로 농사

---

* 남의 집을 옮겨 다니며 고용살이를 하는 생활.
** 남의 집에서 막일을 해주며 살아가는 사람.

때면 논마지기나 얻어 부치곤 했지요."

"아따, 이 사람아. 누가 자네 놈 드난살이 고생살이하던 이야기하랬어? 그 맛도 못 보고 경치던 이야기하랬지."

오백 호는 껄껄 웃으며 본론에 들기를 재촉했다.

"가만히 있게나. 이제 차차 얘기를 안 하나베."
하고 오백 호의 입을 막고 나서 다시 구백 호를 바라보며

"그래, 김가 집에서 이태 째 되는 해 겨울이올시다……. 글쎄 이 세상에 점잖은 놈이 어디 있고 믿을 놈이 어디가 있어요!"

이백오십 호는 갑자기 무슨 참으로 분한 일을 당한 사람처럼 침통한 빛을 띠며 부르짖듯이 말했다. 이야기를 듣던 사람들은 무슨 뜻인지 모른다는 듯이 멀뚱멀뚱 그를 바라보고 말받이 잘하는 구백 호도 "그래서?" 하고 뒷이야기를 싱겁게 기다릴 뿐이었다.

"겨울이면 쥔네 장변이며 장리 벼며 돈수세(收金)를 내가 댕겼습죠. 그런데 하루는 사오십 리 되는 촌으로 나갔다가 자정께나 집에 들어왔지요. 그것도 웬만하면 자고 올 거로 돼 나어린 여편네가 혼자 있을 생각을 하고 터덕터덕 집으로 돌아와 보니 싸리짝 문이 쫙 열리고 방안에 불은 끈 채로 여편네가 아랫목에 가 모로 쓰러져 울고 있겠지요. 그래 나는 어떤 영문인지도 모르고 일변 튀어 들어가며 욕부터 했지요. 아닌 밤중에 계집년이 청승맞게 울기는 왜 울고 있느냐고요. 그래도 내 말은 대답도 않고 흐느껴 울기만 하는구려. 이런 기맥힐 때가 있어요. 그래 남포등 갓 위에서 더듬더듬 성냥을 찾아가지고 대관절 불을 켜 봤지요. 했더니 그 꼴이라니요."

그는 지금 눈앞에 무슨 일을 당한 것처럼 이야기를 끊고 한숨을 휘— 내쉬었다.

"그래서?"

아직 요령을 얻지 못한 이야기의 심상치 않은 전개를 상상하며 뒷이야

기를 기다리기에 옆에 앉은 사람들은 적이 초조했다.

"그런 망측한 꼴이 있어요. 머리는 뒤범벅이 되고 옷고름은 떨어뜨리고 치마 밑은 터지고 그 지경을 하고 흑흑 느끼고 쓰러져 있는구려."

"그래, '꿈쩍 마라' 패가 들어왔었구나."

"참 불한당이 댕겨나가며 행실을 냈나 보구려."

오백 호와 구백 호는 번갈아 가며 자기가 추측한 바를 말했다.

"아니죠. 그래 여편네를 끄집어 일으켜 물어 보니 바로 쥔 놈이 그 지경을 하고 나갔다는구려. 그 말을 듣고야 잠시인들 참을 수가 있어야지요. 그래 당장에 이 놈을 요정了定을 낼 양으로 그 놈의 집을 가려니까 내 성미를 아는 여편네가 따라 나와 붙잡는구려. 아무리 분할지라도 밝은 날 법으로 다스리지, 잘못 서둘렀다가 일이 잘못되면 어찌하느냐고요. 그도 그럴듯해서 분이 치미는 것을 억지로 그 밤을 참고 나서 그 이튿날 다짜고짜 경찰서에다 고소를 했지요. 그러고는 그 놈이 순사에게 옭혀가는 그 점잖은 낯바대기를 보려고 기다렸더니 이삼일이 지나도 그 놈은 높은 퇴위에서 가래침을 곤두 올리고 서지 않겠어요. 거 이상한 일이다 하고 또 한 이틀을 지냈더니 저녁때쯤 되어 쥔 놈네 집에 자주 드나드는 그 동네 구장이 돈 오십 원을 가지고 나를 찾아와서 김참사가 보내더라고 하며, 어찌어찌 해 일이 그렇게 된 것을 지금에 나무라는 것은 피차에 창피한 일일 뿐더러 우리가 다 이러니저러니 해도 그 댁 땅마지기라도 부쳐먹고 사는 터에 웬만한 실수가 있었다고 그걸 말할 수가 없는 테니 온 동네 사람들을 봐서 꾹 참고 마는 게 어쩌냐, 하고 일장 사리를 타서 말을 하고는 다시 그렇게 하면 이 뒤에는 임자가 땅마지기라도 두둑이 얻어부치고 또 이번 일을 건과* 삼아 무엇이나 맘대로 청할 수가 있지 않으냐고 꾀는 수작을 붙이고 나중에는 임자가 고소를 한대야, 세도 좋고

---

* 愆過 : 허물.

교제 넓은 신분 좋은 그이라 별로 큰일도 안 당하고 임자만 돈 한 닢 못 얻어먹고 까딱하면 되치는 수가 있다는 수작으로 딱 울러 놓고, 그러니 어줍지 않은 고소 그만두고 속담에 누이 좋고 매부 좋다는 격으로 이 돈을 받고 또 땅마지기라도 맘에 있는 것이 있거든 내게다 말을 하면 범연치 않게 하리라고 하지 않겠나요."

"음, 놈이 밑이 저리던 게로군. 괜찮구먼. 그래 어쨌어?"

구백 호가 이렇게 말하자 오백 호는 손뼉을 탁, 치며

"땡이로구나. 호박 잡았는걸."

하고 싱긋 웃으며

"그래, 어쨌나?"

하며 뒤끝을 재촉했다.

"아무리 가난하기로니 그까짓 돈을 받아요? 그리고 그 놈의 집에 더 있어요. 그래 그 따위 놈은 법대로 다스려서 콩밥을 먹여야 한다고 버텨서 그 자를 다시 입도 못 떼게 돌려세웠지요."

"응, 남자의 의기가 그만이나 해야지. 그래서."

"했더니 그 이튿날도 그 놈은 뻔뻔하게 제 사랑에 가 앉았고 경찰서에서 나를 부르겠지요. 그래 들어갔더니 좋도록 사과를 하라고 조선 순사가 그러겠나요. 그래 절대 사과 못 한다고 했더니 그럼 좀 기다리라고 하더니 이번엔 다른 순사가 나와서, 이 놈 내가 그 사람이 돈이 있으니까 젊은 여편네 내세워서 미인계를 쓰다가 그게 잘 안 되니까 둘러씌우는 게 아니냐고, 밑도 끝도 없는 소리를 꺼내어 추상같이 호령을 하겠나요. 내 터무니없는 꼴을 보았지요."

"응, 돈 냥 있고 세도 있으니까 그네들을 한 번 낀 판이로구먼. 항용 있는 일이지. 그래, 사과를 했습니까?"

"그럼 어떻게 합니까? 그 앞에서야 할 수 없이 처분대로 합지요, 했더니 글 쓴 종이에다 도장을 치라 하기 도장이 없다고 했더니 그럼 지장이라도 누르라고 해서 손도장을 찍고 나왔지요."

"하하하. 멍텅구리 놈 같으니. 갔다주는 돈 오십 원도 못 먹고 경찰서에서 경만 파다발 같이 치고 억지로 사과를 했구나."

"암, 그랬지. 그리고 나왔더니 아무 말 없이 나만 보면 슬슬 피하던 그놈이 내 집에를 오더니 내 집과 내 땅을 오늘로 당장 내놓고 나가라고 으르겠다, 그러지 않더라도 나 역시 그 놈의 집에 있을 재미도 없어서 그 놈의 집에서 나왔지. 그러고 보니 거 분하기 짝이 없는데. 그 놈을 무슨 수단으로나 곯려 놓아야 할 텐데, 복수를 해야 할 텐데, 그 놈이 가슴이 찢어지리 만큼 피 아픈 수단으로 원수를 갚아야 할 텐데, 하고 밤낮 그 궁리만을 며칠을 두고 했네. 그러다가 나는 한 궁리가 났는데 그야말로 돌은 돌로 갚는다는 격이지. 그 놈이 그때 자주 유처취처로 첩장가를 들어서 숫색시를 얻어다 따로 살림을 시키단 말이야."

"응, 놈은 몇 살이나 났는데?"

"마흔 댓 됐었지요."

"과히 젊지도 않았구먼. 그래서."

"그래 놈이 금이냐 옥이냐 하는 그 년을 아닌 밤중에 욕을 뵈는 것이 그 놈의 가슴을 아프게 하는 데는 두 수 없는 상책이라고 생각했지."

"뽕도 따고 임도 본다는 격으로 원수도 갚고 외도도 할 겸 거 괜찮구나. 흐흐흐. 그래서?"

오백 호는 참으로 괜찮은 듯이 통쾌하게 웃고 무릎을 버썩 내밀었다.

"그래, 벼르고 벼르다가 그 놈이 안 온 틈을 타서 어느 날 밤중에 담을 넘어 그 년이 자는 방으로 쏜살같이 들어갔지. 그러나 욕도 보이기 전에 그 년이 악을 써서 그대로 튕겨 나오다가 사랑에서 자던 머슴 놈에게 꼼짝없이 붙들리고 말았지."

"그래, 그것으로 인해 징역이야?"

"그럼 공소까지 해 봐야 소용 있나?"

"억울하네."
"에, 분해."
"싱겁다."
"못난이 같으니."
　얘기를 듣던 사람들은 제각기 한 마디씩을 하고 약속이나 한 듯이 입맛을 쩝쩝 다셨다.
"그래, 이백오십 호 마누라는 지금 어디 있소?"
　구백 호가 묻는 말에 한참이나 대답이 없던 이백 호는 기력 없는 말소리로
"모르죠. 감옥에 들어온 첫 해에는 면회도 오고 편지도 가끔 하더니 작년부터는 면회도 않고 편지도 없으니……."
하고 고개를 축 늘어뜨리고 한숨을 쉬었다.
"입때 그대로 있겠습니까. 새파랗게 젊은 여자가 감옥에 있는 놈 바라고. 벌써 갈 데로 갔겠지요."
　오백 호의 입바른 소리에는 대꾸할 생각도 않고 이백 호는 그대로 무엇을 생각하는 모양이었다.
　이과실二課室에서 떨렁떨렁 취침종 소리가 울려 나왔다.
　감방 문마다 지나가며 "쥬싱, 쥬싱(취침就寢)"하는 간수의 부드러운 호령을 따라 일제 사격을 하는 듯한 쏴— 하는 오줌발 소리, 풍덩풀썩 하는 이불 내던지는 소리, 왜깍뚝딱 하는 목침 부딪는 소리, 잘 준비에 한바탕 수선스럽던 온 감방은 어느덧 고요해졌다. 그야말로 쥐죽은 듯하다. 그들 중에는 잠자기 위해 사는 사람들처럼 어느덧 코를 골고 잠이 드는 이도 있었다.
　그러나 이백오십 호는 자리에 누운 채로 눈은 말똥말똥해 왔다. 넷이 함께 덮은 시퍼런 이불 한 개가 답답한 가슴을 내려 누를 뿐이요, 잠은 올 것 같지 않았다. 밝은 날이면 이 험한 구덩이를 벗어나간다는 커다란

기대, 그보다도 그를 잠 못 들게 하는 커다란 원인이 있었다.

그것은 근 이태를 두고 알 수 없는 그 아내의 소식이었다. 도정이었다.

'어찌된 셈일까. 친정으로 가 있나? 그러면 편지하는데 회답도 안 올 리가 있나? 도대체 편지 회답이 없는 것이 이상하지 않은가? 친정에도 구차해 발붙일 수가 없으니까? 혼자 남의 집 드난살이를 하나? 그렇기로서니 편지 한 번이 없을 수야 있나? 나 없는 새에 고생 고생하다가 그만 어느 놈 따라 시집을 가버렸나?……'

예까지 생각한 그는 목침 위에서 머리를 좌우로 흔들었다.

'아니다, 아니다. 결코 그럴 리는 없다. 약한 여자 혼자 살기에 너무나 고달퍼서 편지나마 할 만한 주변과 틈이 없는 것이다. 내가 내일 나가는 줄은 편지를 받아 보아 알았을 테니까 미명살이*라도 한 벌 지어가지고 옥문 밖에서 나를 기다릴 테지……'

이렇게 생각을 돌리고 그는 억지로 눈을 감았다. 감은 눈 속에는 이전보다 키도 훨씬 크고 초췌할망정 갸름한 얼굴에 또렷한 눈이며 오뚝한 코가 그대로 남아 있으면서도 얼마쯤 점잖아진 자기 아내의 모양이 정면으로 나타났다. 그것이 눈에서 사라질 때에 그는 다시 눈을 떴다. 높직이 달린 전깃불이 눈부시게 내리비친다.

"주는 돈도 못 먹고 파다발 같이 치고, 하하하."

자기 옆에서 자던 오백 호는 이렇게 잠꼬대를 하고 이를 부드득 갈고 돌아누웠다. 이백오십 호도 픽, 혼자 웃고 모로 돌아누워서 잠이 좀 들어볼 양으로 눈을 단단히 감았다. 그러나 잠은 역시 들 수가 없었다.

"이조 아리마셍."

하는 잠 섞인 간수의 보고 소리며, 절그럭 절그럭 하는 구두 뒤축에 채우는 사벨 소리, 벽에 기대어 졸다 쓰러지는 듯한 사람 넘어지는 소리, 모두가 잠 못 드는 그의 신경을 잡아 누르고 시달리는 것이었다. 잠 못 드

---

* 무명살이. 무명으로 지은 옷의 잘못된 표기.

는 이백오십 호는 관계할 것 없이 날은 밝았다. 취장炊場에서 부는 고동이 "뛰—" 하고 요란하게 울렸다.

"기쇼(기상起床)!—"

간수의 기다란 호령을 따라 푸른 이불 속에 묻혔던 붉은 옷 입은 무리들은 오뚝이처럼 일어나 앉았다.

점검이 끝났다. 각 방의 무거운 문이 요란스럽게 열렸다.

수많은 야담의 부끄러운 것도 잊어버린 나체의 행렬이 가로세로 달아나고 있음은 쇠창살로 내다보고 있는 이백오십 호의 몇 시간 후에 있을 커다란 희망을 뜻깊게 했다.

갓 모자틀(笠型)을 연상케 하는 덜 된 메주 같은 아침밥을 받아 놓고 곁눈도 안 주어보고 앉았던 그는 감방 문을 폭 따는 서슬에 벌떡 일어섰다.

"이백오십 호 나와. 네 이름이 허복돌이지?"

"나리, 밖에 누가 왔어요?"

이백오십 호는 그것부터 먼저 물었다.

"이 녀석아, 오긴 네 할애비가 와?"

그는 더 물어 볼 용기도 없이 잡역부가 갔다 놓은 소신 같은 일본 짚신을 끌고 간수의 앞에 서서 자유의 벌판을 향하는 복돌이의 걸음은 그래도 가벼웠다.

선바위(立岩) 골짜기에는 엷은 아지랑이가 스멀거리고 무악재 바람은 봄 온 줄도 모르는 듯이 차게 부는 이월 초순 어느 날 아침 덕지덕지 더러운 무명바지 저고리에 깎은 머리에 모자도 못 쓰고 현저동 길가에서 어른어른 하는 것은 오늘 아침 출옥한 허복돌이었다.

복돌은 감옥 밖 밥집 또는 그 근처에 있는 집은 하나도 내놓지 않고 들어가서

"여보시오. 혹 안성서 온 젊은 아낙네가 댁에 들지 않았는지요?"

하고 자기도 미덥지 못한 것을 행여나 하고 물으며 돌아다녔다. 그러나

결국은 "나 여게 있어요"하고 자기를 맞아 주는 사랑하는 아내를 발견하지 못하고 말았다.

"그러니 그럴 수가 있나? 오백 호 놈의 말대로 어느 놈에게로 시집을 가고 말았나? 설마 설마 설마……. 대관절 내려가 보면 알 일이다. 그래도 설마?"

복돌이는 감옥에서 받아가지고 나온 돈 속에서 일원을 풀어서 목출모目出帽를 사서 쓰고 떡집에서 인절미 한 그릇을 게눈 감추듯 먹어버리고 안성으로 안성으로 총총걸음을 쳤다.

복돌이는 삼 년을 두고 그리던 안성을 들어서는 맡에 세상에도 없을 분한 소식에 놀랐다.

"이 녀석아. 이까짓 안성에 뭘 바라고 들어와. 계집이라는 게 믿을 게 되나베. 자네 아내자리는 김참봉의 셋째 첩이 돼서 호사를 벼락맞듯 하는 판이야. 이 녀석아 정신차려."

동구 밖 술집에서 술을 먹고 앉았던 복돌의 친구의 수작이었다. 이 상서롭지 못한 소식이야말로 감옥을 벗어 나오는 기쁨에 비해 얼마나 큰, 분하고 서러운 보도였으랴.

"예, 이 녀석."

복돌은 자기의 귀를 의심하려 했다. 억지로라도 친구의 말을 부인하려 했다. 종잡을 수 없는 취담으로 돌리려 했다.

그러나 자기의 귀를 의심하기에는, 흉한 보도를 부인하기에는, 친구의 말을 취담으로 돌리기에는, 자기만이 지금까지 모를 뿐이었고 세상 사람이 다 아는 사실임을 어찌하랴.

"참 저 사람 가엽게 됐어."

주모는 혀를 끌끌 차고 이렇게 말했다.

"할 수 있나? 이 세상이 도무지 돈 많은 놈의 세상인데. 계집 셋 데리고 살기 위해서 하나 가진 놈의 것을 빼앗는……."

주모 옆에 앉았던 수염 난 늙은이가 주모의 말에 대답이다.

복돌이가 지금까지 품어 온 아내에 대한 의심은 서럽게도 풀렸다. 그의 발길은 천 근이나 되게 무거워졌다. 앞으로나 뒤로나 뛰어 놀 용기가 없었다. 이 발로 안성을 등지고 모든 것을 저주하고 멀리 멀리 보기 싫은 꼴을 보지 말고 떠나버릴까 했다. 그러나 그대로 떠나버리기에는 두고두고 그리던 아내에 대한 애착이 너무나 끈적끈적했다. 이 끈적끈적한 애착은 복돌이의 저주의 발길을 한 보도 뒤로 돌려놓지 못하게 잡아끄는 것이었다.

'그 놈의 홀림 때문에 빠졌든지, 또는 내가 없는 새에 먹고 살기가 구차해 그랬던지 어찌해서 그 지경이 되었다 할지라도 내가 이렇게 나온 것을 보면 설마 돌아서지야 않을 테지. 서러운 하소연에 울고 내 가슴으로 달려올 테지. 설마 설마.'

그는 실패한 '설마'를 또 한 번 붙잡으려 했다.

"옳지. 그래서 울며 내게로 오면? 나는 어떻게 할까? 물론 데리고 살지. 내 처지에 다른 놈에게 갔다 왔다고 마다할 수야 있나?"

그는 마음속으로 중얼거리며 자기의 앞으로 숙여드는 아내에게 자기를 숙이었다.

"아니다. 모든 것은 당자를 만나 본 뒤에 할 일이다. 당자를 만나 보는 데는 먼저 처갓집을 찾아갈 필요가 있다."

복돌이는 처갓집을 찾아갔다. 그에게 하는 처갓집 태도가 지나다 들어온 장사치에게와 같이도 범연했다. 피차에 인사도 하는 둥 마는 둥하고

"집사람이 어디를 갔다우?"

복돌이의 이만한 수작은 이미 예기했던 것처럼 장모가 쓱 나서며

"자네가 뭐 몰라서 묻나? 벌써 알고 있었을 테지? 사람이 이태 삼 년 먹지 않고 입지 않고 사나? 무엇 먹고 입을 것 장만해 두었나? 그러니 어떻게 하나. 법이고 뭐고 밉거니 곱거니 입히고 먹이는 사람 마달까베. 이

러니저러니 해야 먹고 입고 사는 게 제일이지. 그래 지금 김참봉네 집에 의탁하고 살지. 툭 털어 놓고 말이지, 걔 덕에 우리도 땅마지기나 족히 얻어 부치고 그럭저럭 지내네. 자네도 뭐 섭섭하게 알 거 없어. 자네가 이제라도 벌이를 잘 해 남부럽지 않게 살게나. 우리 딸 아니래도 색시가 발에 턱턱 채일 거고. 정 우리 딸이 맛이라면 뭐, 민적 있는 여편네 돼서 못 빼 오겠나."

가장 경우가 바른 체하고 수다스럽게 늘어놓는 장모의 말에 그는 더 말할 무엇이 없었다. 다만 걷잡을 수 없는 울분에 찬 감정만이 자기 가슴에서 용솟음칠 뿐이었다.

그러나 그는 아직 분한 감정을 폭발시켜 큰 소리 칠 때가 아니었다.

"대관절 저를 만나 보고 할 말이 있으니 좀 집으로 오게 해 주시유."

"건 글쎄, 만나선 뭣해. 이미 그리된 걸."

"만나서 어디 제 말을 좀 들어봐야 합죠. 제가 정 마다면 병아리 새끼라 비끄러맵니까. 저 갈 데로 가라지요. 터놓고 말입니다. 내가 무슨 서방 노릇을 변변히 했다고, 마다는 걸 굳이 붙잡겠어요. 그러니 오늘로 결말을 내고 마는 게 좋지요."

그의 침착하고 부드러운 말에 적이 안심한 듯한 장모는

"고건 자네 소청대로 하게나. 어디 불러와 보지."

하고 목소리를 조금 낮추어

"자네 그리고 별 걱정은 말게. 김참사 어른이 언젠가 그러는데 자네가 감옥에서 나오면 우리 애기한테 장가들 때 들인 선채 밑천 같은 것은 낸다고 그랬다네. 그이두 경우 바른 이야. 그러니 자네가 뭣하다면 아무 짓을 해서라도 그건 받아 내 줄께. 아무 염려 말란 말일세."

여기까지 말한 다음에야 제가 무슨 불평이 있으랴 하는 듯이 복돌을 쳐다보는 장모의 기색은 그야말로 아무 염려 없는 듯했다.

남의 계집을 뺏고라도 돈만 주면 큰 얼굴로 사람을 대하리라고 믿는 돈냥 있는 놈의 심리. 이런 것을 경우 바른 것으로 칭찬하는 가난한 장모의 불쌍한 생각에 받는 감정으로 복돌은 전신이 부르르 떨렸다. 그는 타오르는 감정을 죽이고 최후로 이 일의 심판을 자기 아내에게 맡기려 했다.

'아니다. 천 사람 만 사람이 뭐라고 하든지 아내의 말이 제일이다.'
속으로 부르짖은 그는
"길게 말씀할 거 없이 그저 저를 만나보고 할 일입죠."
"그럼 내 이제 데려옴세."
장모가 나간 뒤에 지금까지 아무 말 없이 담배만 빨고 앉았던 장인이 물뿌리를 쭉 뽑으며 이가 빠져서 더듬더듬하는 말소리로
"자네도 맘을 넓게 먹게. 기왕 그리 된 일을 남부끄럽게 설렐 것 있나? 우리네 없는 사람이란 아무래도 있는 사람 신세지게 마련이니 그러므로 있는 사람 무시하고는 못 사는 법이야. 이따금 창피한 꼴도 보지만 그 역시 살자니 할 수 있나? 그게 사람이 그러는 게 아니라 돈이 그러는 게야. 돈 앞에야 장수 있나? '유전이면 능사귀신'이라는데. 그러니 별 말 말고 이 틈에 김참봉한테 한 밑천 떼 내게. 떼 내."
장인은 보기 싫게 난 허연 수염을 흔들흔들하며 인생 육십 사는 동안에 얻은 진리가 이것뿐이라는 듯이 무슨 설교나 하듯이 복돌이에게 수군거렸다.
복돌이는 말대꾸도 하기 싫은 듯이 고개를 외꼬고
'이 굼벵이 같은 물건아, 버러지 같은 짐승아.'
하고 속으로 코웃음을 쳤다.
"젊었을 때 한때 기운이란 지금 생각하면 아무 소용없는 게야. 그저 참고 보면 약이 되느니."
고개를 외꼰 사위에게 장인은 또 중얼중얼했다. 복돌이는 귀가 콱 멀고 싶을 만큼 듣기 싫었다.

"에, 어서 아내나 왔으면."
하고 일부러 기침을 할 때에 앞문이 열리며 장모를 따라 아내가 들어왔다. 그들 내외는 아무 말도 없이 쌈하려는 닭처럼 서로 마주보았다.

부은 듯 살찐 듯 누르퉁퉁한 얼굴에 남루한 옷을 입고 앉은, 감옥에서 바로 나온 그대로의 엉성한 남편의 꼴과, 기름독에다 담가 낸 듯한 들오리의 대가리 같이 윤이 자르르 흐르는 곱게 쪽진 머리, 이런 머리에는 이런 거라야 한다는 것처럼 가로 꽂힌 금비녀, 가늘게 그린 눈썹 밑으로 반짝이는 눈, 진하게 바른 분의 힘으로 한층 더 오뚝해 보이는 코, 남끝동 밑으로 드러나는 하얀 손목, 거기 잇달린 붓꽃 같은 손, 이 모든 것을 조화시키기에 적당한 부자 냄새가 흐르는 비단옷에 싸인 돈 많은 사람의 첩으로서 한 점의 유감이 없는 그 아내의 자태에 삼 년 후에 만난 그들은 서로 놀라지 않을 수 없었다.

놀랄대로 놀란 복돌이는 더 주저할 때가 아니라는 듯이 다짜고짜로 자기가 묻고자 하는 바를 물었다.

"대관절 어쩔 테요?"

"……."

아내는 대답이 없었다. 그는 또 한 번 같은 말을 물었다.

"대관절 어쩔 테냐 말이요?"

"무엇을 어째요?"

"그래 여러 말 할 것 없이 내가 나온 이상에도 그 놈의 집에서 살 테냐 말이야. 나를 배반하고."

"그럼 어째요. 이태 삼 년 그이의 덕으로 잘 입고 잘 먹고 게다가 우리 부모들까지 형편을 펴드렸는데 지금 무슨 염치에 그를 배반하고 나오겠습니까. 그도 그러려니와 지금 나오자면 저간에 아버지 어머니 그이에게 내어 쓴 돈을 갚아야지요. 그리고 지금 나온다면 장래에는 또 어떻게 삽니까? 지금 우리의 처지로 그이를 무시하고 살 수 있나요? 있는 사람 무시하고 산다면 무얼 잘 살겠어요? 거지 같이 살 바에야 죽는 게 낫지요."

움츠러들어 가는 듯한 차디찬 그 아내의 말은 토라질 대로 토라진 맘의 그림자를 복돌이에게 보여주고도 남았다.

"그래, 나를 영원히 저버릴 테란 말이지?"

복돌이는 별로 신통치도 못한 말을 또 한 번 다졌다.

"글쎄 누가 저버리고 싶어 저버렸어요? 어찌할 수 없는 형편이니 그렇지요. 정 그러면 이제라도 살림배치를 쭉 해놓구려. 그리고 그이에게 신세진 것도 갚고."

할 수 없는 일을 갑자기 명령하는 것은 '나는 이젠 당신 따위는 일 없어요' 하는 그 이상의 쾌씸한 수단이었다.

아내의 태도는 복돌 자신에게 모든 것의 심판을 재촉하는 듯했다.

모든 일에 힘을 많이 가진 돈이 계집이라는 사람을 사로잡는데 가장 큰 힘을 가진 데 새삼스레 놀랐다. 아내라는 한 계집은 이제는 헤어나기 어려운 돈 구덩이에서 죽는 날까지 헤메일 것을 알았다. 그는 구제하지 못할 비단옷을 입은 어여쁜 노예로 변했다. 구제하지 못할 사람은 또 하나 있었다. 돈 재미 위에 올라앉아서 양심을 잃어버리고 이것만 가지면 모든 것을 할 수 있다는 미친 생각에 취한 돈 많은 놈이 그것이었다. 김 참사가 그것이었다.

그러나 복돌이는 요만한 일을 심판할 만한 조그만 자기의 힘을 발견할 때 어여쁜 조그만 노예에게 자기의 약한 꼴을 더 뵈지 않으려는 듯이 스스럽게 웃어버렸다.

"아아, 좋도록 하시오, 부디 잘 사시오."

복돌이는 마지막으로 이 말을 남기고 장인의 집을 나왔다.

그 이튿날 밤이다. 안성 읍내에는 근일에 드문 대참사가 일어났다. 그것은 안성의 부호요, 명망이 높은 김××가 첩의 집에서 자다가 어느 흉한에게 첩을 끼고 누운 채로 첩과 함께 참살을 당했다는 것이다. 범인은 감옥에서 나온 지 얼마 안 되는 전과자 허복돌로 판명되었으나 그의 종적은 묘연하다는 것이었다. (1927. 1. 4. 오후 1시)

— 《동광》(1927. 4).

낙원이 부서지네

그는 이혼을 했다. 그만 죽어버려라 하고 소리 질러도 항의조차 변변하게 못하고, 밥지을 쌀을 떨어뜨리고 있어도 뾰족한 소리 한 번 못하고, 사흘 나흘 나가자고 들어와도 바가지 한 번 되게 못 긁는, 남편이라면 하느님 같이 아는 인종忍從과 비굴에 사는 아내를 거지 같이 쫓아 보냈다.

아내는 가라고 할 때에는 죽으라고 할 때보다는 좀 강경한 항의를 했다. 그래도 결국 가기는 갔다.

그는 연애를 했다.
연애한 그들은 결혼을 했다. 글자 그대로 연애 결혼을 했다. 실크햇과 모닝*을 입은 애인과 면사포 속에 싸인 눈같이 흰 연인이 팔과 팔을 끼고 둥둥거리는 피아노, 흩날리는 꽃 속에 꿈결 같은 발길을 옮겨나왔다.

그들은 비둘기같이 머리를 모으고 스위트 홈을 세울 의논을 했다.
"여보, 이까짓 시골서 살 게 뭐예요."
"그럼 어떻게 하자우."

---
* 모닝코트. 서양식 예복의 한 가지.

"도회처로 가지요, 도회."
"서울로?"
"서울보다 더 좋은 데로."
"그럼 동경으로."
"그까짓 짜개발이* 사는데."
"그럼 어디로?"
"우리 상해로 가요. 동양의 파리라는 상해로."

그들은 넓은 상해에 좁다란 낙원을 세웠다.

애인의 주머니에 돈이 말랐다. 낙원은 파산을 당했다. 연인은 갑자기 우울해졌다. 웃음을 잃어버렸다.

낙원을 잃은 그들은 빵을 찾기에 분주했다. 애인과 연인은 주린 동물처럼 생계 거리를 뒤졌다.

영어를 알고 음악을 하는 현대적 지식을 가진 귀여운 연인은 빵구멍**을 찾아냈다. 백대일의 직업을 얻었다.

사내는 자기보다도 용한 아내의 수완을 치하하기보다 먼저 이 같이 훌륭한 아내를 가진 자기의 행복을 느꼈다.

이번에는 을종乙種 낙원을 세웠다.

---

* '일본 사람'의 속된 표현. 쪽발이.
** 일자리를 말함.

사내는 아직도 빵구멍을 찾으려 거리로 헤매었다. 두 달 석 달이 지났다. 그래도 그가 찾는 직업은 없었다.

아내는 매일 벌이를 나가고 사내는 수캐처럼 엎드려 쓸쓸한 낙원을 지켰다.

을종 낙원에 저기압이 왔다.
빵 값을 내고 고기 값을 내고 집세를 무는 아내의 태도는 이전 연인의 태도와는 좀 달랐다.
그는 그래도 그만한 일은 당연히 있을 일이라는 듯이 미안하게 생각하고 아내의 비위를 맞추는 것으로 을종 낙원의 평화를 유지하려 했다.
그는 야회夜會에 가는 아내를 위해 밤의 낙원을 홀로 지키기에 이르렀다.

을종 낙원에는 저기압이 좀 짙어졌다.
일 년이 지난 아내의 수입은 더 늘었다. 그러나 사내는 턱에 수염이 한 치나 길도록 깎을 필요도 없이 한산했다.
그의 일로는 아내를 찾아오는 손님의 안내가 고작인 편이었다.

"오늘은 머리 깎고 담배를 사야 할 텐데 돈 몇 각角만 내놓고 가우."
"지금 잔돈이 없으니 나중에 깎구려."
"양말도 한 켤레 사야 할 텐데……."
"양말은 아무 거나 못 신소. 당신 뭐 어디 갈 데 있습디까?"
"갈 데는 없지마는……."
그는 불평 대신에 입맛을 다셨다.

을종 낙원에는 저기압이 더 한층 짙어졌다.

내시보다 조금 나을 동 말 동한 경제력 없는 사내는 절대의 경제력을 가진 아내에게 완전히 주권을 잃어버렸다.

"매일 하는 일 없이 놀면서 무에 그리 곤해서 아침잠을 그렇게 주무시우. 좀 일찍 일어나서 신문도 들여오고 편지통에도 나가보고 하구려."

그는 경제력을 잃는 동시에 낙원의 주권도 뺏겨버렸다. 그러나 여호와가 주신 불평의 감정만은 아직까지 남아 있었다.

"괘씸한 계집 같으니. 제가 벌어서 살림을 좀 하기로서니 버릇없이……."

그러나 이 불평은 아내가 듣지 못할 가는 음향에 그칠 정도에서 참기로 했다.

일 년이 지났다.

아내의 지위는 여왕같이 높아지고 사내의 처지는 부마보다도 낮아졌다.

"여보, 오늘 해가 잘 나니 저 양복장 밑에 있는 내 양말 좀 빨아 두세요. 우악스레 문질러서 꿰뚫지 말고."

"……."

"네? 그래요!"

"글쎄 알았어."

"여보 아침밥 한 그릇 남았지요. 저녁 지을 것 없이 당신은 그것 데워 잡수세요. 나는 나가 사 먹고 들어올 테니."

"아무렇게나."

문밖에 나선 여왕의 소리이다.

을종 낙원을 들러싼 저기압은 마침내 폭풍화暴風化했다. 폭풍은 낙원을 흔들었다.

"여보, 양말 빤 것하고 이게 뭐요. 뒤축에 묻은 때는 지지도 안았으니.

하루 종일 양말 한 켤레 빠는 것을 이 지경을 만든단 말이요!"

"여보, 내가 아무리 궁하게 들어앉았기로니 당신의 그 버릇없는 행동은 너무 심하지 않소? 정 이러기요!"

"아따, 큰소리하는구려. 그만 두구려. 세탁집에 일 각만 주면 훌륭하게 빨아 줄 테니."

"애초에 그럴 게지 나더러 빨긴 왜 빨랬어?"

"글쎄 그만둬요. 일년 이태 놀고 앉아 먹으면서 양말 한 번 빤 게 그리 원통하우."

"뭐가 어쩌고 어째!"

가복家僕 같이 순하던 사내의 떨리는 손에 쥐어진 석회로 빚은 비너스의 인형이 아내의 이마 위에서 깨어졌다. 침대가 부서지고 테이블이 부서졌다. 남성 '노라'는 마침내 큐피*처럼 눈을 부릅뜨고 을종 낙원을 나왔다. '노라'가 인형의 집을 나올 때보다는 좀 더 큰 소리를 내면서…….

— 《신민》(1927. 5).

---

* 셀룰로이드나 석고 따위로 만든 인형.

양심

월급날이다.

경사警査 한중의韓重義는 타기 전부터 걱정이 앞서는 월급봉투를 받았다. 그의 봉급은 이만 이천 원이다. 이것도 그의 동료인 순경들의 그것에 비하면 이천 오백 원이나 더한 금액이지마는 따져 보면 고관대작이나 실업계며 사회 저명 인사들이 몇 시간 술을 먹고 나서 접대부에게 던져 주는 팁의 한 사람 몫도 못 되는 한심한 돈이다. 세상에서는 흔히들 "요새 월급쟁이가 뭐 월급 가지고 사나"하고 말해서 월급이란 그저 몇 급 몇 호봉이라고 법으로 정해서 받는 것뿐이고, 실상 생활은 딴 구멍으로 들어오는 수입으로 해나갈 것이라는 것이 거의 상식화常識化해버렸고 더욱이 경찰관이라면 두 번 물어 볼 여지도 없이 그렇게 단정해 버리는 것이다.

이러한 상식을 짓밟고 만일에 자기의 적당한 수입만으로 살려고 애를 쓰는 공무원이 있다면 이는 총명하다기보다도 크게 어리석은 노력일 것이며, 그리하여 사실로 살고 있다면 이는 한 개의 기적을 나타내고 있다고 생각되는 것이 오늘의 사회다.

한경사는 이 어리석은 노력을 하고 있는 사람으로 한 개의 기적을 몸소 창조하고 있는 이 나라의 공무원이다.

본적은 황해도—

학력은 중학 졸업—

일제 말에 징병에 불응해 병역법 위반으로 복역 중 8·15 해방을 맞아 출옥한 후 청년애국투사로 활약했으나 공산당이 되지 못해 북한을 탈출한 월남—

대한민국 순경에 취직—

이것이 금년 28세인 한경사의 약력이며, 그의 부양가족으로는 6·25 전해 봄에 네 살 먹은 아들을 업고 남편을 찾아 월남해 온 아내와 이제 세 살 잡히는 딸 등 세 식구가 있다.

번연히 그럴 줄을 알고 받아 든 월급이었지마는 무엇무엇 다 제하고 사천 오백 원을 손에 든 한경사는 온몸에 맥이 다 풀리는 것이었다.

"어떻게 집에 들어가나."

두 어린것에게 졸리어가며 그래도 월급날이라고 기다리고 있을 아내를 대할 것이 진실로 딱했다. 그렇다고 안 들어가고 배겨낼 도리도 없는 일이라 북풍에 눈조차 날리는 거리를 한없이 무거운 다리로 걸었다.

"예키 아빠 오신다, 수천아!"

문틈으로 내다 보고나 있던 것처럼 아내는 어린것들을 안고 끌고 나온다.

"옛소, 월급이오"

그는 자기도 모르게 퉁명스러운 어조로 돈을 내어 주었다.

"이게 얼마요?"

아내는 애계, 하는 표정으로 묻는다.

"세 보면 몰라?"

내친걸음에 짜증을 내버렸다.

"엇수, 당신이 돈을 맡아 가지고 쓰우."

천 원짜리 넉 장과 백 원짜리 다섯 장을 눈길로 세어 본 아내는 돈을 남편의 앞으로 내던진다.

"무엇이 어째. 누군 돈을 적게 타오고 싶어서 그랬나. 이 전표도 못 보나. 나는 한 푼도 헛돈 쓴 거 없어."

"그러기에 누가 뭐라고 그러우. 나는 그 돈 가지고 써낼 재간이 없으니 당신이 맡아서 쓰란 말이에요. 글쎄 당신도 생각을 해보구려. 우리가 며칠째 죽을 먹었소? 오늘은 그래두 월급날이라고 다만 몇 끼라도 밥을 지어먹을 수 있게 될 줄 알았는데……. 글쎄, 나는 괜찮요. 뱰에 풀칠이라도 하는 것만 감지덕지죠 그렇지만 저 수천이가……."

아내는 울음으로 말을 잇는 것이었다.

사실 먼저 달까지는 무상으로 주는 공무원 배급이 나와서 죽을 매일처럼 쑤어먹지 않고도 견디었지만 이 달에는 그것조차 나오지를 않아서 아침저녁을 모두 죽으로만 이어온 지가 벌써 여러 날이다.

"왜 재수 없게 질질 울고 야단이야 빌어먹을 년 같으니."

그는 자기 자신도 울고 싶은 것을 억지로 참으며 이렇게 욕질을 해댔다.

"당신은 재수 어지간히 많아 좋겠소. 난 빌어먹지 말래도 당신같이 도도한 남편 만난 죄로 꼼짝없이 빌어먹을 테니 걱정 말아요."

아내도 지지 않고 포달*이다.

"무엇이. 여—이년아, 그게 말이라고 하니."

그는 이론을 늘어놓는 대신으로 보기 좋게 아내의 따귀를 때렸다.

"오냐 때려라. 굶어 죽는 것보다는 차라리 임자 손에 맞아 죽는 것이 낫다. 어서 죽여라."

캑 쓰러졌던 아내는 비틀비틀 일어나며 남편의 정복 넥타이를 움켜잡는다. 어린것들이 질겁을 해 울부짖는다.

"오냐 죽여주마."

---

* 암상이 나서 함부로 악을 쓰고 욕을 하며 대드는 일.

한경사는 허리에 찼던 권총을 빼어 든다.

"좋다. 죽어라!"

악에 받친 아내는 가슴을 헤치고 들어 덤빈다.

그는 빼어 든 권총을 아내의 앙가슴에다 대었다.

"오냐 죽여라!"

아내는 죽음을 각오한 듯 눈을 똑바로 뜨고 발악이다. 아내의 가슴에 뿌리를 박았던 권총은 슬며시 호선弧線을 그으며 자기 자신의 귀밑으로 방향을 옮겼다. 그리하여 한경사의 바른손 무명지가 권총 방아쇠를 당기려 구부러지는 순간이었다. 아내는 날카로운 비명과 아울러 날쌘 동작으로 남편의 팔을 잡아당겼다.

"땅!"

권총은 불을 토하며 천장을 뚫었다.

자기는 죽어도 좋았으나 남편을 죽이고 싶지 않은 아내였다.

아내는 남편의 손에서 권총을 빼앗아서 힘껏 내던졌다. 권총은 유리문을 부시고 밖으로 나가떨어진다.

실로 눈 깜짝할 사이였다. 아내는 자기의 일생을 통해 이렇게 기민한 동작을 취해 본 적이 없었다.

소란한 순간 뒤에는 죽음보다도 고요한 정적이 왔다.

날카롭게 부는 바람에 눈발이 창문을 두드리는 것이 그들의 침묵을 수놓는 듯했다.

"날 죽이지 않고 왜 당신이 죽으우?"

아내는 원망스러운 듯한 눈으로 남편을 바라본다.

"내가 왜 당신을 죽이우. 나만 죽으면 남은 식구는 어떡허라고."

"이러나 저러나 계집 새끼 부양 못하는 바에야 사나 죽으나 마찬가지가 아니우."

"그렇게 죽을 각오까지를 하는 마당에 단 세 식구 못 먹여 살릴 게 어디 있수."

"나에겐 죽기가 살기보다 훨씬 쉬운 걸 어떡허우."

"그 못난 소리 좀 말아요. 남들은 잘 사는데 당신 혼자만이 왜 못 살우?"

한경사는 눈을 왕방울처럼 크게 뜬다.

"당신 외엔 다 잘 살지 뭐예요. 경찰서에 댕기는 사람은 모두가 굶거나 죽만 먹고 삽디까. 옆집의 동호 아버지는 사찰계에 다니는 순경이라는데 배급 나온 양쌀은 밥맛이 없다고 팔고 흰쌀밥만 해먹고. 그래도 설에는 애들을 하나도 빼지 않고 인조견 나부랭일망정 모조리 설빔을 해 입혔습디다. 세상에 당신같이 주변머리 없고 그런 사내가 어디 있단 말이요."

"난 한 달에 돈 이만 이천 원 받아 가지고 배급쌀은 팔아먹고들 설빔해 내세우고 사는 그런 재간 없어. 설사 그런 수가 있더라도 양심이 허락하지 않아. 못해."

"아이고. 걸핏하면 양심은 잘 내세우지. 그까짓 거지 깡통만도 못한 당신 양심주머니 제발 좀 떼내 버리시오. 배급 식구 두 서너 명만 늘리재도 양심에 부끄러워 못하는 그 빌어먹을 양심…… 온 세상 사람이 모조리 당신 같은 양심을 차고 댕긴다면 모두 굶어 죽어서 이 세상에 사람 종자라곤 못 찾아보겠소. 이 편 못났다는 소리는 않고 말 몰리면 양심 내세우지. 정말로 이까짓 살림 지긋지긋해 못하겠어."

아내는 머리를 내흔들며 돌아앉는다.

"못 살겠거든 말아. 누가 억지로 살래. 수단 좋아 돈 잘 버는 놈 얻어가서 배지가 터지도록 먹고 잘 살아라."

"걱정 말아요. 도적놈을 서방으로 해서라도 배부른 세상 꼴 좀 보다 죽을 테니."

잦아지려던 가난 싸움의 불은 새로운 바람을 타서 불꽃이 인다.

"나가거라. 당장 나가거라. 삼대 홀아비로 늙어 죽어도 너 같은 년 일 없다. 어서 나가거라."
 그는 화가 치미는 대로 아내의 등을 밀었다.
 "이렇게 떠밀지 말아요. 붙잡아도 안 있을 테에요. 맨 몸뚱이로 튀어 나가도 굶어 죽기 밖에 더하겠소."
 아내가 코웃음을 치니
 "여러 말 말고 나가. 아니꼬운 년 같으니."
 그는 한층 언성을 높이었다.
 "걱정 말아요. 이제 곧 나갈 테니."
 아내는 싸울 때마다 쌌다가는 푸는 보따리를 또 쌌다.
 "어서 나가라."
 대개 경우에는 아내가 싸는 보따리를 빼앗아서 내동댕이를 치는 그 남편이 오늘은 끝끝내 나가라고 내닫는 것이 야속해서 아내는 눈물을 머금어 결심하고 일어섰다.
 "애들이나 잘 맡아요."
 "걱정 말아. 내 새끼 내가 맡지 너 줄줄 알고……."
 아내는 보따리를 끼고 정말 문밖을 나간다.
 아들과 딸이 기절을 할 듯이 울며 버선도 벗은 발로 쫓아나간다.
 어느덧 바람도 자서 밤에는 함박눈이 펄펄 내린다.
 아내의 나가는 뒷모양을 한참 동안이나 바라보고 있던 그는 벌떡 일어났다.
 "여보! 애들은 왜 달고 가는 거야!"
 그는 소리를 버럭 지르며 쫓아 나온다.
 "누가 달고 가요. 걔들이 쫓아오지. 어서 데려 들어가구료."
 아내는 뒤도 돌아보지 않고 좀더 걸음을 빨리 한다.
 "그리고 또 남의 것은 왜 가지고 가는 거야. 그것도 두고 가!"
 또 한 번 고함을 지른다.

"어이고, 별소리가 다 많아. 내가 무얼 당신 걸 가지고 가요? 가져갈 게 뭐 있어요."

아내는 마지못해 돌아보며 코웃음을 친다.

"좌우간 이리 와요."

"왜 그래요. 가는 사람을 왜 또 오래요."

아내는 그러면서도 비슬비슬 앞으로 다가온다.

"기왕 헤어지는 바엔 따질 건 다 따져야지."

"암 그렇죠. 따져 보세요."

"당신 뱃속에 든 건 뭐요? 그건 내 거 아니오?"

남편의 말에 아내는 자기의 부른 배를 내려보다 얼굴이 빨개진다.

"그렇지만 아직도 석 달이나 있어야 나올 뱃속의 것을 날더러 어떡하란 말이요."

"석 달이 아니라 열 달이라도 참았다가 어린앤 낳고 나가야지. 그래야 경우가 옳지 않아!"

그는 일부러 소리를 버럭 질렀다.

"그것도 양심이로군요."

"남 검불 한 대라도 남의 물건 가져가는 건 비양심적이다. 이리와!"

그는 마치 경관이 죄수를 잡아가듯이 아내의 손목을 잡아끌며 빙그레 웃었다.

"내참 기가 막혀서……."

따라 웃으며 끌려가는 아내는 발밑을 굽어보며

"에구머니. 누가 주워 갔더라면 큰일 날 뻔했네."

하고 엷게 깔린 하얀 눈 속에 떨어져 있는 까만 권총을 주워 든다.

— 《신천지》(1952. 5).

마담의 생태

저는 '마담'입니다. '안사랑' 마담입니다. '안사랑'이라고 해도 부잣집 '뒷사랑'과 같은 그런 것이 아니고요, 제가 어린 자식들 데리고 밥벌이 하는 소위 '요릿집' 이름이예요. 고관대작으로 계신 분이나 돈 잘 쓰는 실업가 등등, 요릿집 깨나 드나들어 보신 신사숙녀시라면 제 집을 한 두 번쯤 와 보셨을 것이라고 생각되는 것은, 저의 영업자적인 자존심에서 그렇게 추측됩니다.

호호호……. 어쩐지 저의 영업 광고처럼 되었군요. 하지만 그런 의미로 한 말은 아니니 용서해 주세요, 호호.

'마담'이란 말이 영어인 줄은 저도 압니다. 그러나 요즘처럼 그렇게 마담 풍년이 든 때는 우리의 역사가 반만년이라는 게 다소간 에누리가 있다면 좀 깎아서 반의 반만년 2천5백 년쯤 치고라도 우리가 해방된 후 즉 약 십 년 내외간이 아닌가 하고 생각되는데, 여러분께서는 어떻게 생각하세요? 아마 제 말이 맞을 겝니다.

'마담'만이면 그래도 좋겠는데 요즘 생각엔 별의별 마담이 수두룩 '닥상*'이거든요. 정正 마담, 부副 마담, 세컨드 마담, 서드 마담, 하다 못해

---

*たくさん : 많음, 충분함.

'가오마담*까지 낮은 어깨를 막 재는 판이니 과연 '마담 풍년 시절'이 연년히 해마다 들고 있지 뭡니까.

저는 정말 지금도 그렇게 느낌이 좋게 들리지는 않지만 처음에는 그 '마담'이라고 불리는 소리가 듣기 싫어서 밥을 굶는 한이 있더라도 그 놈의 술장사를 그만둘까 하고 생각한 것이 한두 번이 아니었어요. 그렇지만 구복이 원수라 어떡합니까. 그래저래 이제는 근 수 년 동안을 이 영업에 목숨을 걸고 그래도 어린것들의 학비며 먹고사는 사람 흉내를 내고 있답니다. 그러자니 오죽합니까. 그야말로 생불여사지 뭐예요.

요리장사 술장사하면 남 보기엔 뻔지르 하지요. '터언 파마'도 돈 아끼지 않고 하며 경도양단이나 비로드쯤은 이까짓 걸 하고 퇴해 가며 홍콩 양단으로 일습을 갖추고 코—티 향수로 분위기를 발산해 가면서 한 달에 하루 25일만은 법에 따라 쉬기로 하고, 하루에 끽해야 대여섯 시간 손님 좌석에나 들락거리며, 웃기 싫은 웃음 깨나 흩트리면 그 날 일과는 끝나는 것이니 얼마나 수월해요. 그렇지만 생각하는 것처럼 그렇게 수월하지도 못한 데서 저의 그 칠 같이 검던 머리에 약간의 '새치'가 나는군요. 새치라는 건 부러 한 소리고요. 제 나이도 이젠 40하고도 몇 고비 더 넘었으니 머리가 세기 시작할 때도 되었지요. 여자의 나이로 40여 세가 적습니까. 호호호.

남 보기처럼 수월치 않은 저의 하소연이라고 할까. 넋두리를 들어주실 거예요. 그럼 들어보세요. 첫째 세금은 왜 그렇게 주리하게 많습니까. 요릿집에는 얕보아서 맘 내키는 대로 함부로 매기는 것인지, 혹은 어떤 수학적인 근거 위에서 매기는 것인지 똑바로 알아볼 도리는 없지만 어쨌든 지독한 때가 있어요. 억울하게 생각될 때도 많고요. 웃어버릴 수만 없는 이야기지만, 세금 잘 빼먹기로 유명한 요릿집 마담 중에 내 동무가 있는

---

* かお madame : 얼굴마담을 말함.

데요, 그 마담의 말에 의하면 이렇더군요. 그가 저더러 묻는 말이
"너 세상에 제일 값싼 물건이 뭔 줄 아니?"
"몰라 그게 뭘까?"
저는 이렇게 반문하고 그 동무의 대답을 초조하게 기다렸지 뭐예요. 그랬더니 "외상지고 안 갚는 물건이 제일 싸지 뭐냐" 하는 쉽게 던지는 대답에 저는 어이가 없었습니다. 그리고 또 하는 말이,
"너 세금 비싸다고 고양이 식혜 먹은 상통하지 말고 이렇게 좀 해요."
"어떻게?"
"아예 네 집에도 요릿집 허가를 낼 생각을 말고 그럴 듯한 동네, 그럴 듯한 집을 물색해서 돈푼이나 한 몫 쓸 셈치고, 간판을 붙여 놓거든. 그리고 장관실이다, 은행 중역실이다, 대일 무역이니 마카오 무역이니 하며 으스대는 패, 얼마 후에는 감옥소에 가건 말건 우리들이 아랑곳 할 것 없는 그런 패들을 핸드백을 대롱거리고 찾아다니며, 주문을 받아 가며, 한 두 달 잘 해 먹거든. 그리고 나서 세금 쪽지가 나오거든 될 수 있는 대로 끌어 나가다가 막다른 골목에서 뺑손이 치거든. 그러면 모든 비용을 빼고도 한 두 해 먹을 건 떨어지거든."
"어머나, 그러면 그 집 주인이 단련받는 건 어떡하지?"
제가 이렇게 물어 보았더니,
"요 맹추야, 천치 바보야. 그 집 주인이 집 세놓아 먹었지, 술장수 했니. 영업세니 유흥세니 하는 건 그 허가 맡은 영업주만이 물게 마련이거든. 한 반 년 지나서 그 집을 다시 빌려서 딴 이름으로 허갈 내서 해먹어도 그만이지 뭐냐."
"어머나!"
제가 놀라기만 하노라니까 그 동무는 이렇게 결론을 짓는 것이었습니다.
"얘야, 세상에 양심이니 도덕이니 국법이니 하는 건 지켜가는 게 물론 좋지만 남들은 양심이나 도덕을 거지발싸개처럼 알고 국법쯤은 어떻게

교묘하게 뚫고 나가기에 공산당처럼 붉은데, 우리 따라지들만 그걸 지키 노라고 입술이 출출 마르면 무엇 하느냐 말이다. 흐흐흐."

저도 어쩐지 생각하고 연구할 문제라고 고개를 끄덕이었습니다.

다음으로 외상입니다. 무슨 장사고 그렇지만 요리장사에 외상 안 주고 해나갈 도리 없지요. 지금으로부터 십 수 년 전으로 거슬러 올라가서는 적어도 명월관이니 식도원이니 장춘관이니 화월 별장이니가 극렬한 경쟁을 할 무렵에는 외상을 깔아 놓는 것은 요리 밑천을 장만하는 것과 마찬가지였지만 시대가 바뀌니 인심도 변해서 요리 외상을 몇 차례 두둑이 지고 나서는 파닥지도 볼 수 없는 것이 그 전부는 아니라고 해도 요즘 녀석들이 대부분 갖고 있는 손님 기질인 걸 인력으로 어떡합니까?

또 그 다음으로 세무관이나 외상 떼먹는 패 외에 마담 못살게 구는 것들이 있거든요. 마당만 좀 더러워도, 변소 청소가 좀 늦어져도 이걸 핑계해 진드기처럼 마담의 피를 빨아먹으려는 존재며, 무슨 회니 무슨 소니 하는 데서 아무런 국법의 규정도 없건만 절반 호소, 절반 위협으로 금품을 요구 당하는 것도 저 같은 영업을 하는 마담이 아니고는 좀체로 상상할 수 없을 것입니다.

"그러면 도대체 그렇게 억울하고 귀찮은 영업을 애당초에 하지 말았거나 지금이라도 손을 씻어 버리면 그만이 아니냐?"

고 하실 분도 계실 겁니다.

그러나 우리 상말에 빼도 박도 못한단 말이 있잖아요. 저야말로 빼도 박도 못할 처지에서 이 넋두리를 씨부리게* 된 것이에요. 별의별 영업이 수없이 많은데 하필 왜 요릿집을 냈느냐고요? 그건 말하기 전에 제 신분을 밝히는 것이 넋두리의 순서일 거예요. 요새 흔한 신분증명서나 명함 쪼가리에 써 있는 그런 것은 아니지마는 누구나 들으면 두 번 다시 묻지

---

* 씨부리다: '말하다'의 경상도 방언. 주로 속되게 쓰임.

는 않을 만한 그런 것인데요. '미망인'이라면 어떤 느낌이세요. 어쩐지 매력이 있는 것도 같고, 또 한 편으로는 재수 없는 여인으로 생각되지요. 서방 잡아먹을 상을 관상쟁이는 뭐라고 유식하게 부르더라. 호호, '상부상'이라대요. 그렇지만 저는 그런 재수 없는 상은 아니랍니다. 허기야 과히 재수가 좋아서 홀어미가 된 것은 아니겠죠. 미망인 해설이 너무 길어졌지요. 저는 요즘 흔히 볼 수 있는 납치 미망인이랍니다. 호된 전쟁을 치르고 났으니 전쟁 미망인이 수두룩하니 쏟아져 나온 것은 그럴 법한 일이지마는 납치 미망인이란 아마 우리나라에서만 볼 수 있는 특산품일 거예요. 호호, 웃을 일이 아니지요. 그래 납치 미망인하고 요릿집하고 무슨 관련이냐구요. 그럼 자기폭로를 하겠어요. 제가 20 안팎에 기생 노릇을 여러해 했답니다. 기생 경력을 가진 여자와 요릿집과는 그렇게 무관하지도 않지 뭡니까. 더구나 요즘처럼 잘 되건 못 되건 그래도 허리에 양단치마를 두를 수 있는 인간이 아니고는 요릿집은 해먹을 수가 없게 된 판국이니 더 말할 게 없잖아요. 아무리 나이 젊고 포동포동한 기생인가 접대부가 옆에 붙어 앉았지마는 명색이 주인 마담이라는 게 분 냄새를 피우며, 능갈맞은* 서비스를 해야 술도 많이 팔리고 계산 쪽지의 액수가 예상보다 높아도 군말 않고 돌아가는 놈팡이들을 상대로 하는 영업이니 제가 요릿집을 내어 살아간다는 것은 어느 모로 따져 보아도 모순도 없고 잘못도 없잖아요.

요릿집을 해먹기에 골머리 아픈 것은 앞서 말한 키에 넘는 세금이며, 법에 없이 뜯기는 잔돈푼 외에도 또 있는데 그것은 몇 번 찾아와서 낯이 익은 손님이면 벌써 저의 몸뚱이를 마치 익은 음식처럼 손쉽게 먹으려 드는 데는 딱 질색이에요. 그렇다고 해서 제 맘 내키는 대로 예스 노를 분명하게 표시해선 영업이 되먹지를 않으니, 요즘 시쳇말로 그저 적당하

---

* 능갈맞다 : 얄밉도록 능청스럽다.

게 하느라니 하루 이틀 아니고 진땀날 때가 한 두 번이 아니지요.

뭐라고요? 근본이 기생인 데다가 직업이 술장사, 남편은 없겠다, 그야말로 적당히 얼마든지 할 터인데 그렇게 진땀나도록 고통 될 건 없잖냐고요. 아서세요. 사람을 어떻게 보고 하시는 말씀이세요. 제가 비록 기생이었지만 납치되어 간 제 남편은 서울 장안에서도 A급으로 꼽는 인텔리요, 신사였어요. 그럼 2호였냐고요. 천만에요. 당당한 제1호였어요. 거짓말이라고 생각하시거든 서울시 종로 구청에 가서 민적 열람을 해보세요. 우리 남편은 38따라지 전재민*은 아니었기 때문에 뚜렷이 민국에 민적이 있고, 거기에 제가 얹혀 있고 자식들이 매달려 있다는 사실을 좀 알아두세요.

이렇게 큰소리는 쳤지마는 제 딴엔 갖은 멋은 다 아는데다가 늙지도 젊지도 않은 40의 고개를 홀로 넘긴다는 것이 그렇게 쉬운 일이 아니더군요. 그것도 내 집 안방에 들어앉아서 애들 치다꺼리나 하고 있다면 모르지마는 밤마다 밤마다 조금도 조심성 없이 행동하는 취객의 꼴을 몸소 보아내야 하고 과부 바람내기 똑 알맞은 음담패설을 방방에서 들어야 하는 건강한 미망인의 생활이란 도덕군자의 건전한 상식만으로는 판단하기 어려울 만큼 위기에서 위기에의 연속이었답니다. 이처럼 위기의 연쇄를 끊고 살아왔다는 건 모질고도 갸륵한 일이지 뭡니까. 그래 그처럼 모질게 참고 살아온 것이 사실이냐고요? 그럼요, 정말 그랬어요. 허긴 제 맘만으로 참을래서 참은 건 아니지요. 죽어 영 이별을 한 과부가 아닌 데다가 남북통일이니 실향사민 교환이니 불법억류민간인 송환 교섭이니 하는 정치성을 띤 소문에 대한 막연한 기대며, 그렇지 않더라도 그이가 죽지 않고 돌아온다면 쾌쾌히 맞고 싶은 자존심이라든가, 긍지도 잃지 않으려 했지마는 그보다도 대가리가 클대로 큰 새끼들도 생각하지 않을

---

* 전쟁으로 인해 재난을 당한 사람.

수 없다는 것이 핍절한 이유였지요. 아니 그보다도 저를 아는 사람들, 그 중에서도 납치 당해 간 그이의 친구 양반들이 저를 만날 때마다 인사말처럼 빼지 않고 하는 그 말 "참 용하세요. 곤란한 생활을 자력으로 극복해 나가시는 것도 장하지마는 술장사를 그렇게 하면서도 뜬소문을 안 내는 것은 생활이 그만큼 깨끗한 까닭이라고 소문이 자자합니다" 하는 바람에 억지로 깨끗이 살아온 자체도 없지 않았나 봐요.

그러나, 그러나 이 그러나란 말의 끝을 맺기가 몹시 거북해요. 그러나 저는 이 얘기를 하기 위해서 이 넋두리를 시작한 것이니, 안하고 배길 도리도 없군요. 여기서 끊고 말면 술에 초친맛이지 그게 뭐예요.

술장사를 해먹는 제 주제에 제 몸 하나 지켜나가기도 앞서 말씀드린 것처럼 진땀이 나는데, 주제에다가 애들의 신변도 지켜주노라고 애를 쓴다면 아마 웃으실 거예요. 지금 애들이라고 말할 애들은 우리 집에 화대를 받고 불려 오는 색시 애들 말이에요. 시체時體 손님들은 접대부라면 얼른 알아들으시더군요. 그까짓 팔다 남은 참외 같은 접대부들의 정조까지 마담이 수호할 의무가 어디 있느냐고요. 지당한 말씀입니다. 객쩍은 짓이요, 쑥스러운 노력이지요. 그렇지만 뻔히 속아 넘어가는 줄을 알면서 그대로 내버려두기가 어째 안 된 것 같아서 비록 목구멍이 포도청이라 먹고살기 위해서 나오기는 했지마는 아직도 이 길에 물이 안 든 순진한 애들을 보면 쓸데없는 간섭도, 당치 않은 충고도 해주고 싶은 것이 병통이라면, 병통입죠.

한 일 년 되나 봅니다. 제가 형님이라고 부르는 선배 마나님이 한 분 있는데 선배라니까 어째 이화나 숙명 동창 언니같이 들리지만 그런 건 못되고요. 화류계에서 저를 귀해 하며 천을 터 주던 옛날 기생이란 말이에요. 점잖은 영감한테로 들어가서 딸 하나를 낳고 곧잘 살았어요. 그런데 호사다마라고 그 영감이 그 마누라와 딸을 남겨 놓고 먼저 세상을 떠났어요. 하기야 나이 많은 사람이 먼저 가는 것은 당연한 일이겠죠. 그래서 그 영감 살았을 때는 이러니저러니 해도 그 딸을 중학에도 보내고 했지만 영감이 딱 죽고 난 뒤로는 그것도 여의치 못해서 무남독녀 외딸을 겨우 초등 중학만을 졸업시키고는 모녀가 그럭저럭 살아왔어요. 남편이 벌어 놓은 '천냥(재산)' 없고 그 형님이야말로 '춘안호골' 다 되어서 돈벌이 할 도리 없고 게다가 눈은 높아서 생활수준도 높다 보니 그 생활이 오래 지속될 리 없잖아요. 지금은 집값이 서울에서 제일 헐한 저 미아리에서 조그만 집을 쓰고 살지요. 미아리라면 서울 사람이면 누구나 공동묘지를 연상해서 눈살을 찌푸릴 거예요. 옛날 화류계에서 날리던 여자라면 신설동이나 을지로 몇 가로만 떨어져 사는 것도 불명예스럽게 생각했지 뭐예요. 요즘 말로 도심지대라고나 할까요. 적어도 다방골 관철동 낙원동 청진동쯤이 아니면 살아낼 수 없다고 생각했답니다. 그렇던 그 형님이 미아리에서 산다면 더 말할 나위 없잖아요.

그 미아리에서 살면서 생존의 막다른 골목이라고나 할까요. 하는 수 없이 그 외딸을 다방 레진가 뭣으로 내굴리게 됐지 뭐예요. 그래서 한 달에 돈 만 환씩이나 들고 들어오는 것이 살림 보탬이 되었다면, 그 형님 신세도 망쳤지 뭡니까. 그런데 어느 날 우연히 저를 만나서 그 딸애를 맡아 달라지 않아요. 걔 이름이 '숙'이에요. "우리 숙이를 자네가 맡게. 다방엘 나갔는데 뭇 사내놈들의 가시*받긴 매일반이니 기왕이면 굵직굵직한 신사들에게 받는 게 낫지. 그까짓 요즘 돈 50환 들고 들어와서 종일 벽화처럼 붙어 앉아서 된소리 안 된 소리하는, 대가리에 피도 안 마른 새끼들에게 농락 당하는 것보다는 날 성싶으니……." 암만해도 기생 늙은이라 사고방식이 그럴 듯 하잖아요. 자기 자신이 기생으로 늙어서 고 모양 고 꼴이 되었는데, 글쎄 그 딸을 자기가 걸어온 길을 그대로 따르게 한다는 건 도대체 말이 안 되었지요.

---

* 히야까시의 준말. 놀림, 희롱.

그렇지만 저로서도 별로 오뚝한 좋은 방법도 일러줄 수 없는데, 남의 제사에 감 놓아라 배 놓아라 할 필요도 없어서 "형님이 정 그렇다면 그 청이야 못 듣겠소. 생면부지 모르는 집 딸년들도 받아들이는데" 하고 숙이를 우리 집에 다니게 했지요. 나이는 열아홉 살인 데다가 그 형님을 닮아서 갸름한 얼굴, 호리한 키 그리고 음성이 곱고 성대도 좋아서 유행가도 곧잘 부르고 그래서 우리 집에서도 넘버원 "우렛꼬*,"…… 오, 참. 일본말은 "젯따이니(절대絕對로)" 쓰지 말라고 했는데, 호호호. 어쨌든 그 애 수입이 괜찮았어요. 우리도 물론 괜찮았지요. 그 애 방에서 먹은 술값은 아직까지는 떼어 본 적이 없으니까요. 그 애를 저의 비서처럼 데리고 나서서 수금을 다니면 성적이 참 좋거든요.

그런데 향취 많은 꽃과 당분 많은 열매에는 벌레가 유난히 붙는다더니 숙이에게는 대가리가 희끗희끗한 늙은 오입쟁이에서 징병기피감 밖에 안 되는 애송이에 이르기까지 숙이, 숙이 하고 지랄발광들이거든요. "나도 한 번 남자가 되어 보았으면. 저 모양 저 꼴이 되나 보게" 하고 웃음이 터져 나올 지경으로 나는 숙이의 일거일동을 눈여겨보며, 감시를 했지요. 사실 저는 그 형님에게서 그 애를 맡은 만큼 감시와 보호를 해야 할 의무도 있잖겠어요. 그럴 무렵에 두통거리가 하나 생겼어요. 그 애가 우리 집에 온 뒤로부터 우리 집에 오기 시작한 단골손님이 하나 있는데, 30이 되었을까 말까 한 청년인데 얼굴도 미끈하게 생기고 체격도 근사한 녀석인데, 옷도 깨끗이 입고 다니고 말솜씨도 그럴듯한 데다가 사교댄스가 양춤을 참 잘 추거든요. 게다가 돈도 꽤 잘 쓰는 판이니 요즘 보통내기 기생쯤을 꾀어 내는 것쯤 문제없을 게 아니에요.

그래서 제가 하루는 숙이를 조용히 불러서 "그 미스터 박이라는 청년 말이야. 너 조심해야 한다. 다른 애 같으면 또 몰라도 넌 안 된다. 알겠

* うれーっこ : 인기있는 사람.

니?'하고 은근하게 일러주었지요. 그랬더니 숙이 말이 "알아요. 아주머니, 제가 어린 앤 줄 아세요. 염려 마세요. 오늘도 또 올 거예요. 저한테 야심을 먹고 다니는 줄 저도 눈치챘어요. 그까짓 거 마냥 다니라고 하세요. 적당히 바가지나 씌워서 보내면 그만이죠, 뭐"하는 것이었습니다. 저는 놀랐어요. 화류계라는 덴 벙어리도 말을 배운다더니 어쩌면 알로 깐 듯이 고렇게 똑똑할까 하고, 안심했지 뭡니까. 그런데 작년 늦은 여름 어느 날입니다. 비는 축축이 내리고 손님도 많지 않은데 느지막하니 미스터 박이 혼자서 와서 맨 뒷방으로 들어가서 숙이를 데리고 술을 먹기 시작했어요. 통행 시간이 거의 될 무렵 해서 숙이가 제 방에 와서 "오늘은 집으로 나갈 테예요. 며칠 못 갔더니 어째 궁금해요"하고 내 승낙을 구하는 것이었습니다. 숙이는 특별한 사정이 없는 한 밤이 늦으면 미아리로 나가지 않고 그대로 내 방에서 자곤 하는 것이 예사였기 때문에 "비도 오고 통행금지 시간도 다 되었는데, 구태 나갈 게 뭐냐. 내일 아침 나가 보렴"하고 얼른 승낙을 안 했더니 "저 미스터 박이 지프차 하나를 얻어가지고 왔다고 그 차로 바래다준다니까 지금이라도 괜찮아요"하고 우기지 않겠어요. 그러니 저는 저대로 더 수상쩍어서 '조것이 어느덧 최면술에 걸렸나 보다' 하고 속으로 생각하며, "오냐. 건너가 있거라. 내 뒤따라 들어갈 테니. 그래서 형편 보아 하자꾸나"하고 숙이를 돌려보내고 조금 뒤에 뒷방으로 들어서며, "비는 축축이 오고 술발은 서는데 손님은 다 가 버리고, 그래 이 방에선 늙은 마담이라고 술 한 잔 불러 주지 않는담. 어— 괘씸한지고" 건주정 비슷하게 씨부리며 술상 머리에 가 바싹 붙어 앉았죠.

그래서 주는 대로 받아 먹었죠. 이젠 정말 주정이 나올 정도로 술이 올랐죠. '숙'이와 '박' 두 연놈이 아무래도 같이 나갈 눈치가 보이더군요. 아니나 다를까 조금 있더니 놈이 "마담, 오늘은 용서해 주십쇼. 내일은 일찍감치 와서 마담을 주빈으로 해서 온돌 파티를 열어제낄 테니"하고 꽁무니를 들먹거리는 품이 걷잡을 수 없는 형편이지 뭐예요. 그래서 숙이더러 "너 집으로 나가련?" 하고 따져 보았더니 "네, 나갔다가 내일 일찌감치 들어올께요. 박 선생님이 태워다 준다니까……" 하고 놈팡이 못지않게 서두는 것을 본 저는 전술을 바꾸어서 "오케이, 그럼 나두 원님 덕에 나발 불더라고 이 판에 드라이브나 한 번 해보자. 미스터 박, 지프차는 통행 시간쯤 무시할 수 있다니 우리 숙이 바래다주는 그 옆에 나를 배송 좀 시켜줘요. 그래서 미아리까지 갔다가 미안하지만 도로 우리 집까지 데려다주고 갈 수 없소. 그만한 호의쯤은 내게도 베풀어 줄 수 있지? 안 그러우?" 하고 저도 서둘러대니 놈도 어찌할 수 없는 비장한 어조로 "오케이" 하고 일어서는 것이었습니다.

이리하여 비 오는 밤거리를 그 청년 자신이 운전하는 지프차에 올라 미아리까지 달렸습니다. 지프차가 갈 수 있는 길까지 가서도 좀더 걸어가야 하는 곳에 숙이네 집이 있기 때문에 숙이만 내려놓고 우리는 돌아오지 않을 수 없었습니다. 어쨌든 숙이와 박을 그날 밤에 떼어놓는 것으로써 저의 '숭고'한 의무는 끝났다고 믿고 그 딸을 맡긴 형님에게도 신의를 지켰다고 생각하는 저였습니다. 저 자신의 건주정을 캄프라치*하느라고 만용을 내어 두어 컵 마신 술이 흔들리는 지프 속에서 엔간히 취해 오는 것이었습니다. "마담, 드라이브한다고 했으니 기왕이면 좀 더 달릴까요." 박은 저를 돌아보며, 이렇게 중얼거리는 것을 저는 농담조로 흘려버리고 발작적으로 "늙은이 꾀어서 뭐 할라꼬. 그만 국으로 집으로 보내주이소 마" 했지요.

전쟁통에 대구 부산으로 피난 갔던 기념으로 남은 것이 있다면 서울 사람들이 경상도 사투리를 유머 대용으로 쓰는 것쯤일 게 아니겠어요. "이거 사람을 어떻게 보시고 하시는 말씀이세요. 네, 김칫국 먼저 마시지

---

* camouflage : 어떤 행위를 눈가림하는 것. 위장하는 것.

마시이소." 박 청년도 지지 않고 대꾸를 하면서 미아리 고개 밑에 있는 시멘트 다리를 앞에 두고 바른 쪽으로 커브를 꺾지 않겠어요. 그 개천을 끼고 들어가면 정릉 골짜기가 되지 뭐예요. 한창 시절에 김옥교가 날리던 천향원 별장이며 청수장이 있던 지금도 청수 호텔은 그 자리에 있더군요. "이거 정말 어딜 가는 거야?" 이번엔 약간 항의조로 물었더니 "염려 해방하십쇼. 마담 말마따나 늙은일 어쩔까 봐. 털끝 하나 안 다칠 테니. 허허 절에 간 색시란 말 듣지도 못했어요. 운짱이 핸들을 돌리는 데가 두 사람이 가는 곳이지 별 수 있어요." 능청인 듯한 박의 말은 약간 능글맞게 들렸지만 정색하는 것도 어째 쑥스러운 것 같아서 "그러지 마. 어서 들어가야지. 지금이 몇 신데 그래"한 것이 지금에 생각하니 그 경우에는 적당치 않은 점잖지 못한 어조가 아니었던가 후회돼요. "산중엔 책력도 없다는데 시간까지를 누가 알아요. 가솔린은 가득 넣었으니까 기왕 늦은 판이니 시간 제한 없는 데로 가서 술이나 한 잔 더 먹고 가야지 않겠어요." 차체가 몹시 흔들리는 것은 길이 좋지 못한 데다가 속력을 과히 놓은 성싶기에 "좀 천천히 몰아요. 나 아직 생명보험에 안 들었으니" 했더니 박도 지지 않고 "목숨 한 개씩 갖긴 마담이나 나나 매한가지라, 다만 다른 건 마담은 덜 급하고 나는 몹시 바쁠 뿐이라요, 허허."

자가발전을 하는지 그때도 청수 호텔은 불야성이더군요.

"호텔로 들어가긴 좀 안됐죠. 번잡도 하려니와 아는 사람을 만나도 그렇고, 난 괜찮지만 마담의 체면상."

그때까지와는 딴판으로 은근하고도 정숙한 어조로 변하는 박의 태도가 그럴 듯이 생각되는 것은 무슨 일일까요.

"그러기에 그만 문 안으로 돌아가자니깐 술은 우리 집 가서도 얼마든지 먹을 수 있잖아요."

저의 이러한 반대 제의는

"마담 댁 술과 이 산 속 아늑한 곳에서 계곡을 흐르는 물소리를 들으며 마시는 술은, 술은 같은 술이로되 그 정취 또한 다른 바 있지 아니항교. 잔말 말고 내리시이소."

브레이크를 밟으며 이번엔 거의 명령적으로 하차시키는 박의 태도 또한 밉지 않았습니다. 아무델 가건 내 정신만 차렸으면 고만이지. 어줍잖은 모험을 각오하면서 차에서 내린 나였지요.

아까 보던 호텔과는 좋은 대조가 되는 오막살이, 허리 굽은 할멈이 인도하는 모말*만한 뒷방. 바람도 없는데 흔들리는 촛불, 주위가 조용할수록 소란스레 들리는 계류의 속삭임. 제 집에서 하구한 날 맛보고 다루는 그 술맛과는 미상불 다르지 뭐예요.

이 뒤엔 말문이 막히더군요. 새기 쉬운 여름밤은 제가 깨는 술과 더불어 밝았군요. "오늘에 오늘로 그치도록…… 아무 일 없었던 것처럼……." 저는 이런 기원과 함께 억센 박의 품에서 빠져나왔지요.

"술이 취해서 아무것도 몰랐어요." 제가 이런 변명을 할 수 있다면 그건, 나 이외의 사람에게는 할 수 있어도 나 자신에게는 할 수 없는 데 저의 하찮은 양심이 앓는 걸 어떡합니까. '기왕 이렇게 될 바엔 하필 애송이하고…….' 이렇게 생각되는 것은 저의 타산에서 오는 쓸데없는 후회에 지나지 않겠죠. 그리고 안개 속을 달려 산 구비를 도는 차 중에서 "미스터 박, 비밀 지켜 주지?"하고 따질 때, 박의 "그건 내가 할 말이여"하는 대답을 듣고, 적이 안심한 것은 범죄인의 심리인가 보죠. 그리고 "당신 숙일 건드리진 않았지?"하고 물어 본 나의 심리는 제가 스스로 생각해 봐도 쑥스럽지 뭡니까.

그러나 저러나 큰일났어요. 저는 우울하고 답답한 새봄을 맞이하지 않을 수 없으니 이를 어쩝니까. "설마!"하고 그렇지 않기를 가슴에 십자가를 그으며 바랐지만 저의 몇 차례의 체험에 비추어서, 또는 요새 와서는

---

* 곡식 등을 되는 말의 일종. 네모가 반듯하게 생겼음. 네모진 말. 방두方斗.

저의 눈으로 뚜렷이 볼 수 있는 제 몸의 변화로써, 저는 절망에 빠지지 않을 수 없이 되었습니다. 주주야야로 돌아오기를 그렇게 기다리던 그이가 내일이라도 바람처럼 나타나면 어떡하나 하고 걱정이 될 정도로······ 설마 그런 기적은 좀체 안 나타나겠죠?

—《새벽》 10(1956. 3).

장편소설

승방비곡

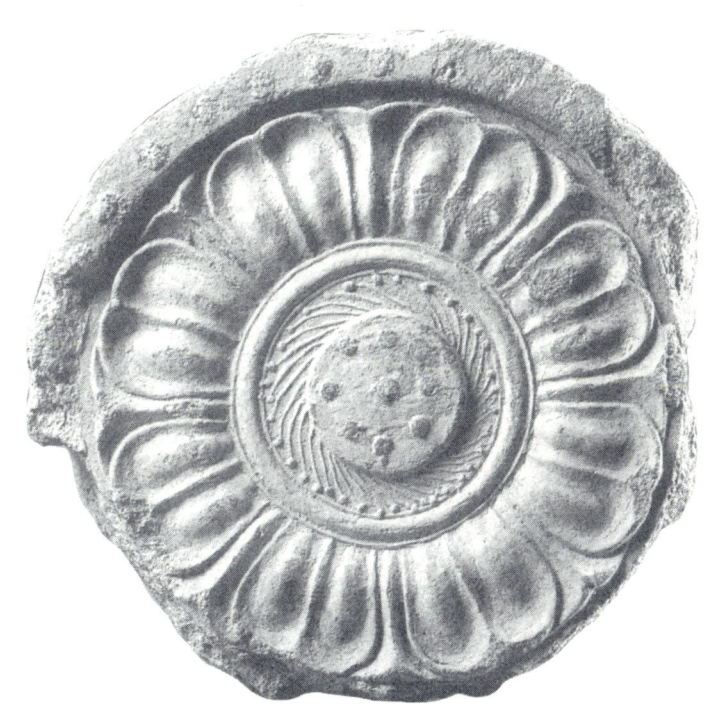

승방비곡

열차 안에서

사바세계의 온갖 번뇌를 싣고 검은 연기를 토하고 서 있는 기차를, 끝없는 황야로 떠나보내는 운명의 종은 울렸다.

봉천*행 열차는 갓난아이의 첫울음 같은 기적(汽笛)을 부산역에 남기고, 무거운 바퀴를 서서히 굴리기 시작했다.

기차는 구렁이같이 긴 몸을 꿈틀거리며 부산진을 돌았다. 오른편으로 천천히 따르던 파란 바다는 어느덧 슬그머니 떨어져버리고, 왼편 붉은 산마루터기에 쫓겨 올라간 무리의 납작한 초가집들이 흐릿한 하늘 밑에서 마치 수많은 무덤처럼 엎드려 있을 뿐이었다. 나에게는 다만 앞만이 있을 뿐이라는 듯이 모든 것을 뒤로 남기고 기탄없이 기차는 넓은 들을 바라보며 속력을 내기 시작했다. 삼등차실은 만원이었다. 지금까지 답답하게 찌푸리고 있던 하늘은 산들거리는 서풍에 말갛게 씻겨져 오른편 창으로는 따스한 봄빛이 아까운 듯이 조금씩 흘러들고, 왼편 창으로는 옥색 비단을 길게 편 듯한 낙동강 꼬리가 아침볕에 번쩍였다.

---
* 선양(심양). 중국 랴오닝성의 수도.

"은숙 씨, 저—기 낙동강이 보입니다 그려."

지금까지 어수선한 기분에 싸여 무료하게 창 밖을 내다보고 앉아있던 이필수는 자기 옆에 앉아 있는 김은숙에게 이렇게 말을 건네고 그의 동정을 살폈다.

은숙은 필수가 모욕을 느낄 만큼 관심 없는 표정으로, 필수가 가리키는 창 밖을 잠깐 내다보는 척하고 다시 고개를 돌려 그림처럼 단정하게 앉아있다. 불쾌한 감정을 표현한 위대한 미술가의 손으로 만들어진 미인의 조각彫刻 같은 은숙의 도사리고 앉은 모양을 어색하게 바라보고 앉았던 필수는 이 어색한 기분을 돌려버리려는 듯이,

"저 낙동강의 길이가 칠백 리랍니다."

하고 말을 이어 보았으나, 불쾌한 미인의 조각은 그래도 아무 대답이 없고 다만, 차게 반짝이는 맑은 두 눈과 꼭 다문 고운 입술이 석 자 길이가 못 되는 의자 위에 살을 맞대고 앉은 젊은 남녀의 마음의 거리가 아득하게 멀다는 것을 설명할 뿐이었다.

필수는 어색한 감정이 무안함으로 변하려 할 때 담배를 꺼내 붙였다.

길게 내뿜는 담배 연기는 한숨의 그림자처럼 의자 밑에서 피어올랐다. 거미줄 뭉치같이 끈적끈적한 필수의 시선은 그래도 은숙의 몸에서 떨어지려 하지 않았다. 은숙은 무슨 보기 싫은 물건을 피하려는 것처럼 몸을 싹 돌려 창 밖을 향하고 앉아서 파란 강을 내다보았다. 백로의 날개같은 하얀 돛이 뿌리를 박고 선 듯한, 멀리 보이는 낙동강. 차창에 매달려서 언제까지나 따라오는 낙동강. 발밑으로 스르르 기어드는 낙동강. 턱밑으로 바싹 다가들다가 슬며시 떨어져서 손짓하며 달아나는 낙동강.

이 모양 저 모양으로 나타나는 가지가지의 낙동강을 취한 듯 내다보는 은숙의 뒷모양을 체면 없이 바라보고 앉은 필수의 가슴은 속 모르는 애욕에 타올랐다.

기차가 삼랑진을 지나자 식당 보이가 점심 준비가 되었다는 쪽지를 돌

렸다.

  쪽지를 받아 든 필수는 무슨 기회나 온 듯이 돌아앉은 은숙에게 가장 부드러운 소리로,

  "점심 안 잡수십니까? 잠깐 식당으로 가시지요."

  "감사합니다."

  은숙의 나직한 대답에 용기를 얻은 필수는 의자에서 일어났다.

  "어서 가시지요. 자리가 차기 전에."

  "저는 싫습니다. 혼자 잡수고 오세요."

  "같이 가세요. 어서요, 네?"

  "저는 싫습니다."

  사양이라기에는 너무나 쌀쌀한 대답에 필수는 더 권할 용기를 잃고 의자 모서리에 손을 대고 멍하니 서 있었다. 기차가 밀양역에 닿자마자 은숙은 차창으로 고개를 내밀어 도시락을 샀다. 필수는 무슨 모욕이나 당한 사람처럼 불쾌한 얼굴을 돌려 식당을 향해 갔다.

  필수가 식당으로 들어간 뒤에 은숙은 자리에서 일어나서 아래위로 빈 자리를 찾아보았다. 그러나 빈 데는 한 자리도 없었다. 은숙은 다시 자리에 앉아서 도시락 뚜껑을 열었다.

  기차가 다음 역에 정거하자 맞은편 의자에서 승객 한 사람이 내렸다. 은숙은 먹던 도시락과 바스켓*과 갑**에 넣은 아끼는 듯한 것을 들고 부리나케 그리로 옮겨갔다.

  거기에는 벙어리 같이 침묵한 대학교 교복을 입은 청년이 날카로운 시선으로 두터운 차창을 꿰뚫어서 자기의 무슨 생각을 허공에 띄워나 보려는 듯이 조그만 창으로 비치는 넓은 하늘을 바라보고 있었다.

  그는 은숙이가 그 옆에 앉으려 할 때 거의 무의식적으로 몸을 움츠려

---

* 여행용 가방.
** 작은 상자.

자리를 넓혀 주었다. 그의 태도는 단정한 남자의 모델 같았다. 은숙은 의자 한 편가에 조그맣게 앉아서 먹던 도시락을 좀더 먹는 체하고 발밑에 내려놓았다. 자기의 발밑에서 떠난 은숙의 시선이 청년의 발 옆에 놓인 트렁크에 달린 명함을 보았다. 명함에는 '동경 불교대학생 최영일'이라고 써 있었다.

명함을 보고 난 은숙의 시선은 흑세루 바지* 밑에서 언덕진 무릎의 고개를 지나 풍부한 어깨로 올라와서 청년의 하얀 귀밑까지 더듬어 올라갔다.

지금까지 하늘을 바라보던 청년의 눈에는 차창에 나타나는 환영 같은 여자의 얼굴이 보였다. 그는 허공을 버리고 자기의 등 뒤를 돌아보았다.

남녀의 눈과 눈이 마주쳤다.

은숙의 눈은 게눈같이도 빠르게 이 편으로 돌고, 청년의 눈은 침착한 동작으로 다시 창 밖으로 향했다. 은숙은 무료한 끝에 바스켓에서 잡지를 꺼내 들고 보기 시작했다.

기차가 대구에 거의 다 올 무렵쯤 되어서야 술이 취해 얼굴이 불그레한 필수가 학생복 단추를 풀어헤친 채로 자기 자리로 돌아왔다.

"왜 그리로 옮겨앉으셨어요, 은숙 씨?"

"그냥요."

돌아보지도 않고 이렇게 대답하는 은숙의 머리 위에 높이 솟아 있는 대학 교복을 입은 알지 못할 청년을 시기에 찬 눈으로 넘겨다본 필수는 흥, 하고 코웃음을 한 번 짓고 나서, 무슨 화가 난 사람처럼 차창을 홱 올려 밀고 바깥을 내다보았다. 서늘한 바람은 아낌없이 들이치건만, 필수의 얼굴은 언제까지나 확확 달아오르고 있었다. 기차가 대구역을 떠날 때다. 움직이는 차체의 동요로 비틀걸음을 치며, 이리저리 자리를 찾던

---

* 세루serge는 프랑스어로, 모직물의 일종. 양털을 원료로 한 방모. 또는 소모梳毛의 견모 모직물을 가리킴. '흑세루 바지'는 그러한 천으로 만든 검정색 바지를 말함.

협수룩한 늙은이가 은숙이가 앉았던 자리를 향해 와락 달려들어서 필수 몸에 넘어지듯이 앉았다.

"이 양반이 눈이 없나!"

필수는 붉은 얼굴을 홱 잡아 돌리며 모든 불평을 폭발시키려는 듯이 소리를 질렀다.

"미안합니다. 늙은 사람이라 원, 다리가 허전허전해서."

이렇게 되고 보니 자기가 멋없이 소리를 지른 것이 어색하기도 하고 더 할 말도 없어서 그만 고개를 창 밖으로 돌렸다.

필수는 남모를 화가 부글부글 끓어올랐다.

야속한 은숙의 행동이 한껏 밉기도 하고, 높은 곳에서 자기를 내려다보고 비웃는 듯한 은숙의 모습이 끝없이 그립기도 했다.

이렇게 밉고도 그리운 은숙을 비너스의 조각처럼 들어앉힌 그의 머리 한 편에는 단정하고 침착해 보이는 청년이 초연하게 들어와 앉는다. 필수의 마음의 눈은 뚫어져라 하고, 침입하는 청년을 바라보았다. 그것은 어김없이 지금, 은숙의 머리 위로 넘겨다보이는 알지 못할 사람이었다.

'저 사람이 나의 적이 될 것이냐?'

이런, 자기 스스로도 어리석다 할 만한 생각이 번개 같이 괴로운 머릿속을 달음질했다.

'아니다, 아니다. 그 사람도 은숙을 알지 못하고 은숙도 그 사람을 알지 못하는 모양인데, 알지 못하고 알지 못하는 사람이 잠깐 한 자리에 앉았대서…… 그것을 질투에 가까운 눈으로 보려는 내가 잘못이다.'

그는 고개를 설레설레 내어흔들고, 은숙이 앉은 편을 곁눈으로 흘겨보았다.

은숙과 알지 못할 청년은 밉살스러울 만큼 침착하게 앉아 있다.

'저 청년이 만일 나의 연적으로 무장을 갖추고 나선다면?…… 백만장자의 귀여운 아들로 아직도 젊은 내가 은숙이라는 조그만 여자 하나를

내 품에 넣기 위해 온갖 수단과 노력을 다 허비해 오다가 만일 여지없이 실패를 당하고 만다면?……'

이렇게 생각할 때 그의 마음은 걷잡을 수 없이 괴로웠다.

'지금까지 여자를 상대로 해 패배의 기록을 남겨 본 적이 없는 내가 아니냐.'

기차가 추풍령 소삽한 골짜기를 조심스럽게 지나갈 때에 필수는 술이 깨었다.

술이 깰 때에 필수의 온갖 흥분도 이상스럽게 사라지고, 그 대신 은숙을 얻기 위해 일 년의 긴 세월을 두고 허둥지둥 애를 쓰던 경로가 그의 머리 한 귀퉁이에서 솔솔 풀려 나왔다.

꽃피고 달 밝은 작년 봄이었다. 경성 종로중앙 기독교청년 강당에서 경성민립고아원 창립 후원음악회가 열렸다.

이 날은 조선의 유수한 남녀 음악가들이 총 출연하게 되었다.

여자가 모이는 곳이라면 빠져 본 적이 없는 필수는 이 날도 모양을 낼 대로 내고 백권석*에 가 앉았다.

독창 김은숙 양.

이런 프로그램에 다다랐다.

초조한 청중의 박수에 끌려 김은숙 양은 어린 공작처럼 연단에 나타났다.

스패니쉬 세레나데라는 유량**한 독창이 시작되었다. 청중은 신비, 그것에 취한 사람처럼 질식할 듯한 흥분에 고요했다.

필수는 신비한 멜로디보다도 먼저 그 미모에 취했다.

이화학당 시대부터 음악의 천재로 불리던, 명년에 동경여자 음악학교

* 白券席 : 특별석, 로얄석.
** 嚠喨 : 나팔 따위 악기 소리가 거침없이 맑게 울리며 또렷함.

를 졸업하는 김은숙 양의 그 날 밤 출연은 훌륭하게 성공했다.

필수의 수첩에는 은숙의 주소와 성명이 적혔다.

이 출연이 있은 뒤 며칠 동안은 쓸개 빠진 속 못 차리는 사내놈들의 달착지근한 편지가 발을 이어 은숙의 집에 날아들었다. 그 중에는 필수의 편지도 있었다.

필수는 그 후 온갖 방법을 다해 은숙에게 접근할 기회를 얻으려고 애를 썼다. 그러나 종시 그런 기회를 얻지 못한 사이에 은숙은 다시 동경으로 가버렸다.

연애는 거리距離에 있다.

이렇게 생각한 그는 유학을 빙자해 일본으로 건너가서 어떤 사립대학에 학적을 두었다. 그러나 공부할 목적이 아닌 그는 말쑥한 양복에 호사나 하고, 은숙에게 접근하는 것만을 이상이요 목적으로 삼았다.

그러는 동안에 어찌어찌 해 피차에 알게 되어 거리에서 만나면 인사는 하고 지내게 되었다. 그는 마침내 은숙의 하숙을 찾아갈 용기까지를 얻었다.

그 해 겨울이었다. 필수는 마침내 적극적 행동으로 나갔다. 크리스마스 선물이란 명목으로 삼월오복점* 발행인 피아노 한 개의 상품권을 보내 보았다.

그야말로 보내 보았다.

그 이튿날 은숙의 편지와 함께 선물이 돌아왔다.

  호의는 감사합니다. 그러나 당신이 나에게 그런 것을 보낼 필요와 내가 그런 것을 당신에게 받을 필요가 아울러 없기에 돌려보냅니다.

---

* 1930년대 당시 남대문 통로, 현재의 서울 충무로 입구에 있던 포목점 이름.

장편소설

필수는 지금까지 자기의 경험과는 딴판인 데 놀라지 않을 수 없었다. 그렇게 손쉽게 목적에 달할 수 없음을 새삼스럽게 깨달았다.

황금의 유혹에 움직이지 않는 여자는 무엇으로 꾀어야 할 것이냐?

그에게는 어려운 시험 문제가 새롭게 걸렸다. 그 해답은 좀체 나오지 않았다. 그러나 단념할 생각은 꿈에도 없었다.

그에게는 은숙이야말로 이 세상에서 가장 크고 굳센 존재가 아닐 수 없었다. 허덕이며 쫓아가면 쫓아갈수록 멀어지는 여성이 굳센 것을 새삼스럽게 느꼈다.

누가 여자의 이름을 약한 자라 했는가?

'그것은 예외를 모르는 이의 망발이다. 여자 가운데는 은숙이 같은 강한 분자가 있음을 모르고 한 수작이다.'

그는 이렇게 생각했다. 사실 그는 지금까지 여자를 정복하기에 금전 이외의 것을 허비해 본 적이 없었다.

그리하여 실패해 본 적도 없었다. 그러나 그는 이제 만금에도 움직이지 않는, 비싸다기보다는 절대의 비매품을 발견했다.

황금의 권위를 짓밟는 힘은 굳세다.

은숙은 이 굳센 힘을 가진 여자이다. 이 굳센 힘에게 받는 쓰라린 경험은 마침내 그에게 수캐 같이 추근추근하고 상노床奴 같이 비굴하고 데릴사위 같이 온순할 것을 가르쳤다. 그는 배운 것을 복습하기에 게으르지 않았다. 편지로 애걸도 해 보았다. 사람을 내세워 중매도 붙여 보았다.

그러나 은숙에게서는 아무 반향이 없이, 나는 새처럼 필수를 조롱하며 높은 곳으로 높은 곳으로 올라가는 것이었다.

은숙은 마침내 학교를 졸업하고 귀국하게 되었다. 은숙이가 없는 곳에 필수의 존재는 무의미한 것이었다.

필수는 배우기 위한 유학이 아닌 학교를 중도에 내던지고 은숙이를 따라 귀국하기로 했다.

필수는 그림자 같이 은숙의 뒤를 따라섰다.

기차로 기선으로 그리운 이와 함께 여러 날을 여행하게 된 것을 필수는 지나간 실패를 회복할 절대의 기회로 믿었었다.

"아아, 그러나 이것도 역시 실패의 기록으로 남고 말 것이냐."

필수는 열린 차창을 홱 내려 버리고 번뇌에 탈대로 타는 가슴을 가라앉히려는 듯이 팔짱을 끼고 눈을 스르르 감았다.

감은 눈도 관계할 것 없이 활동사진 영사막처럼 그의 눈앞에 어른거리는 것이 있었다. 그것은 은숙과 어떤 남자가 말없이 마주 바라보고 앉아 있는 것이었다.

대리석 조각같이 꿇어앉은 은숙이의 얼굴이 미묘하게 움직였다. 미묘하게 움직인 은숙의 얼굴은 어느덧 고운 웃음으로 변했다.

같이 붙어 점잖게 앉아 있던 청년의 두툼한 손이 가늘게 떨리며 은숙의 하얀 손을 향하고 뻗쳐 왔다.

손과 손이 마침내 쥐어졌다.

'다음 상황을 좀 더 두고 보자.'

필수는 눈을 더욱 깊이 감았다.

은숙의 손을 잡은 청년은 다시 그 머리를 움직였다.

지금까지의 위치를 떠난 청년의 머리가 고요하게 고요하게 앞으로 숙여져서 은숙의 하얀 뺨과 거리를 주름잡았다. 청년의 한 팔이 어느 틈에 은숙의 어깨 위로 올라가자 은숙과 청년의 거리는 일분의 간격도 없이 되었다.

포옹! 필수는 이 눈꼴신 꼴을 안 보기 위해 눈을 번쩍 떴다.

눈을 뜬 그는 보면 안 될 무슨 무서운 광경을 보는 듯이 은숙과 청년의 앉은 편을 돌아다보았다.

은숙과 청년은 여전히 단정하게 앉은 채로 책을 보고 있을 뿐이었다.

부질없는 사내의 환상이 깨어질 때, 필수는 안심의 권태를 느꼈다.

긴 봄날도 맞은 편 차창에 금붕어 그림자 같은 붉은 노을을 던지며 서편 하늘 귀퉁이로 넘어갔다. 멀고 가깝고 높고 낮은 겹겹이 둘러싼 산언덕이 옅은 먹물을 끼얹은 듯이 황혼에 물들기 시작했다.

달아나는 차 속에서도 밤의 막이 내렸다.

연일 여행에 피곤했던 은숙은 어둠을 헤치고 달아나는 차체의 동요에 몸을 흔들며 요람에 흔들리는 어린애처럼 앉은 채로 잠이 들었다. 손에 쥐었던 잡지를 의자 밑으로 떨어뜨리며 몸이 모로 쓰러지려던 은숙은 깜짝 놀라 영일의 무릎 위에 팔을 짚었다.

"아이, 실례했습니다."

은숙은 얼굴을 붉히고 자리를 고쳐 앉았다.

뜻밖의 촉감에 놀라 은숙을 돌아보는 영일의 시선은 부드럽고도 위엄이 있었다.

"천만에…… 매우 피곤하신 모양입니다. 좀 누워서 주무시지요. 저는 저 쪽 빈자리로 갈 테니까요."

그의 모든 동작에 부합할 만한 침착한 말을 남기고 영일은 저 편 자리로 옮겨갔다.

은숙이가 수선스러운 분위기에 잠을 깨었을 때 기차는 벌써 용산역에 닿았다. 기차가 서울역에 닿았을 때는 찻간이 텅 빌 만큼 승객을 쓸어 내렸다.

은숙, 필수, 영일 세 남녀도 다 같이 혼잡한 군중에 섞여 기차에서 내렸다.

귀국 후

기다리는 사람, 오는 사람.

이튿날 아침이었다. 안개 사이를 새어 흐르는 젖빛 같은 햇빛은 뿜는 듯 흩어지건만, 운외사雲外寺 골짜기를 몰아내리는 바람은 아직도 차다. 찬바람 불어스치는 운외사 어귀에는 육십여 세나 되어 보이는 노승이 오륙 명의 승도를 이끌고 긴 지팡이에 몸을 의지해 누구를 기다리는 듯이 서 있다.

노승은 운외사 주지 최 해암선사海巖禪師였다.

지금까지 노승 뒤에 서서 멀리 바라보고 있던 젊은 중 하나가 한걸음 노승의 옆으로 나서며,

"스님. 저―기 자동차가 보입니다. 해운 스님이 타신 건가 봐요."

노승은 한 손을 이마 위에 올려붙이며, 정력 없어 보이는 눈을 가늘게 뜨고 큰길 먼 곳을 바라보았다. 다른 중들도 일제히 그 곳을 바라보았다.

조그맣게 보이던 자동차가 차차 커졌다.

십여 칸쯤 거리를 남기고 속력을 늦추는 자동차 창 밖으로는 모자를 쓴 영일의 머리가 기다리는 사람들을 내다보고 있었다.

자동차가 정거하자 미리 열려 있던 문으로 내린 영일은 노승의 앞으로 와서 정숙하게 합장배례를 했다.

지팡이를 든 채로 합장만으로 답례하는 노승의 졸음 많은 얼굴에는 웃음 없는 반가운 빛이 그윽이 흘렀다.

뒤에 섰던 다른 중들은 둘의 인사가 끝나기를 기다려서 먼 데서 돌아오는 젊은 주인인 상좌 해운 스님 영일을 합장배례로 맞았다.

노승과 영일은 다른 중들에게 차에 실린 행리*를 거두라 하고, 천천히

---

* 行李 : 행장.

비탈진 길로 올라갔다.
 "네 얼굴이 지난 겨울에 왔을 때만 못하구나. 어디 몸이 편치 않았니?"
 노승은 무거운 입을 열어서 그윽한 침묵을 깨뜨렸다.
 "저는 별로 앓은 데가 없습니다. 도리어 스님의 신관*이 겨울만 못하신 듯 합니다."
 "허허, 내야 이제 올 길을 다 온 사람이 아니냐? 기울어지는 것이 괴이할 게 있니?"
 몇 개 고개를 넘고 몇 구비 골짜기를 돌았다. 멀리 높고도 그윽한 대찰이 보이는 것이 운외사였다. 운외사야말로 영일이의 요람의 보금자리였다.
 절에 돌아온 영일은 소리쳐 흐르는 맑은 샘물에 손과 발을 씻고 법의를 갈아입고 해암 스님을 따라 법당으로 들어갔다. 독경 소리가 은은하게 울렸다.

 녹음을 부르는 첫 여름 보슬비가 해지는 서울을 적실 때다. 청운동 김창호의 집 조그만 화단에도 은실의 빗발이 드리웠다. 올해 동경 음악학교를 마치고 돌아온 주인의 딸 은숙은 자기가 배우던 이화학당에서 교편을 잡게 되었다. 육십이 넘은 아버지, 오십이 가까운 어머니 사이에서 아들 없는 외딸로 자라난 은숙은 나이로는 스물두 살이나 된 여학교 선생님이지만, 아버지 어머니 앞에서는 소학교 생도처럼 응석을 부리며 재롱을 떠는 것이 이 집안의 평화를 유지하는 것이었다.
 학교 일만 마치면 집으로 돌아와서 아버지와 어머니를 동무해 놀았다.
 평화로운 가정.

---

* 남을 높여 그의 얼굴을 이르는 말. 흔히 건강상태를 말할 때 씀.

낮잠 주무시는 아버지를 위해 만돌린*을 켜 드리고, 달 쳐다보는 어머니를 위해 독창을 들려 드렸다.

어머니의 수고가 없도록 모든 일을 대신해 드렸다.

은숙은 이제 평화로운 무대를 한층 더 곱게 장식할 화단 위에서 비를 계속 맞아가며, 꽃모종을 하기에 분주하다.

"애야, 찬비를 계속 맞다가 감기 들겠구나. 그만 두고 들어온."

대청마루에 앉아 있던 어머니의 말은 어머니답게 인자했다.

"아이고, 여름철에 감기가 왜 들어요?"

"글쎄 애야, 이리 올라와. 고집 피우지 말고."

어머니는 일부러 목청을 높였다.

"그 까짓 년 그만 내버려두구려."

안방에 앉아 있던 아버지가 미닫이를 열며 내다보았다.

"아버지! 아버지는 어머니만큼 저를 사랑하지 않으시네요."

은숙이는 아버지에게 응석을 부린다.

"에라 이 년. 네깟 년을 사랑해 뭘 하게. 이제 시집가면 그만일 걸."

"아이고, 아버지도 망령이셔."

은숙은 웃는 눈으로 아버지를 흘겨보았다.

"그럼 시집 안 가고 처녀로 늙을 테냐?"

"안 갈 거예요, 안 갈 거예요. 언제까지 아버지하고 어머니하고 살 거예요."

"어디 두고 보자. 이 년 시집만 보내 달랬단 봐라."

"아―웅."

은숙이 손가락으로 눈을 버티는 흉내를 내고 돌아설 때 문밖에서

**mandoline : 현악기의 한 가지. 비파처럼 생긴 것으로 강철로 만든 현이 두 절씩 네 쌍인데, 픽pick으로 줄을 뜯어 연주함. 동체의 뒷면은 배가 볼록함. 조현調絃은 바이올린과 같음. 독주·합주 등 반주용으로 근대 관현악에 널리 쓰임.

"편지 받으세요!"
하는 소리가 들렸다.
 밖으로 뛰어나갔던 은숙은 한 장의 편지를 가지고 들어왔다.
 은숙의 표정은 불쾌해 보였다.
 마당가에서 편지를 뜯어보고 서있던 은숙은 편지를 구겨 쥐고, 대청마루로 뛰어올라 왔다.
 "아버지 이 편지 좀 보세요. 이런 이상한 사내가 있어요?"
 "그게 무슨 편지냐? 청혼 편지냐?"
 "글쎄, 이리 나오셔서 좀 보세요."
 은숙은 손짓을 해 아버지를 방에서 불러내었다. 아버지는 허리에 매달린 안경집에서 학슬* 노인경을 꺼내어 코에다 걸고 편지를 받아들고 읽기 시작했다.

　아아, 나의 사랑하는 은숙 씨여.

"이크. 이게 무슨 소리냐."

　그리고 나를 미워하는 은숙 씨여 —

"이크. 이건 또 무슨 소리냐…… 그래 네가 이 사람을 아니?"
 "글쎄, 읽어보세요. 어머니도 듣게 크게 읽으세요."

　당신은 왜? 나를 사갈** 같이 떼어버리시려고 애를 쓰십니까? 그럴수록 나의 마음은 그야말로 뱀처럼 끈적끈적해집니다. 멀리 달아나는 당신과 나

---

*다리를 접었다 폈다 할 수 있게 만든 안경.
**蛇蝎 : 뱀과 전갈. '남을 해치거나, 몹시 불쾌한 느낌을 주는 사람'을 비유해 이르는 말.

의 거리를 가까이 하기 위해서는 나는 나의 모든 힘을 아끼지 않겠습니다. 나를 미워하는 당신의 서리 같이 쌀쌀한 얼굴일망정 나는 끝없이 그립고 보고 싶습니다⋯⋯ 그리고 나는 당신의 행복을 빌어 마지않습니다. 당신의 행복을 비는 나에게 한 장의 회답을 주시면, 아— 나는 얼마나 행복을 느낄까요⋯⋯

"이크. 행복을 느끼는 게 무어냐, 느끼는 게? 그래 이 사람을 네가 아느냐?"
"그럼요. 제가 동경 있을 때부터 끈적끈적하게 쫓아다니던 사람이에요."
"동경서 뭘 했어? 학생이냐?"
"학생인지 부랑자인지 누가 아나요? 하도 그런 사람들이 많으니까요. 제가 동경 있을 때도 몇 번이나 편지를 하고 기숙사로 찾아오곤 했어요. 그러더니 이번 나올 때에도 또 같이 나왔어요."
"그래, 혼인을 하자고 쫓아다니는 셈이로구나."
이번에는 어머니가 말참례*를 했다.
"제 딴에는 그런 모양이지요."
"그래, 아직 장가를 안 들었나?"
"누가 아나요? 그 사람 말은 안 갔다지만."
이렇게 대답하는 딸의 말을 이어서 아버지가 다시 물었다.
"그래, 나이가 몇 살이나 된 사람이냐?"
"근 삼십 되어 보여요."
"그런 놈이 장가를 안 갔을 리가 있나?"
은숙은 더 말할 아무런 흥미도 없다는 듯이 돌아서서 화단 위로 올라갔다.
가늘게 오던 비는 좀 굵게 떨어졌다.

---

* 말참견.

서울의 숨은 부자 이준식의 아들 필수는 공부합네 하고 동경을 건너갔다가 겨우 일 년을 지나서 중도에 귀국해, 무슨 화난 사람처럼 집안에 들어오기만 하면 이맛살을 잔뜩 찡그리고, 허물없는 아내나 잡아 흔들고 때로는 천진스러운 어린애들을 이유없이 꾸짖고, 밖으로 나가면 돈을 물 쓰듯 하며 술과 계집을 따라서 넓은 장안을 좁다고 헤매며 홍등의 거리를 낮같이 쏘다녔다.

"청춘에게는 계집이 있을 뿐이다. 그리고 술이 있을 뿐이다."

이렇게 부르짖는 필수는 그가 지금까지 겪어보지 못한 번민에 온몸이 쓰러질 듯이 괴로웠다.

요염한 계집에 빠지고 독한 술에 취해서라도 그는 자기의 괴로움을 잊어보려 했다. 그러나 빠지는 순간, 취하는 찰나에도 그의 머리에서 사라지지 않는 한 가지가 있었다.

그것은 은숙이에 대한 연모의 정이었다.

"아아, 나는 남자가 아니냐. 나에게는 돈이 있지 않느냐. 백만장자의 아들이 아니냐."

이렇게 자기의 무기를 들추어보았으나 은숙의 앞에는 아무 소용이 없다는 것을 깨달은 필수는 애욕과 사랑의 번민을 맛보았다.

물질이 파 놓은 환락의 구덩이에서 졸던 필수의 혼은 이성의 순결한 사랑의 에덴을 바라보고 비로소 눈을 뜨는 것이다.

필수는 높고 멀리 보이는 에덴에 오르기 위해서 소용에 안 닿는 황금의 사다리를 내던져버렸다. 다만 한 가지 믿고 있던 그 사다리조차 버린 그는, 그저 부질없이 허덕일 뿐이었다.

순례의 길

밤은 고요하게 운외사에 깃들었다.

해암선사의 침실에 외롭게 서 있는 촛불은 문틈으로 새어드는 실바람에 잠 못 드는 듯 부대꼈다.

촛불을 물끄러미 바라보고 앉아 있던 해암은 시선을 돌려 자기 앞에 단정하게 꿇어앉은 상좌 해운을 굽어보며

"그래, 네가 공부를 더 한다더니 어디서 무엇을 더 배우겠다는 말이냐?"

하고 정답게 물었다.

"제 생각은 제가 지금까지 전공하던 철학을 좀더 연구하기 위해 독일 백림* 같은 데로 가보았으면 하는데요."

"네가 좀더 배우겠다는 데는 물론 나도 찬성을 한다. 그러나 너에게 한 가지 청이 있다. 이 한 가지 청이라는 게 결과는 네가 더 배울 뜻을 이루지 못할 원인이 되지마는……."

해암 노승은 말을 뚝 끊었다가,

"언젠가 편지에도 써 보낸 듯싶다마는, 정말 이제는 너를 멀리 떨어져서는 내가 고적해 견딜 수가 없구나. 육십 평생을 쓸쓸한 승방밖에 모르던 나로서 지금 새삼스럽게 이런 생각이 난다는 것은 우스운 일 같다마는, 몸이 늙으니 마음도 약해지는 것을 어찌할 수가 있느냐. 그리고 이제는 주지로서의 모든 직무도 감당하기가 어렵고, 그저 만사를 잊어버리고 얼마 남지 않은 여생을 네 앞에서 마치고 싶구나. 그러니 네가 멀리 유학 갈 것을 단념하고 나의 뒤를 이어 내 앞에서 나의 죽음을 보내 달라는 말이다. 네가 이제 또 여러 해 먼 곳에 가 있게 된다면 네가 돌아올 때까지 내가 살아 있을지도 모를 일이고, 살아있다 하더라도……."

영일은 조금 숙이고 있던 머리를 들어 말없이 해암을 쳐다보았다. 귀밑에 닿을 만큼 무릎을 세우고 앉은 해암이 나이보다도 훨씬 늙어 보이는 모양은 고독의 그림자같이 쓸쓸해 보였다.

---

* 베를린의 음차표기.

'고독은 사람의 그림자다. 사람이 사는 곳에 반드시 고독이 따르는 것이다.'

이렇게 속으로 중얼거리고 말없이 앉은 영일은 앞에 앉은 해암 노승의 고독한 정이 모두 자기에게 옮아오는 것처럼 자기도 쓸쓸해지는 것을 깨달았다. 과부 어머니의 그것과도 같이 부드러운 스님의 얼굴을 보면 볼수록, 영일의 온몸이 외로운 혼과 혼이 마주잡고 우는 듯한 기분에 녹아드는 듯했다.

환락에 웃는 것보다는 고독에 우는 것이 즐거운 일이다.

이렇게 자기 자신의 고독을 위로해 온 영일이도 이제 눈앞에 앉아 있는 스님의 그것을 볼 때에는 그의 외로운 서글픔을 헤아리지 않을 수 없었다.

"스님. 염려 마십시오. 언제나 스님의 곁을 떠나지 않겠습니다."

"오오, 잘 생각해 주었다. 그러면 나는 모든 것을 너에게 전하고 편안하게 누워 있으련다."

독일 유학을 단념하게 된 영일은 해암선사의 뒤를 이어 운외사 주지가 되기 위해 여러 가지 수속과 준비를 하지 않으면 안 되었다.

그렇게 하기 위해서는 먼저 조선 안에 흩어져 있는 큰 사찰을 두루 시찰할 필요가 있었다.

스님과 상좌 사이에 의논이 결정되었다.

첫 여름, 가벼운 바람에 불리어 영일은 사찰 순례를 떠나게 되었다.

이 기회에 오래 두고 그리던 조선의 보배 중의 보배인 금강산을 한 번 보기로 했다.

외국에 유학할 때 그 나라 사람들이, 당신 나라의 금강산이 참 좋다지요? 하고 목마르게 물을 때, 못 보았다고 하기에는 창피하고 보았다고 하기는 거짓말이어서 우물쭈물하던, 내 집 보배 금강산을 무엇보다도 먼저 찾아가기로 했다.

  절 문을 나서는 영일의 뒤에는 해암 노승을 비롯해 온 절의 중이 모두 다 나와서 그의 앞길에 평탄함을 빌었다.

  "얘, 참 세월이 좋구나. 네 행색이야 어디 행자* 같기나 하냐?"

  법의며 가사염주 같은 것을 떨드리지 않고** 가벼운 양장으로 길을 떠나는 영일의 뒷모양을 바라보는 해암 노승은 이렇게 말하며 웃었다.

  금강산에 해가 저물었다.

  표훈사表訓寺 저녁 종소리도 그친 지 오래고, 하늘에서 내려 덮이는 검은 보자기는 위대한 보배를 조심스럽게 싸버렸다.

  오늘 저녁 때, 표훈사까지 온 영일은 저녁밥을 먹고 여러 중과 같이 저녁 예불을 마치고, 자기가 쉴 방으로 돌아와서 내일의 길을 생각하고 일찍이 자리에 누웠다.

  그러나 잠은 오지 않았다. 고산역高山驛에서 자동차를 타던 것부터, 구름이 쉬어 넘는다는 철령 높은 봉이며, 금강산 밑에 깃들이고 있어도 밥 먹고야 산다는 표적으로 안개같이 떠오르는 말휘리末輝里 거탑리巨塔里 부근에서 보던 저녁 연기며, 우주를 대표하는 보배 금강산을 배경으로 모리배들이 장을 벌이고 있는 이름 높은 장안사며, 마의태자가 추격하는 고려군을 막던 태자성이며, 지옥의 출장 장소 같은 지옥문 황천강黃泉江, 명경대明鏡臺며, 영원암靈源庵 옥촛대며, 대臺 위에서 바라보던 봉오리 봉오리들이며, 물의 미술로 유감이 없는 대수렴, 소수렴이며, 수렴동에 서서 북으로 바라보이던 경치며, 망군대望軍臺에서 사면으로 바라보이던 총총하게 세운 검극劍戟 같은 무수한 봉오리들이며, 김동거사金同居士의 혼이 잠겼다는 음침한 명연담鳴淵潭이며, 그 아들 삼형제가 애통 끝에 화석化石

---

* 절에 들어가 불도를 닦는 사람.
** 젠 체해 위세를 드러내어 뽐내지 않고.

이 됐다는 형제바위 등. 엊그제 본 이런 모든 경치가 옛날에 보았던 그림처럼, 혹은 활동사진의 실사처럼 그의 머리에서 풀려 나왔다.

이 때였다. 어디서인지 미묘한 음향이 영일의 귀를 울렸다. 영일은 소리 나는 쪽을 바라보았다. 어느 틈에 비쳤는지 동창에는 파란 달빛이 드리워져 있었다.

미묘한 음향은 여전히 끊어졌다 이어졌다, 했다. 그것은 마치 창에 비치는 새파란 달에서 흐르는 듯했다.

영일은 자기의 귀를 의심하며 자리에서 일어나서 그 미묘하게 울리는 음향을 사로잡으려는 듯이, 잠자리 잡으러 가는 어린애처럼 가만가만히 창 앞으로 갔다.

해후

영일은 달빛 새어드는 창 앞에서 천장을 바라보며 거닐었다.

음향은 아까보다 한층 더 분명하게 들려 왔다. 그것은 멀리서 울려오는 만돌린 소리였다. 울려오던 소리가 뚝 끊겼다. 그는 조용하게 들창을 열고 바깥을 내다보았다. 바깥에는 아무도 없었다. 넓은 도량 절마당에는 안개 섞인 뽀얀 달빛이 고요하게 흐르고 흐를 뿐이었다. 그는 소리 없이 부르는 달빛을 따라 밖으로 나왔다.

바람에 떨리는 나무 그림자를 밟으며, 맑은 달을 쳐다보며 천천히 거닐던 그는 자기 등 뒤에서 들리는 발자취 소리에 고개를 돌렸다.

서너 칸쯤 떨어진 곳에 어떤 여자 한 사람이 나타났다.

달빛에 비치는 젊은 여자의 해맑은 얼굴은 어디서 본 사람 같았다.

'누구일까?'

꽃 지고 녹음 우거지는 금강산에는 또 한 번 꽃이 피었다. 서울 이화학당 수학여행 탐승대가 찾아들었다.

모든 것을 다 빼앗기더라도 세계의 보배로 영원하게 조선에 남아 있을 금강산 녹음 속에 조선이 낳아서 조선이 키운 장래의 어머니 될 조선의 아가씨들이 흩어진 것은, 참으로 고운 꽃으로 보이지 않을 수 없었다.

곱게 피었다가 위대한 씨를 떨어뜨리고 스러지는 영원의 꽃.

가시가 돋기에는 너무 아름답고 꽃이 피기에는 너무나 험난한 금강산의 비탈길은 온실에서 핀 백합꽃 같은 아가씨들이 오르내리기에는 너무나 험했다. 정양사正陽寺로 내려오던 여학생대의 한 소녀가 절벽 같은 비탈진 길에 발을 헛디뎌 넘어지려 했다. 그 곁에 따르는 여자 교원 김은숙은 넘어지려는 학생을 붙들다가 도리어 자기의 발을 헛디뎠다.

발을 삔 은숙은 절룩거리며 간신히 표훈사까지 내려오고는 발이 통통 부어 촌보寸步도 움직일 수가 없게 되었다.

일행은 부득이 은숙이만을 표훈사에 남겨 두고 행정대로 더 깊이 들어가지 않을 수 없었다.

동행을 떨어져서 혼자 남아 있게 된 은숙은 오 년 전만 했으면 발버둥을 치고 울 만큼 아쉽고 분했다. 남들이 보는 그 좋은 경치를 못 보겠거니 생각하면 슬그머니 팔자 한탄이 나왔다.

표훈사에 혼자 떨어진 은숙은 방에 불을 뜨뜻하게 때고 생지황生地黃 찜질을 지성으로 해주는 그 절 노승의 간호로 이틀이 채 못 되어 삔 발이 씻은 듯이 나아 걸음도 자유롭게 걸을 수가 있었다. 성한 다리를 가지고 절간에 뒹굴며, 좋은 구경을 실컷 하고 돌아오는 일행을 기다리는 것은 더욱 멋쩍고 화나는 일이었다. 그렇다고 자기 혼자서 구경을 떠날 수도 없어서 끙끙 앓고 있었다. 그래서 낮잠 끝에는 독창을 하고 홧김에는 만돌린을 켰다.

낮에 마음대로 잘 수 있는 은숙은 밤에는 좀체 잠이 오지 않았다. 이렇게 잠 안 오는 밤을 줄이기 위해 만돌린을 들고 밖으로 뛰어나갔다.

구름을 벗어난 푸른 하늘 어디쯤에서 들려오는지 모를 가느다란 물소리, 달 아래 줄 선 뭇 봉오리의 검은 그림자, 절벽에 구르고 솔잎을 스치는 바람소리…… 보이는 것, 들리는 것 어느 것 하나 신비의 한 조각이 아닌 것이 없는 아름답고도 큰 자연 속에서 노래를 부르며, 만돌린을 켜 보았다.

은숙이가 켜는 쇠줄에서 울리는 단조로운 소리는 이 거룩하고 아름다운 자연 속에 조화되기에는 너무나 속되었다.

"에라, 집어치우자!"

자기 방으로 돌아오던 은숙은 마당가를 거니는 어떤 남자를 보았다.

해후!

잠깐 사이를 오고가는 눈이 앞에 선 사람을 몰라보기에는 그들의 눈은 너무나 총명했다.

그들 머리에는 한 달 전에 일본에서 돌아올 때, 부산서 탔던 급행열차 삼등실이 떠올랐다. 영일은 그가 곧 한 달 전에 기차를 타고 올 때 본 여자인 줄을 알았다. 그리고 속으로, 응 그 여자로군, 하고 젖었던 시선을 냉정하게 거두어 달빛에 숨었다 나타났다 하는 별들을 쳐다보며 뚜벅뚜벅 걸었다. 은숙은 마주나가며 인사라도 하고 싶을 만큼 반가웠다. 그러나 영일은 어디까지나 초연한 태도로 주춤하던 발길을 돌려 저 편으로 걸어갔다. 은숙은 촛불이 홀로 조는 자기 방으로 돌아와서 고요하게 누웠다. 지금까지 취하도록 보고 들어온 종이 한 겹을 격해 늘어선 달빛에 잠긴 금강의 봉우리 봉우리가 또 한 번 보고 싶을 만큼 새삼스럽게 자연이 그리워졌다. 자연을 바라보던 은숙의 마음의 눈은 자기 자신을 바라보았다.

대자연 한 귀퉁이에 조그맣게 누운 쓸쓸한 자기를 바라보는 눈은 약속 없이 두 번째 만나는 영일을 바라보았다.

스물이 훨씬 넘은 여자로서의 없지 못할 그 무엇이 몽롱한 눈을 뜨려 했다.

'어쩌면 젊은이가 그렇게 점잖을까?'

영일에게서 두 번째 받는 똑같은 인상이 한 데 뭉쳐질 때, 그의 정체를 알고 싶었다.

그러나 이렇게 생각하는 은숙은 스스로를 모욕하고 싶었다. 그리하여 졸리지 않은 눈을 부지런히 감았다.

'아니다. 엄청난 위선자일는지도 모른다.'

은숙이의 머리에는 젊은 성자와 엄청난 위선자가 꼬리를 물고 돌았다. 성자냐? 위선자냐?

밖에서 조심스럽게 문 두드리는 소리가 들렸다. 그리고 이어서 은숙 씨, 하고 부르는 남자의 목소리가 들렸다.

은숙은 가만히 일어나서 문을 열었다. 문밖에는 영일이가 서 있었다. 은숙을 쳐다보는 그의 얼굴에는 이성의 사랑을 구하는 사내에게서만 볼 수 있는 미소가 흘렀다.

"아이고, 전 또 누구시라고. 어서 들어오세요."

이렇게 맞아들이려던 은숙은 회오리바람처럼 생각을 돌려

"당신은 누구세요? 어떻게 오셨어요?"

하고 내려다보았다.

"저를 모르시겠어요? 저 번 기차간에서도 뵙고, 아까 달 아래에서도 뵙고……."

"네, 뵌 듯합니다. 그런데 이 밤중에 무슨 일이세요?"

"아니, 무슨 별로 일은 없습니다마는……."

영일은 이렇게 대답하고 슬금슬금 문턱을 넘어서려 했다.

은숙은 자기 앞으로 다가드는 영일에게서 두어 걸음 뒤로 피했다.

"이게 무슨 무례한 짓이에요. 저는 그런 여자가 아니에요. 어서 썩 물러가세요. 위선자!"

은숙은 이렇게 호통을 치고 여왕처럼 버티었다.

보기 싫은 웃음을 띠며 비틀비틀 뒤로 물러섰던 남자는 돌연하게 두 팔을 벌리고 은숙의 앞으로 달려들었다. 은숙은 에그머니, 소리를 높이 지르고 달아났다.

꿈!

은숙은 자기가 지른 날카로운 소리에 잠을 깨었다.

그는 지금까지 이렇게 부끄러운 일을 당해 본 적이 없었다. 누구에게도 이야기 못할 창피한 꿈이, 꿈인 것만은 그래도 다행이었다.

"그게 무슨 고약한 꿈일까. 내가 왜 그런 꿈을 꾸었을까."

되풀이하고 되풀이해 보아도 풀 수 없는 지나간 꿈이었다.

달은 새하얀 그림자를 서창에 미끄러뜨리고 깊은 산 속 밤의 적막을 장식하는 멀리서 들려 오는 두견의 울음은 베개 밑으로 스며드는 듯했다.

이 곱고 고요한 은숙의 주위를 거미줄처럼 가로세로 얽는 것은 그 보기 싫은 창피한 꿈이었다. 그러한 꿈을 안 보기 위해 은숙은 뜬눈으로 그 밤을 새웠다.

밤은 걷혔다.

너른 법당을 울리는 염불 목탁 소리가 끊어지고, 어둠을 흔드는 새벽 종소리가 은은하게 울렸다.

아침 밥짓는 소리, 마당 쓰는 소리, 산사의 아침은 수선스러웠다.

이런 수선한 기분에 따라 일어난 은숙은 세숫수건을 들고 시냇가로 내려갔다.

은숙은 멀리 냇가를 거니는 영일을 나무 사이로 보고, 자기도 모르게 가던 걸음을 멈추었다.

뒷짐을 지고 하늘을 쳐다보며 유유하게 거니는 영일의 모양은 역시 초연했다.

이것을 바라보는 은숙의 머리에는 어젯밤 꾼 꿈이 다시 나타났다.

'그 사람은 역시 젊은 성자였구나.'

이렇게 생각하니 은숙은 자기도 책임질 수 없는 자기의 꿈을 뉘우치지 않을 수 없었다.

'나는 거룩한 이를 모욕한 큰 죄를 지었다.'

은숙은 속으로 중얼거리며 개울로 내려가서 세수를 했다.

세수를 하고 돌아온 은숙은 자기의 두어 칸 앞을 지나가는 영일을 보았다.

은숙은 주저할 필요 없이 아무쪼록 태연하게 영일의 앞을 지나치려 했다. 그러나 자기의 머리가 숙여지고 걸음이 어지러워짐을 깨닫지 않을 수 없었다.

발길이 떨리는 것은 마음이 어지러운 증거이다.

그와 반대로 영일의 태도는 너무나 태연하고 냉정했다. 자기의 앞을 가로지나가는 은숙을 바라보는 그의 눈은 푸른 하늘을 쳐다보는 그 때와 다를 것이 없었다.

삼보三寶가 아침밥을 가지고 은숙의 방에 들어왔다.

"아씨, 공양 잡수시지요. 그런데 매일 심심하지 않으십니까? 모처럼 유람을 오셔서 이렇게 한 곳에만 계시게 되시니."

"왜 안 그렇겠어요? 심심해 죽겠는데. 나 혼자라도 길 인도해 줄 이나 얻어 가지고 만폭동이라는 데를 가보고 올까 봐요."

"그러면 마침 오늘 마하연까지 올라가시는 손님이 한 분 계십니다."

"네, 누가요? 그 이도 유람오신 분인가요?"

"저 우대* 운외사 방주 스님 해암 선사의 상좌스님 되시는 인데요, 어

---

* 서울 성내의 북서쪽에 위치하는 지역. 곧 인왕산 가까운 곳의 동네들.

제 저녁에 드셔서 저 앞방에서 주무시고 이제 정양사를 다녀오셔서는 마하연으로 떠나신답니다."

"그 이는 길 인도하는 이가 없어도 혼자 구경을 하실 만큼 길을 아시나요?"

"아니죠. 그 스님도 초행이세요. 그래서 이 절 중 하나가 따라 모시기로 했습니다."

"그럼 나도 같이 가서 구경을 하고 왔으면 좋겠는데. 오늘쯤은 우리 일행이 돌아 올테고. 어찌하나 일껏 왔다가 예서 되돌아가기는 섭섭하고……."

"그야 대습니까. 같이 오신 일행 어른들이야 가노라면 만날걸요. 아씨들이니까 아무래도 큰길로 돌아오실 걸요. 혹시 길이 어긋나서 못 만나게 되신다면 여기 부탁만 하고 가시면 좋지 않아요. 그러면 여기서 기다리시든지 장안사로 내려가서 기다리시든지 하실 것 아닙니까. 그리고 아씨는 만폭동만 보시고, 돌아오는 중과 같이 내려오시면 될 것 아닙니까?"

"그럼 나도 가게 해 주세요. 그런데 그 손님은 어디까지 가세요?"

"그 스님은 아마 외산*으로 도신다나 봐요."

삼보승이 나간 뒤에 은숙의 머리에는 영일이가 다시 떠올랐다.

'불교대학생 최영일이가 운외사 방주의 상좌중'이라는 데 비로소 그의 정체를 찾은 듯싶었다.

정양사를 다녀오는 영일이를 기다려 만폭동 구경을 가리라는 생각이 은숙의 마음을 초조하게 했다. 뒷문을 열고 나가 소나무 그림자 진 바위 밑에 앉은 은숙의 머리에는 영일과 같이 언덕을 기어오르기도 하며 마주 앉아 쉬기도 할 것이 환영처럼 나타나는 것이었다.

* 外山 : 외금강.

길동무

오정*이 채 못 되어 영일은 정양사에서 돌아왔다.

"아씨, 어서 오십시오. 저 방 손님이 떠나십니다."

이렇게 재촉하는 삼보를 따라 은숙은 바스켓을 들고 자기 방을 나왔다.

마당에는 영일과 길 인도할 중 하나가 서 있었다.

"스님. 이 아씨는 일전에 서울 학생 아씨들과 같이 오셨던 분이신데, 정양사 갔다 오시다가 발을 삐셔서 일행을 떨어져서 우리 절에 묵으셨는데, 이제는 발도 나으셔서 구경을 하실 양으로 마하연까지 올라 가시겠다던 차에, 마침 스님이 가시니 동행을 하십사하고 제가 말씀을 드렸으니, 동행하시면 어떠실는지요?"

이렇게 어수선하게 영일에게 은숙을 소개했다.

"네, 좋지요."

그에게 대답을 한 영일은 은숙에게로 몸을 돌려

"그럼 같이 가시지요."

하고 점잖고 간단하게 말했다. 은숙은 얼굴을 붉히며 고개를 숙여 답례를 했다.

"그럼 이 아씨도 같이 모시오."

소개한 중은 길잡이 중에게까지 부탁을 하고, 다른 중들과 같이 멀리 동구 밖에까지 와서 합장배례로 일행을 보냈다. 동구 밖에 나선 영일은 두 사람의 행장을 걸러 매고 달아나는 길잡이 중을 불렀다.

"오늘은 마하연까지만 가면 그만이니 그렇게 빨리 갈 것도 없소. 더욱이 여자 손님도 계시고 한 터이니."

---
* 午正 : 정오. 낮 12시.

장편소설 **135**

길잡이 중에게 분부를 한 영일은 다시 뒤를 돌아보며 은숙에게 말했다.
"자, 그러면 앞서십시오. 아무리해도 뒤에서 우리 걸음을 따르시기는 좀 어려우실 테니까……."
사람은 나의 뒤를 남에게 보이기를 싫어하는 것이다. 더욱이 여자는…….
지금까지 뒤에서 자유롭게 따라오던 은숙은 영일의 점잖고 친절한 말에 사양할 틈도 없이 영일의 앞에 서서 걸었다.
은숙의 걸음은 어지러웠다. 앞서서 걸어가는 은숙의 뒷모양을 바라보는 영일은 은숙의 너무나 조심스러운 동작을 미안하게 생각했다.
"금강산이 처음이십니까?"
영일은 자기의 태도를 부드럽고 정답게 가져 은숙의 수줍은 기분을 풀어주려 했다.
"네."
은숙은 얼굴을 붉히며 겨우 대답했다. 은숙은 자기 스스로도 어찌 이렇게 자기가 영일의 앞에서 수줍은지를 알 수 없었다.
"언제 오셨습니까?"
영일은 재차 물었다.
"오늘로 닷새 되었어요."
"그래 발을 삐어서 표훈사에서 묵으셨다지요?"
"네."
은숙은 오늘 비로소 웃었다.
"일행은 어찌 되었습니까?"
"글쎄, 모르겠어요. 마하연까지 가서 그 부근만 구경하고 다시 장안사로 돌아 내려오든지, 형편을 보아 학생들만 걸을 수 있다면 외금강으로 돌든지 한다고 했는데. 마하연까지 가보면 좌우간 알겠지요."
"어서들 오십시오!"

앞서 가던 중이 외치는 소리에 영일과 은숙은 이야기를 멈추고 걸음을 빨리 했다.

그들은 중이 인도하는 대로 만폭동의 오케스트라를 들으며 보덕굴普德窟의 아스라한 경치며 분설담噴雪潭에서 시작해 화룡담火龍潭까지 가지가지 소(潭)의 신비하고 시원한 경치에 취해 쫓아다니는 동안에 다리 아픈 줄도 모르게 마하연에 다다랐다.

점심때는 훨씬 지나고 저녁은 아직 멀었다. 그들은 우선 쉴 곳을 정하고 밥을 시켰다. 은숙은 방주를 불러서 자기 일행의 소식을 물었다. 그래서 아래와 같은 소식을 들었다.

일행은 어제 아침에 유점사楡岾寺로 넘어갔으며, 이것을 은숙에게 기별하려고 심부름꾼을 구할 때에, 마침 유점사에서 넘어와서 표훈사로 내려갈 손님들 중에 일행과 잘 아는 분이 있어서 그 손님에게 편지와 같이 무엇을 부탁한 바, 그 손님들은 어제 수미암에서 늦게 돌아왔기 때문에 어제 표훈사로 내려가지 못하고 오늘 아침에야 내려갔는데 만나보지 못했느냐, 하는 것이 방주 중이 늘어놓는 사설이었다.

"그럼 어떻게 하시겠습니까?"

옆에서 두 사람의 말을 듣고 있던 영일이가 은숙에게 물었다.

"저도 유점사로 가겠어요. 선생님은 어떻게 하세요?"

수줍은 데서 적이 벗어난 은숙의 대답은 좀 자유로웠다.

식탁이 벌어졌다. 은숙은 여자다운 친절로 영일에게 음식을 권하며 식사를 거들었다.

이튿날 아침이었다. 밤을 격해 만나는 두 사람은 피차에 반가웠다.

이 날은 일찍이 서둘러서 구경을 떠났다.

영일과 은숙은 이제 완전한 길동무가 되었다. 더욱이 은숙에게는 없으면 안될 동무이다.

그윽한 숲 속을 뚫고 나갈 때나 거칠고 급한 고개를 넘을 때나 영일은 은숙에게 없으면 안될 존재인 것 같았다. 앞서가던 영일이가 바위틈에 가려 보이지 않아도 은숙은 급한 걸음으로 따라가고 뒤에 떨어져 오는 영일이가 나무 그늘에 숨으면

"최 선생님 어서 오세요!"

하고 소리쳐 부르지 않을 수 없었다.

"제가 최가인 줄을 어떻게 아셨습니까? 표훈사 중에게 들으셨나요?"

지금까지 성명도 통하지 않고 온 부자연스러운 길동무의 한 짝인 영일은 은숙이에게 이렇게 물었다.

"저는 벌써 알았어요. 선생님 이름까지 압니다. 영일 씨지요?"

"어떻게 아세요?"

영일은 자기의 학교에서나 동무들 사이에만 부르는 속명(俗名)을 은숙이가 아는 것이 이상했다.

"벌써부터 압니다. 일전에 일본에서 나오실 때부터 알았어요."

"그 때 우리가 어디 인사를 했던가요?"

"그럼 알려 드리지요. 선생님 옆에 앉았을 때에 트렁크에 달린 명함을 보고 알았습니다."

"네, 참 기억도 좋으십니다."

영일은 트렁크에 매달린 명함을 통해 남의 성명을 기억해 두는 여자의 섬세한 두뇌에 놀라지 않을 수 없었다.

그는 비로소 은숙의 주소와 성명을 묻고, 지금 무엇을 하는 것까지를 물어 알게 되었다. 그리고 자기가 중이라는 것과 자기네 절 이름을 알려 주는 것으로 자기를 간단하게 소개했다.

해발 삼천 척의 백운대(白雲臺)를 기어오르는 절벽을 끼고 도는 험한 길에는 쇠사슬에 매달리고 돌부리를 벋디딘어야* 하며, 솔가지를 더위잡

---

* 발에 힘을 주고 버티어 디디다.

아야* 한다.

은숙은 이밖에 든든하게 붙잡을 또 한 가지를 가졌다. 그것은 영일의 튼튼한 팔이다.

"위험합니다!"

앞서 올라가는 영일은 미끄러질 듯한 은숙에게 자기의 손을 내밀었다. 두툼한 영일의 손을 붙잡은 은숙의 하얀 손이 젊음에 떨렸다.

그들은 백운대 높은 곳에서 불지동佛池洞을 내려다보고 신비에 신비가 잠긴 듯한 중향성衆香城을 바라보고 돌아 내려와, 금강수에 목을 축이고 다시 선암船庵, 수미암須彌庵들을 볼 양으로 길잡이를 따라섰다.

길은 갈수록 험했다. 열 걸음을 맘놓고 걸을 곳이 별로 없었다. 저기다 어떻게 발을 붙이나, 할 만큼 낙망할 벼루**도 있었다. 그것은 마치 기구한 운명에 쫓기는 인생의 행로와도 같았다.

은숙은 이런 험난한 길을 처음 걸어 보았다. 그러나 자기의 앞으로 혹은 뒤로 따르는 영일이가 있거니 생각하면 얼마든지 올라갈 듯이 마음이 든든했다.

길동무를 믿는데, 험한 길이 없을 것이다.

그 날 행정을 마치고 돌아오니, 해는 아직도 퍽 남아있다. 그러나 피곤한 다리를 끌고 갈 데도 없어서 언제까지 해도 밀릴 것 같 않은 이야기, 처음부터 집어치운대도 아무 관계도 없을 이야기로 저녁 밤을 기다렸다.

밤은 왔다.

무슨 명상이나 하려는 듯한 영일의 무거운 표정이 은숙을 은숙의 방으로 쫓았다. 은숙이 자기의 일거일동이 자유롭지 못한 영일의 앞에서 물러나온 것은 마음이 편한 일이었다. 그러나 넓은 방 한 귀퉁이에 혼자 누

---

* 높은 데에 오르고 무엇을 끌어 잡다.
** 낭떠러지의 아래가 강이나 바다로 통하는 몹시 위험한 벼랑.

워서 잠 못 드는 동안 쓸쓸한 정서를 푸는 것은 외로운 일이었다.
 잦아드는 듯한 고독을 참기보다는 가시 방석 위에서 몸부림을 치고 싶은 것이 사람이다.

 오늘은 해발 육천 구 척이라는 금강 일만 이천 봉 중에 제일 높은 비로봉毘盧峰을 구경할 날이다.
 길이 어제에 비해 배나 험하고 멀다는 말을 중들에게 들은 영일은 은숙의 동행을 꺼렸다.
 "김 선생님은 어떻게 하시겠습니까. 길이 몹시 험하고 또 멀어서 매우 고생스럽다는데……."
 "가보겠습니다. 선생님 괴로우시겠지만 데리고 가 주세요. 길이 험하다고 남이 보는 것을 못 보는 것은 싫습니다."
 "아니요. 괴롭기야 무엇이 괴로워요. 김 선생이 고생하실까 봐 말씀이지요."
 절벽에서 내미는 힘있는 손, 쓰러지는 몸뚱이를 붙들어줄 팔, 이것은 험하고 먼 길에 대한 불안을 은숙이에게서 거두어버렸다.
 비로봉의 명물인 안개는 회색보다도 짙었다.
 두어 마장*이나 앞서서 달아나는 줄 알고
 "여보! 같이 가요!"
하고 소리쳐 부른 길잡이가
 "저 여기 있습니다."
하고 중얼거리는 대답을 듣고 은숙은 호호, 하고 웃었다.
 "선생님, 만일 여기서 열 간통**만 선생님과 제가 서로 떨어져서 피차에 갑자기 귀머거리가 된다면 우리는 영영 못 만나고 헤맬 듯합니다."

---
* 주로 5리나 10리가 못 되는 거리를 말할 때에 '리里' 대신으로 쓰는 단위.
** 間通 : 간격.

은숙은 기괴한 상상에서 일어나는, 동화의 한 구절 같은 이야기에 영일은 안개 속에서 마음으로 웃고

"글쎄요."

하고 대답을 했다. 주먹 돌이 총알같이 굴러 내리는 절벽을 추어 오르고, 금사다리 은사다리를 곰(熊)처럼 굼뜨게 기어올라서 비로봉에 다다랐다. 안개 속에서 찬밥 점심을 따뜻이 먹고 나니, 사십 리 밖에서 출렁거리는 동해바다가 뛰어내리면 철썩하고 빠질 듯이 눈 아래 내려다보이고, 지금까지 높다고 숨차게 기어오르던 봉오리들이 삼, 사천 척 밑에서 아물거리는 호장하고 신비한 경을 보고 산을 내렸다.

그 날 밤도 마하연에서 지내고, 그 이튿날 밤은 유점사의 손님이 되었다. 은숙은 영일과 같이 산을 넘고 밤을 맞는 닷새가 못 되는 세월이 어떤 세상을 거친 듯이 아득하게 생각되었다.

이 한 세상을 지내는 동안에 은숙은 자기도 모르게 자기가 영일에게 가까워진 것을 깨달았다. 은숙의 마음에는 어쩐지 마당 하나를 격해 누워있을 영일이가 남 같지 않다는 생각이 자기를 모욕했다.

"남이 아니구 뭐란 말이야!"

가슴속에 온순하게 엎드려 있던 처녀가 소리를 버럭 질렀다.

은숙은 베개 위에서 어린애처럼 도리질을 했다.

은숙은 지금까지 아버지 이외의 이성을 그리워해 본 적 없었다. 그것은 이성을 접촉할 기회가 드물다든지 저 편의 유혹이 없었다든지 한 까닭은 아니었다. 많은 이성을 대했으며, 따라서 많은 유혹도 받아 보았다. 돈 소리를 절렁절렁 내는 시위 운동으로 받아 보았고, 제 딴은 미남자라고 곁눈으로 살살 간질이는 꼴도 보았고, 그냥 쫓아다니며 처분만 기다리는 불쌍한 모양도 보았고, 당대 명사라는 작자들이 체면과 연애는 혼동할 필요가 없다는 듯이 낚싯대를 드리우고 앉아 있는 꼴도 보았다.

은숙은 이런 것들을 힘 안 들이고 물리쳤다. 뻔뻔스러운 놈은 눈을 딱

부릅떠 쫓고, 얄미운 놈은 톡 쏘아 보내고, 불쌍한 놈은 타일러 보내고, 살살 간질이는 놈은 입을 삐죽해 돌려세우고, 돈 소리로 시위하는 놈은 소리를 버럭 질러 거꾸러뜨렸다. 그래서 남들이 연애한답시고 날뛰다가 사내 놈에게 곯아떨어지고 우는 꼴을 보고는 저것도 사람일까? 하고 남의 일에 공연하게 화를 내곤 했다. 그리하여 자기의 남다른 힘을 스스로 믿었다. 이러하던 은숙이가 영일을 상대로 한 자기의 태도가 자기 눈으로도 확실히 약해 보였다.

'아니다. 내가 유혹에 빠지는 것은 아니다. 그에게는 아무런 유혹의 힘도 없다. 그러면?…… 아니다, 아니다. 이것도 내가 지금까지 알지 못한 유혹의 한 가지일는지도 모른다. 그렇다면 나는 이것까지를 이겨야 된다. 그래야 완전한 승리를 얻을 것이다.'

이렇게 생각하고 이불 속에서 주먹을 부르쥐었다. 그러나 은숙에게는 또 한 개의 손이 있었다. 그것은 분명하게 영일의 손을 붙잡은 자기의 손이었다.

유점사에서는 선담船潭이며 십이 폭 은선대隱仙臺, 미륵봉彌勒峰 등을 구경하는 외에 영일이가 참고할 것이 많아서 사흘 동안이나 지체하며 신계사神溪寺를 향해 떠났다.

은숙은 별로 심심한 줄도 모르고 피곤한 줄도 몰랐다. 도리어 이렇게 산 밑으로 내려가서 여행이 끝나게 될 것이 속으로 아쉬웠다.

금강산을 떠나는 날이 길동무를 떠나는 날이다.

'이것이 올라가는 길이라면, 아니 언제까지 가도 끝이 안 나는 길이라면? 그러면 언제까지나 떠나지 않을 길동무가 될텐데…….'

이렇게 생각하니 산을 내려가는 가벼워야 할 발걸음이 도리어 무거웠다.

은숙은 인생의 길동무를 찾는 것이 아닐까?

유점사에서 떠나서 오 리쯤 나와 개재狗嶺 고개 밑에서 소나기가 내리기 시작했다.

"이렇게 비가 와서 어떻게 가요. 유점사로 도로 돌아가요, 네?"

은숙의 주장이었다.

"뭘요. 소나기니까 곧 그치겠지요. 아무래도 비는 맞게 되었으니 앞으로 나가면서나 맞지요. 뒤로 물러가기보다."

영일의 반대로 앞으로 나가게 되었다.

은숙의 권유에 못 이겨 영일은 은숙의 조그만 비단우산 속으로 들어갔다.

점점 굵고 촘촘해지는 빗발은 가벼운 은숙의 옷을 여지없이 적셨다. 젖은 옷 위로 스치는 산바람은 몹시도 찼다. 옷과 옷을 통해 전해지는 이성의 체온만이 따스했다.

비 맞은 흰 비둘기 같은 은숙은 염치도 없이 영일에게로 다가들면서 덜덜 떨었다.

개재 마루턱을 다 올라오니 외롭게 선 주막 하나가 있었다. 그들은 비로소 살뜰하게 그리로 찾아 들었다.

주막 객실에는 유점사로 가다가 비를 피하는 부부인 듯한 한 쌍의 남녀가 들어 있었다. 주막 주인은 툇마루에서 덜덜 떨고 있는 손님을 위해 자기네 침실인 안방을 내주었다.

방으로 들어가 마른 옷으로 갈아입으니 살 듯했다.

소나기는 점점 비로 변해 종일토록 그치지 않았다.

빗속에서 해는 저물었다.

"비가 이렇게 와서야 어디 가시겠어요? 내외분이 이 방에서 주무시지요. 안방에도 비에 잡힌 내외분 손님이 주무시고 가십니다."

저녁밥을 가지고 들어온 안주인이 영일과 은숙을 내외로 알고 하는 수작이다.

"방이 또 없소? 냉방이라도."

영일이가 물었다.

"없습니다. 아무 염려 마세요. 우리는 주인이니까 부엌에서라도 잘 테니 편히 쉬고 가세요."

그들은 할 수 없이 말*만한 방에서 그 밤을 맞게 되었다.

은숙에게 아랫목을 사양하고 영일은 윗목에서 담요를 덮고 누웠다. 문밖에는 바람에 쫓기는 빗소리가 요란하고, 두 사람이 누운 방안은 거북한 침묵에 얽혀 죽은 듯 고요했다. 어느 정도 어려움 없이 자유롭던 두 사람 사이는 다시 처음과 같이 어색해졌다. 은숙은 이 속박에서 벗어나려는 듯이 벽을 안고 돌아누워 잠을 자려고 애를 썼다.

영일의 머리맡에 걸린 램프불이 문틈으로 들이치는 젖은 바람에 꺼져버렸다.

은숙은 얼추 감았던 눈을 번쩍 떴다. 온 세상이 캄캄했다.

아직도 처녀인 은숙에게는 캄캄한 세상은 무서웠다.

영일의 손에 불이 꺼졌다고 생각하니 지금까지 미덥던 길동무, 어떤 외로운 데라도 같이 갈 듯하게 든든하게 생각되던 영일이가 새삼스럽게 무서워졌다.

영일은 황망하게 성냥을 찾으려고 어둠을 더듬었다.

캄캄한 속에서 부스럭 부스럭 들려오는 영일의 동작이 은숙의 온몸으로 하여금 귀(耳)가 되게 했다.

'문을 박차고 밖으로 달아날까? 그럴 필요는 없이 점잖게 타이르면 설마 어떨라구……'

이렇게 은숙이가 목전에 임박한 어떤 일에 대한 선후책을 강구할 때에 확, 하고 성냥 긋는 소리가 나고 방안이 다시 밝아졌다.

은숙은 불이 꺼진 전말에 대해서는 처음부터 상관이 없었다는 듯이 아

---

* 斗 : 곡식이나 액체를 되는데 쓰는 원통모양의 나무그릇을 말함. 말만한 방이라는 것은 작은 방을 의미한다.

랫목을 향해 돌아누운 채로 자는 체하고 두근거리는 가슴을 진정시켰다.

침착하게 누운 영일이도 좀체 잠은 오지 않았다.

영일이 처음 느끼는 기분이 수마睡魔를 정복했다.

그는 눈을 크게 뜨고 무엇을 바라보았다.

피난

깊이 숨어 있던 젊은 사내가 머리를 들었다. 그 젊은 사내의 손이 영일의 온몸을 흔드는 서슬에 영일의 피가 어지럽게 물결쳤다.

그의 어지러운 시선이 아랫목에 자는 듯 누워 있는 은숙의 온몸을 덮었다.

반만큼 흩어진 까만 머리 밑으로 드러난 뽀얀 목덜미에서 회색 담요 아래서 구불거린 은숙의 전신에 영일의 시선은 잦아들 듯했다. 영일은 자기 시선에 끌려 움직이려는 십오관*이나 되는 자기의 육체를 붙들기 위해 자기가 가진 온갖 힘을 다해 무거운 눈을 감았다.

눈을 감자 어떤 기억 한 모퉁이에서, 여자를 가까이 하지 말아라! 하는 새벽 모기 소리 같은 날카로운 음성이 가늘게 들렸다. 이 소리를 들은 영일은 지금까지 감고 있던 마음의 눈을 떴다.

눈에 비치는 것은 분명하게 자기 스님 해암선사 앞에 꿇어앉아서 무슨 훈계를 듣는 자기 자신이었다.

"여자를 가까이 하지 말아라. 거기에 너의 승리가 있을 터이니."

눈앞에 나타난 스님은 아까보다도 큰소리로 부르짖었다.

영일은 자기가 셈 차릴 나이를 먹은 후부터 그 스님의 단 한 가지의 훈계인, 여자를 가까이 하지 말아라, 하는 것을 새삼스럽게 들었다. 그리고

---

* 十五貫 : 관은 무게를 나타내는 단위. 한 관은 4kg으로 15관은 60kg를 말함.

스님의, 너는 나에게 그것을 약속하지 않았느냐! 하는 소리를 분명하게 들었다.

"너는 이 유혹을 못 이기겠느냐. 누워서 못 이길 유혹이거든 문을 열고 밖으로 달아나라. 피난을 해라. 캄캄한 하늘을 쳐다보고 다시 생각해라."

영일은 자기 마음에서 들리는 이런 훈계를 들었다.

'그렇다. 유혹을 이기자. 수난을 피하자!'

그는 눈을 부릅뜨고 황망하게 문밖으로 뛰어나왔다. 비는 어느 사이에 개었는지 별로 장식한 푸른 하늘이 높직이 달려 있었다.

영일은 구름을 날리는 바람에 나부끼며 방향도 없이 언덕을 달음질쳤다. 비에 씻긴 맑은 바람은 마음을 씻는 듯이 시원했다.

"아, 나는 이겼다."

영일은 자기도 모르는 사이에 개재령을 넘었다. 검은 막 속에 좀더 검어 보이는 산봉우리 깊은 숲 저 편으로 방향도 없이 끊었다 이었다 하는 벌레 소리. 이런 것들을 꿈결같이 듣고 보며 달음질치던 발길을 멈춘 곳은 이름 모를 절벽이었다. 어디서인지 쫄쫄쫄 흐르는 샘 소리가 들려왔다. 그는 절벽 위에 펄썩 주저앉아서 반짝거리는 별의 무리를 바라보았다.

고요하게 누워 있던 은숙은 황망하게 나가는 영일의 발자취를 따라 뒤를 돌아보았다. 반만큼 닫힌 문 사이로 차차 멀리 달아나는 영일의 발소리가 새어들어왔다.

'웬일일까? 어디를 가나? 아마 화장실에 가는 게지······.'

이렇게 생각하고 틈 벌어진 문을 꼭 닫고 다시 자리에 누웠다.

그러나 한 시간이 지나도 영일이 들어오지 않자 은숙은 여자다운 잔격정이 끓어올랐다.

'어디를 갔을까? 화장실에서야 이렇게 안 들어올 수가 있나?'

은숙은 마침내 밖으로 나왔다. 주막 부근을 이리저리 찾아보았으나 어디에도 영일의 종적은 없었다. 큰길로 나가서 캄캄한 누리를 살펴본 은숙은 참으로 걱정이 되었다. 어려서 이야기로 듣던, 노승으로 변해 사람을 꾀어 간다는 범까지도 생각났다. 자는 사람들을 깨워서 찾아 나서고 싶었으나 너무 경솔한 짓이 될까봐 좀더 기다려 보기로 하고 다시 방으로 들어왔다.

뛰어나가서 안 들어오는 이유. 그 보다도 그렇게 침착한 이가 무엇 때문에 그렇게 황망하게 뛰어나갔는지를 좀처럼 알 수가 없었다. 그러나 그런 이유를 알기보다도 어디를 갔는지가 더욱 궁금했다.

또 한 시간이 지나도 영일은 돌아오지 않았다.

은숙은 결심한 듯이 일어나서 부엌에서 자는 주인을 깨웠다.

자다 일어난 주인 내외는, 대체 모를 일이라고 걱정을 같이 한다.

"근년에는 무슨 짐승을 본 적이 없는데……."

안주인이 입바른 소리를 하니 바깥주인은

"원 별소리가 다 많지 않나. 언제는 금강산에 짐승이 났었나!"

하고 아내의 말을 막아지르고 나서

"그 양반이 아마 잠꼬대를 몹시 하시는 게지요? 자다 말고 일어나서 십 리, 이십 리 달아나는 수가 있다니까. 그랬단 걱정인 걸. 이리 가나 저리 가나 길이 험하고 절벽인 데가 많아서. 만일 실족을 해 떨어지면?"

하고 딴 걱정을 한다.

은숙은 이 미덥지 못한 주인의 억측에도 맘이 켕기었다.

은숙의 청으로 주인은 등불을 켜 들고 큰길로 나갔다. 은숙은 최 선생님! 혹은 영일 씨! 하고 고함을 쳐보기도 하고 둘이 함께 소리를 합해 힘껏 불러 보기도 했으나, 건너편 검은 산이 고함치는 흉내를 내는 외에는 아무런 대답도 없었다.

얼마를 이렇게 찾던 그들은 그 동안 집에 돌아와 있지나 않을까 해 주막으로 돌아와 보았으나 여전히 영일은 돌아오지 않았다.

"방향도 없이 찾아다닌대야 별 수가 없으니 밝은 날을 기다려서 어떻게 해 볼 수밖에 없습니다."

이렇게 말하고 주인 내외는 밑진 잠을 회수하려는 듯이 자던 처소로 들어갔다.

부엌에서부터 들려나오는 주인 사내의 코고는 소리를 들으며 툇마루 가에 앉은 은숙은 울 듯이 안타까웠다.

은숙은 지금까지 남의 일을 위해 이렇게 마음으로 걱정해 본 적이 없었다. 절벽이며 호랑이며 그밖에 이름짓기 어려운 무서운 것이 그의 머릿속에서 어지럽게 핑핑 돌아가고 있었다. 동쪽 하늘에 별들이 하나씩 꺼져 버리자 어느덧 날도 새었다.

"날이 밝아도 안 들어오네."

하는 초조한 생각에 은숙은 다시 밖으로 나왔다.

개재령 마루턱에서 멀리 고개 밑을 내려다보던 은숙의 눈에 웃음이 어렸다.

내의 바람으로 모자도 안 쓴 영일이가 저 고개 밑으로 나타났다. 은숙은 달음질로 쫓아 내려가고 싶었으나 일부러 딴 곳을 바라보며 올라오기를 기다렸다.

"아이고, 선생님 어딜 갔다 오세요?"

"산보 갔었습니다. 퍽 기다리셨지요?"

"무슨 산보를 밤중에 나가셔서 지금 들어오세요. 그래서 사람을 그렇게 애를 태우세요?"

은숙은 반가운 김에 짜증을 내고 웃었다.

"미안합니다."

"그래 어딜 가셨어요? 저는 주인 남자와 등불을 켜들고 퍽이나 쏘다녔는데요."

"저도 어딘지 모르지요. 물소리가 들리고 벌레 소리가 들리고 별이 보이는 절벽으로 갔었지요. 왜? 범이라도 쫓아갔을까 봐요?"

"아이참. 별별 걱정이 다 들던데요."

영일은 여자답게 자상한 은숙의 마음이 감사하기도 하고, 밤중에 주인을 깨워가지고 서둘렀을 것이 자기의 지난 일에 비추어 우습기도 했다.

은숙과 영일은 앞서거니 뒤서거니 주막으로 돌아와서 주인 내외를 놀래키고 아침밥을 먹고 길을 떠났다.

해와 동갑하여 그들은 신계사에 도착했다.

은숙은 그 동안 거의 잊다시피 한 동행들의 거취를 그 절 중에게 물어서, 벌써 나흘 전에 이 절을 떠나간 줄을 알았다.

여느 때 같으면 자기 혼자 표훈사에 남겨 두고 도중에서 아는 사람에게 부탁만 해놓고 자기네들끼리만 거침없이 가버린 것에 대해 괘씸한 생각과 불평이 있었겠지만, 지금의 은숙으로는 도리어 그것이 다행스럽게 생각되는 것이 자기 스스로도 이상스러웠다. 그 이튿날은 구룡연九龍淵을 볼 날이다.

영일은 이 길을 주저했다. 은숙과 같이 간다는 것이 새삼스럽게 무서워졌다. 다시 말하면 자기와 은숙의 거리가 좁아지는 것이 무서웠다.

접근하는 시간이 길수록 그 반비례로 짧아지는 젊은 남녀의 거리.

그러나 자기와 은숙을 이대로 영원하게 떼어 줄 어떤 친절한 사람이 있다면 영일도 그 친절한 이에게 마땅히 항의하지 않을 수 없을 것 같았다.

이 야릇한 항의가 영일을 은숙과 함께 구룡연으로 몰아가게 하였다.

길 인도하는 노인을 따라서 집선봉集仙峯 골짜기를 돌 때다. 높은 봉 동편 비탈에는 조그만 초가 칠, 팔 호가 바라다보였다.

"아이, 저기도 동네가 있군요."

도회지에서만 자라난 은숙은 산비탈에 제비 둥지처럼 매달린 그 집들이 이상하게 보였다.

"그게 이상한 마을이라우. 저기는 사내는 없고, 승(암중*)들만 사는데 매년 아비도 모르는 아이가 두셋씩 나온답니다."

체신이 없는 속된 영감쟁이는 이렇게 설명을 하고 깔깔 웃는다.

은숙은 이 말에는 아무 말참견도 안 하고, 이번에는 영일이가 웃지도 않고 침착한 어조로

"그게 뭐 웃을 일이 되오?"

하고 말했다.

천화대天花臺에서 내려다보이는 한 떨기 연꽃 같은 눈 아래 뭇 봉우리를 굽어보는 것도 그럴 듯했고, 물에 닳아진 백옥 같은 화강암 위로 구르는 벽옥 같은 물도 시원하고 깨끗했다.

이렇게 끊임없는 가지가지의 경치를 더듬어 올라가 맞닿는, 보기에 아름답다기보다 한아름 물기둥이 하늘에 매달린 구룡연폭은 신비하고 무섭고, 무섭고도 정다웠다. 밤낮으로 내리찧는 이 폭포에 패여서 둘레 사십여 척**, 깊이 삼십 칠 척의 소가 된 것이 구룡연이었다.

이 편에서 저 편까지 삼십 보나 될 만한 병목 같은 동구洞口 속에는 호담하게 내리찧는 물소리밖에는 아무 소리도 들리지 않았다.

덥석 껴안고 싶게 정다운 물보라에 떠오르는 안개에 덮인 뽀얀 구룡연. 미간을 찌푸리고 뒤로 물러가고 싶은 물결 위에 물결이 덮여 검푸른 혀끝을 내두르는 구룡연, 이 신비한 자연의 손이 영일과 은숙을 나란히 앉혔다.

이 경치에는 늘 보아 물렸다는 듯이 길 인도하는 영감쟁이는 비실비실 동구 밖으로 나가버렸다.

---

* 비구니.
** 척은 길이를 재는 단위. 한 척은 약 30.3cm를 말한다.

"선생님, 어젯밤에 무엇하러, 어디를 가셨어요?"

은숙은 새삼스럽게 무슨 생각이 나는지 이렇게 묻고 영일을 쳐다보았다.

"그건 왜 물으세요. 산보 나갔다고 안 그랬습니까."

극히 신비한 무엇을 보는 듯한 은숙의 시선은 언제까지나 영일의 얼굴에서 떠날 줄을 몰랐다.

"잠도 못 주무시게 해서 미안했습니다."

은숙에게 기다리지 않는 대답을 들려주고 영일은 은숙을 마주보았다.

은숙의 눈을 비롯해 흐르는 무엇이 영일의 육감을 자극했다. 은숙의 미인으로서의 중요한 부분인 곱게 다문 입술이 영일의 몸뚱이를 본능적으로 흔들려고 했다.

포옹! 키스! 이것은 무슨 피치 못할 운명처럼 두 사람의 앞에 박두하려 했다.

이 때였다. 등 뒤에서 일어나는, 벽력보다 큰소리에 영일의 불같이 달았던 몸은 식어버렸다.

"팔담 구경을 가시려면 어서들 서둘러야 합니다! 해가 벌써 낮이 되었습니다. 어서 점심들도 잡수시고……."

그것은 길 인도하는 영감쟁이가 동구 밖에서 외치는 소리였다.

영일은 꿈을 깬 듯이 앉은자리에서 일어섰다. 따라 일어서는 은숙은 가벼운 현기증에 다시 주저앉았다.

영일은 이제 참으로 은숙이가 무서워졌다.

영일은 자기자신에 대한 믿음을 여지없이 잃어버렸다.

은숙이와 같이 걸음을 걷고 이야기를 하고 하는, 모든 행동에 겁이 난 영일은 팔담 구경을 순서에서 빼버리고 길잡이를 재촉해 신계사로 내려왔다.

영일은 석양이 드리운 자기 방으로 돌아와 무슨 명상이나 하려는 듯이

장편소설 151

단정하게 앉았다.

'나도 이성의 유혹을 못 이기는 평범한 남자였구나.'

자기 자신을 경멸하지 않을 수 없는 영일은 불쾌했다.

'이길 수가 없거든 피해 달아나자. 그러나 피해 달아날 용기가 내게 있느냐?'

그는 미간을 찌푸리고 생각했다.

그 이튿날은 아침 일찍이 온정리溫井里까지 내려와서 만물초萬物草를 구경하고, 기선으로 원산元山으로 나갈 양으로 장전長箭까지 나왔다.

마침 배가 떠난 뒤였으므로, 이 날은 장전에서 자게 되었다.

무슨 결심을 한 영일은 어제와는 딴판으로 유쾌해 보였다.

"자, 우리 해변으로 나가 바다 구경이나 합시다."

방안에 들어앉았던 은숙을 불러서 바닷가로 나갔다. 석양에 잠긴 바다는 아름다웠다. 멀리 바라보이는 천 물결 만 물결이 은린銀鱗인 듯 번득거리는 것이며, 발 밑에 넘실거리는 모래언덕을 핥고 달아나는 파도는 그래도 대해大海의 면목이 있었다.

"이리 오십시오. 여기 앉을 자리가 좋습니다."

영일은 물에 닳은 조약돌 위에 앉아서 은숙을 청했다.

새로 터지는 샘처럼 끓어오르는 숨은 사랑에 피곤한 남녀가 나란히 앉았다.

고요한 침묵이 물결을 주름잡는 바람같이도 가볍게 흘렀다.

"은숙 씨,"

박사薄紗 같은 엷은 침묵은 찢기었다.

지금까지 자기의 이름을 불러 본 적이 없는 영일이 자기를 부르는 나직한 소리에 그윽이 놀란 은숙은 대답 대신 고개를 돌렸다.

"은숙 씨, 나를 오빠라고 불러 주세요. 불러 줄 뿐만 아니라 꼭 친오빠같이 알아주시오. 동기간같이 말입니다."

은숙은 별안간 내놓은 영일의 말에 뭐라 해야 좋을지 몰라서 눈도 깜짝이지 않고, 영일을 쳐다보았다.
 "못 알아듣겠습니까? 나를 언제까지나 사랑해 달라는 말입니다. 사랑하되 오빠로 알고 동기같이 사랑해 달라는 말입니다."
 "영일 씨."
 은숙의 입술이 가늘게 떨렸다.
 "아닙니다. 오빠라고 불러 주세요. 나는, 나는 간절하게 당신의 오빠가 되고 싶습니다."
 은숙은 다시 대답이 없었다.
 "왜 오빠라고 불러 주지 않습니까? 은숙 씨는 나를 사랑할 수는 있겠지요."
 "네."
 은숙은 조그맣게 대답했다.
 "그러면 나를 오빠로 알고 사랑해 주세요. 어서 오빠라고 분명하게 불러 주세요, 지금."
 "오빠."
 은숙의 음성은 떨렸다.
 "아아, 잘 불러 주셨습니다. 나는 이제부터 마음놓고 당신을 사랑할 수가 있습니다. 누이로서⋯⋯."
 영일의 얼굴에는 조화되지 않는 흥분이 떠올랐다.
 한참 동안 대답이 없던 은숙은
 "저를 누이동생으로 아시거든, 말씀을 낮춰 주세요. '해라'를 해주세요."
 하고 침착하게 입을 열었다.
 "누이야, 사랑하는 누이야— 이렇게 부르는 나에게 불평이 없단 말이지⋯⋯."

영일은 아직도 흥분이 사라지지 않았다.

"네."

말을 고치고 형식을 변화시킴으로써 영일은 자기의 번뇌의 그물을 벗은 것이 무슨 기적처럼 신통했다.

"은숙이, 오빠나 혹은 사내 동생이 있어?"

"없어요."

"그러면 언니나 동생은 있어?"

"없어요. 아버지, 어머니밖에는."

"아아, 그래도 은숙이는 행복하구나. 나는 이 세상에서 가장 외로운 사람이다. 아버지도 없고, 어머니도 없어. 아니 없다기보다 누구인 줄을 몰라. 나는 아버지를 모르고 어머니를 몰라. 따라서 아우라는 것이나 형이라는 것이 있을 리가 없고……."

"일찍 돌아가셨어요?"

"그것도 모르지. 이 세상에 있는지 없는지도 모르지."

"어째 그래요?"

"그것을 이야기하자면 나의 이십육 년이라는 전반생을 말해야 할 것이니, 짧은 시간으로는 도저히 말할 수 없을 걸."

"아이, 오빠. 그래도 좀 이야기해 주세요. 왜 그랬어요?"

"어제 우리가 구룡연 가던 길에서 산 속에 있는 승(尼)들만 산다는 조그만 동네를 보았지. 길 인도하는 노인이 말하는 매년 아비 모르는 자식이 두셋 씩 나온다던……."

"네."

"말하자면 나도 그런 종류의 인생인지도 모르지. 그러나 아비 모르는 자식으로 어머니 품에서 자라는 애들은 그래도 행복한 생명들이야. 나는 물론 그 애들과 같이 아버지도 모르고, 그것보다도 어머니를 모르는 나는 자연아(自然兒)야."

"오빠의 최가라는 성은 누가 준 거예요?"

"그것은 나를 길러 준 나의 스님의 성을 따른 것이지. 따라서 최가라는 것과 나와는 혈통 관계로는 아무 상관이 없는 것이야."

"그 분이 언제부터 오빠를 길러 주셨어요?"

"이렇게 하면 이야기가 차차 길어질 걸. 그럼 내가 간단하게 나를 소개하지. 지금으로부터 이십육 년 전 봄이야. 내가 있는 운외사 도량마당이 아직도 어둠에 잠긴 이른 새벽에 대법당 뒤뜰에서 '으아, 으아' 하는 갓난아이의 울음소리가 고요한 산사의 적막을 흔들었다. 목탁을 들고 법당으로 나가던 젊은 중은 염불할 것도 잊어버리고 법당 뒤로 돌아가 보았다……."

말을 중간에 끊고 하늘을 쳐다보는 그의 얼굴은 바다 위에 떨어지는 저녁노을에 반사되는 것처럼 불그레했다.

영일은 이야기를 계속했다.

"젊은 중이 가보니까 거기는 하얀 강보에 싸인 피묻은 생명이 인간의 일만수심을 하소연이나 하듯이 애닯게 울고 있더란다."

그의 어조는 어느덧 해라로 변했다.

"젊은 중은 그 어린 생명을 안아 승방으로 들여다 누이고 그 절의 어른인 방주 스님에게 이 연유를 고했더니, 방주 스님은 얼굴을 찡그리고 젊은 중을 따라 들어가서 누워 있는 갓난애를 들여다보고 '불쌍한 인간아' 하고, 휘— 한숨을 쉬더란다. 그 후 방주 스님은 그 불쌍한 생명을 거두어 부처님 같은 자비로 그 애에게 유모를 주어 기르다가 젖이 떨어지자 절로 떼어다가 기르기 시작했단다. 그 어두운 새벽에 법당 위에서 홀로 울던 어린 생명이 곧 나이고, 자비로 어린 생명을 길러 준 방주 스님이 곧 나의 스님인 최 해암선사이시다. 이렇게 자라는 동안 나는 부근 암자에서 젊은 승의 시들은 품에서도 자보고, 억센 방주 스님의 팔에서 껄끄러운 자장가에 코도 곯아보고, 어린 상좌의 등에서 철없이 웃어도 보았다 한다. 이것은 나를 키워 준 우리 스님과 그 절에서 나의 전반생을 잘 알고 있는 늙은 중들에게 들은 말이고, 나의 기억으로는 여남은 살 때부터이다. 나는 이따금 스님의 허락을 받아서 내게 젖을 먹여 준 유모의 마을로 놀러 가면 어머니라고 부르고 아버지라고 부르는 젖 동무 아이들이 부러운 생각도 났다. 그래서 새벽에 우는 종, 황혼에 흔들리는 풍경을 들으며 나는 나의 스님을 아버지, 어머니, 형님, 누님, 이 모든 친한 사람을 한 데 뭉친 듯한 것으로 믿고 지내게 되었다. 우리 스님은 나의 이것을 잘 받아 주었다. 어떤 때는 아버지 노릇도 하고, 어떤 때는 어머님 노릇도 했다. 나의 장난 재롱질을 보시고는 빙그레 웃기도 하시고, 해지는 서산을 바라보고 우두커니 서 있는 나를 보고는 먹을 것을 주어 위로도 하셨단다. 지금도 우리 스님은 나를 어린애처럼 어루만지고 사랑하신다. 나는 마치 막내둥이가 받는 것 같은 그의 사랑을 느끼지 않을 수 없었다. 나는 나를 이 세상에 낳아 놓은 남자와 여자를 저주한다. 그 대신 나를 자식같이 길러 준 나의 스님에게 마음 깊이 감사를 드린다. 나의 이 몸뚱이는 죄악과 자비의 뭉치이다. 나를 낳아서 어둠 속에 내버린 것은 확실하게 죄악이다. 그러나 어둠 속에서 나를 거두어 이렇게 길러 준 것은 자비이다. 우리 스님은 열두 살 되는 나에게 오계*를 베풀어 출가를 시켰다. 나는 마침내 그의 상좌중이 되었다. 그 뒤에 나는 학교를 다니고 또 멀리 일본으로 유학을 가게 되었다. 아아, 이야기가 너무 길어졌다. 말하자면 이것이 나를 간단하게 소개한 이야기다. 나는 마지막으로 한 가지 말할 것이 있다. 나에게 오계를 베푼 나의 스님은 내가 사내로서 어느 정도 나이가 들 때부터 나에게, '살도음망주殺盜淫妄酒' 그 다섯 가지 경계 중에 다른 것을 다 범할지라도 음淫만은 범하지 말아라. 너는 여자를 가까이 해서는 안 된다. 거기에 너의 승리가 있을 것이니, 하고 나를 경계

---

* 五戒: 불교에서, 신남信男 신녀信女들이 지켜야 할 다섯 가지 금계禁戒. 곧, 망어妄語·사음邪淫·살생殺生·음주飮酒·투도偸盜를 이름.

했다. 그는 나에게 굳은 맹세를 받고야 말았다. 나도 그의 앞에서 분명하게 여자를 가까이 않기로 약속을 하고야 말았다. 나는 나의 외롭고 어린 생명을 키워 준 스님의 한 가지 부탁을 일생을 통해 굳게 지킬 것은, 나 자신의 그에 대한 절대의 의무라기보다도 나의 삶에 대한 의무다. 내가 네게 오빠라고 불러달라고 한 것은 이유가 여기에 있다. 이제 내가 네게 무엇을 숨기랴. 나는 여자에게 극히 냉정하고 초연한 줄 믿었으나 나에게도 나 모르는 남자가 숨어 있고, 젊음이 끼어 있었다. 나도 모르는 이것들은 네가 가진 젊은 이성의 향기를 도화선으로 해 폭발하려 했다. 요전 날 개재령 주막에서 밤에 밖으로 뛰어나간 것도 약하나마 나의 스님에 대한 의무와 나 자신에 대한 약속을 지키려 함이었다. 말하자면 피난이었다. 그러나 이 피난은 도저히 영구적인 것이 못 되었다. 그 순간을 피할 수 있다 할지라도 그 다음 순간을 보증할 수가 없었다. 그래서 나는 형식을 바꾸어 사랑하자는 것이다. 나의 움직이는 정은 반드시 젊음의 충동뿐만이 아니라 인생의 고독을 위로하자는 것이 아닐까 한다."

"아, 오빠. 더 말씀하지 마세요. 저는 괴로워요. 울고 싶어요. 제 일평생을 두고 오빠로 사랑해 드릴께 저를 친누이와 똑같이 사랑해 주세요."

은숙은 마침내 울 듯한 얼굴을 영일의 무릎에 파묻었다. 해는 고요하게 지평선 너머로 꺼져버리고 황혼을 부르는 새맑은 서풍이 노을에 물든 바다 물결을 요란하게 흔들 뿐이었다.

매개

김창호는 커다란 걱정이 생겼다. 그것은 자기가 설립해 십여 년 동안이나 유지해 오던 청운학교의 존폐 문제가 일어난 까닭이다.

이 학교는 원래 김창호 자신을 비롯해 몇 사람의 유지위원이 힘자라는 대로 경비를 부담해 경영하던 바, 근년에 와서는 유지위원들이 차차

열이 식어지며 경비 부담을 게을리 하게 되어 학교가 궁핍에 빠지게 되었다.

그래서 여기저기에 학교이름으로 빚을 지게 되었고 그 중에는 학교 건물을 담보하고 쓴 어떤 일인의 채무도 있었다. 그 기한이 벌써 지나서 일인 채권자는 독촉 끝에 차압 수속을 하겠다고 위협까지 했다.

이에 학교의 존폐 문제가 일어났다. 유지위원들은 궁한 끝에 이 사실을 갖추어 총독부에 신청해 경비 보조를 받기로 했다.

그러나 총독부에서는 보조할 예산이 없으니, 유지를 못하겠거든 그대로 내놓으면 공립으로 해, 도에서 경영하도록 하겠다고 대답했다.

이 문제로 유지위원회가 열렸다.

열이 식어 오던 위원들은 모두 공립 경영으로 넘기는 데 찬성했다. 다만 김창호만이 강경하게 반대했다.

"여러분, 글쎄 작은 기관이나마 우리의 손으로 세워 가지고 이 때까지 경영해 오던 것을 그렇게 손쉽게 남에게 넘겨준단 말이오. 우리의 그 무엇이나 남에게 넘기기 잘하고 맡기기 잘하는 이 정신이 곧 조선 사람의 오늘의 설움을 자아낸 큰 원인입니다. 어찌해서든지 우리는 모든 힘을 다해 이것만은 유지해 보도록 합시다."

반대자 측에서는 입을 비죽했다.

"글쎄, 그거야 누가 모르는 소리요? 당신만 지사 같구려. 그래 무슨 뾰족한 재주가 있거든 혼자 맡아 해보시구려. 우리 힘으로는 못하겠으니."

의논은 깨어졌다.

모였던 회원들은 의자를 차고 일어나 갔다.

이렇게 유지위원회가 깨진 뒤로는 김창호 혼자서 책임을 지고 애를 쓰게 되었다. 그러나 자기의 사유 재산을 전부 헐어 바친대도 완전하게 구제할 수는 없었다.

일인 채권자의 채무 독촉은 학교의 운명을 나날이 재촉했다. 이 다리,

저 다리를 놓아서 뜻이 같고 힘을 나눌 동무를 구하는 한 편으로, 우선 학교 폐쇄라도 면하기 위해 자기의 수형*을 돌려 일만 원의 돈을 얻으려 백방으로 손을 펴 보았다. 그러나 돈은 좀처럼 얻을 수가 없었다.

재동 이필수의 집이다.
큰사랑에 딸린 난간 친 툇마루에 놓인 대리석 탁자를 사이로 주객이 마주앉았다. 등의자에 비스듬히 앉아서 굵은 여송연을 비뚤게 물고 있는 필수의 모양은 어디까지나 부잣집 젊은 주인의 체면을 유지했다.
그의 앞에는 그의 친구인 듯한 양복 입은 청년이 조그맣게 앉아 있다.
"여보게, 필수. 자네 어떤 사람에게 돈 만 원 대주려나?"
객이 말했다.
"이 사람, 돈 같은 소리 말게. 이만 원 가져오면 만 원 취해 줌세."
"그러지 말고 좀 대주게. 그러면 자네가 그 돈 떼일 리는 만무한 든든한 자리고, 나는 돈 백 원이나 족히 얻어먹을 테니."
"든든한 담보 있나. 대관절 어디 사는 누구인가?"
"튼튼한 담보 있으면 자네에게 구구하게 청 대고 있겠나."
"요새 담보 없이 누가 돈을 취해 준단 말인가. 그런 소리하려면 오지도 말게. 하하."
"그러지 말고 될 수 있으면 해 주게. 정말이야. 결코 떼이지는 않을 테니."
"자, 여보게. 자네 그런 소리는 집어치우고 내게 중매나 하나 서 주게."
"아니 여보게. 내가 내 놓은 이야기부터 끝을 내세. 이 돈 쓸 사람은 별로 부자는 못 되어도 그만한 신용은 있고, 그 용도가 학교 경영하는 데에 쓸 것인데, 바로 저 청운학교를 설립 경영해 오는 김창호가 쓸 것이야. 혹 자네도 그 사람을 알 터인데."

---
* 手形 : 어음의 구칭.

필수는 고개를 끄떡이며 눈을 크게 떴다.

그의 머리에는 은숙이가 뛰어들었다.

김창호, 은숙의 아버지, 그가 빚을 쓴다, 내가 그에게 돈을 취해 준다. 그리되면 나는 은숙에게 한 걸음이라도 더욱 가까워질 수가 있지 않을까. 필수의 머리는 타산적으로 움직였다.

굳게 봉한 필수의 돈주머니는 그리운 여자 앞에서 헐거워진다.

"응, 내가 직접으로는 몰라도 말은 들었네. 그래 그 돈을 얻어서 학교에다 쓴다는 말이지?"

한 발걸음 나오는 필수의 눈치를 본 객은 그제야 신이 나서 말했다.

"암, 원래 자기가 설립해 가지고 십여 년 간을 경영해 왔는데, 근년에 와서는 같이 책임을 지고 협력해 오던 자들이 그만 책임액들을 잘 내지 않기 때문에 자기의 얼마 안 되는 사유 재산을 거의 처넣어가며 해 왔단 말이야. 그래 그 동안 학교, 집을 잡히고 일인에게서 돈 만 원이나 쓴 게 있었는데, 그것이 기한이 지나서 급해 하는 게야."

이렇게 늘어놓는 객의 말에 아주 감복하고 동정이나 하는 듯이 필수는 자리를 고쳐 앉으며 말했다.

"응, 그것 참 안 되었네. 나도 요즘 여러 가지로 옹색하지마는 어떻게 해 봄세. 그럼 자네가 그를 나에게 소개를 하겠나?"

"암, 소개를 하지. 감사허이. 그런데 어디서 만날까?"

"우리 집으로 같이 오게나. 미안하지만."

"그럼 내일이라도 오라고 할까?"

"내일이라도 좋고. 오늘이라도 좋고."

"이제 가서 그 이를 꼭 만나게 될는지는 아직 모르겠으니, 내일 아침 아홉 시로 시간을 정하세."

"아무렇게나."

객은 가벼운 걸음으로 필수의 집을 나섰다.

그 이튿날 아침, 어제 왔던 객은 김창호 노인을 데리고 필수의 집을 찾아왔다.

필수는 은숙을 맞는 듯한 성의로 은숙의 아버지를 맞았다. 초면 인사가 끝난 뒤에 객이 말할 요건을 주인인 필수가 먼저 꺼냈다.

"노인 말씀은 이 박인환 군에게 대강 들었습니다."

"네. 나도 노형 말을 저 박군으로부터 들었습니다. 그래 나의 목하의 군급*을 펴 주실 의향이 계시다니 감사하오."

"네, 어디 제 힘 자라는 대로 보아 드릴까 해서……."

교섭은 거짓말같이 쉽게 끝이 났다.

김창호 노인의 수형은 필수가 써내는 일만 원의 식산은행** 소절수*** 와 교환되었다.

필수는 얌전을 빼가며 채무자 노인을 환대해 보냈다.

그는 객들을 보내고 책상에 넣었던 수형을 다시 꺼내 보고 빙그레 웃었다.

자기로서 가장 자신이 있는 황금의 운용으로 은숙의 아버지를 가까이하게 된 것은 무슨 행복의 서광인 듯싶었다.

필수는 그윽히 유쾌했다. 그것은 피아노 상품을 보냈다가 은숙에게 받은 쓰라린 상처를 간질이는 쾌감이었다.

황금이 얽어 놓은 기적 같은 기회여!

그는 이 기회를 초점으로 해 장차 올 자기의 행복을 줄달음시켰다.

---

* 窘急 : 일이 꽉 막히고 트이지 않아서 몹시 급하게 됨.
** 1918년 10월에 설립된 한국산업은행의 전신.
*** 小切手 : 수표의 구용어.

기연

　금강산에서 돌아온 후로 영일과 은숙은 동기의 애정 같은 고통 없는 사랑에 살 수가 있었다.
　영일은 자기가 이성의 유혹을 벗어나서 은숙을 사랑하게 된 것은 확실하게 승리라고 믿었다. 이 믿음 아래서 은숙을 마음껏 맞아들일 수가 있었다. 나의 어린 누이. 이렇게 생각하고 그를 맞을 때에 영일은 은숙이를 이성으로, 여자로 무서워할 필요는 없었다.
　금강산 속에서 고민하던 것을 지금은 웃고 이야기할 만큼 두 사람 사이에 검은 장막은 걷혔다.
　은숙은 일요일 같은 날은 하루 동안 운외사에 나가 노는 일이 종종 있었다.
　한적한 승방에서 점잖고 재미스러운 영일의 이야기를 듣는 것이나, 그 윽한 녹음 속을 나란히 밟는 것이나 모두가 영일을 만나서만 느낄 수 있는 유쾌였다.
　정욕을 떠난 남녀 교제의 유쾌함이여.
　이 날도 은숙이가 영일의 절을 찾아왔다.
　"오빠 이것 보세요. 이건요, 램프등 갓에 씌우는 거구요. 이건 책상보예요."
　"이걸 나를 주려고 가져왔단 말이지?"
　"그럼요. 제 손으로 뜬 거예요."
　"고맙군. 이 신세를 어떻게 갚나."
　"그 값으로 재미있는 이야기를 많이 들려주세요."
　"오늘은 네 이야기를 좀 해라. 그렇지 않으면 독창을 좀 들려주든지."
　"독창이요? 들려드리고 말고요. 오는 토요일에 문 안으로 들어오세요."
　"무엇하러?"

"청년회관에서 하기음악대회가 열리는데, 제가 출연을 하게 되었으니까요."

"응, 그럼 들어가고말고. 몇 시부터……."

"오후 일곱 시부터인데요, 일류 음악가는 다 모였던데요. 러시아 여자도 나온답니다."

"그까짓 러시아 여자야 출연하거나 말거나. 나는 네 독창을 들으려 가는 거니까."

"그래도 앙코르하지 마세요. 나는 그게 제일 싫어요."

"옳다, 그럼 자꾸 손뼉을 칠 테다."

"그럼 오빠가 강연 같은 것을 할 때에 쫓아가서 야지*를 해 드릴 테니."

"내가 생전 강연을 하나 봐라."

영일은 은숙과 말할 때에는 유달리 입이 가벼워지는 것이었다.

"정말 꼭 들어오세요. 이 초대권을 가지시고."

"암, 꼭 가고말고."

은숙이가 돌아간 뒤에 자기 방에 홀로 누웠던 해암선사는 영일을 불러들였다.

"영일아. 너는 마땅히 찾아오는 그 여자를 멀리 해라."

"스님. 저번에도 말씀드렸지마는, 그것은 제가 여자로서 같이 하는 것이 아닙니다. 정말 누이동생으로서 대합니다. 그와 나 사이에는 이성의 유혹을 해탈한 지는 벌써 오래되었습니다. 결코 스님이 늘 말씀하시는 훈계를 배반하지 않을 것을 믿어 의심치 않습니다."

해암선사는 말없이 머리를 좌우로 흔들었다.

"스님. 이, 이것만은 안심하시고……."

"너는 그 여자가 온다고 한 날 오지 않을 때에 기다려지지 않더냐?"

---

* 야지 : 야유함, 또는 그 말.

"기다려집니다. 소식이 없으면 궁금합니다."
"그것이 안 된다. 그립다는 것, 부모 형제라도 보고 싶다는 것, 그것이 출가한 사람에게 있어서는 안 될 것이다. 내가 너를 보고 싶은 것, 네가 나를 떠나기 싫은 것, 이것도 다 안 될 일이야. 우리의 머리는 가을 하늘같이 맑고 비어야 할 것이다. 집념이라는 것은 도무지 없어야 할 것이다. 나에게는 네가 커다란 마魔이다. 나는 너 때문에 집념을 또 끓인다. 이렇게 몸이 늙어 오면 이 세상을 쉬이 떠날 것은 정한 일이건마는, 그래도 너를 이 세상에 남기고 내가 갈 생각을 하면 집념이 되고 미련이 생긴다. 나는 거기서 해탈하기 위해 애를 쓴다. 그야말로 역려과객*같이 아무 거침없이 훨훨 지나가고 말아야 할 것이 사바이다. 나는 너를 괴롭게 하기 위해 이렇게 말하는 것이 아니라 너의 이 세상 번뇌를 예방하기 위해 하는 말이다. 너는 마땅히 내 말을 들어서 너의 정답고 너를 위로해 준다는 그 여자와의 사이를 영원하게 멀리해라. 그리해서 너에게 자라려는 번뇌의 싹을 말려버려라."

여름의 서울 밤은 미친 사람의 말초신경보다도 수선스러웠다.

삶에 속아서 허덕이는 사람의 무리 틈에 섞여 휘황한 전등에 낮같이 밝은 종로 네 거리를 지옥처럼 더듬으며 조심스럽게 걸어오는 두 개의 생명이 있다.

앞 못 보는 어머니와 그 아들.

스물 고개를 넘은 지 오래지 않았을 듯한 앞 못 보는 젊은 여자가 소경 아이를 업고 숙련되지 못한 지팡이로 청년회관 앞까지 걸어왔다. 음악회가 막 끝난 청년회관 앞은 문이 메어 나오는 사람들로 혼잡했다. 소경 여자는 가던 걸음을 멈추고 떠드는 소리에 귀를 기울였다.

---

* 逆旅過客 : 지나가는 나그네와 같이 아무 관계가 없는 사람을 일컫는 말. 혹은 세상은 마치 여관 같고 인생은 이 여관에 잠시 묵고 가는 나그네와 같다는 뜻.

"김은숙의 독창이 제일이더군."
"이 사람 그것만 없으면 입장료를 도로 받아야 할 뻔했네."
"음악은 잘 하지만, 그 년 건방져서 못 쓰겠데."
"왜?"
"재청을 해도 나오지를 않으니 말이야."
"그게 더 한층 사람의 간장을 녹이는 수단일세."
 소경 여자는 무슨 슬픈 옛일을 추억이나 하는 사람처럼 이야기를 들으며 멍하니 서 있었다.
 뒤로 뒤로 수없이 밀려나오는 사람으로 마당이 차고, 이제는 큰길로 넘치게 되었다.
 앞 못 보는 여자는 차차 밀려서 전찻길 앞에 가 서 있게 되었다. 때마침 몰아오는 전차가 앞 못 보는 여자의 등 뒤에서 요란하게 종을 쳤다. 사람의 물결을 피해 전찻길로 쫓겨 갔던 장님 여자는 전찻길 저 편으로 어지러운 발길을 옮겼다.
 그 때이다. 전차 뒤로 달려오던 한 대의 자동차가 모인 사람들을 피해 바른편으로 방향을 바꾸려다가 어린애 업은 여자를 보고 급하게 브레이크를 밟으며 차를 돌리려 했으나, 남은 속력은 앞 못 보는 아이 업은 여자를 모로 쓰러뜨렸다. 청년회관 뒷골목으로 막 나오던 한 쌍의 남녀가 이 광경을 보고 급하게 달려갔다.
 그것은 영일과 은숙이었다.
"오빠 이를 어떡해요. 어린애 입술이 터져서 이렇게 우니……."
 등에 업힌 어린애는 찢어질 듯이 날카로운 소리로 울었다.
"입술쯤 터진 거야 뭐. 어쨌든지 어서 병원으로 가봐야지."
 영일은 걱정되는 눈으로 쓰러진 여자를 들여다보고 앉아서 어쩔 줄을 모르는 운전사 어깨 너머로 굽어보았다.
"정신을 차리세요. 어디를 다치셨어요?"

은숙은 바싹 다가서며 친절하게 물었다.

"저는 아무렇지도 않습니다. 별로 다친 데는 없습니다."

그 여자는 정신을 차리고 일어나 앉으며 부끄러운 듯이 입 속으로 대답했다.

자기의 불행을 염려해, 쓰러진 여자의 신변을 걱정하고 있던 운전사는 남의 불행 중 다행을 나의 행복 이상으로 기뻐했다. 운전사는 그제야 자기의 등 뒤를 돌아보며, 자동차에 탔던 신사에게

"다친 데는 없는 모양입니다."

하고 보고를 했다.

신사는 말없이 고개만 끄덕였다. 쓰러진 여자에게만 정신이 팔렸던 사람들은 약속이나 한 듯이 운전사와 이야기하던 신사를 쳐다보았다.

은숙이와 영일이도 그를 바라보았다.

그는 필수였다.

필수는 은숙을 보고 못 본 체하고 딴 편을 바라보았다. 때마침 부근에 있던 일본 순사 한 명이 달려왔다.

"아, 이공이었습니까. 어떻게 되었습니까?"

필수와 면분이 있던 일순사는 사건 조사보다 필수에게 저희 말로 친절한 인사부터 먼저 했다.

필수는 무엇을 끓이듯이

"별로 상한 데는 없는 모양이오."

하고 주위 사람들도 못 알아들을 나직한 음성으로 대답했다.

"어찌 되었어. 상한 데 없어?"

이번에는 일순사가 운전사에게 물었다.

"네. 상한 데는 없는 모양입니다."

소경 여자는 억지로 몸을 들추어 일어나서 부끄러운 걸음으로 현장을 물러가려 했다. 이것을 본 일순사는

"응, 아무렇지도 않구려. 어서 타시지요."
하고 필수에게 자동차 타기를 권하고 소경 여자를 바라보며
"눈깔이 없는 사람이 종로 거리 왔다 갔다 안 돼요."
하고 서투른 조선말로 소리를 질렀다.
필수는 순사의 말이 떨어지기가 무섭게 자동차 안으로 들어갔다.
필수의 자동차는 독사같이 미끄러져 달아나버렸다.
둘러서서 구경하던 사람들은 아직도 구경 끝이 안 났다는 듯이 소경 여자의 뒤를 따라 가고 있다. 한 마장쯤 걸어 나가던 그 여자는 괴로운 듯이 땅에 주저앉았다. 이것을 바라보고 섰던 영일과 은숙은 또 급하게 달려갔다.
"어디가 어떠세요? 똑바로 말씀하세요."
은숙이 정답게 물었다.
"허리가 좀 아프고 다리가 떨려요."
"그럼 의사에게 보여야지요. 어서 병원으로 모시고 가자."
이번에는 영일이가 말했다.
"오빠 인력거를 불러요, 네?"
"아니에요, 아닙니다. 이제 곧 나을 것 같으니 그만두세요."
그 여자는 굳이 사양했다.
"그럼 댁이 어디세요? 댁으로라도 어서 가셔야지요."
"……"
"네, 댁이 어디세요?"
재차 묻는 은숙의 말에 그 여자는 마지못해
"저는 집이 없어요."
겨우 대답을 하고는 고개를 숙였다. 영일은 더 볼 것 없이 지나가는 인력거를 불러서 굳게 사양하는 그 여자를 태워서 가까운 병원으로 갔다.
진찰한 의사의 말은 별로 다친 데는 없지만 허리가 좀 삔 모양이니, 약

도 쓸 것 없이 며칠 동안 운동하지 말고 누워 있어야 좋겠다고 했다.

영일은 의사의 말대로 입원 수속을 하고 은숙은 그 여자를 입원실로 데리고 갔다.

은숙의 품에 안긴 어린애는 자기의 어머니가 진찰을 받는 동안에 어느덧 콜콜 잠이 들었다.

"아이고, 이렇게 예쁜 어린애가 어쩌다가."

은숙은 어린애를 침대에 내려놓으며 혼잣말처럼 중얼거렸다.

"누구신지 알지 못하는 분에게 이렇게 신세를 져서 너무나 감사합니다."

그녀는 비로소 인사를 차렸다.

"원, 별 말씀을 다 하세요. 저는 김은숙이라는 사람입니다. 이 어른은 제 오빠구요."

"김은숙 씨요?"

그 여자의 감은 두 눈 위에 그린 듯한 고운 눈썹을 흔드는 떨리는 근육으로 은숙은 그 여자의 놀라는 표정을 살펴 알았다.

"저를 아십니까?"

"아니오. 그저 이름만 들은 듯해서요. 저 음악 잘하시는······."

"네, 그럼 음악회에서 저를 보셨어요. 당신은 누구세요?"

"네, 저는 한명숙입니다."

"그 때는 앞을 보셨어요?"

"네, 이렇게 된 지 얼마 안 됩니다······."

"그런데 어린 아기는 언제부터 그랬어요?"

"그건 배 안에서부터 그렇답니다."

"그런데 아까 댁이 없다고 그러셨지요?"

"네, 집이 없어요. 아무것도 없어요."

"그럼 지금까지 어디서 지내셨어요?"

"실례입니다만, 제 일에 대해서 아무것도 더 묻지 말아 주시기 바랍니다."

명숙은 얼음같이 찬 말로 은숙의 입을 막아버렸다.

사흘쯤 지나서 영일과 은숙은 명숙을 퇴원시키기 위해 병원으로 찾아 갔다.

퇴원하고 나도 명숙은 역시 갈 곳이 없었다. 그래서 은숙은 자기 집으로 가서 같이 지내자고 정답게 끌었다. 그러나 명숙은 무엇을 생각하는지 냉정하게 거절했다.

"그럼 어디로 가실 거예요?"

은숙은 히스테릭하게 구는 명숙의 태도를 미워하기보다 안타까운 동정이 앞섰다.

"그럼 어디로 가실 거예요? 앞도 못 보는 분이 어린 아일 데리고……"

"아무데로나 가지요."

"그럼 한적하고 시끄럽지 않은 우리 절로 가서 승들 있는 암자에서 얼마 동안 계시지요."

"승방이요? 승방이요? 그런 데가 있다면 저는 가겠습니다. 저를 거두어 주시겠습니까?"

그 후부터 운외사 부근 조그만 암자에는 동녘에 해 뜰 때나 서산에 달질 때나 언제나 암흑 천지 속에서 영일의 보호 아래 외롭게 부둥켜안고 사는 두 생명이 머무르게 되었다. 앞 못 보는 어머니가 눈감은 아들의 평화로운 꿈을 불러 주기 위해 가늘게 부르는 자장노래는 그윽히 서럽게 울렸다.

정체 모를 사람들

자— 장 자— 장 우리 아기 자장

수선화 만발한 맑은 물 위에
종이배를 띄워 놓고
어기야 더기야 용궁을 갈까.
자—장 자—장 우리 아기 자장
뭇 별들이 조는 푸른 하늘로
기러기의 등에 업혀
훨— 훨— 훨— 훨— 달맞이 갈까.
자—장 자—장 우리 아기 자장
안개의 모기장 구름 이불에
날개돋은 천사 안고
쌔—근 쌔—근 꿈나라 가라.

　명숙은 이렇게 서글프게 자장노래를 부르다가 어린애의 코르르 코르르, 잠든 소리를 듣고는 손으로 머리를 슬슬 어루만지기도 하고, 따뜻한 어린애 뺨에 자기의 뺨을 문지르기도 하는 것이었다.
　이런 광경을 듣고 보는 이 암자에 있는 승들은 이유도 모르고 눈물을 흘리곤 했다. 이 암자에서는 명숙을 말하는 벙어리로 돌려버렸다. 명숙은 그렇게 자기가 신세를 지는 영일에게도 자기의 과거에 대한 것을 이야기하지 않는다. 처음에는 승들도 어린애 아버지가 어디 있느냐, 무엇이 어떠냐, 하고 물어도 보았으나 그 대답은 짜증뿐이므로 지금은 그런 이야기를 묻는 사람도 없었다.
　자기네끼리 모여 앉으면 명숙에 대해 여러 가지로 추측하고 비평했다.
　"아마 학교에 다니다가 아비 모를 자식을 낳은 게야."
　"아비를 숨기는 걸 보면 아마 일가 사람으로부터 난 게야."
　"그런데 어찌해 장님이 되었을까?"
　"암만해도 모를 일이야."

"알긴 어떻게 알어. 제가 말하기 전에야 큰절 해운 스님도 모르시는데."

영일은 매일 한 번씩은 이 암자에 내려와서 외로운 모자를 위로해 주고 승들에게 공양 범절을 각근하게* 부탁하는 것이 요즘의 일과가 되었다.

이 날도 영일은 암자로 내려왔다.

"선생님. 저, 편지 한 장 써 주세요."

명숙의 부탁이다.

"편지요? 어디로 하시게요?"

"제 오빠한테요."

"아, 오빠가 계세요. 친오빠가?"

"네, 한 분 계세요."

"어디 시골에 계십니까?"

"아니요. 서대문 감옥에 계세요."

"감옥에요?……."

영일은 더 좀 무엇을 물으려다가 자기 신상을 말하지 않는 명숙을 생각하고 묻는 말을 중간에 끊었다.

"네, 써 드리지요. 이제 붓과 먹을 가져오래서."

영일은 승 하나를 불러서 큰절에서 자기 방에 있는 필연**과 종이를 가져오라고 했다.

"말씀하시지요. 편지 사연을."

"뭐, 아무 말도 없습니다. 그저 제가 여기 와서 선생님께 신세지고 있다는 안부뿐입니다."

"네. 봉투에는 서대문 감옥이라고만 쓰면 들어가지요? 오빠 이름은?"

"아니, 서대문 감옥이라고 쓰지 마세요. 경성부 현저동 백일 번지라고만 쓰고요, 한명진이라고 쓰세요. 저는 그 경칠 감옥이라는 소리, 하기

---

* 각별히, 조심하게. 각신恪愼.
** 筆硯: 붓과 벼루.

싫어요."
 편지를 다 쓰고 나서 영일은 궁금증에 못 이겨 입을 열었다.
 "오빠가 나오실 기한이 언제입니까?"
 "내년이에요."
 "그런데 무슨 일로 들어가셨어요?"
 "남의 집에 불 놓으려던 죄래요. 선생님 더 묻지 마세요."
 명숙은 영일의 다음 말을 또 막아버렸다.
 아랫목에 누워 자던 어린아이가 잠을 깨어 칭얼칭얼 울었다. 명숙은 더듬더듬 끌어안고 젖을 물렸다.
 "쟤는 장님으로 세상에 나왔다지요. 그러니 영영 어머니의 얼굴을 모르겠구려."
 "그렇지요. 저도 애를 낳기 전에 눈을 버렸으니까 우리 모자는 영원히 그 얼굴을 못 보고 죽을 테지요."
 영원히 얼굴들을 못 보고 떠날 어머니와 아들.
 명숙의 감은 눈에서 눈물이 주르르 흘렀다.
 영일은 자기가 쓸데없는 말을 꺼내어 명숙을 울린 것을 후회하고 그대로 밖으로 나가버렸다. 한명숙, 그의 아들, 그의 오빠, 이 수수께끼 같은 인물들의 정체는 무엇이냐?

 서대문 감옥이다. 불같은 여름 볕이 일천 오백 명 죄수의 몸에 있는 액체를 있는 대로 땀으로 짜버리려는 듯이 내리쪼였다.
 취사장에서 점심을 알리는 소리가 길게 울렸다.
 "야메(일 그쳐라)!"
 담당 간수의 호령으로 제 칠 공장 백여 명 죄수의 손은 기계처럼 동작을 멈추었다.
 그들의 최상의 향락시간인 밥 먹을 시간이 왔다.

백여 명 공장수工場囚는 가장 훈련된 동작으로 긴 밥상을 대해 이 열로 마주앉았다.

밥이라기에는 너무나 콩이 많고, 메주라기에는 너무나 조가 많은 모자 꼴 같이 생긴 일등밥들이 밥 밑창보다도 더 좁은 깨어진 접시 위에, 검은 깨가 드문드문 섞인 소금을 뒤집어쓰고 비뚤게 앉아 있다. 죄수들은 주린 개처럼 간수의 입을 쳐다보고 있었다.

"기오쓰께— 레이— 모도에— 기입빵—(밥 먹으라는 군호이다)."

그들은 땅 위에 떨어져 굴러 달아나는 콩알을 거리를 묻지 않고 주워 오며 일백 이십 그램의 콩밥을 게 눈 감추듯 했다.

"기오쓰께— 레이— 모도에— 야쓰메—(식사를 마쳐라)."

그들은 식탁에서 물러났다.

"하지메—(일 시작해라)."

망치 소리, 풀무 소리는 다시 요란해졌다.

함석 한 겹으로 지붕을 덮은 이 열 공장의 풀무에서 일어나는 파란 불꽃은 하늘에서 내려 쪼이는 불볕과 아울러 그야말로 지옥 같이 뜨거웠다.

"저것들 좀 보게. 저 팔자 좋은 연놈들 좀 봐."

먼 산을 바라보며 풀무를 불고 앉아 있던 이백 호가 중얼거렸다.

다른 죄수들도 일제히 그곳을 바라보았다.

악박골 동산으로 넘어가는 남녀의 행렬.

"좋구나. 신선들 악박골 약물 먹으러 가는구나. 젠장, 우리는 언제나 저런 때가 오나?"

한 편에서 만들어 내는 맹꽁이 자물쇠(죄수들 허리에 채우는 것)를 검사해 다시 튼튼하게 못을 때리고 앉았던 삼백오십 호가 망치 든 팔을 쉬며, 시름없는 탄식을 했다.

"글쎄나 말이지. 이게 무슨 청승맞은 짓이야. 이 뜨거운 불 속에서 우

장편소설 173

리의 허리에 차는 쇠사슬과 자물쇠를 우리의 손으로 만들어 놓고, 행여나 그것이 튼튼하지 못할까 봐 망치로 조지구 앉았으니……."

저 편에서 쇠사슬을 때우고 앉았던 이백오십 호가 따라서 탄식했다.

"세상 사람이 다 그런 셈이지요. 밖에 있는 놈은 별 수 있는 줄 압니까. 더욱이 우리 조선 사람쯤이야 제 몸 속박하는 쇠사슬을 제 손으로 만들지 않는 놈이 어디 있는 줄 아시우."

철사를 자르고 앉았던 사백 호가 여러 사람들 들으라는 듯이 이렇게 말했다.

제 몸을 얽는 쇠사슬을 제 손으로 만드는 사람들.

"이야기 말고 일해라!"

담당 간수가 호령을 내렸다. 그들의 손에 쥔 망치는 다시 힘을 내어 자물쇠 못을 때리고 쇠사슬을 마주 이었다.

손에 얇은 장부를 든 잡무 간수가 들어와서 담당 간수와 무슨 귓속말을 했다.

"야메*……."

때 아닌 휴식 호령이 내렸다.

"사백 호!"

잡무 간수는 소리쳐서 죄수를 불렀다.

"네."

사백 호라는 죄수가 대답했다.

"이리 나와. 네 성명이 한명진이냐?"

"네!"

감옥 교회당에는 방화미수범 한명진의 가출옥을 위해 임시 교회가 열렸다.

---

*야메: 중지, 그만둠.

사백 호 한명진을 비롯해 칠공장 죄수가 엄숙하게 늘어앉았다.

전옥*은 통역 간수를 데리고 교단으로 올라가서

"사백 호 한명진!"

하고 크게 불렀다.

맨 앞에 앉았던 한명진은 더욱 앞으로 다가섰다.

"너는 행장이 좋아서 개전改悛한 상태가 현저해 오늘부터 가출옥하게 되었으니, 나가거든 가출옥 규칙을 잘 지킬 것은 물론이요, 가출옥 기한이 지난 뒤라도 늘 주의해 다시는 이런 데 들어오지 않도록 하지 않으면 안 될 것이다……"

전옥이 일장 훈시를 하고 규칙을 설명해 들려주었다.

"나는 원래 죄를 지은 일이 없소. 따라서 개과할 필요도 없소. 만일 내가 행하고 들어온 일이 죄라 해도 거기에 대해서 나는 조금도 뉘우치지 않습니다. 그러니까 그 몸 가려운 은혜를 입지 않겠습니다. 내가 밖에서 한 일에 대한 죄가 징역 이 년이 상당하다 했으니, 어서 그 기한대로 나를 감옥에 넣어두십시오……. 나의 모든 것을 돈과 권력으로 빼앗아 간 놈의 집에 불을 좀 놓으려 했으면 어때요. 나는 그 죄, 아니 그 일에 대해 조금도 뉘우칠 바 없소."

한명진은 흥분한 어조로 부르짖었다.

전옥 이하 교회사敎誨師 감옥 관리며 늘어앉은 죄수들은 눈을 둥그렇게 뜨고 놀랐다.

한명진의 그것은 감옥 생긴 이래의 신기록이었다.

가출옥을 시키려는데 원래 죄를 지은 일이 없으니 뉘우침이 없다. 따라서 개전한 것으로 인정해 기한 전에 내보내는 가출옥이라는, 소위 은전恩典을 입을 필요가 없으니 남은 기한을 마저 채워 내보내라는 것이 한

---

* 이전에 교도소장을 이르던 말.

명진이 취한 태도였다.

감옥에서는 이 처음 당하는 일의 처리가 극히 곤란했다. 그래서 가출옥식을 일시 중지하고 전옥 이하 과장 교회사의 긴급회의가 열렸다.

회의한 결과 아무리 죄수가 그런다 할지라도 법무당국에서 이미 확정 처분을 한 것이니까 금고 이상의 죄를 범하거나 지정한 규칙을 위반하기 전에는 취소할 수 없으니 그대로 내보내자는 데 일치되었다. 그래서 다시 교회*를 열고 법의를 떨치고 염주를 팔에 걸친 교회사의 간독한** 교회가 있고, 한명진은 억지로 출옥을 당했다. 일 년 반 전에 입고 들어온 수세미 같은 겹옷을 입고 시커먼 감옥문으로 나오는 명진의 행색은 패전한 병사같이 풀이 죽어 보이고 검게 들뜬 얼굴 깊숙이 번쩍이는 그의 커다란 눈에서는 이 세상 모든 것을 저주하는 불길이 타올랐다.

평화로운 조그마한 감옥에서 투쟁 많은 큰 감옥으로 나온 한명진.

옥문 밖에 나선 그의 주위는 몹시도 쓸쓸했다.

무악재를 스쳐내리는 서늘한 바람도 묵은 겹옷 밑에 있는 그의 거친 피부에 쾌감을 주기에는 아직도 무더웠다.

불시에 출옥이 되었기 때문에 넓은 천지에 하나밖에 없는, 사랑하는 누이동생 명숙이가 기다리고 서있지 않은 것도 그에게 부질없는 외로움을 자아냈다.

'그러나 내가 불시에 나가면 명숙이는 얼마나 반가워할까?'

이렇게 생각하는 그는 자기를 보고 반가움에 눈물 흘릴 누이동생의 또렷한 눈을 그렸다.

"오오, 어서 가자. 명숙을 찾아가자. 운외사가 어디일까?"

명진은 보통이 속에 끼워 둔 명숙이에게서 온 편지 봉투를 다시 꺼내어 보았다.

---

* 敎誨 : 나쁜 짓을 한 사람을 가르치고 일깨움.
** 懇篤한 : 간절하고 정성이 극진한.

'대체 어찌되어서 절에 가 있을까? 병원에서는 언제 나왔을까? 어린것을 낳아 가지고 그 동안 얼마나 고생을 했을까?'

이렇게 생각하는 그의 머릿속에는 이미 과거의 매듭을 맺은 자기 누이에게 부딪힌 운명보다도, 무서운 독사의 혀끝 같은 황금의 권력에 여지없이 짓밟힌 설움을 서로 위로하고 지내다가 자기마저 감옥으로 들어온 그 후에 자기의 누이동생은 그 얼마나 외롭고 애달픈 삶에 부대꼈을까? 그래서 삶에 피로한 시든 생명을 끌어안고 더러운 세상을 버리고 깨끗한 승이 되려고 절로 갔는가. 가엾은 일이다. 그러나 그의 육체만은 편하다는 것이 다행이다. 몸만 편하게 있다면 외로우나마 둘이 위로하고 살아갈 수가 있겠지. 그러나 어린것은 어찌했을까. 제 아비에게로 보냈나?

모든 것이 명진에게는 궁금했다. 자기의 상상대로 이 불볕이 내리쪼이는 절 마당에서 머리 깎고 남복을 한 조그만 그림자를 끌고 왔다갔다 할 누이동생을 어서 만나서 실컷 울었으면 하는 서글픈 기분에 붙잡혔다.

모든 사람의 종자가 밉고 보기 싫은 저주받은 그에게 다만 누이동생만이 그립고 보고 싶었다.

그는 어느덧 독립문 앞까지 왔다. 차차 큰 거리에 나서자 사람의 왕래가 많았다.

명진은 비로소 삼복 중에 겹옷을 입은 거지보다도 초라한 자기의 행색을, 가로세로 곁눈질하며 지나가는 사람의 틈에서 발견했다.

자기의 세계를 빼앗기고 현실의 거리로 나설 때, 그는 초라한 자기의 행색이 보기 싫었다.

"아아, 이 꼴을 하고 어떻게 가나. 명숙이가 이 꼴을 보면 오죽이나 놀라려고!"

그는 이 년 만에 만날 누이동생에게 추한 꼴을 보일 것이 난처했다.

처음 감옥에 들어와서 한 번 누이동생을 면회한 뒤로 붉은 죄수의 옷을 입은 보기 싫은 자기의 꼴을 보임으로 그 누이동생을 상심케 할까봐 일절 면회를 거절한 명진에게는 이러한 생각도 무리는 아니었다.

그는 감옥에서 받아 넣은 작업 상여금으로 근처에 있는 재봉 가가*로 들어가서 고의적삼을 한 벌 사 입고 걸음을 빨리 했다.

운외사로, 사랑하는 누이동생이 있는 곳으로…….

여름 날 긴 해도 어느덧 넘어가고 쓸쓸한 황혼은 백련암白蓮庵 명숙이 있는 암자를 고이 싸 들어왔다. 매일 한 번씩 다녀가는 영일이가 이 날은 늦게야 내려왔다.

어린애에게 젖을 물리고 앉아서 보일 길 없는 먼 산을 바라고 앉아 있는 명숙의 모양은 몹시도 쓸쓸하게 보였다. 영일은 뭐라고 할 말도 없어서 겨우 인사만 하고 우두커니 명숙과 같이 눈을 감고 툇마루에 앉아 있었다.

이 때 저 편 산 너머 길로 큰절에 있는 젊은 중 하나와 낯모를 사람이 넘어왔다. 마당에 내려선 젊은 중은 달음박질로 영일의 앞으로 오며 숨찬 음성으로 고했다.

"스님, 웬 사람이 스님을 좀 뵙겠다고 왔어요."

영일은 그를 따라 마당으로 내려갔다.

"당신이 최영일 씨입니까?"

객은 모자를 벗어 들고 공손하게 물었다.

"네, 접니다."

"여기 한명숙이라는 여자가 있습니까."

"네, 계십니다. 당신은 누구신지요?"

방안에 있던 명숙은 바깥에서 들리는 문답에 귀를 기울였다.

"네, 저는 한명진이라는 사람입니다. 명숙의 오빠 되는 사람입니다."

---

* 假家 : 가게(店)의 원말.

자기의 예민한 청각을 명숙은 의심했다. 그럴 리가 있나? 하고…….
"네, 그러세요?"
하고 대답한 영일은 이어서 방안을 돌아보며,
"명숙 씨, 오빠가 오셨습니다. 명진 씨가……."
"네?"
명숙은 자기도 모르게 크게 소리를 질렀다.
"당신 오빠가 오셨어요, 오빠가."
명숙의 대답이 채 끝나기 전에
"명숙아, 내가 왔다. 명숙아 나다."
그것은 분명하게 자기 오빠의 음성이었다.
"아, 오빠!"
명숙은 이 밖에 더 말이 나오지 않았다. 어린애를 안은 채로 허둥허둥 방문턱으로 나오며
"오빠가 오시다니요. 오빠가 어떻게 오셨어요, 오빠가!"
눈물에 젖은 명숙의 음성은 떨렸다.
명진은 얼른 돌층계를 올라서서 무엇을 붙잡으려는 듯이 허공을 헤매는 명숙의 손을 붙잡았다.
"오오, 나 여기 있다. 오늘 가출옥되어 나왔다."
명숙의 손을 붙잡고 얼굴을 들여다본 명진은, 으! 소리를 지르고는 눈을 크게 떴다. 명숙이가 소경인 데 비로소 놀랐다.
"네가 이게 웬일이냐. 소경이 되었으니?……."
명숙은 대답 대신에 소리쳐 울었다. 명숙의 울음소리에 놀란 어린애가 물었던 젖을 쭉 뽑으며, 으아! 하고 따라 울었다.
명진은 비로소 명숙의 품에서 우는 어린애를 들여다보았다.
어린애를 들여다 본 명진은 거듭 놀라지 않을 수 없었다.
"얘도 소경이 아니냐!"

너무도 기구한 현실은 두 사람에게 눈물에 잠긴 침묵을 드리웠다.

"처음에 한 번인가, 네 필적으로 편지가 오고는 번번이 낯선 필적이기에 웬일인가 하고 궁금했으나 이럴 줄을 몰랐다. 대관절 어떻게 해서 모자가 함께 소경이 되었단 말이냐. 궁금하구나."

명진은 음성을 부드럽게 해 물었다.

명숙은 비로소 눈물에 젖은 얼굴을 들었다.

"오빠를 첫 번으로 면회하고 온 지 한 달쯤 된 뒤에 자고 일어나자 갑자기 눈이 아프기 시작해 병원에 가 봤더니, 고치기 힘들 것 같다고 하며 입원을 해보라고 해서 입원하고 치료를 한 지 한 달도 못 되어 그만 눈이 아주 안 보이고 말았답니다. 그러나 그런 사정을 오빠가 알면 더 상심하실까봐 일절 편지에도 그런 말을 안 썼지요. 그러자 해산달도 되어서 눌러 병원에 가 있다가 이 애를 낳았는데, 이 애는 배 안에서부터 이 지경이 된 모양이에요. 그 후에 갑자기 나와야 어디로 갈 곳도 없고 해서 그대로 병원에 있다가 비용에 어쩔 수가 없어서 그만 그 전에 있던 하숙집으로 나와서 있었지요. 일 년 남짓 있는 동안에 수중에 있던 재물이라는 건 밥값으로 전부 들어가 어쩔 수가 없게 되니, 주인인들 차마 나가라고는 하지 않지마는 괴로워하는 눈치가 현저해서 저의 성미로 배겨낼 수가 있나요. 그만 밤중에 잠자코 주인집을 나왔지요. 그러나 갈 데가 어디 있겠어요. 발 가는 대로 이리저리 헤맨다는 게 종로로 나왔다가 앞 못 보는 것이 그만 웬 자동차에 치여 쓰러졌지요. 그러나 팔자가 사나운 탓으로 죽지는 않고 공교롭게 저 최 선생님을 만나서 이렇게 신세를 지고 있답니다. 오빠 오빠, 그런데 이 불쌍한 두 생명은 장차 어떻게 살아가면 좋아요. 네?"

이렇게 순서 없이 늘어놓는 누이동생의 말을 듣던 명진의 커다란 눈에서 비로소 굵은 눈물이 떨어졌다.

"그래, 그 뒤에 혹 그 놈이 찾아왔더냐?"

"찾아오는 게 뭐예요."
"그래, 한 번도 못 만났어?"
"못 만났어요."
"아! 그 악마 같은 놈!"
명진은 무슨 분한 일을 추억하듯이 주먹을 부르쥐고 이를 부드득 갈아붙이며
"그 놈을 이번에는 아주 죽여 버리고 말아야 해. 사회의 죄악을 덜기 위해서라도."
하고 부르짖었다.
"오빠는 또 왜 그런 말씀을 하세요. 그런 생각은 아예 하시지 마세요. 다 제 팔자지요. 그런데 오빠, 저희 모자는 어찌하면 좋아요? 그리고 오빠는?"
"오오, 그것은 되어 가는 대로 살 수밖에 없는 것이다. 너는 새삼스럽게 비관할 것이 아니다. 인생의 행로란 원래가 미정이다. 장차 어디를 가는지 얼마나 갈는지 자기의 갈 길을 아는 사람은 누구도 없다. 다만 나로서 너에게 한 가지 약속할 것은 나의 몸은 어찌되었든지 너의 조그만 행복이라도 위해 힘을 쓰려는 것, 그것뿐이다."
"저에게 무슨 행복이 있겠어요, 오빠. 우리들은 원래 행복과는 등진 무리가 아니에요?"
"그리하면 온 인류가 모두 행복을 등진 무리일 것이다. 사람에게 무슨 행복이 있을까 보냐."
그들은 잠깐 문답을 끊었다.

"손님이 시장하실 터인데, 어서 공양을 드리오."
밖에서 영일의 목소리가 들렸다.
명진은 비로소 생각이 난 듯이 밖으로 나가며 영일에게 공손하게 치하

했다.

"불쌍한 제 동생을 이처럼 거두어 주셔서 감사한 말씀 뭐라 여쭐 길이 없습니다."

"천만에, 그렇게 말씀하시면 도리어 정소*합니다. 노형께서도 별 관계가 없으시면 얼마동안이든지 제 절에 계시면서 휴양을 하시지요. 외로운 동생도 위로도 해 드리실 겸……."

"너무나 황송합니다."

그 뒤로부터 명숙이 남매는 영일의 호의로 운외사 부근에 있는 조그만 초막에서 조그만 살림을 시작하게 되었다.

괭이를 들고 땅을 뒤지는 명진의 뒤에 어린애를 업고 서 있는 명숙이. 이 눈물겹게 단란한 가정을 바라보는 영일은 자기보다도 쓸쓸한 인생을 발견한 듯했다.

그들은 완전하게 흙에 돌아가고 자연으로 돌아갔다. 땅을 파고 먹고 잠자는 것 밖에는 아무런 야심도 없고 포부도 없는, 고인 물보다도 잔잔한 그들의 생활은 추억의 쓰라린 바람이 불지 않는 이상 아무런 풍파도 없었다.

정제 모를 사람들의 쓰라린 과거는?

청혼

명숙이가 필수가 탄 자동차에 받혀 쓰러진 것을 계기로 영일의 구제를 받게 되는 그 밤은 필수에게는 저주받은 시간이었다. 자기의 눈앞에 나타난 젊은 부부 같은 영일과 은숙의 모습은 필수의 가슴에 질투의 불꽃

---

* 情疏 : 정분이 버성기다. 정분이 서먹서먹하다.

을 던지지 않을 수 없었다.

"아아, 마침내 그렇게 되고야 말았구나."

경부선 열차 속에서 자기의 가슴을 괴롭게 하던 환상이 이제는 보기에도 눈꼴이 신 현실로 눈앞에 나타날 때에 필수는 이렇게 중얼거렸다.

환상이 현실로 변하는 운명의 기교여!

은숙의 부친과 자기의 사이가 금전의 매개로 가까워질 때 엷게 떠오르던 희망이 현실 앞에 부서지려 할 때에 그는 주먹으로 턱을 받치고 한숨을 지었다.

"에라, 그만 단념해 버릴까?"

필수의 이지는 이렇게 동의도 해 보았다.

"에이, 쓸개 빠진 자식 같으니, 쌈도 해보지 않고 항복부터 한단 말이냐. 이제 너의 단념이라는 것은 단념이 아니라, 백기를 드는 것이다. 백기를 들고 좋아하는 비겁한 자에게 승리가 왜 있을까 보냐? 사랑의 벌판은 전쟁 마당과 같다. 지략 있고 용감하고 군량 많은 군사가 이기는 것이다. 군사의 가치는 승리에 있고 싸움하기 전에 항복하는 것은 죽음보다 보기 싫은 것이다. 모름지기 힘을 다해 싸워야만 한다. 무장을 벗을 때가 아니다."

그의 치정痴情은 발을 구르고 이지의 동의를 물리쳤다.

부스러진 얼음 같은 이지의 한 조각은 치정의 불 앞에 여지없이 녹아 버렸다.

"그렇다, 싸우자. 무장을 든든하게 하고 나서자."

필수는 마침내 질투의 햇불을 들고 치정의 병사를 행군시켰다.

행군은 했으나 이렇다 할 묘한 전략은 없었다.

다만, 한 가지 책략은 은숙의 아버지를 사로잡는 데 있다는 것이었다. 그리하여 은숙의 아버지가 완전하게 자기의 손에 들게 되거든 청혼을 해 보자는 것뿐이다.

은숙의 아버지를 사로잡는 데는 두 가지 조건이 필요했다. 한 가지는 청운학교를 경영하는데 적극적으로 도와주는 것, 또 한 가지는 자기 자신을 얌전하게 단속해 사위 될 수양을 쌓는 일이었다.

그래서 박인환을 중간에 세우고 청운학교 명예 교장이 되어 그 경비를 부담하기로 하는 동시에 훌륭한 위선자가 되어서 주색을 끊고 제법 뜻 있는 교육가 행세를 하게 되었다.

이 전략에 박인환은 없어서는 안 될 참모였다.

필수는 어떤 날 박인환을 자기 집으로 불렀다.

"여보게, 박 군. 내가 그 언젠가도 말했지만, 자네 나에게 중매 한 군데서 주지 않으려나?"

"에 이 사람, 내가 무슨 자네 중매를 설 자격이 있나."

그는 의미 있게 웃었다.

"아니야. 자네가 들면 꼭 되고, 그렇지 않으면 안 될 일이야."

"내가 들어서 될 일 같기만 하면 그야 물론 나서다 뿐이겠나. 그래 어느 곳에 자네의 마나님 될 행복한 아가씨가 계시던가?"

"이 사람, 그렇게 비꼴 건 없고. 저 왜 김 교장의 딸이 있지 않은가? 아따 그 유명한 음악가 김은숙이 말일세."

"그래서 그것을 어떻게 입맛을 다셔 보겠다는 말인가?"

"아니 이 사람. 그렇게 농으로 들을 말이 아니라 꼭 좀 자네가 나서 주게."

"글쎄, 그렇게 손쉽게 되려고. 대관절 김 교장도 자기 체면을 생각하기로 어떻게 딸을 남의 첩으로 줄 수가 있겠나. 또 그리고 본인인들."

"아, 뭐. 내가 꼭 첩으로 달라는 것은 아니야. 되기만 한다면야 내가 늘 말해 온 바이지만 지금 있는 계집이야 훌륭하게 이혼을 할 테야."

"응. 자네가 본마누라만 없다면 그 집에 장가쯤 들기야 용이한 일이겠지. 그러나 순서로 보아 재혼부터 하고, 나중에 이혼을 한대서야 중간에서 말하는 사람이 어디 떳떳이 나서겠나."
"그럼 이혼부터 하란 말인가?"
"그렇지 않고야 어떻게 청혼을 해 볼 수가 있나. 미상불 김 교장이 자네에게 여러 가지로 호감을 가지고 있기는 있는 터이니까 자네가 본마누라만 없다면야 불감청不敢請이언정 고소원固所願이겠지*."

 필수는 이 문제를 길게 생각할 필요가 없었다.
 은숙과 결혼하는 과정에서 본마누라를 희생하는 것쯤은.
 필수의 아내는 이혼을 당하고 말았다.
 삼남매의 어머니인 필수의 본마누라는 부양료라는 일만 원의 퇴직수당을 받고 호적상 권리를 포기했다.

 박인환은 청운동 김씨의 집을 찾아갔다.
 김씨를 필수에게 소개한 뒤로부터 인환은 필수의 집의 반가운 손님인 이상으로 김씨 집의 귀빈이었다.
 이 귀객은 부드러운 혀끝을 돌려 손쉽게 요건을 끄집어내었다.
 "선생님 오늘은 제가 청이 좀 있어서. 아니, 청이라기보다 어떤 중대한 용무로 왔는데요."
 "하하. 박 군이 내게 청이 있다? 중대한 용무로 오셨나?"
 "따님이 아직 출가 전이시라지요?"
 "아직 안 갔어."
 "혹 약혼하신 데는 있나요?"
 "웬 걸. 그것 때문에 나도 걱정인걸. 아무래도 남의 자식인 바에야 어서 치워 버려야 할 터인데. 저도 아직은 집에서 어린애 구실을 하고. 우리 내외 사이에는 자식이라고 그것 하나뿐이어서 그저 아직 끼고 있지.

---

* 감히 청하지는 못할지언정 본디 바라는 바다.

그래, 어디 참한 신랑감이 있던가?"

"네. 저, 그 이 군이……."

"이 군이라니?"

"재동 이필수 군 말입니다. 그가 장가를 들어야 되게 됐어요."

"아 왜, 이 군이 이 때까지 장가를 안 들었던가. 그럴 리야 있나?"

"네. 그런 게 아니라 어떤 관계로 얼마 전에 이혼을 했지요. 그래 아무래도 색시장가를 또 들어야 할 형편이기에 아직 이 군에게는 말해 보지 않았지마는, 선생님 의향만 비슷하시면 제가 들어서 어떻게 하든지 좋은 인연을 맺어 볼까 해서 말씀입니다."

"글쎄."

"그에게 여러 가지로 입은 인연이 있는 데다 옹서翁壻관계*까지 맺게 되시면……."

"대관절 무슨 이유로 기처棄妻를 했나?"

"자세하게는 몰라도 저 편에서 무슨 과실이 있었다나 봐요."

"응. 그거 안 되었구먼."

"그래, 이 군도 일전에 만났을 때 말이 적당한 자리만 있으면 얼른 속현**을 해버리겠다고 하더군요."

"선생님의 의향이 어떠십니까. 선생님이 모르시는 사람 같으면 이렇게 말씀드릴 수도 없는 것이지만, 이 군의 위인 됨을 잘 아시니."

"암. 그야 요새 돈냥 있는 청년치고 그만큼 뜻이 깊기 어려운 일이지……."

김씨의 머리는 잠깐 흐려졌다.

"글쎄. 내가 좀 생각해 봄세. 내 마누라하고도 의논해 보아야겠지만, 제일 당자의 의견을 들어보아야 할 것이니까. 세상도 변해서."

---

* 장인과 사위의 관계.
** 續絃: 끊어진 금슬琴瑟의 줄을 잇는다는 뜻으로, 아내를 여읜 뒤 다시 새 아내를 맞는 일.

"하하. 선생님도 매우 새로운 결혼관을 가지고 계십니다 그려."

"내가 새로워진 게 아니라 세상이 바뀌어서 그렇지. 어쨌든지 좀 생각을 해보아서 내가 유력한 중매 아비가 될 것까지는 책임을 짐세. 그러면 저 편 의향도 자네가 물어보게 그려."

"그건 제가 절대 책임을 지지요. 그럼 저는 신랑집 중매가 되고, 선생님은 색시집 중매가 되셔서 어디 한 상씩 받아 보도록 하시지요."

돈 많은 젊은 홀아비, 이것만으로도 과년한 딸 가진 아버지의 호기심을 끌기에 충분한데, 하물며 김씨가 자기 사업의 재원을 대는 필수임에랴.

제 일차 교섭은 예상과 같이 쉽게 되었다.

교섭사는 낙관을 가지고 김씨 집을 물러 나왔다.

그 날 저녁이다.

김창호는 자기의 마누라와 딸이 있는 안방에서 은숙의 혼인 이야기를 꺼냈다.

"여보 마누라. 오늘은 내가 은숙의 중매아비 자격을 가지고 할 말이 있으니 잘 들으오."

"네. 고마운 말이군요. 그래 어디 참한 사윗감이 있습디까?"

"있고말고."

마누라에게 이렇게 대답한 그는 뒤에 앉은 은숙을 돌아보며,

"은숙아, 이 중매아비 말을 듣겠니? 아무렇든지 네 혼인에는 내가 도장을 찍어야 할 늙은이니까 나도 권리가 있는 사람이지. 그러니 내 말은 꼭 들어야 해."

"아이고, 아버지도. 아버지는 어서 아버지 노릇이나 잘 하세요. 누가 중매들래요. 중매를 잘 서면 국수가 한 그릇이요, 중매를 잘 못 서면 **뺨**이 세 대라는 속담을 아버지 모르세요? 그래, 아버지는 국수 한 그릇 바라다가 **뺨** 세 대가 돌아와도 좋거든 중매를 드세요. 호호."

이 가정의 평화의 열쇠인 은숙은 아버지와 어머니를 웃겼다.

"예이 년, 아무리 제 딸 중매하고 뺨이야 맞겠니. 좌우간 너는 어떤 조건이 구비되면 시집을 갈 테냐? 우선 그것부터 들어보자."

"몰라요. 제가 언제 시집간댔어요? 죽을 때까지 아버지하고 어머니하고 살기로 예전부터 약속하지 않았어요."

"너만 그러면 무엇하니. 우리가 그러고 싶어야지. 어머니 아버지는 너하고 살기 싫은 걸……. 자, 내가 지금 신랑 될 사람의 자격을 말할게. 그러면 네가 도리어 내게 청을 댈걸."

"청 다 댔지요?"

"나이는 금년 서른한 살인데, 교육에 뜻깊은 신사요, 그리고 부자요. 어떠냐, 은숙아?"

"끝말에 귀가 번쩍 뜨이는군요. 부자란 말에. 하하, 아버지도 학교일 때문에 물질의 곤궁을 받아 보시더니 이제는 제법 황금숭배자가 되셨단 말이야. 하느님 맙소사."

"예이 년, 누가 아버지를 그처럼 놀리디. 그래 그렇게 훌륭한 사람이 장가를 안 들었어요?"

이번에는 마누라가 말참례를 했다.

"장가를 안 든 게 아니라 무슨 일로 기처를 했다는 구려. 요즈음에 아주 많은 일이니까 별로 흉 될 건 없지 않소."

"그럼요, 기처자리 빼놓고야 스물 넘은 새색시 시집 보낼 수 있나요. 그래 어디가 그런 자리가 났어요?"

"내가 벌써 이야기 할 것을 그럭저럭 못하고 있었지마는, 얼마 전에 학교 채무 때문에 쩔쩔매고 돌아다니지 않았소. 그러던 것을 지금 말하는 이 사람 때문에 일이 해결되고, 요즘에는 학교 곤경에 동정해 책임유지위원으로 스스로 나서게 되었는데, 일본 가서 공부하다가 금년에 귀국한 청년인데 사람이 얌전하단 말이야. 요새 부잣집 자식치고는 그런 사람도 드물 것 같아. 이름은 말해도 마누라가 모르겠지만 저 재동 사는 이필수라구……. 그래 나도 그 집 가정 속사정은 알 바 없었지만, 오늘 어떤 친구가 와서 그가 벌써 기처를 하고 참한 자리가 있으면 속현을 하겠다고, 우리 은숙이를 대는구려."

은숙의 부친은 지금까지와는 딴판으로 정숙한 태도로 말했다.

"그만 했으면 훌륭하구려, 어서 서둘러서 맺어 버리세요. 당자의 외양은 영감이 잘 보아 아시겠군요."

"암, 시속말로 하이칼라*지."

"은숙아, 너 그런 데 있으면 가지?"

이렇게 묻는 어머니의 말에 대답할 생각도 않고 앉아 있는 은숙의 표정은 매섭게 날카로워졌다.

"아, 그거야 지금 대답할 수 있나. 저희끼리도 서로 보고 합의해야 할 일이니까."

은숙은 아무 말도 없이 코웃음을 쳤다.

"아버지, 그 일은 단념하세요. 두 말씀말고 거절해 버리세요. 그까짓 덜 된 사내는 문제도 삼지 마세요."

은숙은 대번에 거절했다.

"네가 이씨를 아느냐?"

"알고말고요. 작년부터 알아요. 왜 언젠가 그 사람에게서 편지가 오지 않았어요. 아버지도 보지 않으셨어요?"

"응, 그래 언젠가 나더러 보라고 하든 거?"

"네. 그 뒤에도 그런 편지가 늘 왔어요. 제가 일본에 있을 때에도 추근추근하게 쫓아다녔지요. 피아노를 사주느니, 별 짓 다하며 쫓아다니던 사람인데요."

"응, 그러면 네가 나보다 먼저 이씨를 알고 있었구나. 그래 너한테 맘

---

* 학식있는 화이트칼라를 말함.

을 두었었단 말이지. 그거야 무엇 잘못한 일이냐. 너에게 반해서 쫓아다녔다기로서니 무슨 죄냐. 그리고 털어놓고 말이지, 반한 색시에게 혼인을 청하기로 그게 무슨 잘못이냐."

"어쨌든지 거절하세요. 아무래도 아버지가 그 자의 최면술에 걸린 것이에요. 나에 대한 야심이 있기 때문에 아버지에게 돈을 빌려 드리느니, 학교 경비를 부담하느니 한 것일 거에요."

"그건 애매한 소리다. 그럴 리야 있나."

"어쨌든 저는 싫어요."

은숙은 거듭 거절을 했다.

마계

은숙의 집에서 열린 가족 회의에서 아버지가 동의한 은숙의 결혼 문제가 은숙의 절대 반대로 부결되려 하는 시간에 어떤 요릿집 깊숙한 방에서는 박인환을 주빈으로 해 필수의 한 턱이 벌어졌다.

"오늘은 박 군 정말 수고했네. 나는 이 뒤에 모든 일을 자네만 믿겠네."

필수는 박인환에게 감사와 애원을 섞어서 머리를 숙였다.

"글쎄, 염려 말게. 오늘 자기 아버지가 그만큼 말했으니까 그것은 걱정 없고 당사자가 문제인데, 그것쯤이야 또 어떻게 하는 수가 있겠지."

"물론 당사자는 싫다고 할 것일세. 아직 자네에게도 말하지 않았지마는 내가 직접적으로 교섭하다가 실패하고 있는 중이니까."

"흥, 나는 벌써 다 알고 있네. 내가 누군 줄 아나. 자네가 일본을 왜 갔는지도 알고, 또 자네가 거절을 당하고 백계무책*해 앉아 있는 것도 알고. 그래서 김씨를 끌어댄 거라나."

---

* 百計無策 : 온갖 계책이 다 소용없음. 계무소출計無所出.

"고노야로(이 놈이야)."

필수는 일본말로 농을 붙이고 껄껄 웃고 나서,

"그래 벌써 알았었군. 어떻게 그렇게 자세하게 알았어? 그리고 모른 척 했어?"

"암, 내가 사립 탐정 국장인데 어쩐 말이냐. 하하."

필수는 자기의 비밀을 아는 괴인에게 탄복했다.

"그 놈의 독창이 사람 여럿 죽이지, 응."

"쉬— 말 말게."

필수는 손을 내저었다.

"두 선생님의 말씀은 하나도 알 수 없구려. 우리도 좀 알고 앉았으면 좋겠습니다."

"자네들은 빠질 차롈세. 그저 굿이나 보다가 떡이나 먹게. 정 갑갑하면 허두만 들려주지. 다른 게 아니라 이 이 선생님이 한껏 반한 색시에게 장가를 들게 되는 조건일세. 알아먹겠나?"

"히야, 히야. 그럼 우리가 들러리를 서 드리지요."

"집어치워라. 그 신성한 혼인에 자네 놈들 부랑자로 들러리를 세워! 만일 구식으로 하게 되거든 등롱*이나 들고 나서게. 하하."

"그럼 박 선생님은 무얼하실 겁니까."

"나? 나야 언제나 주례감이지."

"아따, 이 선생님의 좋은 일이라면 등롱은 그만두고 인력거인들 못 끌겠소. 그런데 이 선생 웬일이십니까. 기생이 안 오니?"

"기생 같은 소리 말게. 내가 술 안 먹은 지가 벌써 몇 달째 되었는데. 오늘은 박군을 대접하려니까 부득이 술상에 마주앉았지만."

필수는 이렇게 말대꾸를 하고 다시 박군을 바라보는 눈은 그래도 불안

---

* 燈籠 : 불을 켠 초나 호롱을 담아 한데 내어다 걸거나, 들고 다닐 수 있도록 해 어둠을 밝히던 기구.

해 보였다.

"글쎄 여보게. 당자가 끝끝내 말을 안 들으면 어떻게 하나?"

"걱정무용이라 할 밖에 어쩌란 말이야. 내가 원래부터 그만한 것은 각오한 것이야. 그러니까 내게는 미리미리 상당한 계책이 있네. 자네가 부탁하기 전부터 내게는 정확한 프로그램이 서 있단 말이야. 김씨를 자네에게 소개하면 어떻게 될 것, 그리고는 자네가 나에게 어떤 부탁이 있을 것, 나는 어떤 계획으로 일을 할 것들이 내 머릿속에 전부 들어 있었단 말이야. 그러니까 그 순서대로만 착착 진행할 것뿐일세. 자네는 나 하라는 대로만 하게."

"암. 뭐든지 명령만 하게."

마계사摩計師 같은 그의 권위는 필수의 무릎을 꿇리고야 말았다.

"자기 부모는 손안에 들어왔으니까 이제는 그 당사자만이 문제인데, 계집애 맘이라는 건 고정불변하는 것이 아니라 차일시피일시 변하는 걸세. 그러나 이 여자만은 좀 취급하기 어려울 모양이나 수단에 따라서는 저도 떨어지고야 견디지 별 수 있나. 그런데……."

말을 중간에서 끊고 필수를 바라보는 그의 눈은 의미 있게 보였다.

책략에 타오르는 악마의 눈.

"그래서?"

필수는 초조하게 말끝을 기다렸다.

박인환은 무슨 설교나 하는 듯이 끊었던 말을 계속했다.

"여자를 정복하는 데도 여러 가지가 있네. 추근추근 붙어야 할 것도 있고, 높직이 앉아서 내려다보거나 멀리서 바라만 보거나, 그도 저도 말고 소 닭 보듯 하거나 해야 될 것도 있네. 말하자면 자네가 반한 그 여자는 소 닭 보듯 해가며 초연하게 있어야 할 것을 자네가 모르고 허덕거린 까닭에 틀어진 걸세. 그래서 그 여자는 자네를 색마로 보고 뱀같이 멀리하려는 걸세. 이미 저질러 놓은 일에 다시 손을 댄다는 것은 참 어려운 일이지만, 자네의 그 허덕거리는 꼴이 하도 불쌍해서 내가 나서 보려네. 자네에게서 이미 멀리 떨어져 가는 그 여자를 자네 곁으로 불러 대는 데는 똑 한 가지가 있네. 그것은 무슨 수단으로든지 그에게 감격의 충동을 주어서 그가 자네에게 가지고 있던 멸시적 감정과 자기 자신을 위해 굳게 지키려는 자존심을 쫓아내야 하네."

감격의 충동은 멸시의 감정과 자존심을 쓰러뜨린다.

"그래, 그것에 대한 무슨 계교가 있나?"

"있고말고."

"어떻게?"

"책전 계획은 절대 비밀일세."

"나에게도 비밀이야?"

"물론이지. 그 때 그 때의 순서대로 할 일만 일러주지. 자네는 그만큼 나를 믿어야 하네."

"암. 믿고말고. 그런데 며칠 후에 자네가 또 한 번 가서 그 아버지에게 당자가 뭐라고 했나 알아는 봐야지."

"아따 이 사람, 퍽도 속을 못 차리네. 당자가 뭐라고 하긴 뭐라고 해. 말도 마세요, 아버지. 그까짓 놈한테 싫어요— 하고 대번에 물리쳤겠지. 보지 않아도 본 듯 하네."

"그래도 알 수 있나. 자기 아버지와 나와 특별한 관계가 있고 또 자기 아버지도 말을 잘 했을지 모르니까."

"글쎄, 소용없어. 그건 그쯤 해두고 이제는 우리 할 일만 해야 된단 말이야. 이번에 청혼을 한 것은 혼인하자는 게 직접 목적이 아니라, 어떤 책략의 준비로 해 놓은 거야. 알아듣겠나?"

필수는 암만해도 그의 말의 요령을 얻지 못해 궁금했다. 좌석이 끝난 뒤에 필수는 인환이와 함께 인력거로 자기 집으로 올라갔다.

궁금한 조건을 좀 조용하게 듣고 싶었던 것이다.

"글쎄, 이 사람. 그 자네의 계획이라는 것을 좀 들어보세."

"아하, 이 사람 비밀이래도 그러네. 정 그렇게 몸 닳게 알고 싶거든 일러주지. 그 대신 맥주나 한 잔 더 가져오게."

"그거야 어렵겠나."

간단하게 차린 맥주상이 들어왔다.

"여보게 필수. 내 계획이란 별 게 아니라 그 은숙이라는 여자를 어떻게든지 곤경에다 빠뜨려 놓고 자네가 사랑의 힘과 의협심으로 절대곤경에서 은숙을 구호해 주는 수밖에는 없을 걸세. 이제 가령, 은숙이가 물 속에나 불 속에서 죽을 지경을 당한 판에 자네의 힘으로 살아났다고 치세. 그러면 제 아무리 은숙이라도 자네를 멀리하지는 못할 게 아닌가."

"그래서?"

"그러나 그런 기회야 기다린들 오겠나. 그러니 우리가 그런 기회를 만든단 말일세."

"어떻게?"

"그러면 은숙이가 어떤 악한 꾀임에 들거나 또는 겁탈을 당해 신변이 위험할 지경에 자네가 뛰어들어서 구해낸대도, 불 속에서 살려내는 것과 같은 효력이 날 수 있겠지?"

"그렇지."

"그럼 손쉽게 오늘 요릿집에 왔던 그 병정* 들을 시켜서 은숙을 겁탈해 위기일발의 경우를 지어 놓고 자네가 뛰어들어서 구해 내지."

"기왕의 과부 뺏어가듯 한단 말인가?"

"말하자면 그렇지. 그러나 그전 과부를 겁탈해 가는 데는 신랑자가 앉아서 맞거나 방으로 들어가는 게지만, 이 처녀 겁탈에는 자네가 절대로 은숙에게 동정하는 의분에 타는 청년이 되는 걸세."

---

* 兵丁 : 하수인.

"응, 알았네. 그러면 언제 실행을 하게 되나?"

"이삼 일 내로 곧 해치워야지. 내일이라도 병정을 소집해 가지고 의논을 한 뒤에……."

"그럼 모든 것을 자네에게 맡기겠네."

"염려 말게."

"그런데 여보게. 자네가 어떻게 나와 은숙의 관계를 그렇게 알았나?"

"그건 물어 무엇하나. 길게 말할 것도 없이 미술학교에 다니던 여학생, 아따 자네 애인 자리 말일세. 그 여학생이 들어 있던 하숙 마누라를 내가 잘 안다면 그만이지."

"응 알겠네."

필수는 더 물으려고도 하지 않고 은행소절수 한 장을 써서 박을 주었다.

"이건 착수금일세. 성공한 뒤에 보수는 따로 줌세."

박은 소절수를 받아 들고 필수의 집을 나섰다.

어제 갔던 요릿집을 참모 본부로 해 박인환은 필수와 같이 자기의 부하를 모아 놓고 마계를 꾸몄다.

마계는 이러했다. 어제 필수에게 말한 요령과 같이 은숙이를 절박한 곤경에 빠뜨리는 것으로, 오늘밤이 깊은 뒤에 은숙의 집에서 은숙을 빼앗아내어 자동차에 싣고 궁벽한 곳으로 가서 감금을 하고, 어떤 행동을 하려 하는 위험이 박두한 찰나에 때마침 뜻밖에 필수가 뛰어들어서 은숙을 안전하게 보호하도록 하자는 것이었다.

"그럼 여보게 익삼이, 자네는 오늘밤 자정이 막 지나거든 자동차를 몰고 이리로 오란 말이야. 육인승쯤 되는 차라야 되네. 만일의 염려가 있으니 자동차 번호표는 아무 것이나 자네 집 것이 아닌 것을 준비해서 달고 오란 말이야. 알아들었나?"

박은 자기의 부하인 어떤 자동차부에 있는 운전사에게 이렇게 지휘를 했다.

"네, 알았습니다. 밤 열두 시 삼십 분쯤 해서 이리로 오겠습니다."

운외사에 있는 영일은 사, 오일 전부터 신열이 나서 병석에 눕게 되었다. 처음에는 감기로 알고 심상하게 두었으나 하루 이틀 지날수록 신열은 점점 올라가고 음식을 폐하게 되었다. 그래서 좀처럼 의약을 쓰지 않는 영일이는 문 안에 있는 의사의 왕진을 청하게 되었다.

병을 보고 난 의사의 말은 며칠 동안 더 두고 경과를 보기 전에는 병명을 명백하게 할 수 없고, 문 안 같으면 병원에 입원을 해야 좋겠지만, 지금 몸을 과하게 운동해서는 해로울 것 같으니, 아무데나 한적한 곳에서 의사 말대로만 하고 가만히 누워 있는 것이 좋을 듯하다고 말하며, 하루나 이틀 건너서 또 나와 보기로 하고 들어가게 되었다.

병중에 외로운 영일은 은숙이가 새삼스럽게 보고 싶었다.

영일은 자기 명함을 꺼내어 몇 줄 편지를 써서 명진을 시켜 돌아가는 운전사에게 부탁해 청운동 은숙에게 전하도록 했다.

그 날은 토요일이었다. 은숙은 일찍이 학교에서 돌아와 집에 있었다.

"학교 아씨, 문밖에서 누가 좀 뵙겠다고 그래요."

행랑어멈이 들어와서 은숙에게 말했다.

"누구야. 나를 보겠다는 사람이?"

"모르겠어요. 처음 보는 사람인데요. 문밖 무슨 절에서 편지를 가져왔다고 그래요."

은숙은 중문 밖으로 나갔다.

자동차 운전사 비슷한 양복 입은 청년은 모자를 벗어 들며

"당신이 김은숙 씨입니까?"

하고 물었다.

"네, 제가 김은숙입니다."
그는 들고 있던 명함을 은숙에게 내어 주었다.
은숙은 반갑게 받아서 뒤쪽에 쓰인 것을 읽어보았다.

　월여*를 보지 못해 궁금하다. 나는 며칠 전부터 병석에 누워 있다. 새삼스럽게 네가 보고 싶어서 돌아가는 자동차 편에 두어 자 적는다. 틈이 있거든 좀 나와 주었으면 하고 기다린다.

반갑게 보이던 은숙의 얼굴에는 걱정의 주름이 잡혔다.
"당신이 운외사에 나가셨습니까?"
"네. 저 의사를 태우고 오늘 아침 나갔었습니다.."
"그래, 그 영일 씨의 병환이 대단하세요?"
"네. 보기에는 그리 중한 줄은 모르겠는데 의사가 매우 걱정을 하는 걸로 보면 가볍지는 않은 모양이에요."
"아이, 저를 어째! 여보세요. 오늘 또 좀 나가실 수 없어요? 이제라도."
"가시끼리**라면 언제든지 가실 수 있습니다."
"그럼 지금 좀 나가게 해요."
"네. 그럼 제가 좀 점심을 먹어야 할 테니까 삼십분 후에 가도록 하지요."
"네, 부디 그렇게 해주세요."
"그러면 자동차를 이리 가져와요?"
"뭘요. 제가 당신네 자동차부로 갈 테니 차를 준비해 주세요."
은숙은 황망하게 옷을 갈아입고 어머니에게 어디 좀 다녀온다고 말하고 집을 나섰다.
박인환 등이 마계를 꾸며 놓고 밤 되기를 기다리고 있는 참모 본부에

* 月餘 : 한 달 남짓. 달포.
** かしきり : 대여.

는 뜻밖에 긴급한 보고가 들어왔다. 자정 후에 자동차를 가지고 올 책임을 가진 익삼이가 자전거를 타고 숨차게 달려왔다.
"박 선생님, 그 여자가 지금 우리 집 자동차를 타고 운외사로 나간다고, 우리 자동차부에 와 있는데요."
"뭐! 그럼 일은 더 묘하게 되었군. 자네가 나가나?"
"아닙니다. 다른 사람이 나갑니다. 그래 걱정이지요."
"가만히 있자. 그러면 어떻게 하나?"
머리에다 손을 얹고, 무엇을 생각하던 인환은 무슨 묘계나 생각해 낸 듯이 손을 머리에서 뚝 떼며,
"그 운전사하고 자네가 친하겠지?"
"암, 친하고말고요."
"그럼 그것마저 매수해 버리지."
"그것이야 어렵지 않지만, 그렇게 되면 그 여자 돌아온 뒤에 일이 탄로되지 않겠어요?"
"이 사람 꾀 없는 소리도 하네. 그것은 이렇게 하면 되지 않나."
인환은 익삼의 귀에다가 무어라고 속살거렸다.
"네. 네 참 그렇게 했으면 묘하겠습니다."
"그럼 이것을 그 자에게 먼저 주고 그렇게 짜 두란 말이야. 그리고 전화로 되고 안 된 것을 기별을 하게."
인환은 돈 백 원을 꺼내어 익삼을 주어 돌려보내고 들어와서 계획이 변하게 된 것을 필수에게 보고하고 익삼에게서 전화가 오기를 기다렸다.
그러자 익삼에게서 일이 제대로 되었다는 전화가 왔다. 전화를 받고 나온 인환은 필수의 귀에다가 몇 마디 귓속말을 하고 나서,
"그러니까 돈은 꼭 현금을 가지고 있어야 하네."
"응, 그건 염려 말게."
"그리고 그 돈은 바로 우리들 보수로 받아도 좋겠지. 말이라는 건 미리

해야 하는 거니까. 아무리 친한 사이라도."

"아무렇게나 하게나. 우리 사이에 그러한 것으로야 문제가 되겠나."

은숙이가 탄 자동차가 운외사 어귀에 막 정거를 하려 할 때에 바로 등 뒤에서 모터 소리가 요란하게 나자 한 대의 자동자전거가 자동차 뒤에 정거를 하고 낯모를 청년 한 사람이 기민한 동작으로 은숙의 자동차로 뛰어올라 갔다.

청년의 바른손에는 피스톨이 쥐어 있었다.

"운전사 꼼짝 말고 그대로 앉아 있어."

이렇게 먼저 운전사를 협박해 놓고 청년은 서슴지 않고 은숙의 옆으로 바싹 붙어 앉은 뒤에 총부리를 비스듬하게 운전사의 옆구리로 향하고,

"나 가자는 데로 자동차를 몰아야 해. 만일 길에서 누구를 보고 고함을 치든가 하면 알지……. 어서 앞으로 몰아가."

"당신도 아무 말 말고 나를 따라와야지. 그렇지 않으면 큰일이오!"

은숙은 너무도 뜻밖의 일에 얼굴이 파랗게 질려 아무 말도 못하고 한편 구석에 조그맣게 앉아서 벌벌 떨 뿐이었다.

"거기 정거해."

자동차는 어떤 으슥한 산골짜기 밑에 정거했다. 청년은 운전사와 은숙을 걸려 가지고 산골짜기로 들어서 어떤 빈 절 같은 곳으로 끌고 올라가서 어둑한 방에다가 몰아넣고 감시를 해가며 뒤에 따라올 일행을 기다렸다.

조금 뒤에 박인환 외 몇 사람이 몰려왔다.

"저 운전사 꼼짝 못하게 묶어서 저 편에 놓아두게."

부하는 운전사를 족 싼 돼지처럼 묶어서 한 편에 꿇려 놓았다.

그리고 인환은 빙그레 웃으며 은숙의 앞으로 갔다.

"여보, 겁낼 것은 아무것도 없소. 우리의 요구만 듣는다면 말이오. 그

렇다고 생명을 달라는 것도 아니니까……."

은숙은 발발 떨 뿐이요, 아무 대답도 안 나왔다.

"우선 이 종이에다가 편지를 한 장 쓰시오. 내가 부르는 대로. 자, 이 붓을 드시오."

그는 자기가 가진 만년필을 은숙에게 내주었다.

은숙은 절에 간 색시 그대로 그 붓과 종이를 받아 들고 다음으로 나올 그 자의 명령을 온순하게 기다리는 수밖에 도리가 없었다.

"자, 내가 부르는 대로 똑바로 쓰시오. 당신 아버지에게 쓰는 편지이니……."

아버님 전상서.

아버님 저는 지금 어떤 마굴에 걸려들어서 죽을 지경입니다. 어떻게 해서든지 이 편에 돈 오천 원만 지급으로 보내 주셔야지, 그렇지 않으면 저의 생명은 보전치 못할 것 같습니다. 그러나 한 가지 주의하실 일은 이 일을 언제든지 경찰에 알리거나 남에게 누설하셔서는 큰 화가 있을 테니 그리 아세요. 그 돈은 이 편에 보내 주시면 저는 오늘밤으로 집에 돌아가게 될 테니 급하게 주선해 주세요.

어떤 곳에서
여식 은숙 올림

"여보세요, 이렇게 하면 어떻게 합니까. 제 집에는 이렇게 많은 돈이 지금 없을 텐데요."

은숙은 떨리는 목소리로 물었다.

"잔말 마시오. 지금 돈이 없으면 돈이 될 때까지 이렇게 같이 있을 수밖에 없지요."

"아이고, 이 일을 어쩌나!"

은숙이는 어린애처럼 몸부림을 치고 나서 애원했다.
"여보세요. 그럼 제가 편지를 다시 쓸께요. 돈이 들 만한 곳을 우리 아버지에게 가르쳐드릴 테니까요."
이렇게 말하는 은숙의 머리에는 얼른 자기 오빠 영일의 생각이 떠올랐다. 급한 경우에 생각나는 사람은 믿음직한 사람이다.
"안 됩니다, 안 됩니다. 써 놓은 그밖에는 한 글자도 더 넣을 수가 없고 한 획이라도 깎을 수도 없지요. 자, 어서 봉투를 쓰시오. 당신 집 번지를 똑똑하게 써야 하오."
봉투까지를 씌워가지고 인환은 부하를 불러서
"그럼 이걸 가지고 얼른 문 안 청운동 이 사람 집을 다녀오란 말이야."
하고 명령을 한 뒤에 다시 귓속말을 해 돌려보냈다.

청운동 김창호의 집에 낯모를 청년 한 명이 찾아왔다.
"이리 오너라."
부르는 소리에 은숙의 집 하인이 나왔다.
"김창호씨 계십니까?"
"네. 어디서 오셨다고 여쭐까요?"
"저, 이 댁 따님의 편지를 가지고 왔는데 잠깐 좀 만나 뵙겠다고 말씀 하십시오."
수상한 손님은 사랑으로 인도되었다.
"주인어른 되십니까?"
"네, 내가 김창호요."
청년은 은숙의 편지를 주인에게 내주었다.
편지를 뜯어보는 김창호의 낯빛은 흙같이 변하고 그의 손은 사시나무처럼 떨렸다.
"아니, 여보시오. 이게 대관절 웬일이오. 어찌된 셈이오?"

장편소설 201

"여러 말 묻지 마십시오. 두말말고 그 편지대로 한시바삐 돈을 마련하지 않으면 큰일 날 것인 줄만 알고 급하게 서둘 것뿐입니다. 그렇지 않으면. 따님은 살아오지 못할 구렁에 빠져 있습니다. 불여의하면* 당신의 생명도……."

의미 있게 말하는 청년의 눈은 악마처럼 번쩍였다.

"그러나 지금 졸지에 돈이 어디 있어야 하지 않소."

"그건 모르지요. 오늘로 돈이 못 된다면 따님을 데리고 멀리 달아나서 처치를 할 것뿐이니까. 그럼 나는 갈 테요. 만일 내가 간 뒤에 경찰에다 알린다든지 누설을 하면 당신네 일족은 없어지고 마는 날이니 그리 아시오."

청년은 최후통첩을 남기고 물러가려 했다.

"잠깐 기다려 주시오."

주인은 황망하게 일어나서 청년의 앞을 막았다.

"그러지말고 비켜 주시오. 나는 오래 여기서 지체할 수 없는 사람입니다."

김창호는 이 뜻하지 않은 기괴한 사변에 어찌할 줄을 몰랐다. 벌벌 떨리는 다리를 버티고 선 그의 머리에는 일백 가지 궁리가 줄달음쳤다. 궁리의 맨 끝으로 그의 머리에 나타나는 것은 필수였다.

'옳다, 필수와 의논하는 것이 상책이다.'

이렇게 생각한 창호는 말했다.

"자, 그럼 내가 나가서 돈을 마련할 테니 잠깐 여기서 기다리시오."

"흥, 안 될 일입니다. 당신이 이 문 밖을 나가면 나도 어디로 나가야 할 것입니다."

"그럼 어떻게 하면 좋겠소? 내 수중에는 돈이 없고 어디서 빌려 와야

---

* 不如意 : 일이 뜻과 다르면, 일이 뜻대로 이루어지지 않으면.

할 텐데……."

김창호는 난처한 듯이 자기 자리로 가서 주저앉았다.

"그러면 돈 빌려 올 데로 하인을 보내 보시오."

청년은 주인을 따라 앉으며 이렇게 말했다.

"글쎄요, 하인이나 보내서야. 미리 말해 둔 것도 아니고 보내 줄 리가 있습니까?"

"아따, 우리는 그런 사정까지는 알 수 없는 일이오. 우리의 요구대로 안 되면 가고 말 것뿐이니까. 앉은 이 자리에서 어떻게 해주기 전에는……."

청년의 협박은 은근히 심했다.

사정으로 소용이 없을 줄 안 창호는 필수에게 편지를 쓸 양으로 떨리는 손으로 붓을 들었다.

"여보시오, 그 편지에 여러 말해서는 안 되겠소. 내가 부르는 대로만 꼭 쓰시오. 그래서 안 되면 할 수 없는 일이고."

청년은 이렇게 으르고 편지 사연을 자기 입으로 불렀다.

"제번하옵고 다른 사연이 아니라, 긴급한 사정이 있어서 기별하니 돈 오천 원만 곧 좀 보내 주셔야 화급한 어려움을 면하겠습니다. 자세한 것은 오늘밤에 찾아뵙고 말씀할 테니 이유 묻지 마시고 급한 사정을 돌아봐 주십시오."

창호는 청년이 부르는 대로 적어서 자기 성명 밑에 도장까지 눌러서 편지를 봉해 놓고 어멈을 불러서 자기 마누라를 사랑으로 불러내었다.

"여보 마누라. 지금 인력거 두 채만 불러서 어멈을 데리고 재동 이필수 씨 집에를 좀 다녀와 주오. 이 편지에 번지가 적혔으니까 인력거꾼이 알 테지. 그래서 돈 오천 원을 주거든 가지고 오시오."

"무슨 돈을 갑자기 가져온단 말이에요?"

영문 모르는 마누라가 묻는 말에 창호는

"아따, 여러 말 말고 어서 다녀오기나 해요."
하고 역정을 내어 보냈다.

필수의 집에 심부름을 갔던 마누라와 어멈은 한 시간쯤 뒤에 돈 오천 원을 가지고 돌아왔다.
김창호는 마음 깊이 필수의 후의를 감사했다.
"여보시오. 돈은 가져왔는데 내 딸은 어떻게 찾아야 하오? 나하고 같이 가면 어떻겠소."
"안 될 말입니다. 우리가 곧 보내드리지요. 자동차에 태워서 오늘 저녁으로 곱게 보내드리지요. 만일 그래도 마음이 안 놓이거든 그만두시오. 나는 돈도 안 가지고 갈 테니."
어디까지 버티는 청년의 위협에 풀이 죽은 김창호는 돈 오천 원을 내어 청년에게 주어 보내고 안으로 들어가서 지금 막 당하고 난 일을 마누라에게 황망히 이야기했다. 마누라는 그제야 곡절을 알고 범 본 사람처럼 놀랐다.
"아이고, 저 일을 어쩌누. 그 년이 어딜 갔다가 그렇게 되었소. 아까 점심때쯤 해서 어딜 다녀온다고 옷을 갈아입고 나가는 것을 나는 무심코 보았지."
"쉬, 떠들지 마시오. 큰일 나오."
창호는 마누라의 큰소리를 주의시키고 나서,
"그래, 어디를 간다는 말은 못 들었소?"
"그건 또 묻지 않았지요. 가만히 있수. 그 때 누가 그 애를 찾아왔다지. 참…… 어멈. 어멈 좀 들어오게!"
은숙 어머니가 부르는 대로 어멈이 들어왔다.
"아, 어멈. 아까 오정 때쯤 해서 누가 학교 아씨를 찾아왔지?"
"네. 양복 입은 젊은 사낸데, 무슨 절에서 편지를 가지고 왔다고 하던

데요."
"절? 절이 무슨 절일까?"
"저는 들었어도 잊었습니다 그려. 아이고, 무슨 절이라드구먼……."
"쉬, 떠들지 마시오. 내 이 길로 필수 집에를 좀 다녀올테니. 그 사람 아니었으면 큰일날 뻔했군. 가서 고마운 인사도 좀 하고 의논도 좀 해야 할 테니까……."
창호는 마누라에게 아무 말도 말라는 눈치를 하고 자기 집을 나섰다.

필수를 찾아가던 김창호는 그의 문 앞에 나선 그를 만났다.
"저는 지금 댁에를 가 뵐 양으로 나섰는데 마침 오시는구려."
"지금 보내 준 것은 감사히 받았습니다……."
"천만에……. 글쎄 매우 급하신 모양 같고, 또 마나님께서 손수 오시고 해서 수중에 마침 있기에 보내는 드리고도 너무나 졸지이기에 내려가 좀 여쭈어보자 하고 나선 길이었습니다."
"여보 이공, 큰 변괴가 났구려. 이 일을 어찌하면 좋소?"
"왜 무슨 일이 생겼습니까?"
필수는 눈을 둥그렇게 떴다.
"들어가서 자세한 이야기를 하리다."
필수의 사랑으로 들어간 김창호는 누가 있는가 사면을 휘— 둘러보고 은숙에게서 온 편지를 필수에게 보였다.
"이것 좀 보세요. 이게 대체 무슨 일이겠소?"
편지를 보고 난 필수는 새삼스럽게 놀란 표정으로 창호를 바라보았다.
"이것이 괴변이로구려. 그래 어쨌어요?"
"어쩌다니. 그 돈을 주어 돌려보냈지요."
"그 놈을 그대로 돌려보내요?"
"그럼 어떡하오? 섣불리 서둘다가 큰일 날듯 싶어서."

"그도 그럴듯합니다. 그럼 지금이라도 경찰에다 알리지요."

"글쎄, 원 그것도 어쩔까 해서……. 밤 안으로 곱게 돌려보낸다고 했으니 차라리 서두르지 말고 그 애를 기다려 본 뒤에 어떻게 해볼까 하는데……. 그 자들은 돈 뺏을 궁리인 모양이니까 목적을 달했으면 사람을 보내 줄 것이 아니겠소."

"그것도 그럴듯합니다. 그래 어느 때쯤 따님이 댁에서 나가셨습니까? 제가 저 아래 어떤 자동차부 앞에서 자동차를 타는 것을 본 듯 한데……."

필수는 쓸데없는 말을 생각지 않고 내놓은 것을 후회했다.

"네? 그럼 그 자동차를 타고 어디로 간 모양입니다 그려. 그 때 바로 집에서 나간 때이니까. 그 자동차부가 어딘지 거기로 가서 알아보면 간 곳을 알지 않겠소."

"그러나 웬 걸. 자동차부에서 물어 보아 손쉽게 찾을 만큼 그 놈들도 일을 꾸며 놓고야 그런 대담한 짓을 할 리도 없겠지마는, 우선 가 알아나 보지요."

필수는 할 일 없이 김창호와 같이 그 자동차부까지 갔다.

자동차부 사람들의 말을 들어 은숙이가 운외사까지 혼자서 가시끼리로 나갔는데 아직까지 자동차도 안 돌아온 것과 은숙이가 나가기는 그 절에 있는 누가 아침에 나갔던 자동차 운전사 편에 명함을 보내어 불러간 모양이라는 것을 알게 되었다.

"그럼 나는 지금으로 그 운외사라는 데를 가보겠소. 언젠가도 걔가 절에를 간다고 나간 일이 있었는데 그 절인가 보구려."

창호는 그 자리에서 자동차를 불러서 떠나려고 했다.

"가만히 계세요. 그럼 제가 사람을 데리고 가서 알아보지요. 그러나 그 절에가 있을 리야 만무하겠죠……."

"천만에. 내가 지금으로 곧 나가겠소."

필수는 창호가 나간다는 것이 슬그머니 괴로웠다.
"그만두시지요. 제가 나가 볼 테니, 당신께서는 댁에 계셔서 동정을 보시지요. 따님이 곧 돌아오실지도 모르니……. 만일 나가셨다가 위험한 일이 있으면 안 될 테니까."
"아니, 내가 잠깐 집에 다녀서 나가 보아야겠소."
"정 그러시면 제가 모시고 가겠습니다."
필수는 할 수 없이 김창호를 동반해 가게 되었다. 은숙이가 번연히 있지 않은 줄 아는 운외사를 향해.

그 날 해도 하루를 다 비치고 짙은 발을 끌며 지평선 저 쪽으로 꺼져버리고 열 나흘 밤 둥근 달이 천만사千萬絲의 은줄을 늘여 황혼의 검은 막을 살살 걷어 올리는 때이다. 이 아깝게 드리우는 달빛도 보기 싫다는 듯이 음침한 산골짜기에 서서 이 편으로 갈까, 저 편으로 갈까? 주저하는 청년이 있다.
그는 오천 원의 돈을 김창호에게서 받아가지고 오던 마계단의 한 사람인 박인환의 심복 홍태규였다.
돈 오천 원은 홍태규의 마음을 어둡게 했다.
'어떻게 할까. 충직하게 이 돈을 가지고 가야 옳을 것이냐? 이대로 가로채 버리고 말아야 옳을 것이냐?'
이 두 가지 커다란 의문이 오천 원의 어두운 그늘 속에서 회오리바람을 일으켰다.
가난한 가슴에 던져진 오천 원의 열은 때맞춰 부는 회오리바람에 불꽃이 되어 타오르고야 말았다.
탐욕의 불꽃!
이 탐욕의 불꽃은 갈팡질팡하는 헤매는 그의 앞길을 밝혀 주었다. 갈 길을 정한 그는 솔잎 사이로 새어내리는 달빛에 아롱진 얼굴로 싱긋웃었다.

'집어치워라. 내가 이 돈을 진실하게 갔다준다고 군자가 될 것이냐? 죄악의 사명을 충실하게 하는 악한의 충견이 되기보다는 어울려 잡은 쥐를 혼자 먹는 약은 고양이가 이로울 것이다……'

이렇게 생각하니 그는 무슨 승리나 한 것처럼 마음이 상쾌했다.

목적을 정한 뒤에는 수단을 가리지 않을 수 없었다.

태규는 크지도 못한 자기 머리를 붙들고 지혜를 있는 대로 짜보았다.

'그러면, 이 돈을 혼자 먹기는 먹어 놓은 판인데, 어떻게 묘하게 먹는 법은 없나. 이대로 달아나 버린대서는 그 놈들을 안 보도록 멀리 몸을 피하기 전에는 배길 수 없는 일이고……. 내가 먹어 버렸으니 어쩔 테냐 하고 배를 내밀기에는 암만해도 내 뱃가죽이 엷고……. 이 일을 장차 어찌하잔 말이냐?'

그는 다시 골짜기로 들어서서 나무 그늘에 앉았다.

"옳다, 그러자!"

그는 샘처럼 솟아오르는 약은꾀에 무릎을 치고, 앉았던 자리에서 일어나서 가던 길과는 반대쪽으로 산을 넘어서 알 낳을 자리를 구하는 암탉처럼 이리저리 헤매었다.

'어디가 좋을까. 아무데나 그 짓을 했다가는 밝는 날 그 자리를 못 찾게 되면 큰일이고, 목표가 든든한 곳이라야 할 텐데…….'

그의 마음은 다시 갈팡질팡했다.

이렇게 갈팡질팡하던 그는 문득 솔밭 사이로 나타나는 희미한 불빛을 보았다.

'이크. 나를 찾아다니는 사람들의 불빛이 아닌가?'

그는 겁이 버럭 나서 달아나려다가 다시 한번 돌아보고, 그것이 움직이는 등불이 아니라 바로 열 칸쯤 떨어진 산모퉁이에 고요하게 서 있는 조그만 초막에서 흘러나오는 불빛인 것을 알았다.

'아아, 저기도 사람 사는 집이 있구나.'

달 아래 졸고 서 있는 조그만 초막에는 어떤 사람이 사는가?

태규는 솔밭 사이로 가만가만하게 발을 옮겨 초막 있는 데까지 내려갔다.

초막에서는 가느다란 노랫소리가 흘러나왔다. 잔잔하게 울려나오는 노래를 들으며 멍하니 섰던 그는 마침내 귀로만 만족하지 못하고 울바자* 틈으로 그 집안을 들여다보았다.

달빛이 넘쳐흐르는 좁다란 마당가에서 어린애를 안고 노래를 부르고 서 있는 젊은 소경 여자!

자기의 할 일도 잊어버리고 섰던 태규는 비로소 정신이 난 듯이,

'아차, 내가 무얼 하고 서있지. 어서 어떻게 처치를 하고 그 놈들 있는 데를 가 보아야지. 어디다가 감출까? 옳다. 이 집을 목표로 하고 저 솔밭 뒤에 있는 바위 밑에다가 파묻자.'

그는 그 집의 위치를 자세하게 둘러보고 지금 올라온 길을 다시 한 번 되풀어보고 솔밭을 돌아나와, 흙 파기에 적당한 나뭇개비를 주워서 커다란 바위 밑으로 가서 다시 사면을 휘— 둘러보고 분주하게 바위 밑 흙을 파서 깊은 구렁을 파고, 품에 품었던 신문지에 싸고 싼 오천 원 뭉치를 파묻고 황망하게 일어서서 사면을 한 번 둘러보았다. 주위는 고요했다.

벌써부터 자기의 일거일동을 어떤 곳에서 바라보고 있는 번쩍이는 괴인이 있음을 모르는 태규는 아까 오르던 길로 산을 넘어 달아나버렸다.

김창호와 필수는 자동차를 몰아서 운외사 어귀까지 왔다.

"자동차가 예까지 온 자국이 있습니다. 그리고 여기서 또 저리로 간 자

---

* 울타리에 쓰는 바자. 또는 바자로 만든 울타리. 바자는 대나, 갈대, 수수깡 등으로 발처럼 엮어 엮은 물건.

국도 있고…… 좌우간 운외사로 올라가 물어나 보지요."

필수는 이렇게 말하고 김창호와 같이 운외사로 올라갔다.

애초부터 없을 줄 번연히 알고 찾아온 필수로는 괴이할 것도 없지만, 그래도 행여나 소식을 알았으면 하고 찾아온 창호는, 그런 이가 나온 일 없다는 절 사람의 말을 듣고 낙망했다.

"물론 여기 있을 리는 없을 것입니다. 저는 아까 그 자동차 자국을 따라서 가보고 올 테니 당신은 절로 들어가서 기다리십시오."

자기로서는 딴 계획이 있는 필수는 이렇게 말하고 운전사까지 남겨 두고 혼자서 오던 길로 돌아나갔다.

절간 한 방으로 들어앉은 창호는 궁금한 사정을 심부름하는 중에게 또 물어 보았다.

"오늘 아침 이 절에 자동차가 나왔던 일이 있소?"

"네. 여기 스님 한 분이 편찮아서 의사 양반이 자동차를 타고 나왔었습니다."

"그 자동차 편에 문 안 어떤 여자를 나오라고 명함을 들여보낸 이가 있는지 모르겠소?"

"글쎄, 잘 알 수 없습니다."

어물어물 대답하는 절 사람은 때마침 문 앞으로 지나가는 한 사람을 불러 물었다.

"여보, 명진 씨. 아침에 나왔던 자동차 편에 명함을 들여보낸 일이 있어요?"

"응, 그런 일이 있지요. 왜 그 이가 나왔소? 저 해운 스님이 기다리시는 손님인데."

"여보시오. 그런 게 아니라 좀 물어 볼 말이 있어서."

창호는 명진을 붙잡고 자기가 찾아온 요령을 간단하게 말했다.

"잠깐 기다리십시오. 제가 들어가 여쭤보고 나올 테니."

영일의 방으로 들어갔던 명진은 곧 돌아나와서 손님을 데리고 영일의 방으로 들어갔다. 병석에 누운 채로 김창호와 초면 인사를 마친 영일은 은숙의 부친이 밤중에 은숙을 찾아 나선 사정이 궁금했다.

"따님께서 여기 나오신다고 집에서 나왔습니까?"

"집에서는 여기 나온단 말도 없이 그저 어디 좀 다녀온다고 나왔는데, 자동차부에서 알아보니 여기를 나왔다고 그래서……."

창호는 말끝을 흐리고 영일을 바라보았다. 영일은 김창호가 은숙의 부친인 줄을 알 때 특별하게 존경하는 마음이 생겼다. 초췌한 얼굴에 웃음까지 띠고 자기가 은숙이와 남매와 같이 신의 깊은 교제를 하고 있는 일이며, 저간 얼마동안은 만나지 못했단 말이며, 자기가 병이 나서 눕게 되니 보고 싶은 생각이 나서 자동차 운전사 편에 명함을 주어 들여보낸 이야기를 침착한 말솜씨로 간단하고 순서있게 했다.

영일의 이야기를 들은 창호의 마음에는 조그만 의심이 떠올랐다.

'자기에게 무슨 일이나 별로 숨겨 본 적이 없는 은숙이가 어찌해 결의 남매까지 하고 이 절에도 여러 번 나왔더라면서 이 때까지 한 번도 그런 말이 없었을까? 전후 사정을 미루어 보아 오늘도 분명하게 여기를 오려고 나선 모양인데, 제 어머니에게도 가는 곳을 분명하게 말하지 않은 것은 반드시 이 곳에만은 부모인 자기들에게도 속이고 다닌 것이 아닌가? 그럴 이유가 어디 있을까?

귀한 보배를 가진 사람은 남이 엿볼 것을 두려워하고, 애달픈 사랑은 싸고 싸는데 빛이 나는 것이다.

그러나 창호의 의문은 잠깐 사라지고 다음으로는 그것과는 다른 의미의 걱정만이 검은 구름처럼 피어올랐다.

'그것은 어찌되었든지 대관절 이리로 나왔으면 나왔지, 여기도 오지 않고 어찌해 그런 일을 당했을까?

이 풀래야 풀 수 없는 커다란 걱정은 끈적끈적하게 붙어서 떨어지지 않았다.

창호는 북받치는 걱정을 참지 못해 비밀에 붙여두려던 오늘 일을 대강 이야기했다.

"우리 은숙이와 그렇게도 친분이 있다니 말씀을 합니다. 지금 은숙이 신상에 큰 괴변이 생겼구려!"

그의 말을 듣던 방안 사람들은 눈을 둥그렇게 뜨고 다음에 나오는 말을 기다렸다.

창호는 말 대신 은숙의 친필인 오천 원을 청구하는 편지를 꺼내어 영일에게 보였다. 차돌같이 냉정하고 침착한 영일이도 이 때만은 과연 놀랐다.

"이게 웬일입니까?"

"난들 알 수 있소. 그래서 이 밤에 나온 게 아니오."

"그래서 어떻게 됐어요? 대관절 이 편지는 누가 가지고 왔어요?"

"웬 낯모를 양복 입은 청년이 가지고 왔더군요. 그래 할 수 있습니까. 돈을 마련해 주어서 돌려보냈지요. 그 자의 말이 밤으로 은숙이를 곱게 돌려보낸다고는 합디다마는, 일을 당하고 난 뒤에 어떤 친구가 자동차 타는 걸 보았다고 해서 자동차부로 가보았더니 자동차를 타고 여기를 나왔다기에, 궁금한 생각에 그 친구하고 여기까지 나왔던 길인데, 그 친구는 개가 여기 안 온 것을 보고 어디로 좀 찾아가 본다고 지금 내려갔는데……"

"네? 동행이 또 한 분 계십니까?"

"저 재동 사는 이필수라고 하는 친구와 함께 나왔지요."

두 사람의 대화를 옆에서 듣고 앉았던 명진은 별안간 미친 사람처럼 소리를 질렀다.

"재동 사는 이필수라니! 그 부자 놈 말씀입니까? 그 악마 놈!"

이렇게 부르짖는 그의 눈은 독을 품은 맹수처럼 타올랐다.

방안 사람들은 일제히 명진을 바라보고 그 미친 듯한 표정에 놀랐다.
방안은 한바탕 침묵했다.
"그래, 노형이 이군을 아시오?"
창호는 조용하게 물었다.
"그 악마 놈, 그 놈을 알다 뿐입니까."
명진의 시커먼 주먹이 그의 무릎에서 떨렸다.
"아마 잘 못 아시나 보오. 그 사람은 그런 사람이 아닙니다. 상당한 교육도 받은 이로서, 지금 교육 사업에 종사하는 사람이고, 사회 명망도 상당하게 있는 청년 신사인데요."
창호는 명진에게 대꾸를 하고 나서 다시 영일을 보고 오늘 그 화급한 경우에 오천 원이라는 돈도 필수에게서 취해 보낸 이야기를 간단하게 했다.
"흥, 오천 원. 흥, 오천 원. 그 악마가 오천 원을 내놓았다? 모를 일이다. 흥, 오천 원."
명진의 코가 조소에 흔들렸다.
김창호는 명진의 그 태도가 불쾌해서 얼굴을 저 편으로 돌리고 말대답을 하지 않았다. 이것을 본 영일은 손님 보기에 창피하고 불안해 명진에게 주의를 시켰다.
"명진 씨, 그게 무슨 말입니까. 조심하시오."
명진은 영일의 주의로 무슨 하려던 말을 참고 침묵을 지켰다.

마계를 꾸미고 앉아 있는 박인환 등은 돈 오천 원을 가지고 돌아올 홍태규를 초조하게 기다리고 있었다.
그러나 태규가 해가 져도 돌아오지 않자 그들은 별별 의심이 다 났다.
"대체 어찌된 셈일까? 일이 순서대로만 되었으면 벌써 돌아올 텐데……. 아마도 은숙의 아버지가 버티는 모양인가? 태규가 일을 섣불리

했는가? 필수는 모든 것을 준비하고 기다릴 모양인데."

이렇게 초조하고 불안한 박인환은 부하를 두 사람쯤 다시 보내어 진상을 알아보고, 만일 창호가 버티고 있으면 정말 톡톡하게 협박을 해 돈이 나오도록 하기로 생각하고 이번에는 진정으로 화가 나서 은숙에게 다시 눈을 달아매고 위협을 했다.

"아무래도 당신의 아버지가 말을 안 듣는 모양이구려. 또 다시 사람을 보내 볼 테니 당신의 의견껏 돈이 나오도록 다시 편지를 쓰시오. 만일 그래도 되지 않으면 그 때는 우리가 최후수단을 쓸 테니……."

"뭐라고든지 부르세요. 그대로 쓸 테니. 아무래도 제 집에 그렇게 많은 돈은 없을 텐데요. 그래서 못 되는가 봅니다."

은숙은 참으로 난처했다. 물론 자기 집에 그만한 돈은 없을 터이고, 그러나 돈이 안 되면 자기에게는 무슨 일이 있을지 모르는 추측하기 어려운 걱정에 다시 붓을 든 은숙의 온몸은 떨렸다.

'영일 오빠에게 기별을 해 의논을 해보는 것이 차라리 나을텐데……'
이렇게 생각한 은숙은 다시 박인환에게 애원해 보았다.

"여보세요. 우리 아버지께는 백 번해야 없는 돈은 어쩔 수 없을 듯하니 아무데나 돈이 됨직한 다른 곳으로 기별하도록 하면 어떨까요?"

"응……. 혹 사람에 따라서는 될 데도 있겠지요. 어디 말입니까?"

"저 운외사에 계신 우리 오빠 되는 이에게로 하겠습니다."

"안 될 말입니다. 절대로 안 됩니다. 되거나 안 되거나 어서 당신 아버지한테나 다시 해보십시오. 그래서 안 된다면 할 수 없는 일이고……."

"아아, 이런 때에 나를 구원해 줄 사람은 없는가?"

은숙이는 무서워서 눈도 못 감고 마음속으로 하느님이시여, 하고 기도를 올렸다.

이 때였다. 돌연히 문을 박차고 뛰어들어오는 양복 입은 청년 하나가 있었다.

"이 놈들! 이 도적놈들!"

이렇게 소리를 지르며 은숙의 앞을 막아서는 것은 꿈에도 생각지 않은 필수였다. 은숙은 이 때처럼 필수를 반가워한 적이 없었다. 아니 이 때처럼 사람을 반가워해 본 적이 없었다. 필수의 손에 쥔 권총부리는 아차 하면, 탕! 할 듯이 여러 놈을 겨누고 있었다.

지금까지 서슬이 푸르던 악한들은 고양이를 만난 쥐처럼 이리저리 흩어져 앞뒷문으로 모조리 달아나버리고 남은 것은 굽싸놓은* 돼지 같은 운전사 하나뿐이었다.

"은숙 씨, 이게 어찌된 일입니까?"

필수는 비로소 은숙에게 말을 붙였다.

"아이고……, 이 선생님 어떻게 알고 오셨어요?"

은숙은 감격에 넘치는 어조로 대답했다.

"자세한 말씀은 차차 하지요……. 이 사람은 웬 사람입니까!"

"참, 그 이를 어서 끌러 주세요. 저를 태우고 오던 운전사입니다."

필수는 결박당한 자동차 운전사를 끌러 놓으며,

"노형 참 고생했구려. 그래 자동차는 어디 있소? 여기서 지체할 필요 없으니 우리 어서 돌아가도록 합시다. 그러니 자동차를 준비해 놓고 오세요. 우리는 여기서 기다릴 테니."

"자동차는 산밑에 세워 두었는데 그대로 있는지 모르겠습니다. 가보고 오지요."

운전사는 이렇게 대답하며 총총히 밖으로 나가버렸다. 필수의 뒤에 꼭 붙어 섰던 은숙의 손은 어느 때 어떻게 붙잡혔는지 필수의 손에 쥐어 있었다. 은숙은 이것을 떼어버리려고도 생각하지 않고 그대로 서 있었다.

필수와 은숙은 나란히 앉았다.

---

* 짐승의 네 발을 모아 얽어매 놓은.

"선생님, 참 감사합니다. 그런데 선생님 어떻게 알고 여기에 나오셨어요?"

이렇게 다시 묻는 은숙의 말은 감격에 떨리고 표정은 그윽이 부드러웠다.

"제가 여기를 나오게 된 것보다 은숙 씨가 이렇게 되셨던 일체가 제게는 더욱 궁금합니다. 그것부터 말씀하세요, 네?"

은숙은 자기가 오늘 당한 일을 간단하게 이야기했다.

은숙의 이야기를 듣는 중에 필수는 뜻밖에 유쾌한 소식을 들었다. 그것은 은숙이가 영일을 오빠라고 부르는 것이다.

'아아, 그것은 나의 적이 아니었던가?'

필수는 은숙의 아버지에게서 돈 오천 원을 긴급하게 보내라는 편지를 받던 이야기에서 시작해 자기 공로의 일장을 늘어놓았다. 그러나 은숙의 아버지가 운외사까지 함께 나온 것은 다른 비밀과 같이 싸 두었다.

"그러면 돈 오천 원을 내주셨나요?"

"주고말고요. 그 놈이 벌써 가지고 나왔는데요."

"아이, 저 일을 어째. 오천 원을 빼앗겼으니. 그런데 그 자는 아직 돌아오지 않았어요." "네? 그 놈이 돈을 가지고 돌아오지 않았어요?"

마계 속에 조그마한 마계가 또 들어 있음을 모르는 필수는 커다란 의문이 생겼다.

"안 왔어요."

은숙은 빠른 어조로 이렇게 말하고 잠깐 입을 다물었다가

"그래, 저더러 다시 편지를 쓰라고 위협을 하던 차인데요. 그럼 저 돈을 어떻게 찾을 수 없을까요?"

하고 안타까운 듯이 필수를 쳐다보았다.

"그거야 못 찾는 돈이지요. 생각 하실 필요도 없습니다. 그까짓 돈 오천 원은 어찌되었든지……. 은숙 씨의 신상에 별일이 없는 것만 다행이

지요."
 필수는 쾌활하게 웃으며 위로했다.
 "그러면 우리 아버지 어머니가 작히나* 걱정하시려고요. 어서 들어가지요."
 "암, 어서 들어가서 안심을 시켜드려야지요. 운전사가 올 때까지 기다려 들어가도록 합시다."
 필수는 천재일우의 이 좋은 기회에 이런 말로 시간을 보낼 때가 아니라고 생각했다. 그러나 자기의 소원을 말하기에 그는 아무런 준비도 없었다. 어떻게 이 기회를 이용할까? 초조하면 초조할수록 아무런 방법도 나서지 않았다.
 "은숙 씨!"
 필수는 우선 이렇게 불러 놓았다.
 "네?"
 은숙은 대답과 같이 필수를 바라보았다.
 필수는 아무 말이 없었다. 다만 정열에 타는 괴로운 두 눈이 은숙을 바라볼 뿐이었다. 은숙은 필수의 시선을 그대로 받기가 괴로워서 고개를 돌려 땅바닥을 내려다보았다. 괴로운 침묵의 진陣이 두 사람을 싸고돌았다.
 "은숙 씨, 은숙 씨."
 필수는 다시 은숙을 불러 놓고 이번에는 있는 용기를 다해 말을 계속했다.
 "당신은 왜 나를 그렇게도 싫어하십니까. 자기의 모든 것을 희생해서라도 당신을 사랑하고 좋아하는 나를, 왜 원수같이 미워하십니까?"
 "선생님, 그것만은 단념해 주세요."
 은숙은 필수의 애원을 물리쳤다.

---

* 오죽이나.

"아닙니다, 아닙니다. 그것은 나에게 이 세상을 단념하라는 것이나 마찬가지입니다. 당신이 나를 싫어하고 미워하는 것을 나는 잘 압니다. 그리고 단념해버리는 것이 나에게 몸 편한 일이라고 생각지 않는 것도 아닙니다. 그러나 나의 당신에 대한 끈적끈적한 애착은 나 자신의 삶의 애착처럼 나에게 굳세게 붙어 있는 것을 어찌할 수가 없구려. 짝사랑이 어리석은 일인 것을 나는 잘 압니다. 남의 일에는 나도 비웃기도 했습니다. 그러나 나 자신이 당할 때에 제 삼자의 간섭과 비판을 절대로 허락지 않는 것인 줄을 알았습니다. 사랑은 상대나 타협으로만 성립되는 것이 아닌 줄을 나는 비로소 알았습니다. 당신이 나를 싫어하는 배, 아니 십 배, 백 배나 나의 당신에 대한 애착은 끈적끈적한 것만 알아주세요. 그것만 알아주신다면 나더러 어리석다는 비난을 하실지언정 무리라고는 말씀하지 않으리다. 당신이 나를 사랑할 수 없는 그만큼, 아니 그 이상으로, 그 백 배 이상으로 나는 당신을 잊을 수가 없는 것을 어찌합니까. 따라서 나는 당신이 나를 싫어하는 것을 야속하게 생각해 원망은 할지언정 미워할 수는 없어요. 그와 같이 나 자신도 미워할 수는 없어요."

필수는 잠깐 말을 끊었다가,

"그러면 미워하는 것도 죄가 아닐 것이요, 그리워하는 것도 그른 일이라고는 생각지 않습니다. 그리고 남을 미워하는 감정도 불쾌한 것이겠지마는, 그리워하는 이의 애달픈 번민은 당사자가 아니고는 모를 것입니다. 은숙 씨는 나의 번민을 모를 것입니다. 은숙 씨 나의 번민은 어떻게 하면 좋아요. 나의 생명을 쓰러뜨릴 듯한 번민의 불을 꺼 줄 사람은 누구겠습니까. 네?"

필수는 무릎을 한 걸음 더 내밀어서 은숙과 자기와의 떨어진 거리를 좁혔다.

필수의 뜨거운 손이 은숙의 손을 잡았다.

"저는 몰라요."

이렇게 대답한 은숙은 필수의 손에 잡힌 자기의 손을 어떻게 처치할까를 주저했다.

음성을 날카롭게 필수의 손을 물리치기에는 자기를 급한 경우에서 건져 준 감격에 가까운 호의가 반대를 하고, 그대로 내버려두기에는 감사와 애정을 혼동할 수 없는 은숙의 처녀가 허락하지 않았다.

'아아, 나는 어쩌나? 나는 어쩌나?'

은숙의 괴로운 표정은 은숙의 마음의 주저를 나타냈다.

필수의 눈은 이것을 놓치지 않았다. 자기의 손을 뿌리치지 않은 그 은숙이가 자기 앞에 앉았다는 것만도 필수에게는 기뻤다.

"나는 은숙의 손을 잡고 앉았습니다. 행복이란 이런 것입니까?"

누구에게 고함이라도 치고 싶게 필수는 기뻤다. 그의 떨리는 팔이 은숙의 어깨 위로 넘어가자 정욕에 젖은 필수의 입술이 번개같이 은숙의 뺨을 스쳐서 은숙의 입술을 향해 미끄러져 들어왔다.

"어머나!"

은숙은 한 편으로 고개를 돌려 필수에게 잡힌 손을 뿌리치고 사정없이 필수를 물리쳤다.

은숙은 비로소 주저하는 마음에서 떠났다.

감사나 호의는 연애성립의 요소가 못 되는 것이다.

'은혜를 여자의 사랑으로 갚는 것은 일종의 매음이다.'

이렇게 생각하니 은숙은 비록 잠시 동안이라도 필수의 손에서 주저한 자기의 손이 순결한 몸뚱이의 한 귀퉁이를 더럽힌 듯 싶어서 불쾌했다. 은숙의 이 불쾌한 감정은 필수에 대한 호의와 감사를 여지없이 눌러버렸다. 필수의 존재는 은숙의 눈앞에서 다시 납작해졌다.

"그것은 용서하지 못할 비열한 행동입니다. 은혜로써 여자를 정복하겠다는 그 행동은 피아노로 여자를 사려는 것과 거리가 멀지 않아요. 어서 가도록 합시다……."

필수는 아무 말도 없이 고개를 드리우고 무엇을 생각했다.

'만일 이 기회를 놓치면 은숙은 영원하게 내 것이 못 되고 말 것이 아니냐.'

이렇게 생각한 필수는 어떤 목적에 마음이 조급했다.

'여자를 정복함은 사랑만에 있지 않다. 폭력도 필요하다. 아무리 버티는 여자도 남자의 무기에 정복을 당한 뒤에는 어린양같이 온순해진 실례가 얼마든지 있지 않느냐. 나는 무엇을 주저할 필요가 있느냐……'

필수는 마음속으로 중얼거리고 은숙을 보았다.

희미한 램프불 밑에 모로 비치는 은숙의 전신은 필수의 정욕을 자극했다.

"아이고, 운전사는 무엇 하는 셈일까?"

은숙은 혼자 짜증을 내고 자리에서 일어섰다.

필수도 따라 일어섰다.

"은숙 씨!"

바로 등 뒤에서 떨리는 필수의 음성에 은숙이가 고개를 돌릴 때, 필수의 손은 벌써 은숙의 몸에 닿았다.

애욕이 정욕으로, 정욕이 수욕으로 변할 때 필수는 완전하게 짐승이 되었다.

"이게 무슨 무례한 짓입니까. 점잖게 놓고 물러서세요."

은숙의 말은 짐승이 알아듣기는 너무도 고상했다. 수욕에 타는 필수의 육체는 폭력과 아울러 주린 사자처럼 은숙의 몸을 끌어안았다.

주린 사자의 미친 듯한 힘에 외롭게 지키는 여자의 성문은 그대로 깨지고 말 것이냐?

지나간 길

　은숙의 아버지는 밤이 들도록 운외사에서 기다려도 필수가 오지 않아 그 동안 혹시 은숙이가 집에 돌아와 있지나 않을까 하는 생각에 타고 온 자동차로 문 안을 들어갔다.
　손님이 돌아간 뒤에 영일과 명진은 한참 동안 말이 없이 제각기 다른 생각에 빠져 있었다.
　저주, 걱정, 의분, 추억, 증오 이 모든 생각이 얼크러진 복잡한 침묵!
　"최 선생님!"
　명진은 영일을 불렀다.
　"은숙 씨 일에는 심상치 않은 내막이 있는 줄로 나는 압니다."
　"무슨 내막? 여보 참, 그런데 명진 씨가 그 이필수라는 자를 어떻게 아시오? 아까는 그 손 앞에서 너무 떠들기에 내가 주의를 시켰지마는……."
　"알고말고요, 알고말고요. 은숙 씨의 오늘 일도 반드시 그 놈의 소행이 아닐까 합니다. 나는 그렇게 의심합니다."
　"필수의 소행이라니?"
　영일은 눈을 동그랗게 떴다.
　"네, 저는 그렇게 생각합니다."
　"왜? 어떻게?"
　"선생님, 저는 그것을 말씀하기 전에 선생님에게 이필수가 어떤 자인 것을 소개할 필요가 있습니다. 그러자면 지금까지 선생님께도 숨겨 온 저와 제 누이동생의 저주할 과거를 말씀하게 됩니다. 영원히 묻어버리려던 저주할 우리 남매의 과거를 말할 때는 왔습니다. 쓰라린 지나간 날을 추억하는 것은 괴로운 일입니다만……."
　빠른 어조로 이렇게 말한 명진은 자기의 흥분을 가라앉히려는 듯이 천장을 쳐다보며 잠깐 말을 끊었다가 침착한 어조로 무슨 소설 뒤풀이나 하듯이 다음과 같은 이야기를 했다.

저주할 과거를 가진 남매.

한명진의 고향은 황해도 재령 나무리였다.

언제부터 흐르는 지, 언제나 그칠는 지 모르는 재령강 고요한 물이 굽이쳐 흐르는 대자연 한 귀퉁이에 땅을 파먹고 사는 한 부락의 농촌이 있었으니, 이것이 한명진의 고향이었다.

아버지, 어머니, 명진, 명진의 누이동생 명숙, 이 네 사람을 가족으로 한 그의 가정은 단란했다. 비록 남의 땅을 소작할지라도 흙과 친해 땀으로 사는 그들에게는 생활의 불안도 없었다.

맏아들 명진은 보통학교를 졸업하고 가업을 잇기 위해 괭이를 잡고 흙으로 돌아오고, 그 뒤로 보통학교를 졸업하는 명진의 누이동생 명숙은, 나는 집안일 때문에 불가불 중등교육, 고등교육을 받지 못하게 되었지만, 어여쁜 누이동생만은 공부를 더 시켜 본다는 명진의 노력으로 서울로 유학을 보내게 되었다.

평화에 싸인 비둘기 같은 두 남매.

사람이 사는 곳에 연애가 있었다. 사람이요, 그리고 젊은 명진이도 연애할 때가 왔다. 인생의 봄은 왔다. 한 동네에 사는 음전이라는 처녀가 사랑의 대상이었다.

들에 피는 한 송이 백합 같은 순결한 소녀와 평화로운 가정에서 자라는 순진한 청년의 사랑은 언제 어떻게 자라났는지 모른다. 그것은 마치 아지랑이 밑에서 소리 없이 머리를 내미는 이름 모를 풀처럼 소리 없이 솟은 젊음의 싹이었다.

이렇게 솟아난 사랑의 싹은 나무리벌을 스치는 봄바람, 재령강에 비치는 가을달에 고이고이 자라나고 있었다.

평화로운 농촌에 고요하게 자라나는 명진과 음전이의 사랑.

이 사랑이 자라서 뿌리를 박고 그늘을 짓고 열매를 맺을 때를 기다리는 그들의 행복은 얼마나 갈 것이냐.

벼의 향기가 바야흐로 높아 가는 어떤 초가을이었다.

명진의 동네에 좀처럼 와 본적 없는 귀빈이 왔다. 이 귀빈은 그 부락 일대가 총출동해 환영하지 않으면 안 될, 그들이 소작하는 토지의 지주 이준식이었다. 대자연의 한 귀퉁이인 이 농촌 일대의 전답이 거의 이준식의 소유였다.

대자연의 한 귀퉁이는 완전히 돈에 정복되었다.

따라서 그 농촌 일대의 소작인들은 자연의 혜택보다도 이준식에게 감사를 드렸다. 흙을 떠나서 살 수 없는 그만큼 그들은 이 흙의 주인을 밀어내고 살수는 없는 것이었다. 음전이의 집에서는 이 귀한 손님을 치르기에 분주했다.

저녁을 먹고 난 이준식은 밖으로 나갔다.

들에는 젖빛 같은 달빛이 고요하게 녹아내리고 있었다.

"아, 달도 밝기도 하다."

누가 보든지 아름다운 달밤은 지주 이준식에게도 아름다웠다.

저녁 바람에 물결치는 황금의 들 위에 아낌없이 녹아내리는 은색의 달, 이것보다도 아름다운 것을 준식은 보았다.

그것은 자기 집 대문을 나서서 이웃집으로 마실을 가는 음전이의 뒷모양이었다.

잠깐 보였다가 순간에 사라지는 처녀의 뒷모양은 환갑에 가까운 이준식의 피를 젊게 했다.

그는 때 아닌 젊음에 떨려 언제까지 자기 침실로 들어갈 줄을 몰랐다.

깊어 가는 밤을 따라 달은 점점 밝아졌다.

뒷처럼 사라졌던 아름다운 대상은 다시 정면으로 준식의 눈앞에 나타날 때가 왔다.

그는 이웃집에서 자기 집으로 돌아오는 음전이를 똑바로 보고 방으로 들어왔다.

그 이튿날 그것이 그 집의 열여덟 살 되는 외딸인 줄을 안 이준식은 애욕이라기보다 소유욕이 끓어올랐다.

달 아래 보는 처녀의 미모에도 소유욕을 느끼는 것이 지주 이준식의 인생관이었다. 소금섬을 물로 끌라고 해도 발 벗고 들어설* 소작인의 딸을 내 것을 만들기에 그는 조금도 주저하지 않았다. 읍내 자기 집으로 돌아온 이준식은 지체하지 않고 자기의 심복을 내보내 음전이를 첩으로 달라는 교섭을 시작했다. 교섭의 내용은 간단했다. 딸을 지주에게로 보내면 제일, 딸도 부자의 마나님으로 호강을 마음대로 할 것이요, 음전이의 부모는 농사짓느라고 피땀 흘리지 않고 늘그막에 평안하게 지낼 만큼 생활 보장을 해 줄 것이라는 것이 음전이를 이준식의 첩으로 보내라는 권유 조건이요, 또 한 편으로는 만일 지주의 이 청을 물리친다면 이 땅을 부쳐먹고 이 곳에서 살수는 없을 터이니 생각해서 하라는 은근한 위협도 숨어 있었다.

지주의 차인이 다녀들어간 뒤에 음전이의 부모는 머리를 모으고 의논을 했다.

"그러나 여보, 그 끝 딸 하나 길렀다가 어떻게 늙은이의 첩으로 보내겠소."

마누라가 어리뻥뻥하게** 반대를 했다.

"아따 별소리를 다하는구려. 아무데로나 가서라도 잘만 살면 그만 아니오……. 가난한 놈에게 맡겨서 고생하는 것보다 낫지 않으리. 그리고

---

* '소금 섬을 물로 끌래도 끈다' 는 속담. 즉 소금 섬을 가지고 물로 들어가면 소금이 다 녹아 없어질 것이지만, 그래도 하라는 대로 해야 할 처지니 어디까지나 명령대로 따른다는 말.
** 언동이 뚜렷하지 아니 해 도무지 대중하기 어렵다.

우리 내외도 딸년 덕에 의식 걱정은 없게 될 테고……."
 마누라도 애써 반대하려 하지 않았다. 귀여운 딸을 늙은이의 첩으로 보내는 희생이 빚어낼 물질의 이익이 그들의 양심의 눈을 감겨버렸다.
 다음 날 지주에게 불려 들어간 음전의 아버지는 쾌히 승낙하고 돌아왔다. 그 대상으로는 금년부터는 도지를 바치지 말 것, 어느 것이나 마음대로 골라 부칠 것, 우선 소나 한 마리 사 매라고 수백 원 집어 준 것이었다. 음전의 부모는 모든 것을 잊어버리고 기뻐했다. 두 내외는 이 기쁨을 딸과 같이 나누기 위해 음전이를 불렀다. 술이 얼큰하게 취한 음전의 아버지는 딸의 손을 잡으며
 "우리 음전이는 신짝 같은 이 귀에 복이 붙은 게야……. 음전아, 이제 너 부잣집으로 시집보낼 테니……."
하고 웃었다.
 "아이고, 영감도 어린 걸 데리고 별소릴 다하는구려."
 "아니야, 아니야. 저도 알 것은 알고 있어야지. 아가 음전아, 저 읍에 있는 우리 부치는 땅임자 이 참사(준식을 이렇게 부른다) 어른이 너를 데려 간단다. 늘그막에 호강하실 양으로. 그러면 너도 잘 먹고 잘 입고 호강할 테고, 늙은 아비 어미도 만년을 편하게 살겠고……. 네 덕, 내 덕 해야 모두 네가 타고난 복이란 말이다. 허…… 허…… 허……."
 "저는 싫어요."
 딸의 대답이 너무도 명료한 데 음전이 아버지는 놀랐다.
 "에 이년, 아비 말에 싫다 좋다가 어디 있단 말이냐. 가라면 가는 게고, 오라면 오는 게지."
 "영감, 취하셨구려. 그럼 계집애가 시집가는데 제 입으로 간다고 그러겠소. 내버려두구려. 저더러 물어 보는 게 잘못이지. 갈 날 되면 어련하게 알아서 갈라고 그러우."
 음전의 어머니는 딸에게 소리를 지르고 화를 내는 남편에게 이렇게 말

하고 딸의 눈치를 보았다.

"어머니, 저는 정말 거기는 싫어요. 안 갈 거예요."

"아무말도 말고 나가 있어라. 아버지가 또 꾸중하시겠다."

"꾸중하셔도 할 수 없어요. 저는 죽어도 안 갈 테니까요. 미리 말씀하는 것뿐이에요."

음전의 말소리는 쇠끝같이도 날카로웠다.

"무엇이 어째. 죽어도 안 가? 들어오는 복을 쫓아도 분수가 있지, 네 년 하나만 말 들으면 너도 잘 살 테고, 어미 아비 편안하게 살겠다는데……. 어미 아비 잘 살 것이 배가 아파서 요 고집이냐. 그래, 너 하나 말 안 들어서 우리가 부쳐먹는 땅마지기일망정 다 빼앗기고 거지가 돼서 쫓겨나야 옳단 말이냐?"

어머니도 마침내 딸에게 발악을 했다.

"거지가 돼도 그 편이 낫지요."

"이 년아, 네가 어느 구석에다 서방을 정해 놓고 요 따위 수작이냐."

어머니의 성난 주먹이 고개를 드리우고 있는 딸의 등에 떨어졌다.

음전이는 아무 말에도 그만 대답을 하지 않았다.

바야흐로 일어나려던 폭풍은 음전의 침묵으로 저기압이 되어 가라앉았다. 이 저기압은 머지 않은 장래에 눈물의 비가 되어 음전의 집안을 적시고야 말 그것이었다.

자기 혼자서 해결을 짓기에는 너무도 중대한 문제를 의논하기 위해 음전이는 명진이를 찾아 우거진 갈밭 속으로 갔다.

명진이를 만난 음전이는 말보다 눈물이 앞섰다. 모든 하소연을 눈물로 짜내는 애인의 가슴속을 모르는 명진이는 눈을 둥그렇게 떴다.

"음전이 웬일이요? 응, 울기는 왜 울어요?"

"나는 어쩌면 좋아요? 명진 씨."

"글쎄 무엇 말이요. 알 수가 있어야지."

음전이는 굵고 긴 한숨에 잇달아서 자기 신상에 닥쳐온 중대한 일을 자세히 말했다. 한참 무엇을 생각하던 명진이는 떨리는 음성으로 말했다.

"음전이만 사랑을 위해 싸워 줄 용기만 있으면 그까짓 것쯤은……."

"나는 무엇이든지 당신이 시키는대로 할 거예요."

"정말입니까?"

"정말."

"그러면 우리가 함께 멀리 달아납시다. 이 저주할 고향을 버리고 멀리 달아납시다."

"가요. 어서 가요. 이 밤으로 떠나요."

그들은 마침내 사랑의 망명길을 떠나려고 그 밤으로 준비를 했다.

스무 사흘 달이 흐릿하게 비치는 고요한 강 위에 소리 없이 떠나는 사랑의 망명배. 바람 없는 잔잔한 물결 위에 그들은 무사히 손에 손을 잡고 우선 진남포까지 왔다. 장차 더 갈 길을 정하기에 하루를 지체하고 그들은 정거장으로 나갔다. 그들의 목적은 저주할 고향을 멀리 떠나는 데 있었다. 멀리 떠나는 데는 이십세기 문명이 낳아 놓은 기차를 타야 한다. 그러나 천만리를 달아나는 그 기차에 그들을 실어 가기에는 그들의 사랑은 애닯게도 축복받지 못한 것이었다.

명진과 음전이가 배를 타고 밤도망을 친 그 이튿날 그 동네에는 한 입 건너 두 입 건너 두 사람의 숨었던 사랑이 세상에 드러났다. 그들이 배를 타고 남포로 간 것까지도 알게 되었다. 음전이의 집에서는 곧 진남포로 사람을 보내어, 나가고 들어오는 관문인 정거장을 지키게 했다.

명진과 음전의 멀고 먼 앞길은 남포 정거장 개찰구에서 막혀버리고 말았다. 개찰구에 지켜 섰던 동네 사람들은 저승사자처럼 명진과 음전이를 잡아 앞세웠다.

이렇게 붙잡혀 온 음전이는 죄수처럼 자기 집에 감금을 당하고 명진의 집안은 남의 계집애를 빼어 낸 놈이라 해 동네 사람들의 비난을 받고, 지주로부터는 소작지를 떼이고 집간까지도 빼앗기고 축출을 당해 다른 마을로 떠나게 되었다.

음전의 집에서는 이준식에게 말해 하루바삐 딸을 맞아가도록 했다. 그리해 패물을 받으니 비단이 오느니, 부랴부랴 첩잔치를 차리기에 분주했다.

마침내 그 날은 왔다. 저주할 그 날, 한 많은 그 날! 이준식의 집에서 교군이 와서 음전이를 맞아 갈 그 날 아침은 왔다.

음전의 집에는 울고도 남을 비극이 일어났다.

새벽 물 길러 갔던 이웃집 여자는 우물 안을 들여다보고 기겁을 하게 놀랐다. 좁다란 우물 안에는 삼단 같은 머리를 천 갈래 만 갈래 흐트러뜨린 여자의 시체가 반만큼 떠 있었다. 그것은 꺼내 보기도 전에 음전이의 시체로 판명되었다.

며칠 동안은 순하게 자기 방에 엎디어 있던 음전이는 마침내 가도 못하고 아니 가도 못 할 현실의 악착한 길을 버리고 영원의 길을 떠날 양으로 닭 우는 새벽에 집안사람들이 잠든 틈을 따서 자기 집을 나온 것이다.

우물 구멍 한 모퉁이에는 음전이의 신발이 나란히 놓이고 신발 위에는 명진에게 주는 언문으로 서투르게 쓴 한 장의 유서가 조그만 돌에 눌려 있었다.

이 마지막글을 사랑하는 명진 씨에게 올립니다.

명진 씨, 갑니다. 저는 갑니다. 당신을 영원히 버리고 갑니다. 지주의 첩이 되어 더러운 몸으로 당신을 버리는 것보다는 깨끗한 몸으로 당신의 품을 떠나려 합니다. 한 많고 원 많은 이 몹쓸 세상이건만 당신이 살아 계실 것을 생각하면 그래도 그립습니다. 부디 안녕히 계십시오. 인연이 있으면 끝없고 설움 없는 저 세상에서나 길이 뫼실까 합니다.

멀고 먼 나라로 가는 음전이 올림

이 소문으로 온 동네가 떠들썩했다. 소문을 듣고 달려온 명진은 보기에도 참혹한 물에 불은 애인의 시체를 끌어안고 자기가 커다란 남자인 것도 잊어버리고 흑흑 느껴 울고, 소리쳐 울었다.

음전이의 집에서는 황망한 통에 어쩔 줄을 모르고 갈팡질팡하는 판에, 이준식의 집에서는 음전이를 맞아 갈 사인교가 나오고 하인배들이 더러 나왔다. 음전의 눈물겨운 죽음에 동정하는 동네 청년들은 의분에 못 이겨 동구 밖으로 내달리며

"색마의 병졸들을 단 매에 때려 부셔라."

소리를 지르고 다 닿는 대로 때려눕히는 한바탕 비활극까지 일어났다.

음전이의 죽음에 대한 동네 사람들의 비판은 여러 가지였다. 부모의 말을 듣지 않고 죽어 버렸다 해서 불효의 자식이라거니, 총각 놈과 정분이 나서 눈에 보이는 게 없어서 그 따위 짓을 했다고 부정하다고 욕설을 하는 늙은이들도 있고, 깨끗한 동네를 더럽힌 간음한 죄인으로 돌리는 예수교인들도 있고, 또 한 편으로는 사랑을 위해 목숨까지 버린 굳센 여자라 해 연애지상주의로 찬미하는 청년 남녀도 있고, 또 다른 한 편으로는 이것은 순전히 부자와 가난한 사람 사이에 일어나는 비극으로 그 죄악은 지주 이준식의 횡포에 있다 해 사회주의적 견지에서 비판을 내리는 새사람*들도 있었다.

그래서 이 새사람들은 어디까지나 사회적 제재를 주어 이런 횡포가 다시없도록 해야 한다고 팔을 뽐내어 분개했다.

명진은 음전이의 거룩한 죽음 끝에 자기의 나갈 길을 주저했다.

"애인의 눈물 자취를 밟아 이 세상을 떠날 것이냐? 아니다. 죽기 전에

---

* 어떤 일에 새로 나서거나 참가한 사람.

몇 가지 이 세상에서 할 일이 있다. 음전이를 위해 지주 놈에게 복수를 해야 한다. 아니다. 비단 이준식이뿐 아니라, 돈의 힘으로 모든 것을 빼앗으려는 부자 놈들을 모조리 중치重治하는 것이 나의 일이다. 그렇게 하면 저 세상에서 내려다보는 음전이도 기뻐할 것이다."

명진이는 주먹을 부르르 쥐었다. 그는 지금까지 세상을 별로 저주해 본 일이 없었다. 따라서 지주가 소작인을 착취하거나 부자가 가난한 사람을 밟거나 그것을 모두 당연한 일로 생각했었다. 땅뙈기를 얻어 부치는 까닭으로 지주의 아들이나 손자가 장가갈 때에는 떡을 섬으로 찧어다 바치고 요공을 하고, 그것도 부족해 노예같이 그 집일까지 해주는 것이나, 지주 집에서 정 이월에 닭의 알을 이 삼십 개 내어주며 닭을 깨웠다 가을에 큰 닭으로 들여오라는 명령을 내리고, 구시월에 가서 그물로 쳐 놓고 봄에 내어 준 닭의 알 수효대로 닭을 받다가 닭이 좀 작아서 그물 구멍으로 새어나가면 봄에 깨인 닭으로 바꾸어 오라는 그런 착취 수단에도 지주의 덕에 먹고살거니 하면 불평은 없었다. 그래서 그저, 내가 복을 못타고 났으니 할 수 있나 하고 단념을 하고, 지주에게 충직할 뿐이었다.

그렇던 명진이도 이번만은 참을 수가 없었다. 넓고 넓은 이 천지에도 하나밖에 없는 음전이를 빼앗아 간 것이, 죽인 것이, 지주 이준식이거니 돈 있는 놈의 짓이거니 생각하는 이번만은……. 그러나 몹쓸 일을 하는 데는 꾀가 없는 명진이는 백주에 칼을 가지고 준식이를 죽인다고 그의 집으로 미친 듯이 뛰어들어가기도 하고, 아무 놈이나 부자 놈들만 보면 얼굴에다 침을 뱉고 욕을 해 남들은 명진이를 미친놈으로 돌려버렸다.

음전이의 죽음과 명진의 경우를 동정하는 그 곳 청년들은 이준식을 성토를 하느니 축출을 하느니, 배척 운동이 극렬했다. 그렇기 때문에 이준식은 스스로 창피도 하고 겁도 나서 그만 서울로 반이*를 하고 말았다.

---

* 搬移 : 짐을 운반해 옮김. 세간을 싣고 이사함.

미쳤다고 소문이 났던 명진이도 그 후 어디로 갔는지 종적을 감추어버렸다.
이리해 한동안 떠들던 소위 '음전이 우물에 빠져 죽은 사건'도 차차 일 없는 사람의 옛이야기의 한 구절로 변해 갔다.
음전이 사연이 있은 뒤로 서울여자 미술학교에서 공부하는 명진의 누이 명숙에게는 커다란 영향이 미쳤다. 근근이 얼마씩 보내 주던 학비가 뚝 끊기고 말았다.
그만 공부고 무엇이고 집어치우고 내려갈 수밖에 없다고 낙망하던 차에 하루는 뜻하지 않은 등기 편지가 한 장 왔다. 그것은 언제부터 서울에 와 있는지 알지 못하는 그 오빠 명진이가 시내 어떤 곳에서 학교로 부친 것이었다.

나는 벌써부터 서울 와 있다. 그 동안 얼마나 고생했느냐. 너를 찾아간대도 별로 할말도 없어서 가지 않는다. 나는 다 닳는 대로 육체노동을 해 그 날 그 날을 지내 간다. 밥 사 먹고 남은 것이 있어서 보내니 학비에 보태 써라. 이후에도 될 수 있는 대로 얼마씩 보낼 테니 어찌하든지 학교를 마칠 때까지 견디어 보도록 해라. 봉투 뒤쪽에 쓰인 주소는 거짓 주소이다. 나는 물론 그 곳에 있지 않을 터이니 내가 너를 찾아 갈 때까지는 나를 찾을 생각을 말아라.

서울 한 모퉁이에서 오빠가

그 후부터 계동 막바지에 조그만 방을 얻어 가지고 자취를 해가며 공부를 계속 하던 명숙이는 어느 곳에서인가 피땀을 흘리며 노동을 해 헐벗고 못먹어 가며 자기를 위해 얼마씩의 돈을 부치고 있는 그 오빠를 생각하고 눈물겨웠다.
책보와 수틀을 들고 하루 같이 아침이면 재동을 빠져서 안동 네 거리로, 저녁때면 안동* 네 거리에서 재동으로 들어가서 계동으로 올라가는 순진하고도 단정해 보이는 명숙의 등 뒤에는 어떤 남자의 젊은 눈이 따르는 것을 명숙이는 몰랐다.

그것은 여러 해 전부터 공부합네 하고 서울 와 있으며 불량을 피우고 있는, 얼마 전에 서울로 이사온 이준식의 아들 필수라는 청년이었다.

기생을 떼어들이고 돌려보내기에도 별로 흥미를 느끼지 못하는 그는, 소위 여학생 오입을 시작했다. 그리해 기생 퇴물로 살림을 세 네 번씩 드나들던, 옷만 바꿔 입은 벌제위명**의 여학생에게 곯아떨어지기도 여러 번이었고, 또 한 편으로는 가난한 여학생의 약점을 엿보아 자기 마음껏 짓밟고 헌신같이 내버린 여자도 많았다.

그가 새롭게 물색한 것이 그 때 스무 살 되는 처녀 명숙이었다.

색마의 수첩에는 명숙의 주소와 학교 이름이 올랐다.

이제 남은 문제는 욕망을 채울 수단과 방법이었다. 기회는 왔다. 저주할 기회는……. 종로청년회관에서 시내 중등이상 남녀 학교 연합바자회가 열렸다.

장내에 진열한 수천 점 출품 중 가장 관객의 눈을 끄는 것은 여자미술학교 연구과 이년생 한명숙의 작품인 수놓은 액자였다.

이 수객은 개회 벽두에 매약제***라는 패가 붙었다. 산 사람은 이필수였다.

이것을 산 이필수는 다시 학교 당국자에게 교섭을 해 보수는 얼마든지 낼 테니 수 병풍을 한 틀, 이 작품을 낸 학생의 솜씨로 놓아 달라고 특별히 주문했다.

학교 당국자는 본인과 의논한 후 곧 주문을 받았다.

---

* 현재의 안국동.
** 伐齊爲名 : 유명무실.
*** 賣約濟 : 팔기로 예약되어 있는 물건.

그 후부터 필수는 자기가 주문한 물건에 대해 이것저것 주의를 시킨다는 명목으로 가끔 명숙의 숙소로 찾아오곤 했다. 접근할 기회는 가속도로 늘어갔다.

남만 못지않은 말쑥한 외모와, 가난에 쪼들리는 명숙에게는 무엇보다도 부러운 필수의 일거일동에 나타나는 금전의 매력, 그리고 그의 온몸에서 흐르는 이성의 젊음, 이 모든 것으로 짜 놓은 유혹의 그물은 급진적으로, 세상을 볼 줄 모르는 어린양 같은 명숙의 몸을 싸 들어 갔다.

며칠씩 거듭 찾아오다가 한 동안 발을 끊는 필수에게서는 반드시 편지가 왔다. 처음에는 약도 안 되고 독도 안 될 편지가 오더니 나중에는 차차로 달콤한 염서艶書 비슷한 것으로 변했다.

순결한 처녀의 이성에 '눈뜬 눈'은 어두웠다.

이러한 염서, 이러한 교제를 경계하기에는 명숙은 이 유혹이 유혹으로써는 처음이었다. 명숙은 도리어 필수가 자주 안 보이고 편지라도 오지 않을 때에 일종 외로움을 느끼게 되었다. 이제는 명숙은 주소도 모를 곳에서 이따금씩 오는 그 오빠의 등기 편지보다는 필수의 그것이 훨씬 더 기다려지는 것이 사실이었다.

나뭇가지에서 시드는 빛 낡은 단풍잎조차 떨어져버리고 말려는 늦은 가을, 궂은비가 부슬부슬 내리는 어느 날 밤이었다.

저녁 때 명숙을 찾아왔던 필수는 밤이 들도록 비에 잡혀 돌아가지 못했다. 거치른 들에 외롭게 피려는 한 송이 백합 같은 '명숙의 처녀'는 그 날 밤 비바람에 떨어지는 단풍잎과도 같이 필수에게 짓밟히고 말았다.

눈 내리고 바람 부는 그 해 겨울을 명숙은 자기의 첫사랑을 바치는 이성의 품속에서 따뜻이 보냈다.

"여보세요. 이 수 병풍은 다 놓더라도 꼭 봉해 두었다가⋯⋯."

이 말을 끝까지 안 들어도 다 알겠다는 듯이 필수는,

"암, 그러고 말고. 참 우리는 약혼도 하기 전에 수 병풍부터 놓기 시작했구려. 그 축복할 기념품을 정신을 차려서 썩 잘 놓아야 하오."

"그럼요. 꼭 됐어요. 오는 삼월에 제가 졸업을 하자. 이 병풍에 수 다 놓자······."

여기까지 말한 명숙은 부끄러운 듯이 고개를 숙였다.

"졸업하자. 병풍에 수 다 놓자······. 그리고 또 뭐?"

"······."

"글쎄 그리고는 또 뭐야?"

"어디 알아맞히세요."

"내 알아맞힐까? 알아맞히면 어쩔 테야?"

"한 턱 내지요."

"결혼식, 결혼식. 자, 어때? 알아냈으니 한 턱을 내야지······."

이렇게 명숙의 첫사랑은 봄이 아닌 봄에 자라고 있었다.

유리창 한 겹을 격해 따스하게 비치는 거짓 볕에 철모르고 피어나는 온실의 가련한 꽃이여. 피어나는 제 꽃의 고움이 몇 날이며, 그 향기가 얼마나 갈 것이냐.

봄은 왔다. 참으로 봄은 왔다. 일만 가지에 푸른 옷을 입히고 붉은 패물을 채우는 봄은 왔다. 온실에서 피어난 꽃을 시들게 할 봄도 이 봄이었다.

단성*을 다해 놓는 병풍의 수도 거의 다 놓아 가고, 명숙의 졸업도 앞으로 몇 날이 안 남은 어떤 날이었다.

"명숙 씨, 우리 오늘 음악회 구경이나 갑시다."

저녁을 먹고 찾아온 필수가 동의했다.

"저는 싫어요. 시험 준비도 해야 하고 수도 어서 놓아야 하겠어요. 혼자 듣고 오세요. 그리고 저에게 들으신 대로 이야기만 해주세요."

---

* 丹誠 : 거짓이 없는 참된 정성.

"딴은 그래. 내 눈이 명숙이 눈이고, 명숙이 귀가 내 귀니까. 허허허. 그래도 우리 같이 가요. 내가 재미없으니 나를 위해서 아무리 바빠도 좀 가 주오."

"당신을 위해서라면 제가 가지요."

둘은 마침내 땅콩알 같은 파란 전등불이 희미하게 켜진 자동차 속에 나란히 앉았다.

민립고아원 창립 후원 음악회장인 종로 청년회관을 향하는 수선스러운 자동차 소리가 자기의 일생을 통한 비극의 프롤로그인 줄을 모르는 명숙의 기쁨은 우쭐거리는 쿠션과 아울러 뛰었다.

음악회장 백권석에는 필수와 명숙이가 나란하게 앉았다.

프로그램은 진행되었다.

독창…… 김은숙 양.

이화학당 음악과를 금년 졸업한다는 김은숙의 처녀 출연은 한껏 인기를 끌었다. 명숙과 나란히 앉은 필수는 귀보다도 눈을 더 민활하게* 썼다.

명숙은 박수갈채를 받는 김은숙 양의 독창보다 필수의 동작을 주목했다.

문제의 음악회는 끝이 났다. 회장에서 나온 필수는 명숙만을 혼자 돌려보내고 자기는 어디 좀 다녀온다고 다른 데로 가 버린 채로 그 날 밤도 안 오고, 그 다음 날도 오지 않았다.

그 후부터 명숙에게 대한 필수의 태도는 알아볼 만하게 달라졌다. 명숙을 찾아오는 수도 차차로 줄어들었다.

꽃피고 새 노래하는 화창한 봄 날. 이 날은 여자미술학교 졸업식이 거행되는 날이었다.

이 날의 졸업생인 한명숙에게는 반드시 와서 자기의 기쁨을 나눠주고 축복해 줄 필수가 오지 않은 것이 기쁨보다 몇 갑절 더 큰 섭섭한 일이

---
* 날렵하게.

었다.

"명숙아!"

하고 자기를 부르는 소리에 명숙은 뒤를 돌아보았다.

　등뒤에는 뜻하지 않은 자기의 오빠 명진이가 서 있었다.

　"아, 오빠."

　명숙은 반가웠다.

　"오오, 명숙아 얼마나 기쁘냐. 너의 오늘을 축복하기 위해 나는 하루 일을 쉬고 일부러 왔다."

　동기애에 넘치는 오빠의 축복에 명숙은 눈물겨웠다.

　명진과 명숙은 학교 응접실로 들어갔다.

　어디까지나 초라한 노동자 같은 오빠의 행색과 신혼한 아내 같은 누이동생의 그것은 암만해도 어울리지 않았다.

　"그 동안 공부를 계속하느라고 얼마나 고달팠느냐. 학비가 군색해 얼마나 애를 썼느냐. 나도 마음으로는 퍽 애를 썼지만, 능력이 부족한 것을 어찌할 수가 있더냐. 아무런 고생을 하고라도 오늘이 있는 것만은 다행이다. 모두 네가 굳센 까닭이었다."

　위로와 축복을 거듭하는 오빠의 말은 명숙의 가슴에 몹시 괴롭게 들렸다.

　"아니에요, 오빠. 저는 아무 고생도 없었어요. 학비는 별로 군색하지 않았어요……."

　명숙은 자기의 흰 팔목에서 유난히 빛나는 금시계를 저고리 소매로 끌어 덮으며 다시 말을 이어서,

　"저, 저……, 제가 놓은 수가 잘 팔리기 때문에 학비는 그렇게 군색하지 않았어요. 저는 도리어 오빠가 애쓰실 것이 미안해서 못 견뎠어요. 어디 계신지 알기나 해야 찾아가 뵙기라도 하지요. 그런데 오빠는 지금 어디 계세요?"

명숙은 아무리 동기인 오빠에게라도 저간 자기의 사정을 숨기지 않고 다 말할 용기는 없어서 이렇게 말꼬리를 돌려버렸다.
　"나? 나 있는 곳 말이냐. 그것은 몰라도 좋다. 일정한 주소가 없으니까. 그 날 일하는 장소에 따라서 아무데서나 자니까. 그리고 이제는 네가 졸업을 했으니까 나는 육체노동은 조금씩 해 밥이나 먹고는 정신적으로 사회를 위해 무슨 일을 좀 해보려고 한다."
　"오빠 그럼, 제가 있는 데 같이 가 계세요."
　"싫다. 나는 나대로 다녀야 한다. 너는 학교를 마쳤으니 이제는 앞길을 정하도록 해라. 네가 있는 곳이나 알려주면 내가 틈 나는 대로 찾아가마."
　"저는 얼마 동안 서울에 있어서 직업을 구하든지 어떻게 하든지 할께요. 그러나 오빠, 저 있는 데로 같이 가세요."
　"아니다. 나는 나 갈 데가 따로 있다. 너 있는 데나 알려다오. 그리고 헤어지자."
　명진은 고집을 피우고 나가버렸다.
　기다리던 학교도 마치고 정성을 다한 병풍의 수도 이제는 끝이 났건만, 명숙이가 바라고 기다리던 결혼할 날은 오지 않았다. 그 뿐이 아니라 필수는 요즘 와서는 명숙의 숙소에 발도 들여놓지 않는 것이었다.
　명숙에게는 또 한 가지 커다란 걱정이 있었다.
　그것은 지금까지 부끄러워서 필수에게도 알리지 못하고 홀로 감추고 있던 벌써 다섯 달이나 된 자기 배 안의 생명이었다. 첫사랑의 씨였다.
　이 걱정은 필수가 자기를 멀리하면 멀리할수록 점점 커지는 것이었다.
　그래서 명숙은 보고도 싶고 걱정도 나눌 양으로 매일 필수에게 편지를 했다. 그러나 필수에게서는 회답 한 장이 없었다.
　명숙은 마침내 야속한 사랑과 커다란 걱정을 하소연하는 마지막 편지를 필수에게 부쳤다.

기다리고 기다리던 필수에게서는 한 장의 가격 표기 우편*이 왔다.
두꺼운 봉투 속에는 현금 일천 원과 다음과 같은 필수의 친필로 쓴 편지가 들어 있었다.

여러 말씀 줄이고, 나는 오늘 밤 열 시 차로 일본으로 유학을 떠나게 되었습니다. 총총해** 못 가 뵙고 떠나는 것을 섭섭하게 생각지 마시고, 지나간 모든 일은 한 바탕 꿈자취로 돌리고 나를 영원히 잊어 주십시오. 나는 이미 아내가 있는 사람이어서 당신의 일생에 대한 책임을 질 수는 도저히 없습니다. 물론 물질로는 어디까지나 책임을 지겠습니다. 이 돈은 우선 당신의 생활비로 드립니다. 부족하시거든 또 청구하십시오.

편지를 읽고 난 명숙은 모든 극렬한 감정에 실성한 사람처럼 자기의 현실조차 잊어버리고 우두커니 앉았다가 비로소 정신이 날 때에 편지를 방바닥에 내던지고 흑흑 느끼어 울었다.
방안은 고요했다. 다만 책상에 놓인 좌종***만이 째깍째깍 울리며 지나가는 때를 조상하고 있을 뿐이었다.
시계는 벌써 아홉 시가 지났다.
"내가 이렇게 울고 있을 때가 아니다. 대관절 그를 한 번 더 붙잡고 친히 이야기나 해보자. 그러나 시간이 늦었으니 이 일을 어찌하나!"
명숙은 혼자 중얼거리며 황황하게 옷을 갈아입고 밖으로 나섰다.
정거장에 나온 명숙이가 입장권을 사 가지고 황망하게 플랫폼에 뛰어내려갔을 때는 벌써 발차 신호도 끝이 나고 기차가 막 움직일 때였다.
그 때 필수는 이등차창으로 머리를 내밀고 전송 나온 사람들에게 고개

---

* 분실·손상 때 보상을 받을 수 있는 특수 우편물의 한 가지.
** 몹시 급하고 바쁜 모양.
*** 坐鐘 : 탁상시계.

를 숙여 마지막 인사를 하고 있었다.

　명숙은 경우가 경우이라 체면도 잊어버리고 허둥허둥 기차를 따라가며 숨찬 말소리로

　"아, 필수 씨. 이 선생님, 이 선생님! 저를 잠깐 보고 가세요!"
하고 고함을 쳤다.

　그러나 필수는 미친 듯 쫓아오는 명숙을 못 본 척하고 그대로 차창에 비껴 돌아앉고 말았다.

　필수를 실은 시커먼 기차는 명숙의 눈물 속에 사라져버렸다.

　무정한 사내를 태우고 무정하게 달아나는 무정한 기차여!

　명숙은 그 자리에서 쓰러질 듯한 다리를 간신히 옮겨 대합실까지 나와서 벤치 위에 기력 없이 주저앉았다.

　한참이나 멍하니 앉아있던 명숙은 무슨 생각을 했는지 주머니에 든 아까 필수에게 온 봉투를 꺼내어 편지를 다시 한 번 더 읽고 있었다. 봉투 아가리에는 수많은 지폐가 비죽이 내밀고 있었다.

　명숙의 등 뒤에는 봉투로 내민 지폐를 뚫어지게 바라보는 물욕에 타오르는 알지 못할 두 눈이 번쩍이고 있었다.

　아무리 다시 읽어도 그 편지는 자기를 영원히 버린 필수의 심정인 것을 알 때에 명숙이의 가슴은 죽기보다 아팠다.

　'죽기보다도 쓰라린 고통을 잊는 데는 죽음밖에는 없을 것이다. 오냐, 죽자 죽어. 그래서 무정한 세상을 떠나자.'

　이렇게 생각한 명숙은 벤치에서 일어나서 정거장 구내에 있는 매점에서 편지 쓰는 종이와 봉투를 사가지고 다시 대합실로 와서 침착하지 못한 손으로 무엇을 쓰기 시작했다.

　　오빠, 오빠! 이 글을 보시고 제가 가는 곳을 알게 되면 오빠는 얼마나 슬퍼하시겠습니까. 그러나 저는 가지 않을 수 없어서 이 길을 떠납니다. 오빠

께서는, 저를 사랑하시는 오빠께서는 한 많은 세상을 버리고 죽음의 길을 떠나는 불쌍한 동생에게 눈물겨운 동정으로 과거의 모든 것을 용서해 주십시오. 자세한 사정은 아셔서 필요하시거든 별봉편지*를 뜯어보십시오. 그러나 그 편지는 함께 봉하는 돈과 아울러 꼭 본인에게 전해 주십시오.

고향에 계신 아버지 어머니께 짓는 큰 죄는 오빠께서 대신 사죄해 주십시오.

이 세상을 영원히 떠나는 동생 명숙

명숙은 다시 다른 종이를 들고 쓰기 시작했다.

이 세상을 떠나는 마지막 순간까지 사랑하는 나의 남편에게 이 글을 드립니다.

남편이시여, 필수 씨, 처음이자 마지막으로 나로 하여금 당신을 남편이라고 부르게 하소서 나는 갑니다. 당신이 나를 버리고 가는 길보다는 더 멀고 화려한 세상으로 당신이 주신 사랑의 씨를 그대로 품고 멀리 먼 나라로 길이 떠납니다. 나는 당신을 사랑하는 것으로 이 세상에 나온 일을 마치고 잠시 동안이라도 당신이 주신 사랑을 보배로 안고 당신에게 버림을 받고서 사는 것보다는 나의 몸을 위해 평안한 죽음의 길을 떠납니다. 거친 들 같은 험한 세상에 남아 있는 당신이 태평하시기를 빕니다.

영원히 당신만을 사랑하는 아내 한명숙으로부터
이필수 씨께 올림

쓰기를 마친 후에 커다란 봉투에다 집어넣고 주소도 안 쓰고 '이것을 줍는 사람은 나의 오빠 한명진 씨에게 전해 주십시오' 하고 써서 주머니

---

* 본 편지 외에 별도로 봉한 편지.

에 넣어가지고 정거장을 나섰다.

　아까부터 명숙의 일거일동을 주의해 보고 있던 행색이 초라한 청년 한 사람은 그림자처럼 명숙의 뒤를 따랐다.

　명숙은 신용산행 전차를 탔다. 첫여름 깊은 밤바람이 쌀쌀하게 불어스치는 인적이 끊어진 한강철교 위에는 명숙의 외로운 그림자가 표표히 나타났다. 얼레빗등 같은 초승달도 벌써 서편 지평선 너머로 기울어져버리고 검푸른 강물 속에서 반짝이는 별그림자는 세상을 등지려는 사람을 맞이하는 듯 했다. 철교 난간에 의지해 앞뒤를 휘휘 둘러보는 명숙이는 침착하게 신발을 나란히 벗어 놓고 들고 있던 주머니(오페라 백)를 신발 위에다가 고이 올려놓고 철교 난간 틀 너머 강물로 떨어졌다.

　명숙이가 철교에서 강으로 뛰어내리자 철교로 달음질쳐 오는 남자 한 사람이 있었다. 그는 의심할 것도 없이 아까 정거장에서부터 눈물겨운 명숙의 주머니에 든 돈에 침을 삼키며 따라서던 스리*(따개도적)꾼으로 전차 속에서도 그럴듯한 기회를 얻지 못하고 멀리 어둠 속에 떨어져서 명숙의 일거일동을 바라보고 있던 그 사람이었다. 철교 위에 놓인 명숙의 주머니를 들고 막 돌아서던 그는 무엇을 생각했는지 주머니를 든 채로 검푸른 강물을 내려다보았다.

　어두운 강둑 속에는 애달픈 죽음의 길을 헤엄치는 명숙의 하얀 손이 허우적거리고 있었다. 그 자는 어둠 속에서 눈을 커다랗게 떴다.

　선과 악의 갈라진 길을 어디로 갈까, 바라보는 눈!

　그 자는 마침내 손에 들었던 돈주머니를 철교 위에다 홱 내던지고 옷을 활활 벗고 죽음이 떠도는 검은 물위로 뛰어내렸다.

　도둑의 가슴에도 부처는 들어앉아 있었다. 돈주머니를 줍기보다 죽어가는 사람의 생명을 먼저 거두리라는 착한 마음이 있었다.

---

* スリ : 소매치기.

인사불성이 된 명숙이는 마침내 돈을 빼앗기 위해 따라오던 도둑에게 생명의 구제를 당해 용산 병원에 입원하고 응급 치료를 받았다.

이 날도 하루의 노동을 마치고 피곤한 다리를 끌고 자기의 유일한 안식처인 노동 숙박소로 돌아온 한명진은 사무실 한 귀퉁이에 놓여 있는 그 날 조선일보 석간을 주워들었다. 제 일 면을 보고 나서 제 이 면을 들춘 그는 '실연 미인의 자살'이라는 초호이단** 제목에 눈을 크게 떴다.

　　부호 청년에게 유린을 당하고
　　임신 다섯 달인 무거운 몸으로

부호 청년에게 실연을 당하고 이 세상을 비관하여 임신 다섯 달이나 되는 무거운 몸으로 한강에 몸을 던져 괴로운 세상을 버리려던 여자가 그의 뒤를 밟아 오던 스리도둑에게 구제를 당해 잔명을 보전한 진귀한 사실이 있다. 이제 그 내용을 들으면, 원적을 황해도 재령에 두고 시내 여자미술학교를 금년에 졸업한 한명숙(21)은 시내 재동 이 모라는 부호 청년과 연애를 해 오던 바, 그 청년은 근일에 와서 돌연히 마음이 변해 돌아보지 않을 뿐 아니라, 자기는 처자가 있는 몸이라 일생에 대한 책임을 질 수가 없으니 그만 단념해 달라는 절연장과 돈 천 원을 보내고 멀리 일본으로 유학을 가고 말았으므로, 그 청년이 일본으로 떠나던 그저께 팔일 밤 십이 시 경 초승달빛조차 사라진 한강 인도교 위에서 주소도 모를 오빠되는 한명진과 이 모에게 보내는 유서와, 이 모에게 받은 듯한 현금 천 원을 남기고, 이미 사랑의 씨를 받은 지 다섯 달이나 되는 무거운 몸으로 그와 같이 참혹한 일을 한 것이라는 바, 마침 이것을 목도한 허복돌이라는 사람에게 구제를 당해 즉시 용산 병원에 입원하고 응급 치료를

** 初號二段 : 신문의 활자크기 신문의 단수.

받은 결과, 다행스럽게 생명에는 관계가 없으나 자세한 사정은 본인이 일절 침묵을 지킴으로 알 수 없다 한다.

　　도적질하려다가 인명을
　　구제한 허복돌의 미거!*

한명숙이라는 여자가 실연 자살을 하려던 것은 별항 보도와 같거니와, 뜻밖에 그 여자를 구제한 허복돌이란 청년의 말을 들으면 그는 절도 전과 3범으로 일정한 주소가 없이 '스리'로 직업을 삼고 이리저리 배회하던 바, 그날밤도 사람이 복잡한 경성역 대합실에서 돈 가진 사람을 살피던 중 전기 한명숙이 불소한** 돈을 주머니 속에 넣는 것을 등 너머로 보고 그것을 빼앗을 양으로 뒤를 밟는다는 것이 한강까지 따라갔다가, 마침내 그 광경을 보고 돈을 가지고 돌아서려다가 물 속에서 허우적거리는 죽음을 그대로 보고 올 수가 없는 생각이 나서 돈을 내던지고 인명을 구제한 것이라 한다.

　신문 기사를 보고 난 명진은 신문을 손에 든 채로 밖으로 뛰어나가서 신용산행 전차를 탔다. 용산 병원에 다다른 명진은 간호사에게 인도되어 허둥지둥 명숙의 방으로 들어갔다.
　"명숙아!"
　침대에서 벌떡 일어난 명숙은 그대로 달려나와서 명진에게 매달리며
　"오빠."
　떨리는 목소리로 한마디 겨우 부르고 말없이 울뿐이었다.
　"아, 이 철없는 애야, 글쎄 어찌된 셈이냐? 사정 이야기나 좀 해라."
　간호사가 나간 뒤에 명숙은 비로소 지나간 일을 자세히 이야기했다.

---

* 아름다운 일.
** 적지 않은.

이야기를 듣던 명진은 갑자기 미친 사람처럼 소리를 질렀다.

"이필수? 이필수라니. 저 이준식이 놈의 아들이 아니냐?"

"몰라요. 원래 황해도에 살았는데 얼마 전에 서울로 이사왔다는 재동 ××번지에 사는 사람이에요."

"아, 그 놈이로구나. 틀림없이 그 놈이로구나. 음전이를 죽인 지주의 아들놈이로구나! 아, 아비 놈은 나의 애인을 죽이고 아들놈은 나의 누이동생을 죽이려 했구나! 맙소사, 하느님! 맙소사. 재동 ××번지, 재동 ××번지."

명진은 정말 미친 사람처럼 필수의 집 번지를 외며 문밖으로 달아났다. 명숙은 명진의 행동에 놀라서 그의 뒤를 따라 나가 보았다. 그러나 명진의 미친 듯한 걸음은 벌써 멀리 사라져버렸다.

그렇게 뛰어나간 명진은 그대로 돌아오지 않았다. 그 이튿날 낮까지도 아무 소식이 없었다.

그 이튿날 저녁 신문 사회면 한 편 구석에는 조그맣게 다음과 같은 기사가 났다.

부호 집에 방화미수.

시내 재동 ××번지 부호 이준식의 집에 어제 새벽 두 시 경에 노동자 차림의 수상한 청년 하나가 나타나서 석유 묻은 솜뭉치를 처마 끝에다 찌르고 성냥을 그어서 불을 놓으려는 것을, 마침 화장실에 갔던 그 집 하인이 발견하고 그 자리에서 붙들고 소동하다가 때마침 지나가던 행순경관*에게 넘겨 종로서에 유치 취조 중인 바, 그 자는 주소, 성명, 기타 일체 사정을 말하지 않으므로, 혹은 미친 사람 같기도 하고 혹은 그 집과 무슨 원한을 품은 것 같기도 해 사건의 진상을 알 수 없다더라.

* 순찰경관.

이 요령부득할 신문 기사를 보고 놀라는 사람은 용산 병원에서 그 오빠를 기다리고 있는 명숙이었다.

명숙은 그 날 밤으로 병원을 나와서 방화미수범이 갇혀 있는 종로 경찰서로 가서 유치범인의 면회를 신청했으나, 허락되지 않아 그대로 동정을 기다리고 있었다. 이십 일쯤 지나서 명진이가 검사국으로 넘어간 뒤에 남매는 서대문 감옥에서 면회를 했다.

"다시는 감옥으로 면회는 오지 말아라. 할말이 있거든 편지로 하고 마음을 굳게 먹고 전일 같은 철없는 일이 없도록 해라. 네가 나 나오기를 기다리고 있다는 것은 감옥에 있을 나에게는 커다란 기쁨이다. 그리고 너는 시골로 내려가 있으면 좋을 듯 하다. 그러나 나의 소식은 일절 부모님에게도 전하지 말아다오."

"저도 시골로 내려가지 않을 거예요. 이곳에 있는 오빠를 두고 어떻게 혼자 내려가요. 그리고 제 소식도 일절 고향에 알리지 않을 거예요."

이야기도 끝나기 전에 면회창은 지옥문처럼 닫혀버렸다.

얼마 뒤에 명진은 방화미수죄로 일 년 육 개월의 징역을 받았다.

명진의 재판방청을 하고 돌아온 명숙은 밤새도록 눈이 퉁퉁 붓도록 울었다.

그 이튿날 아침, 자리에서 일어나던 명숙은 갑자기 두 눈이 지독하게 아파서 다시 자리에 누웠다. 이틀쯤 뒤에는 눈에서 고름 같은 것이 나오고 앞이 보이지 않았다.

명숙은 겁이 펄쩍 나서 의사를 불러왔다.

"임독성 결막염*이 되어서 좀처럼 낫지 않습니다. 잘못하면 실명되기 십중팔구입니다. 좌우간 병원에 입원하셔야 합니다."

---

* 성병의 한가지인 임질의 독성으로 인한 안과 질환.

의사는 명숙에게 서러운 신고를 내렸다.

아아, 이것도 사랑의 선물이냐!

병원에 들어가서 몇 달 동안 치료한 효험도 없이 명숙은 완전히 앞 못 보는 사람이 되고 말았다.

앞 못 보는 명숙이는 병원을 나온대도 어디로 갈 곳이 없어서 하루 이틀 병원에서 지내는 동안에 해산할 달은 가까워 왔다.

이제 명숙에게는 죽을 용기조차 없었다.

음력 시월 초순 맑게 개인 어떤 날이었다.

어둠에서 어둠으로 나와 어둠으로 돌아갈 저주받은 생명이 사바로 떨어지는 날.

그 날 명숙은 아침부터 산기가 있었다.

병으로 근심으로 한껏 수척한 명숙의 초산은 순조롭지 못했다.

지독한 진통에 이를 악물고 땀을 뻘뻘 흘리며 방을 헤매는 명숙은, 저녁때가 되어도 애가 나오지 않았다.

이것을 보고 있던 의사는 명숙에게 말했다.

"태아의 위치가 잘못 되어서 그런 것이니까 잘못하면 모체가 위험할 것이니 불가불 수술을 해 꺼내는 수밖에 없겠소."

"아니에요, 아닙니다. 어린애를 죽여서는 안 됩니다. 더 기다려 주세요."

명숙은 대번에 거절했다. 그 날 해도 저물었다.

이제는 아프다고 소리를 치고 몸을 놀릴 기력도 없이 비스듬하게 누운 채로 가느다란 신음 끝에 이따금 입만 딱딱 벌리고 알아듣지 못할 군소리를 했다.

산모의 용태가 변했다는 보고를 접한 의사는 간호사의 뒤를 따라와서 다시 한 번 자세히 진찰을 하고,

"만일 보호자나 있으면 승낙을 얻겠지만 그런 사람도 없고……. 그러나 모체를 구하기 위해서는 부득이 당자의 의견을 거슬러서라도 수술할

수밖에 없소. 어서 바삐 수술 준비를 하오."

이 말을 들은 명숙이는 손을 허공에 내어 흔들며 남은 기력을 다해 소리쳤다.

"안돼요. 안돼요. 이 애를 죽여서는 안돼요. 이 애의 아비와 어미는 죄가 있어도 이 애에게는 아무 죄도 없어요. 죄 없는 어린것을 죽여버려서는 안돼요. 내가 살기 위해 이 애를 죽여 버릴 수는 없어요. 이 애를 낳아 주는 천직만이라도 이 애를 위해 다 할거예요."

"아닙니다. 모체가 견디지 못할 걸 어떻게 합니까."

"같이 죽지요, 같이 죽어요. 그것은 관계없어요. 그러나 내가 살기 위해 죄 없는 생명을 죽여 버릴 수는 없어요. 제발 그대로 내버려두세요."

날빛* 보다도 빛나는 거룩한 모성애에 둘러섰던 의사와 간호사들은 다 같이 눈물지었다.

냉정하기로 유명한 의사의 직업적 용기도 신의 위엄 같은 명숙의 거룩한 고집에 흐려져 버렸다.

언제 어떤 경우에든지 쉴 줄 모르는 시간은 의사가 주저하는 사이에도 일초 이초 거침없이 지나갔다.

삼십분이 지났다. 산모의 용태는 조금 평온해졌다.

한 시간 후였다.

명숙은 마침내 어린애를 낳았다.

의사와 간호사들을 기적에 가까운 이 일을 기뻐했다.

"여보세요. 사내아기입니다. 기뻐하세요."

간호사는 혼수상태에 있는 명숙의 귀에다 입을 대고 이렇게 말했다.

산아의 건강을 진단하던 의사는 나오는 줄 모르게 소리쳤다.

"아, 이 애가 눈이……."

---

* 햇빛을 받아서 나온 온 세상의 빛.

소경 어머니가 낳은 어린애는 소경이었다.

빛을 등진 저주받은 생명들이여! 이것은 또 누구의 죄냐?

파리한 몸으로 난산에 난산을 한 명숙의 산후의 건강은 좀처럼 회복되지 않았다.

그 해 겨울과 이듬해 봄까지를 병원에서 지내고 녹음이 푸르른 여름이 돌아왔다.

필수가 보낸 저주할 돈, 원통한 돈, 더러운 돈, 그 돈 천 원도 거의 써버렸을 때에 명숙이 모자는 병원에서 나와, 불쌍한 두 생명이 어떤 하숙에 부쳐서 아무런 희망도 계획도 없는 그 날 그 날을 그저 살기 위해 살고 있었다. 얼마 남지 않은 더러운 돈 부스러기도 밥값으로 다 들어가고 이제는 하숙 주인의 눈 거친 외상밥으로 지내다가, 이미 먹은 것은 어찌되었든지 다른 주인으로 옮겨라도 달라는 하숙 주인의 야속한 독촉에 못 이겨 명숙이 모자는 마침내 어두운 세상으로 방향 없이 여관집 문을 나섰다.

지향 없는 발길은 사람의 소리가 소란한 종로로 끌리어 갔다. 이 때이다. 조심 없이 달아나던 이필수의 자동차가 길가에 방황하는 가련한 명숙이 모자를 쓰러뜨린 것이다.

이 때 마침 음악회에서 나오던 영일과 은숙을 만났으니, 이것이 그들 모자의 외로운 신세를 영일에게 의탁하게 된 동기였다.

소설 뒤풀이 같은 명진 남매의 지나간 날 이야기는 끝이 났다.

이야기를 듣고 난 영일이는 한숨을 길게 내쉬었다.

"선생님, 아무래도 은숙 씨의 일은 필수 놈의 짓일 것 같습니다. 저는 이제 곧 가서 은숙 씨를 찾아보아야 하겠습니다. 은숙 씨 신상에 무슨 불행한 일이 있을지 모르니까요……."

"어떻게 있는 곳을 알 수가 있겠소."

"찾는 수는 있겠지요……. 선생님 이것을 보십시오."

명진은 품속에서 신문지에 꾸린 것을 영일에게 펼쳐 보였다.

그것은 현금 오천 원이었다.

"그게 웬 것이오?"

영일은 눈을 크게 뜨고 물었다.

"이것이 필경 필수에게서 나온 돈일 겁니다. 이것을 단서로 해 이 일의 내막을 알 수 있겠지요. 자세한 것은 이따 말씀을 하고 우선 저는 은숙 씨 있는 곳을 찾아 나갑니다."

명진은 이렇게 말하고 일어서서 급하게 밖으로 나갔다.

악한 박인환의 부하인 홍태규가 오천 원을 혼자 먹을 양으로 오는 길에 땅속에 파묻고 대답할 이야기까지를 준비해 가지고 은숙을 감금한 마굴로 돌아왔을 때에는, 먼저 와야 할 오천 원 가진 태규는 오지 않고 이필수가 뛰어드는 바람에 서투른 신파연극처럼 끝을 막고 박인환 등이 마굴을 쫓겨나올 때였다. 그들은 밑으로 올라오는 홍태규를 만났다.

"이 사람 무얼하기에 이 때까지 있었나!"

박인환은 태규에게 짜증을 벌컥 내었다.

"뭐라구 여쭐 말씀이 없습니다. 가지고 오던 돈을 어디다 떨어뜨렸는지 예까지 다 와보니 없어서 지금까지 산판으로 찾아 쏘다니다가……."

태규는 움츠러들어 가는 말소리로 우물쭈물 대답했다.

"그래 찾았나?"

"아무리 찾아도 있어야지요."

"이 자식아, 날 누구로 알고 이 따위 서툰 수작을 붙이느냐."

허공을 달음질치는 박인환의 두툼한 손이 태규의 뺨을 갈겼다.

"어이쿠! 정말로 잃어버렸습니다."

"여보게들. 요 앙큼한 놈을 나무에다 달아매고 돈을 내놓을 때까지 패

주게. 그래도 안 내놓거든 죽을 때까지 패주게. 죽기 싫으면 바로 말할 테니."

태규는 굽싼 돼지처럼 소나무에 매달렸다. 뜨거운 매는 빗발같이 들어왔다. 어느 정도까지 이를 악물고 자백하지 않던 홍태규도 물욕보다는 생명욕이 컸다.

"살려주십시오. 바르게 대겠습니다."

마침내 이렇게 말했다.

괴인의 출현

"그래, 어쨌어? 바르게 대."

"저기 파묻어 두었습니다."

"요런 배짱 좋은 도둑놈 같으니라구."

"그걸 혼자 먹으려고. 허허."

박인환은 돈 찾은 것만 좋아서 껄껄 웃었다.

"에이, 날도적 놈 같으니."

다른 자들도 웃었다.

태규는 그 자들의 앞장을 서서 아까 돈 파묻은 바위로 갔다. 우선 사면을 돌아보았다. 바로 산모퉁이에 비치는 창으로 새어나오는 불빛이 아까 보던 그 집이었다.

바위 밑으로 들어가서 돈 묻었던 자리를 파헤치던 태규의 가슴은 덜컥 내려앉았다.

"아! 이게 웬일일까?"

"뭐야, 어쨌단 말이야!"

"여기 파묻은 돈이 없어졌어요."

태규의 목소리는 떨렸다. 다른 자들도 바위 밑에 둘러앉아서 찾아보았다. 그러나 없는 것은 누가 찾든 없었다.

나무숲에 숨어 이 광경을 바라보던 번쩍이는 두 눈이 있음을 그들은 몰랐다.

박인환은 벌떡 일어서며 다시 화를 냈다.

"요놈이 아직도 도둑놈의 마음이 남아 있어. 이 밤중에 여기 파묻어 둔 게 갈 데가 어디야. 까만 거짓말이지. 아까와 같이 매달고 참말이 나오도록 또 패주게."

변명할 길 없는 태규는 그들에게 끌려 으슥한 곳으로 가서 나무에 매달렸다. 뭇 매는 아까보다도 모질었다. 태규는 딱딱 까무러치면서도 모피*할 도리가 없을 때에, 죽음을 각오하고 천명을 기다릴 수밖에 없었다.

이 때였다.

"이 놈들 사람 죽이는구나!"

하고 고함을 치며 뛰어드는 청년 하나가 있었다.

그것은 한명진이었다.

뜻밖에 침입한 알지 못할 청년은 대번에 박인환을 낭떠러지로 굴려버리고 다음으로 이리떼같이 대드는 악한들을 모조리 일어나지 못하도록 쓰러뜨리고 나무에 매달린 태규를 둘러 업고 자기 집으로 내려왔다.

"아이고, 당신이 누구시기에 저를 살려주셨어요?"

"여보, 대관절 어찌된 곡절이요. 그것부터 자세하게 나에게 다 말씀하시지요."

"아니에요. 아실 것 없어요."

"여보, 내가 다 알고 묻는 거니 숨겨도 소용없소. 그 돈 오천 원은 웬 것이요?"

"네? 오천 원 그것을 당신이 어떻게 아십니까?"

---

* 謀避 : 꾀를 써서 피함.

"그것보다도 지금 은숙이라는 여자가 어디 있소. 그것부터 일러주시오."
"은숙이요?"
모든 자기들의 비밀을 꿰뚫고 있는 듯한 명진의 말에 태규는 놀라지 않을 수 없었다.
비밀의 열쇠를 가진 사람.
"글쎄 모든 것을 나는 다 알고 묻는 거니까 은숙이라는 여자가 있는 곳을 얼른 말씀하시오. 그래야 당신에게도 이로울 것이니……."
"……."
한참 침묵하던 태규는 비로소 오늘 일을 차례로 이야기했다. 그리고 자기는 그저 심부름만 했다는 것을 중요한 구절로 끼우고 은숙이가 감금되어 있는 곳까지 함께 가서 일러준다고 일어나려던 그는 허리를 못 추어서 다시 자리에 쓰러지고 말았다.
"아니, 자세하게 일러만 주오. 내가 찾아갈 테니……."
명진은 조급하게 재촉했다. 태규는 은숙이 있는 곳으로 가는 길을 자세히 말했다. 태규의 말을 다 듣고 나서 명진은 총총걸음으로 자기 집을 나섰다.
명진이가 나간 뒤에 태규가 누운 방뒷문을 고요하게 열고 들어오는 소경 여자가 있었다.
그것은 벌써부터 뒷문 밖에서 명진과 태규의 대화를 엿듣고 있던 명진의 누이 명숙이었다.
태규는 비로소 이것이 아까 목표로 보아 두었던 소경 여자가 어린애를 안고 거닐던 집인 줄을 알았다.
"여보세요, 지금 말씀하시던 필수라는 사람이 저 재동 사는 이필수 씨가 아닙니까?"
명숙은 궁금한 사정을 물어 보았다.
"네, 그 부자입니다. 일본가 공부도 하고."

명숙은 아무 말도 더하지 않고 곧 다시 밖으로 나갔다.

은숙이를 감금한 마굴에서는 수욕에 흥분된 필수가 주린 짐승처럼 덤비는 것을, 저항하는 은숙의 힘이 아직도 다하지 않고 버티고 있었다. 아무리 약한 여자의 힘으로라도 죽음으로써 지키는 처녀의 정조는 쉽게 깨어지지 않았다.

공세와 수세는 지구전을 계속했다.

필수는 새삼스럽게 지키기에만 노력하는 정의의 힘의 굳세임에 놀라지 않을 수 없었다. 그는 거의 낙망했다. 마음의 낙망은 근육의 흘게*를 느슨하게 했다.

은숙은 이 틈에 문을 차고 밖으로 뛰어나갔다.

엷은 구름 사이로 새어 흐르는 달빛은 으스름하게 밝았다.

"운전사! 운전사!"

은숙은 찢어질 듯한 목으로 소리를 쳤다. 그러나 건너편 검은 산 그림자가 은숙의 부르짖는 소리를 흉내내는 외에 아무런 대답도 없고 누리는 죽은 듯 고요했다.

"흥, 그렇게 쉽게 운전사가 와요! 당신이 가면 어디를 갈테요. 그 밑을 내려다보시오. 열 길도 넘는 벼랑이 아닌가. 갈 테면 가 보시오. 흥."

이렇게 코웃음을 치며 은숙을 바라보고 있던 필수는 으스름 달빛에 비치는 은숙의 자태에 새로운 욕망이 타올랐다.

필수는 다시 은숙을 붙잡고 미친 짐승처럼 덤벼들었다.

그러나 처녀의 굳은 정조를 빼앗기는 그의 생명을 빼앗기보다도 어려웠다.

필수는 거듭 낙망했다.

---

* 매듭 따위의 죈 정도. 여기서는 근육이 풀린 것을 말함.

낙망하는 필수에게는 은근히 뒷걱정이 끓어올랐다.

'만일 이대로 목적도 달성하지 못하고 그만 둔다면 어찌될 것인가? 이 변변치 않은 음모는 온 세상에 확 퍼지고 말 것이 아닌가. 그렇게 되면 나는 어떻게 될 것인가?'

필수의 가슴은 무한히 울렁거렸다.

그는 마지막으로 하소연 비슷한, 참회 비슷한, 위협 비슷한, 애걸 비슷한 넋두리를 순서 없이 늘어놓았다.

"아아, 내가 당신을 얼마나 사랑한 끝에 이 일이 생긴 것을 아십니까. 내가 일본을 간 것도 당신 때문이었고, 그 후로 나는 당신을 하루도 잊어 본 날이 없어요. 당신이 나를 야속하게 싫어하는 줄을 내가 모른 것도 아니요, 그러나 당신이 나를 미워하는 백 배 천 배 당신을 사랑하는 나는 아무래도 단념할 수는 없었습니다. 나는 그만큼 당신에게 사로잡힌 것입니다. 이것이 물론 당신의 책임이라는 것은 아니나, 그러나 이 문제를 해결해 줄 사람은 당신밖에는 없습니다. 나는 지나간 날에 수많은 여자에게 악마에 가까운 짓을 해 울리고 죽이고 한 것입니다. 그러나 이번만은 나는 참으로 사랑의 끈적끈적한 괴로움을 맛보았습니다. 나는 당신을 얻기 위해 생명도 아낄 것 같지 않습니다. 당신을 내 것으로 만들기 위해 나는 수단과 방법을 가리지 않았습니다. 오늘의 모든 일도 전부 내가 꾸민 일입니다. 이것마저 실패할 때는 나는 살수 없는 것입니다. 자, 어찌 하시겠습니까?"

거지의 구걸만도 못한 이 하소연은 지금 이 경우에 은숙에게 아무런 호의도 사지 못했다. 다만 필수의 자백을 통해 오늘 당한 일의 의심만을 풀 수가 있었다.

"아, 이 더러운 사내여. 어서 나의 깨끗한 몸을 놓고 저리 가요. 어서 비켜나요."

낙망 끝에 하소연, 하소연 끝에는 마침내 잔인한 심리가 끓어올랐다.

필수는 와락 은숙을 앞으로 떠밀고 호주머니에서 권총을 꺼내어 들고 마지막 교섭을 했다.

"내가 네 정조를 못 빼앗을 때에는 네 생명이라도 빼앗고야 말 것이다. 그대로 돌려보낼 수는 없어!"

"오냐. 내 정조를 가져가기보다는 내 생명을 가져가거라. 이 짐승 같은 놈아!"

더러운 것을 토하는 듯한 은숙의 말은 필수의 얼굴에 침을 탁 뱉는 듯 필수를 모욕했다.

최후의 교섭은 깨졌다.

"무엇이 어쩌고 어째!"

필수의 바른손에 들었던 권총은 옆은 허공에서 은줄을 그리며 바른편 어깨와 수평선을 지었다.

필수의 극도로 흥분한 잔인성은 권총을 잡은 바른손 무명지를 초점으로 해 폭발하려 했다.

아아, 이십 이세의 은숙의 청춘은 그가 지키는 처녀의 정조를 대신해 흥분한 색마의 권총에 희생되고 말 것이냐?

필수의 떨리는 손가락이 권총 방아쇠를 더듬는 위기일발의 찰나였다.

필수의 등 뒤에서 귀신같이 나타나는 한 청년이 있었다.

이 귀신같은 사람은 날쌔게 필수의 총 잡은 손을 비틀어 올리며 필수의 목을 억센 팔로 사정없이 뒤로 제쳤다.

필수의 손에 들린 권총은 허공을 향해 두어 방 터졌다.

"야! 이 천지에 용납 못할 악마 놈아!"

그 청년은 우레 같이 부르짖었다.

"이 놈, 네가 웬 놈이냐? 권총으로 함부로 쏘기 전에 썩 비켜나거라!"

필수는 숨이 넘어가는 듯한 소리로 발악을 했다.

"흐응, 나? 나를 모르겠느냐. 한명진을 모르겠느냐. 네 아비에게 애인을 빼앗기고 네 놈에게 누이동생을 빼앗긴 한명숙의 오라비 한명진이라면 기억이 되겠느냐. 네 집에 불을 놓아서, 돈 속에 엎드려 모든 죄악을 거침없이 범하는 네 아비를 불살라버리려다가 감옥살이를 하고 나온 한명진을 모르겠느냐. 이 악마 놈아, 그 총으로 쏠 테면 쏘아보아라. 네가 만일 털끝만큼이라도 양심이 있거든 모름지기 그 더러운 총부리를 네 가슴에 돌려 대어서 너 자신을 심판해야 할 것이다."

한명진은 흥분한 빠른 어조이지만 유창하게 자기를 소개하며 필수의 죄를 논책했다.

필수는 이 말에는 대꾸를 하려고도 하지 않고 자기를 끌어안은 명진의 굳센 팔을 벗어나기 위해 온몸의 힘을 다해 버텼다.

그러나 그것은 쓸데없는 노력이었다. 명진의 무쇠 같은 팔은 귀신같이 필수를 압박해 필수가 가진 권총을 빼앗으려 했다.

'권총은 내 생명이다. 이것마저 빼앗기는 때는 내 생명을 빼앗기는 때다.'

필수의 생명을 걸고 버티는 힘, 명진의 의분과 복수에 타오르는 힘. 이 두 개의 자연을 초월한 힘은 제각기 자기를 잊어버리고 엎어질 듯 자빠질 듯 이리 몰리고 저리 쏠리고 했다. 악에 바친 두 몸뚱이는 누구의 힘에 몰리는지도 모르게 까맣게 내려다보이는 절벽으로 몰려갔다. 아직도 필수의 손에 들려 있는 권총에서는 또 한 방의 소리가 났다. 이것을 보고 있는 은숙은 부질없이 온몸이 떨릴 뿐이요, 누구를 도와줄 생각도 나지 않았다.

얼크러진 두 몸뚱이는 어느 편이나 한 걸음만 더 밀리면 열 길도 넘는 아득한 절벽에 두 몸이 함께 떨어져 죽을 듯 했다.

"에그머니, 저걸 어떻게 해!"

나오는 줄 모르게 소리를 지르고 두 사람에게로 쫓아오던 은숙은 너무나 흥분한 까닭인지 그 자리에 쓰러져버렸다. 이 때였다. 필수의 권총부리는 어느 틈엔지 명진의 목을 향해 갔다. 이것을 내려다 본 명진은 눈살을 찡그리고 고개를 한 편으로 돌리자, 권총은 또 한 방 명진의 고개 위에서 터졌다.

필수의 권총부리가 다시 방향을 전환하려 떨리고 있는 아슬아슬한 찰나였다.

명진은 마침내 이를 부드득 갈아붙이고 최후의 힘을 짜내어 필수의 몸을 자기 엉덩이에다 걸어 매었다.

'아, 일은 다 글렀구나!'

필수는 낙망 끝에 명진을 쏘기 위해 지향 없는 총을 또 한 방 놓았다. 그 탄환은 명진의 팔 밑에서 버둥거리던 자기의 왼편 다리를 쏘았다.

명진은 요란한 총소리에 군호나 마치는 듯이, 에라 봐라! 소리를 지르며 몸부림치는 필수를 절벽으로 굴려버렸다.

선불 맞은 돼지처럼 절벽으로 굴러 내리는 필수의 꼴을 내려다보는 명진은 떨리는 입술을 걷어올리고 흰 이를 내밀며 침통하게 웃었다. 그것은 웃음이라기에는 너무도 처참한 감정의 표현이었다. 명진은 그 때까지 정신없이 쓰러져 있는 은숙의 옆으로 가서, 여보세요 여보세요, 하고 몸을 흔들었다.

은숙은 그제야 정신을 차려 눈을 떴다.

"아이고, 당신은 누구세요?"

"자세한 말씀은 서서히 하지요. 어서 급하게 내려가십시다. 최 선생님께서 몹시 기다리실 테니……."

"최 선생님이라니? 우리 오빠 말씀이세요?"

"네, 영일 씨 말씀입니다."

이런 간단한 문답을 하며 명진은 은숙을 데리고 총총하게 마굴을 떠났다.

명진이가 은숙을 구하겠다고 황황하게 뛰어나간 뒤로 육체의 고통과 정신의 불안을 겸해 한 잠도 자지 못하고 초조한 시간을 보내고 누웠던 영일은 문밖에서 들리는 신발 소리에 벌떡 일어나 앉았다.

문을 열고 들어오는 것은 과연 명진과 은숙이었다.

"아! 오빠!"

모든 착잡한 감정에 은숙은 이렇게 부르짖고 어린애처럼 영일의 무릎에 쓰러졌다. 온 방안은 잠시 동안 깜빡이는 촛불에 약속 없는 침묵이 흔들리고 있었다.

"오빠, 그런데 어떻게 제가 거기 있는 줄 아셨어요?"

"그것은 나도 모른다. 네가 어디가 있었는지 모든 비밀의 열쇠를 갖고 있는 사람은 너를 구해 준 이 한명진 씨다. 명진 씨는 명숙 씨의 오빠이시다."

영일은 먼저 이렇게 명진을 은숙에게 소개하고 나서 은숙의 아버지가 다녀들어간 이야기까지를 말하고 그 다음에는 은숙이가 오늘 자기가 당한 일을 이야기하고 맨 끝으로 이 사건의 정체를 폭로시킨 괴인 한명진이가 모든 것을 이야기함으로써 이날까지 일어난 일의 시종을 자세히 알 수가 있었다. 그렇게 날은 고요히 새었다.

새 날은 왔다.

은숙이는 날이 밝기를 기다려 집에서 애쓸 어머니와 아버지를 위해 문안으로 들어가고, 은숙을 문 안까지 데려다 주고 자기 집으로 돌아온 명진은 비로소 명숙에게 어제 일의 모든 사정을 자세히 이야기해 들려주었다.

"그럼 오빠, 그 필수 씨는 어떻게 되었어요?"

명숙은 걱정스럽게 물었다.

"그 까짓 짐승 같은 놈이 어찌된 것을 누가 알 수가 있니? 십여 길도 넘는 절벽에 그대로 굴려 버렸으니까……."

"아이, 저 일을 어째. 만일 그이가…… 돌아갔으면."

"그 놈이 죽는데 무엇이 어째? 그런 놈은 마땅하게 참혹한 죽음을 맞아야 할 것이다. 죗값이 반드시 있어야 할 것이다."

아무 대꾸도 없이 앉았던 명숙의 감은 눈에서는 구슬 같은 눈물이 빛났다. 이 누구나 이해못할 눈물은 명숙이가 안은 어린애의 잠든 뺨 위를 씻어내렸다.

저주의 눈물이냐? 그리운 눈물이냐? 이 눈물을 아는 사람이 누구냐?

한참 뒤에 명숙은 긴 한숨 끝에 입을 열었다.

"오빠!"

"왜?"

"오빠가 이 불쌍한 동생을 참으로 사랑하시거든 저를 그 필수 씨가 떨어진 절벽 밑까지 데려다 주세요."

"그건 왜?"

명진은 소리를 버럭 질렀다.

"글쎄요. 네? 오빠."

명숙은 어린애처럼 졸랐다.

"에이, 철없는 것아. 이 쓸개빠진 것아. 아직도 그 악마같은 남자를 못 잊고 있느냐!"

명진은 또 한 번 소리를 지르고 건넌방으로 건너가서 홍태규에게 그가 알고 싶어하는 돈 오천 원의 간 곳과 대강의 사정을 일러주어 돌려보내기로 했다.

명진의 집을 나서는 홍태규를 뒤에서 조용하게 부르는 사람이 있었다. 그것은 명숙이었다.

"여보세요. 미안합니다마는 저와 함께 그 필수 씨가 있는 곳으로 좀 가주세요."

"글쎄요."

"수고스러운 대로 저를 좀 인도해 주십시오."

태규는 명숙의 간절한 청을 저버리지 못해 앞 못 보는 그를 인도해 필수가 떨어져 있다는 곳까지를 갔다.

그러나 그 곳에는 필수의 그림자도 없었다.

"아이, 어떻게 된 셈일까요. 혼자서 몸을 움직이셔서 어디로 가셨을까요?"

"글쎄올시다. 좌우간 제가 문 안을 들어가서 알아보면 알겠지요."

"여보세요. 그럼 당신이 문 안 들어가시는 대로 곧 좀 알아보셔서 제게 기별 좀 해주세요."

"네. 아는 대로 제가 일부러라도 나와 알려 드리겠습니다."

"미안합니다만 그렇게 해주시면 감사하겠습니다."

그들은 다시 명진의 집 앞까지 와서 헤어졌다.

일진풍운은 이로써 걷혔다. 이 풍운이 지나간 뒤에 그들에게는 얼마나 평온한 날이 올 것이냐?

또는 이 폭풍우 끝에 다시 이는 폭풍은 그들의 정회*에 어떠한 파도를 일으킬 것이냐?

애증愛憎의 고苦

영일의 병은 장질부사**로 진단되었다. 은숙이가 자기 집으로 들어갔다가 삼사 일이 지난 뒤에 운외사로 다시 나왔을 때에는 영일은 신열이 한껏 높아져서 사람이 들고나는 것도 잘 모를 때였다.

은숙은 마침 학교 방학도 되었으므로 영일이 곁을 떠나지 않고 간호했다.

---

* 情悔 : 마음속에 품고 있는 정.
** 장티푸스.

'만일 영일이가 이 병으로 세상을 떠난다면?…….'
은숙은 혼자서 이런 생각을 하면 정체 모를 걱정에 앞이 캄캄해졌다. 그래서 억지로라도
'그럴 리야 있나, 치료만 잘하면 낫겠지.'
하고 생각지 않고는 견딜 수가 없었다.
은숙에게는 암만해도 영일의 불행이 남의 불행같이 생각되지 않았다. 부모나 형제의 불행, 혹은 그 이상일지도 몰랐다.

필수의 동정을 기별해 주기로 명숙에게 부탁을 받은 태규는 들어간 지 사흘 만에야 명진의 집으로 왔다. 그는 명진 남매에게 대강 아래와 같은 필수의 소식을 전했다.
인사불성이 되어 절벽 밑에 쓰러져 있던 필수는 다 밝게야 달려온 박인환과 그의 부하들에게 운반되어 문 안으로 들어가 총독부 의원에 입원하고 응급 처치를 하였으나 생명이 위독하다는 것이었다.
"암, 죽어야지. 죽되 오래오래 쓰라린 고민을 겪다가 시들어 죽어야지."
명진은 생명이 위독하다는 필수를 또 한 번 저주했다.
명숙은 아무 말도 없이 고개를 숙이고 무거운 한숨을 지었다.
태규가 다녀들어간 그 이튿날이었다.
명숙은 무슨 결심을 말하려는 것처럼 자기 오빠를 불렀다.
"오빠."
"왜 그러니?"
"……"
"불러 놓고는 왜 말이 없니?"
"오빠, 저를 문 안까지 좀 데려다 주세요."
"문 안? 문 안은 왜?"
"총독부 의원에 좀 가게요. 필수 씨를 좀 뵈려구요. 그렇게 위독하시다

는데 돌아가시기 전에 한 번 뵙기라도 하게요."

"아아, 네가 미쳤니. 네가 미쳤어!"

명진은 소리를 버럭 질렀다.

"오빠, 오빠는 저를 미쳤다고 꾸짖지요. 저를 미친년으로 돌리시고라도 저를 문 안까지만 보내 주세요."

"명숙아, 명숙아. 너는 아직도 그 놈을 잊지 못하겠니. 그 악마 놈을, 그 원수를……. 명숙아, 너는 불행한, 너의 행복을 위해 마땅히 필수라는 남자를 잊어라. 잊을 뿐 아니라 원수같이 알아라. 저주해라. 그렇다, 그 남자를 저주하고, 저주하는 데에만 죽지 못해 사는 불행한 너에게 조그만 행복이라도 있을 것이니……."

"오빠, 저더러 필수 씨를 잊어버리라고요? 그러나 그것은 저로서는 할 수 없는 일이에요. 아무리 잊어버리려고 할지라도 잊혀지지 않는 것을 어찌합니까. 제가 살아 있는 순간까지는 저에게서 떠나가지 않을 것입니다. 그리고 저로서는 그 사람을 원수로 알고 저주할 수도 없어요. 그 사람은 저를 참으로 사랑해 준 때가 있어요. 그 사람이 중간에 저를 버리고 달아난 것은 그 사람도 어떤 끈적끈적한 유혹에 끌린 것이에요. 어떤 유혹에 빠져서 달아났다고 해서 내가 그 이를 저주할 수는 없어요."

현실이 참혹하고 장래가 또한 암담한 명숙이가 처녀의 첫사랑을 바치던 봄날보다도 따뜻한 옛날의 추억만을 끌어안고 살려는 애달픈 어리석음을 이해하지 못하는 명진은 암만해도 사정이 딱하다는 듯이,

"글쎄 이 생각 좁은 것아, 지금 네가 그 놈을 생각하는게 네게 무슨 이익이 된단 말이냐. 정 네가 내 말을 안 들으면 나조차 너를 돌아보지 않을 테다. 되고 본대로 되라고 나도 나갈 데로 가 버릴 테다. 어쩔 테냐, 응. 네가 필수를 생각함으로써 나를 등진다면 그래도 좋으냐."

"오빠, 사랑은 이해타산으로 어떻게 할 수는 없는 것이 아닙니까. 오빠 말씀대로 제가 그 이를 그리워하고 사랑하는 것은 제게 아무 이익도 없

겠지요. 그렇다고 그리운 이를 미워할 수는 없지 않아요⋯⋯."
 사랑하는 사람을 떠나는 비애, 미운 이를 만나는 고통⋯⋯ 이것도 인생고해의 노도의 한 줄기이냐.
 한참 동안 말을 끊었던 명숙은 다시 입을 열었다.
 "오빠, 용서해 주세요. 그리고 불쌍한 저를 위해 단 한 번만이라도 그 사람 생전에 만나게 해주세요."
 명숙은 애원 끝에 길게 한숨을 지었다.
 "몰라, 몰라! 나는 네가 그처럼 쓸개빠진 여자인지 알지 못했다. 그 색마 놈은 너의 육체만을 소경으로 만든 것이 아니라, 네 정신의 눈까지도 빼앗아 갔구나. 맹목의 사랑처럼 서러운 결과를 짓는 것은 없다. 너는 필수 놈을 사랑하는 것이 아니라 그 놈에게 정신적으로 사로잡힌 것이다. 너는 너를 잊어버린 것이다. 네가 너를 찾을 때까지는 나는 너를 누이동생으로 알지 않으련다. 따라서 네 하는 일에 조금도 간섭을 않을 테다. 그 놈을 생각하거나 따라가 죽거나 마음대로 해라. 네가 너를 찾을 때까지는 나는 너를 떠나 있으련다. 응⋯⋯ 또 한 번 다시 말해라. 어쩔 테냐. 나의 누이동생이 될 테냐. 그렇지 않으면 색마 놈의 성적 노예가 될 테냐?"
 두 길! 갈라진 길. 명숙은 어디로 갈까? 혈육을 나눈 동기의 무릎 위에 엎드릴 것이냐. 이제는 스러진 이성애의 환락의 그림자를 좇을 것이냐.
 "아, 오빠. 그럼 용서해 주세요. 저는 저 갈 데로 갈 테니⋯⋯."
 명숙의 대답은 너무도 명료했다.
 명숙은 고요히 자리에서 일어나서 아랫목에서 철모르고 누워 자는 어린애를 더듬어 일으켜 업으며 잠결에 칭얼거리는 어린애의 머리를 쓰다듬었다.
 "오오, 우리 아기 아빠한테 가자."
 이렇게 눈물 젖은 음성으로 중얼거리는 명숙의 동정을 명진은 곁눈으로 흘겨보고 말없이 앉았다.
 명숙은 자기의 간단한 일용 행장을 더듬어 보자기에 싸 들고
 "오빠, 그럼 저는 가요."
하고 최후의 인사를 할 때까지 명진은 입을 깨물고 아무 말도 하지 않았다가 명숙이가 사립문 밖을 나서는 것을 보고 오뚝이처럼 뛰어 일어나서 명숙을 따라나가 붙잡았다.
 "진정으로 너는 갈 테냐. 이 오라비를 버리고……"
 명진의 음성은 떨렸다.
 "네, 가야 해요. 그 이가 죽기 전에 한 번만이라도…… 용서하세요."
 "아아, 갈 테면 가거라. 이 불쌍한 것아. 영원히 정욕의 함정에서 벗어나지 못할 동물아."
 명진은 명숙을 힘없이 떠다밀고 그 자리에 주저앉았다. 명숙은 서너 발걸음 비틀걸음으로 물러가서 다시 방향을 정해 길을 찾아 발을 옮겨 놓기 시작했다.
 맨땅에 주저앉은 명진은 명숙이 가는 길을 돌아보았다. 지팡이를 서툴게 놀리며 산길을 더듬는 명숙의 등뒤에는 때마침 솟아오는 붉은 햇살이 번쩍였다.
 이것을 바라보는 명진의 눈에는 어느덧 눈물이 고였다. 담뿍 고인 눈물 속에서 혹은 하나로, 혹은 둘로 몽롱하게 비치는 명숙의 뒷모양을 보지 않기 위해 고개를 돌리고 눈을 감았다. 불꺼진 영사막 같은 흑갈색 시계視界 위로 상아의 조각처럼 또렷이 솟는 무엇이 있었다.
 사랑의 환상.
 그것은 분명하게 삼 년 전에 이 세상을 눈물로 떠난 음전이었다. 음전이는 그 우물에 빠진 참혹한 송장이 아니라 기러기 우는 밝은 달 아래 그 윽한 갈밭 숲에서 자기를 쳐다보며 웃고 이야기하던 음전이었다.
 "오오, 나의 음전이."

그는 나오는 줄 모르게 이렇게 부르짖고 눈을 떴다. 상아의 조각 같은 환상은 비탈길의 안개를 스러지게 하는 아침볕에 사라지고 말았다. 명진의 가슴은 감상적 자극에 찌르르, 했다.

불평과 저주에 시들고 시든 마른 갈잎같이 서글픈 그의 감정도 그리운 옛날의 추억에는 후줄근하게 젖어 버리는 것이었다.

"아아, 사랑의 힘이여……."

명진은 명숙이가 가는 편을 다시 바라보았다. 그러나 그 때는 명숙의 그림자는 없었다.

'아아, 저것이 가면 어디로 갈 터인가. 앞 못 보는 저것이 어떻게 필수를 만날 것인가. 그러노라면 얼마나 고생이 될까. 자기를 버리고 달아난 남자를 속 못 차리고 사랑하고 그리워하는 것이 무슨 죄가 되랴. 필수를 미워하는 감정으로 누이동생을 버리는 내가 어리석지 않은가. 불쌍한 누이동생을……. 그렇다. 내가 어리석다. 사랑은 절대적인 것이다. 결코 상대적이거나 타협하는 것이 아닐 것이다. 나는 왜 어리석게 누이동생의 절대경로絕對境路에 발을 들여놓으려 하는가……. 오오, 따라가 보자. 그래서 앞 못 보는 모자의(지팡이―편집자) 노릇이라도 해주자.'

이렇게 마음 속으로 중얼거린 명진은 무엇에 놀란 사람처럼 일어서서 다시 자기 방으로 들어가 옷을 갈아입고 급히 명숙의 뒤를 밟아 달음질쳤다. 한 마장쯤 거리를 두고 입에다 손을 대고 명숙을 고함쳐 부르려고 우뚝 선 명진은 다시 주저했다.

"그러나 내가 오빠가 되어서 누이동생을 그 놈에게로 데리고 간다는 것이 말이 되나. 그대로 내버려두자. 필수를 따라가는 누이동생을 데리고 간다는 것은 약한 짓이요, 어리석은 짓이다. 에라, 될 대로 되어라."

명진은 마침내 발길을 오던 길로 돌렸다. 그러나 고개만은 아직도 명숙을 바라보고 있었다.

명진은 모든 것을 결심했다는 듯이 머리를 좌우로 흔들고 오던 길로 땅을 굽어보며 힘없는 발길을 옮겨 놓았다.

겨우 큰길을 찾아 나선 명숙은 행인에게 물어서 문 안 가는 길의 방향을 정했다. 불같이 내리쪼이는 삼복 볕에 어린애를 업고 땀을 뽑던 명숙은 햇볕이 걷히고 서늘한 바람이 뺨을 스치고 달아날 때에 고개를 들어 미소를 지었다. 검은 구름을 모아들이는 바람은 명숙의 주위에서 휘파람을 치고 미친 듯이 달렸다. 굵은 빗방울이 후두두 떨어지기 시작했다.

소낙비!

미친 듯 부는 바람과 굵은 빗발은 길가에서 헤매는 명숙이 모자를 울려 마지않았다.

바람에 쓰러지고 비에 젖은 앞 못 보는 그들의 길은 인생의 험로보다도 괴롭고 신산*했다.

번개가 번쩍하고 천둥이 우르르 울릴 때에는 등에 업힌 어린것은 어머니를 부둥켜안으며 소리도 못 내고 울었다. 폭풍우는 점점 심해졌다. 명숙 모자는 마침내 한 걸음을 더 옮기지 못하게 되었다.

명숙은 어린애를 앞으로 돌려 안고 길가에 주저앉아서 비 그치기를 기다렸다.

부는 바람은 그쳤다. 숨었던 태양은 다시 반짝였다. 천지는 다시 평화로워졌다. 동대문 누각에 쓸쓸하게 비치는 석양도 넘어가고 젊은 미망인의 설움 같은 엷은 황혼이 녹아내릴 때, 명숙 모자의 초초한 그림자가 동대문 큰 길거리를 조심조심 걸어 들어왔다.

그 이튿날 아침, 명숙은 총독부 의원에 나타났다.

그러나 필수의 병이 중하다는 이유로 면회는 절대로 허락되지 않았다. 그럴수록 명숙의 마음은 더욱 초초**하고 불안했다.

그 뒤로 명숙은 매일 병원 문 앞을 떠나지 않고 필수를 한 번 보게 해

---

* 辛酸 : 맵고 심. 세상살이의 고됨.
** 悄悄 : 근심으로 시름에 겨운.

달라고 직원을 괴롭게 굴었다.

 영일의 병석을 떠나지 않는 것만이 자기의 일이요, 영일이 병의 쾌유를 비는 것만이 바라는 바의 전부인 은숙은 잠시도 떠날 수 없는 영일의 곁을 부득이 떠나지 않으면 안 되게 되었다.
 어떤 날 아침이었다. 영일의 스님 해암 노승은 병실로 들어와서 은숙에게 말했다.
 "이렇게 영일의 병을 간호해 주시는 것은 감사한 일이지만, 이유가 있어서 거절하는 타이니 영일의 곁을 떠나 주시오. 간호는 다른 사람을 댈 터이니……."
 은숙은 그 날부터 할 수 없이 세상 모르고 신음하는 영일을 떠나서 자기 집으로 들어오게 되었다.
 그 뒤로 영일의 병석에는 그의 스님과 명진이가 간호를 하게 되었다. 그러나 며칠이 못 되어서 해암 노승은 영일의 병과 똑같은 증세로 병석에 누웠다.
 이 소식을 명진의 편지로 알게 된 은숙은 다시 운외사로 나왔다.
 영일의 병은 한 고개를 넘어서 이제는 차차 신열이 내리기 시작했다. 한 편으로 노승의 병은 날로 더해 갔다.

팔고八苦

 늙은 매미의 울음을 따라서 엷은 가을이 고요한 산문山門을 두드릴 때였다. 학과 같이 야윈 몸을 끌고 병석에서 일어난 영일은 병 끝에 조섭*할 겨를도 없이 스님의 시탕**을 받들지 않으면 안 되었다.

---

* 調攝 : 몸을 보살피고 병을 다스림.
** 侍湯 : 병에 약시중을 드는 일.

스님의 병도 한 고개를 지났다. 신열도 내렸다.

이제는 어린애처럼 식탐을 내는 것만이 병이었다. 이 병 끝에 제일 위험한 것은 음식이라고 의사는 거듭 주의를 시켰다. 그러나 스님은 미음 사발을 뒤집어엎으며 화를 내고 밥을 지어 오라고 야단을 치고 두부를 구워 오라거니 튀각이 먹고 싶다거니, 주위 사람들을 못살게 굴었다.

스님은 주위 사람이 없는 틈을 타서 주방으로 가만히 기어 나갔다.

그의 때 낀 수척한 손은 다른 중들이 먹다 남긴 두부 조각을 집어서 커다랗게 벌린 입으로 게눈같이 감추어버렸다.

그의 구복口腹이 요구하는 조그만 식욕은 마침내 인생으로써 면할 수 없는 생로병사의 운명을 재촉했다.

스님의 병은 다시 침중해졌다. 의사도 다시 회복할 희망이 없다고 마지막 선언을 내리게 되었다.

밤, 고요한 밤은 왔다. 산모퉁이를 돌아내리는 바람조차 잠이 들고 끊어졌다 이어지는 벌레 소리만이 한층 누리의 적막을 장식하는 고요한 밤…… 이 밤은 영일과 인연 깊은 해암 노승이 고요한 누리처럼 길이 잠드는 밤이었다.

길이 잠들기 전 노승의 의식은 새삼스럽게 명백해졌다.

그는 주위에 앉아 있는 모든 사람을 물리고 영일을 불렀다.

스님은 자기의 떨리는 손을 내밀어 그 상좌의 손을 잡았다.

"영일아, 나는 이제는 사바를 떠나 길이 간다. 나는 이 세상에 아무런 미련도 남기지 않고 이 세상을 떠나려고 일평생 수도한 보람도 없이, 나는 너를 떠나는 것이 몹시도 서글프다."

여기까지 말한 노승은 길이 한숨을 짓고 힘없이 눈을 감았다. 영일은 금방 스님이 왕생을 하는 게 아닌가 해 황망하게 스님의 가슴에다 손을 얹고 스님을 불렀다.

힘없는 눈을 다시 뜬 스님은 아까보다는 명료한 음성으로,

"영일아, 너는 평소에 내가 말한 한 가지 부탁을 잊지 않았겠지. 그리고 내가 간 뒤에라도 길이 그 부탁을 저버리지는 않겠지……. 여자를 가까이 하지 말라는 그 부탁을……. 영일아, 욕심보다 맹렬한 불(猛火)은 없고 환멸치 않는 환락이 없는 것을 너는 알 터이지. 그리고 애욕의 바다를 흘러가는 자는 고치를 얽는 누에와도 같다는 것을 잊어서는 안 된다. 욕망을 소멸함으로써 고(苦)를 떠날 수 있는 이만이 거룩한 사람이다."

 노승은 숨이 차서 말을 끊고 눈을 감고 무엇을 생각하다가 눈을 감은 채로 다시 입을 열었다.

 "영일아, 영일아. 나는 죽을 때만은 꼭 네게 들려주려고 생각한 한마디 말이 있었다. 그러나 나는 마침내 그것을 너에게 말하지 못하고 이 세상을 떠나게 되는구나. 아아."

 스님은 이렇게 말하고 다시 입을 다물었다.

 영일은 갑갑한 듯이

 "스님, 스님. 그것이 무슨 말씀입니까. 들려주세요."

하고 음성을 조금 높여서 물었다.

 그러나 이번 병으로 절벽같이 먹은 노승의 귀에는 영일의 묻는 말이 들리지 않았다. 영일은 안타깝게 타오르는 호기심에 스님의 어깨를 괴롭도록 흔들어서 눈을 뜨게 했다. 그리하여 이제 그 말을 들려 달라고 했다.

 스님은 역시 영일의 말은 알아듣지 못하고 혼잣말처럼

 "아아, 죽을 때나 일러주려던 것을 마침내는 그대로…… 그대로……."

 이렇게 무엇을 번민하는 사람처럼 중얼거리던 스님은 남은 힘을 다해 영일의 손을 붙잡고 영일을 불렀다.

 "영일아, 영일아. 내가 마지막으로 네게 듣고 갈 말이 있다. 아까 말한 나의 한 가지 부탁인 여자를 가까이하지 말라는 것은 언제까지나 지켜줄 테지. 마지막으로 분명하게 내 귀에다 들려다오. 언제까지나 지키겠다는 그 대답을 분명하게 네, 하고 들려다오. 자, 어서."
"네. 언제까지나 지키겠습니다."
귀먹은 그에게는 이 소리가 들리지 않았다.
"아, 왜 대답이 없니. 어서 대답을 해라."
"네!"
영일은 다시 대답했다.
"아, 네가 그 대답을 하지 않는구나."
끝끝내 영일의 대답을 듣지 못한 스님은 낙망한 듯이 눈을 감고 말았다. 영일은 스님이 죽을 때 하려고 했다는 한마디 말을 끝내 못 듣고, 스님은 영일의 마지막 대답을 못들은 채로 해암 노승은 머리맡에서 타오르는 한 줄기 만수향 연기와 같이 이 세상을 떠나버렸다.
해암 노승의 죽음, 그것은 영일에게 설움을 준다기보다는 애달픈 고독을 맛보여 주는 것이었다.
그를 낳아 준 아낙네는 누구였는지? 그를 낳게 한 사내는 누구였는지? 그것은 영일 자신이 알지 못하는 바이지만, 그 피묻은 생명을 지금까지 키워 준 것만은 해암 노승이었다.
이십육 년 전에 강보에 싸인 어린 자기를 법당 뒤에 내던지고 떨리는 걸음으로 어둠에 사라지던 어머니의 품이 그리워 울던 영일은, 이제 스물 여섯 살 되는 자기를 이 세상에 남기고 길이 떠나는 제 이의 어머니인 스님의 죽음에 울음보다도 서러운 정서를 풀지 않을 수 없었다. 영일은 고요하게 눈을 감았다.
"아아, 쓸쓸한 나에게 이제는 누가 있느냐?"
이렇게 스스로 물어 볼 때에 어디선가 가느다란 대답이 들려 왔다.
"제가 있잖아요. 오빠는 저를 잊으셨어요? 일평생 사랑해 주시겠다는 누이동생을……."
그것은 분명 은숙의 음성이었다. 영일은 감았던 눈을 가만히 떴다.

"그렇다, 은숙이가 있다. 나의 사랑하는 동생 은숙이가."
그는 갑자기 무슨 생각이 난 듯이 책상 앞으로 가서 붓을 들었다.

아아, 쓸쓸한 나에게는 이제 누가 있느냐? 하고 묻는 나에게, 제가 있지 않아요 오빠, 하고 대답하던 사랑하는 누이야. 오는 일요일에 특별한 일이 없거든 놀러 나오너라. 그 때쯤은 한 점 두 점 수를 놓기 시작함직한 들국화의 향기라도 같이 맡고, 푸르른 하늘을 떠도는 흰구름 조각이라도 함께 쳐다보자. 온다는 회답이 없어도 오는 줄로 믿고 기다리겠다…….

그는 은숙에게 이런 편지를 쓰는 것으로 외로운 자기를 위로했다.

그 다음 일요일에 은숙은 운외사로 나왔다.
그들은 졸졸 흐르는 맑은 시냇가로 나갔다.
"오빠, 제가 언제 오빠에게 그런 소리를 했어요?"
"무엇 말이냐?"
"오빠 제가 있지 않아요, 라고 제가 언제 그랬어요."
"응, 그것 말이냐. 나는 그 소리를 분명하게 듣고 쓴 것인걸. 어쩌나……. 은숙아, 요즘에 나는 정말로 이상해졌다. 중병으로 육체가 피로한 나는 어쩐지 마음까지도 약해졌다. 스님이 세상 떠나신 것, 그것이 내가 그 전에 생각한 바와는 딴판으로 나를 한껏 외롭게 한다. 생각하면 그이의 죽음이 나에게 무엇이냐……. 아무래도 나는 약해졌다."
"오빠, 그럼 제가 이제 오빠가 듣고 보는데서 분명하게 말할께요.……. 오빠, 제가 있잖아요. 외로운 오빠를 위해……."
"그러나 네가 나의 고독을 위로해 줄 날이 얼마나 되겠느냐. 너와 나는, 아무래도 난 좋은날을 손꼽고 있는 것이다. 친동기간에도 출가 전뿐인데……."

여기까지 말하던 영일은 무엇을 생각했는지 말끝을 흐려버렸다. 은숙은 이 흐린 말끝이 무엇인지를 알아들었다. 그러나 그것에 대한 자기의 대답을 주저했다. 그렇다고 명백한 대꾸를 하지 않고 배길 수는 없었다.

"오빠, 저는 일평생 결혼하지 않기로 작정했어요. 그러니까 언제까지든지 오빠에게 충실한 동생 노릇을 할 거예요."

"나는 너에게 그런 무리한 요구를 할 수는 없다. 그것은 네게 괴로운 일이니까……."

"그것은, 저는 조금도 괴롭지 않아요. 도리어 오빠를 떠나는 것이 괴로운 일이에요."

"만나는 일이나 떠나는 일이나 다 괴로운 일이다."

"왜 그래요? 저는 오빠의 곁만 떠나지 않으면 언제까지나 행복할 것 같은데요."

"사람과 사람 사이에 무슨 행복이 있겠느냐. 더욱이 남자와 여자 사이에."

갑자기 쓸쓸한 표정을 지은 영일은

"자…… 가서 이젠 점심이나 먹자."

하고 은숙을 일으켜서 그 자리를 떠났다.

점심을 먹고 난 뒤에도 영일의 기분은 이상했다.

그것은 영일 자신도 이해하기 어려운 것이었다. 남이나 혹은 자기를 미워하는 증오감도 아니요, 불쾌도 아니요, 우울은 물론 아니었다. 억지로 말하면 회의의 장막 속에서 사라질 듯 쓰러질 듯 비틀거리는 자기의 외로운 그림자를 영일의 젊은 눈이 들여다보는 막연한 번뇌였다.

"오빠, 나는 들어가요."

은숙은 영일의 그 괴로운 기분에서 떠나려는 듯이 작별을 고했다. 영일은 애써 붙잡으려고도 하지 않았다.

"오는 일요일에 또 나오련?"

"글쎄요."
"글쎄요가 아니라 꼭 나와야 해. 일요일이다."
영일은 잠 못 드는 그 날 밤을 맞았다.
'나는 무엇 때문에…… 내 생활의 어느 귀퉁이에는 텅 빈곳이 있다. 나는 그것을 고독이라고 이름지어 부르는 것이 아닌가……. 그래서 나는 왜 자기의 고독을 느낄 때마다 은숙이를 연상하는가?…… 누이동생이기 때문에? 아니다. 그것은 거짓말이다. 그러면 왜 그녀가 시집갈 것을 불안하게 생각하는가? 아니, 아니. 그래도 그밖에는 아무 것도 없다. 아무런 야심도 없다. 나는 벌써 전에 은숙에게서 이성이라는 탈을 벗겨버린지 오래였다.'

영일은 베개 위에서 머리를 좌우로 흔들어서 모든 것을 부인하려 했다.
'그러나 은숙은 나의 정신생활에 끈적끈적하게 발을 들여놓고 간섭하려는 존재가 아닌가. 만약 친동기라면이야 그럴까. 나는 친동기가 없으니 어떨 지는 모를 일이다. 아니다, 아니야. 모두가 나를 속이는 수작이다. 나는 역시 은숙에게 이성에 대한 사랑을 느끼는 것이다. 그래서 괴로운 것이다. 이 세상을 떠나신 스님께서 마지막으로 내 귀에 이렇게 들려주지 않았는가. '애욕의 바다를 흘러가는 자는 고치를 얽는 누에와도 같다.' 그렇다. 나는 스스로 나를 결박하는 것이다. 내가 엮는 결박을 풀어야 한다. 내가 쌓은 옥을 헐어야 한다.'

그는 그 자리에서 일어나 염주를 손에 들고 모든 망념을 쫓기 위해 단좌했다.

고요히 걷히는 어두운 밤을 따라 그의 가슴도 평정해졌다. 평정한 생활이 몇 날 계속되었다.

영일은 어느 날 아침에 일어나던 중에 커다란 문제에 부딪혔다.
내일이 일요일이 아닌가!
"내일은 은숙이가 온다고 한 날이 아닌가!"

이렇게 생각하니 영일은 반갑고도 무서웠다.

"아아, 나는 왜 이렇게 약한가. 오면 오고, 가면 가도록 태연해야할 것이 아닌가. 아니다, 와서는 안 돼. 역시 보지 않는 것이 제일이다.. 오지 못하도록 해야 해. 그만 내가 어디로 하루만 피할까. 그러면 기껏 나왔다 오죽이나 섭섭할까?…… 편지로 나오지 못하도록 기별을 하자."

그는 붓을 들었다.

내일은 네가 오기로 약속한 날이지. 그러나 공교롭게 나는 절에 없게 되었다. 나왔다 섭섭해 할 것을 생각하고 이 글을 급하게 부치니 나오지 말아라.

이렇게 간단한 편지를 써서 일부러 사람을 문 안까지 보내서 우편으로 배달하게 하고 그는 안심하고 그 이튿날을 맞이했다. 그 이튿날 아침에 영일에게 배달된 우편물 중에는 사흘 전 일부*가 찍힌 은숙의 편지 한 장이 있었다.

오빠, 오는 일요일에 나가 뵙겠다는 일요일의 약속을 어기게 되어 이렇게 편지를 드립니다. 기다리지 말아 주세요. 제가 약속을 어기는 것은 특별한 일이 생긴 것이 아닙니다. 어쩐지 오빠를 만나는 것이 반가운 이상의 괴로운 일 같아서 그 날은 집에서 조용하게 무엇을 좀 생각해 보려 합니다.

편지를 읽고 영일은 높은 천장을 쳐다보고 얼마 동안 그린 듯이 앉아 있었다.

"아아, 은숙이에게도 괴로움이 있는가. 그는 나보다 솔직하게 고백하

---

* 日附 : 서류 등에 기록하는 하루하루의 날짜.

려고 했구나. 나는 왜 그에게 거짓말로 그가 오는 것을 거절했을까. 여기 나오는 대신에 자기 집에 들어앉아서 조용하게 생각을 해본다는 것은 그 무엇일까?"

영일은 거미줄처럼 얼크러지는 착잡한 생각을 걷어치울 양으로 밖으로 가서 높고 푸른 하늘을 바라보며 방향 없이 거닐었다.

생명이 위독하다고 전하는 총독부 의원에 입원 치료 중인 필수의 경과는 어찌 되었는지?

한명진과 격투 끝에 한명진을 쏘기 위해 발사한 자기 총의 탄환에 맞은 그의 왼편 정강이는 뼈를 관통한 상처의 경과가 좋지 않기 때문에 무릎 아래부터 끊어버리지 않으면 안 되었다.

무릎을 잘라 내는 수술을 받은 뒤로 한껏 피로해진 필수의 몸은 다시 절벽에서 떨어질 때에 부딪힌 원인으로 늑막에 염증이 생겨 생사의 경로를 배회했다.

그러나 그가 가진 돈, 그리고 발달된 현대 의술의 덕택으로 구구한 생명만은 보전하게 되었다. 이제는 환자복을 입은 그가 허수아비와 같이 마른 불구의 몸을 쌍지팡이에 의지하고 간호사의 보호 밑에 병실 밖에서 산보도 하게 되었다.

수술한 다리와 늑막염이 치료된 뒤에 그는 새 병을 한 가지 얻었다. 그것은 밤에 잠을 자지 않고 무엇을 생각하는 것이었다. 그것 때문에 신경이 과민해지고 따라서 희로喜怒의 감정이 몹시 빨라졌다.

그는 어느 날 간호사에게 거울을 좀 빌려 달래서 자기의 얼굴을 들여다보다가 수척한 자기의 꼴에 화가 나서 손에 들었던 거울을 벽에 부딪쳐서 깨뜨려버렸다.

그 뒤로 필수에게 거울은 절대로 보여주지 않게 되었다.

자기를 보기 싫은 사람에게 거울은 금물이다.

의사는 필수의 신경과민을 걱정했다. 이제부터는 종요하게* 그 방면으로 치료하기로 해 될 수 있는 대로 밤에 잠을 잘 재우도록 하기 위해서는 여러 가지 약도 쓰지만, 할 수 있는 대로 낮마다 육체의 운동을 충분하게 시키도록 해 밤에 잠을 잘 자도록 하는 것이 중요한 치료 방법이었다.

비가 오거나 바람이 불거나 하루도 빠지지 않고 필수를 만나기 위해 병원을 드나드는 명숙은 이 날도 어린애를 업고 병원으로 가서 필수를 보게 해 달라고 애걸을 했다.

"당신이 미쳤구려. 매일 와도 마찬가지 아닙니까? 그 사람은 가족 이외에는 절대로 누구에게나 면회를 허락하지 않는 환자니까 아무래도 면회는 하지 못할 것인데, 왜 공연하게 애를 쓰시오?"

직원은 핀잔을 주었다.

명숙은 이 핀잔을 들으려 나왔던 사람처럼 아무 말도 않고 돌아서서 힘없이 발길을 옮겨 놓았다.

이 때에 안에서 간호사 한 사람이 나왔다.

"아이고, 당신이 또 오셨구려. 지금 그 분은 저 뒤뜰에서 산보를 하시던데……."

이 말을 들은 명숙은 소리나는 편을 향해 그를 불렀다.

"여보세요, 저 좀 보세요. 지금 그 분이 산보하신다는 데가 어디입니까?"

"네, 저 병원 뒤뜰에서요."

"아이고 여보세요, 미안하지만 저를 그리로 좀 데려다 주세요, 네?"

"큰일나게요. 제 마음대로 그런 일을 했다가."

"여보세요, 제 사정을 보셔서 그렇게 해주세요. 잠깐만 만나 뵙고 곧 나올 테니."

---

* 없어서는 안 될 만큼 매우 긴요하게.

"글쎄요……."

간호사는 차마 거절하기가 가엾었는지 눈을 깜빡이며 한참 무슨 생각을 하다가,

"그럼 제가 데려다 드릴 테니 잠깐만 만나보고 곧 나오셔야 합니다."

"네, 그림요."

"자, 그럼 이리로 나를 따라오세요."

"아이, 참 감사합니다."

간호사의 손을 붙잡은 명숙의 손은 기쁨에 떨었다. 앞 못 보고 내딛는 명숙의 발걸음은 부질없이 바빴다.

아아, 그립고 그리운 이를 찾아가는 눈물겨운 행복이여!

겨드랑이 밑에다 지팡이를 대고 부지런하게 돌아다니던 필수는 땅바닥을 내려다보고 걸음을 딱 멈추었다. 그의 눈은 무슨 보기 싫은 물건을 볼 때처럼 찌푸려졌다.

반짝이는 햇발 아래 다리 하나가 없는 기괴한 동물 같은 자기의 그림자를 새삼스럽게 내려다본 것이었다.

"아아, 저게 무슨 꼴이냐. 무엇 때문에 이 꼴이 되었느냐!"

그는 혼자 중얼거리고 나서 간호사를 보고

"여보, 내 방으로 들어가겠소."

하고 짜증을 내었다. "좀 더 산책을 하시지요. 의사 말씀이 한 시간쯤은 하셔야 된다고 하셨는데요."

이렇게 대답하는 간호사에게 필수는 대번 화를 내어 소리를 버럭 질렀다.

"여보, 잔소리가 무슨 잔소리요. 내가 들어가고 싶다는데."

"네, 그럼 어서 들어가시지요."

필수의 신경과민을 잘 아는 간호사는 황황하게 필수를 인도해 병실로 향하려 했다. 이 때였다. 소경 어린애를 업은 소경 여자가 간호사의 손에

끌려 필수의 뒤로 나타났다.

명숙을 끌고 오던 간호사는 명숙의 손을 놓고 얼른 필수의 앞을 막아서며 필수에게 말했다.

"이 선생님, 누가 잠깐 선생님을 보겠다고 그래서 데리고 왔으니 잠깐 만나 보시지요."

"나를 보겠다는 게 누구예요. 어디 있어요?"

눈으로 보지 못하는 대신에 한층 청각이 예민해진 명숙은 자기의 귀를 울리는 분명한 필수의 음성을 듣자 허둥지둥 걸어오며 반가움과 설움에 떨리는 소리로 필수를 불렀다.

"필수 씨! 필수 씨!"

등뒤에서 자기를 부르는 소리에 고개를 돌린 필수는 무슨 무서운 것을 본 것처럼 눈을 커다랗게 뜨고 어린애 업은 소경 여자를 바라보았다.

"누구요, 누구요?"

"저예요, 명숙이에요. 저를 모르시겠어요!"

"아! 명숙이, 명숙이."

떨리는 음성으로 부르짖고는 장승처럼 서서 자기 앞으로 더듬 더듬 걸어오는 명숙을 바라보는 필수의 얼굴은 파랗게 질렸다. 지팡이를 의지하고 서 있는 그의 외쪽 다리는 알지 못할 공포에 부질없이 떨렸다.

"필수 씨, 필수 씨."

이렇게 부르며 한 걸음 한 걸음 다가오는 명숙의 허우적거리는 손이 자기의 몸에 닿으려 할 때 필수는 눈을 커다랗게 뜬 채 땅위에 쓰러졌다.

사람이 자기의 죄악을 볼 때처럼 무서운 때는 없는 것이다. 필수는 지금 자기가 지은 죄의 결과를 본 것이다.

명숙을 데리고 들어갔던 간호사는 겁이 나서 황망하게 명숙을 바깥으로 끌고 나오고 필수는 급하게 병실로 운반되어 들어갔다.

필수는 그 날부터 완전하게 정신병자가 되었다.

간호사가 들어가면

"명숙이, 명숙이. 용서하오. 용서하오."

하고 손을 곧추 빌기도 하고, 어떤 때에는 사면에서 나타나는 수많은 여자의 환상에 쫓겨 침대에서 뛰어내려 방안을 빙빙 돌아다니기도 했다.

사람은 미칠 때만 참을 찾을 수가 있는 것이다. 미친 사람은 거짓을 모른다.

증세는 차차 악화되었다. 여자를 보면 빌거나 도망하거나 하던 필수는 이제는 폭력으로 대항하려고 했다. 병실을 들어오는 간호사를 지팡이로 때려 중상을 입히고 허공을 향해

"이 년."

소리를 지르며, 아무것이나 손에 잡히는 대로 던져 유리창을 부시곤 했다.

필수는 마침내 정신병자 취급을 받아서 동팔호실東八號室로 옮겨갔다.

병원 문밖에는 전과 같이 명숙이가 어린애를 업고 배회했다. 남들은 명숙이도 미친 것이라고 말했다.

명숙의 태도는 미친 것 같이 진실했기 때문에.

은숙은 확실히 요즘에 와서 영일을 만나는 것이 반가운 것 이상으로 괴로운 일이었다.

그러나 오지 말아 달라는 영일의 편지를 받았을 때 형용할 수 없는 애달픈 정서가 풀렸다.

은숙의 여자다운 감정은 그 간단한 편지에서 영일의 번뇌의 자취를 엿본 것이었다.

'아아, 그 이도 나를 만나는 것을 괴로워하는구나.'

하고 생각할 때 은숙의 가슴은 웃어도 울어도 시원치 않을 감정에 울렁거렸다.

꾀꼬리 노래가 푸른 버들가지에서 굴러내리는 봄 아침, 시들어 가는 국화가 넘어가는 석양에 머리를 모으고 조는 가을 저녁, 계절을 따라 병신이 아닌 남보다 더 한층 정서와 이지가 풍부한 은숙이 스물 넘은 처녀의 애달픈 성적 충동에 부대껴 보지 않은 것도 아니었다.

그러나 그것은 다만 막연할 뿐이었다. 젖빛 같은 뽀얀 하늘로 높이 높이 사라지는 종달새 노래를 붙잡고 싶은 기분, 달 아래 울고 가는 기러기 행렬에 싸여서 어디든지 가고 싶은 정서, 그것과도 같은 것이었다. 그럴 때에 은숙은 아버지 어머니와 가댁질*도 하고 자기 육성을 짜내어 노래도 부르고 피아노도 치고 바이올린이라도 켜면 그 기분, 그 정에서 벗어날 수도 있는 것이었다. 그러나 지금의 은숙의 그것은 너무나 목적의식이 분명한 번민이었다. 그 번민은 자기의 성대를 울려 나오는 노래쯤으로는 없애버릴 수가 없었다. 피아노의 어느 건반을 눌러도, 바이올린의 어느 줄을 스쳐보아도 은숙 자신의 정서를 반주할 아름다운 소리는 나오지 않았다. 그렇게 어머니 아버지 곁에서 어린애처럼 쾌활하던 말괄량이도 이제는 철학자처럼 우울해졌다.

은숙은 마음가는 대로 정서가 풀리는 대로 그 날 해가 다 지고 새날이 올 때까지 달고도 쓴 공상에 잠겨라도 보려고 자기 방문을 꼭꼭 닫고 혼자 들어앉았다.

은숙의 가슴에는 용궁보다도 화려한 자기의 세계가 창조되고 있다.

은숙은 건축 설계에 몰두한 위대한 건축가처럼 눈을 감고 설계에 분주했다.

스물 두 해 동안 쌓아 놓은 아름답고 튼튼한 처녀의 성벽에 둘린 부드럽고도 조그만 가슴은 얼마나 아늑한 세계랴? 이 아늑할 세계에 넓고 든든하게 터를 닦고 세우는 사랑의 전당은 그 얼마나 아름다울 것이랴?

---

* 아이들이 서로 잡으려고 쫓고, 쫓기어 달아나고 하며 뛰노는 장난.

이 세계는 어머니도 못 들어오고 아버지도 들이지 않는다. 그밖에 모든 사람은 바라볼 수도 없는 아늑한 세계이다. 이 아늑한 세계 안에 거룩한 성당처럼 꾸준하게 서 있는 사랑의 전당에는 사면을 둘러보아도 문은 없다. 다만 하늘로 뚫린 조그만 창문이 있을 뿐이다. 그 창문으로 들어오는 한 사람만이 있다. 그것은 영일이다.

그리하여 비로소 그 세계에는 두 사람이 살 수가 있는 것이다.

이 때였다. 이 아늑한 세계를 흔드는 음성이 어디선가 울려왔다.

"아가, 은숙아. 방에 들어앉아 뭐 하니? 아버지가 부르신다."

문밖에서 부르는 어머니의 소리에 은숙은 눈을 번쩍 떴다. 아늑한 세계, 화려한 전당은 참혹하게도 무너졌다.

"왜 그러세요 어머니. 남 뭐 생각하는데."

은숙은 짜증을 냈다.

"아버지가 부르시니 좀 가 봐라."

은숙은 선잠 깬 어린애처럼 얼굴을 찌푸리고 안방으로 건너갔다. 담배를 피우고 앉았던 은숙의 아버지는 그 딸을 보고 물었다.

"너 오늘, 어디 갈 데 없지?"

"네, 아무 데도 안 갈 거예요. 하루종일 제 방에 들어앉았을 거예요. 왜 그러세요?"

"글쎄……"

의미 있게 말끝을 내고 한참 가만히 앉았던 그는 다시 말을 이어,

"오늘 누가 손님이 올 듯하니, 머리도 빗고, 그러고 있어라."

"손님이 오기로서니 제가 머리를 빗고 기다릴 것이 뭐예요?"

"너를 보러 오는 손님이니 그렇지."

"저를 보러 오는 손님이 누군데요?"

한참 동안 대답이 없던 은숙의 아버지는 아무쪼록 거북하지 않은 표정을 지어서 빙그레 웃으며,

"네가 혹 나보다도 잘 알지도 모르지. 저, 지금 연희전문학교 교수로 있는 백성환이라는 사람을 알겠니? 작년에 미국에서 돌아왔다는……."

"말은 들었어요. 그러나 어떤 사람인지는 잘 몰라요."

"어떤 친구가 그 사람을 내게 소개한다구 오늘 오후 너덧 시쯤 해서 온 댔는데……. 바른말하면 나를 보러 오는 게 아니라 너를 보러 오는 게 사실이다. 알아듣겠니? 그러니 너도 그 위인을 잘 보아 두란 말이다."

"아이, 저는 싫어요. 그런 사람 만나 볼 필요가 없어요."

은숙은 모든 것을 알아차리고 대번에 거절했다.

"이 자식아, 아비 말을 좀 자세히 듣고 말해라. 네가 지금 여남은 살 먹은 계집애도 아니고 스물이 넘었으니 차차 장래라는 것을 걱정해야 하지 않겠니? 처녀로 있으니까 요전 같은 별별 일이 다 있고 그렇지 않으냐. 그러나 내가 아비라고 결코 억지로 권하거나 명령하는 것도 아니다. 어떤 친구가 그 백씨라는 사람을 나에게 소개하는데, 아직 독신인데 사람도 얌전하다고 하기에 우선 사람을 보고 외표가 그럴듯하면 더 깊이 모든 것을 알아보자는 것인데. 누구보다도 네가 당사자니까 너더러 좀 자세히 보아 두라는 말이다. 응, 알아듣겠니?"

"글쎄, 알아들었어요. 그러기에 볼 필요가 없다고 대답하지 않았어요?"

"말만 듣고 만나 본 적도 없다면서 볼 필요 없는 것은 무엇이냐?"

"아이 참, 아버지도 못 알아들으시네. 저더러 그 남자 선을 보고 마땅하면 시집가라는 말씀이 아니에요. 알아들었어요. 그……런……데……요, 저는 시집가기 싫으니까 그 남자를 선 볼 필요가 없어요……. 자 이만하면 아버지, 알아들으셨지요?"

"저런 말괄량이가 있나."

은숙의 어머니는 뒤에서 웃는다.

"글쎄 아무려면 일평생 시집 안 가고 살 테냐?"

"안 가고 살지요. 언젠가도 제가 말씀드리지 않았어요. 아버지하고 어머니하고 일평생 산다고요!"

"그건 거짓말이고……. 만일 네가 네 마음대로 장래 믿음직한 사람을 구했다면 나는 아무 말도 않을 테다. 혹 그런 사람이 있니? 그만한 것은 이해하는 아비가 아니냐, 응. 숨기지 말고 말해라."

"……."

은숙이도 거기에 대한 대답은 얼른 나오지 않았다.

은숙의 머리에는 영일이가 번개같이 지나갔다.

그러나 최영일 씨가 있지 않아요, 하고 솔직하게 대답하기에 영일은 아직도 누구에게나 내놓고 자랑하기에는 곤란한 숨은 보배였다. 아니, 자기의 보배라기보다는 자기 자신도 확실하게 미덥지 못한 것이었다.

"왜 대답이 없니? 혹 그런 데가 있는 게로구나."

"아니요, 없어요."

은숙은 마침내 머리를 가로흔들었다.

"그런데야, 아비 하는 일에 그렇게 반대할 까닭이 무엇이냐. 아무래도 오늘 그 사람이 오기는 올 터이니 보기만 하려무나. 그 뒤에는 네 생각대로 하더라도……."

"글쎄 싫어요. 아버지도 참."

"그게 고집이라는 거다. 그러지 말구 기어이 내 집에 찾아오는 손님이니 보기만 했다가 뒤로 자세하게 이야기하기로 하자. 대관절 보기 전에 가부가 있겠니?"

"몰라요. 저는 이제 어디로 놀러 갈 거예요."

은숙은 짜증을 내고 자기 방으로 휙 나와 버렸다.

자기 방으로 나온 은숙은 암만해도 침착하게 들어앉아 있을 수가 없었다.

그리고 지금 그 아버지에게 들은 말은 자기 스스로 해결하기에 그렇게 힘든 문제도 아니지만, 그래도 영일을 만나서 의논을 하고 싶은 생각이 났다.

 '에라, 운외사에나 나가 볼까……. 그러나 오늘은 나가지 못한다고 편지까지 해 놓고 나간다는 것이 이상하지 않은가……. 그리고 오늘은 계시지 않겠다고 통지가 있었는데……. 없으면 돌아올 때까지 기다릴 셈치고 나가 보지……. 대관절 나가는 목적이 무엇인가?'
하고 스스로 물어도 명확한 대답은 나오지 않았다. 은숙은 거의 침착성을 잃어버렸다.

 '이번에는 심중에 있는 참뜻을 말해 버릴까. 누이라는 가면을 벗어버릴까.'

 은숙은 비로소 영일을 찾아가는 정확한 목적을 정한 듯 했다.

 '그렇다. 우리가 누이니 오빠니 한 것은 훌륭한 가면이다. 이 가면을 벗지 않고는 이 고민을 떨칠 수가 없을 것이다.'

 은숙은 결심한 듯이 옷을 갈아입고 집을 나섰다.

 그 일요일이다.
 영일은 은숙이가 나오지 않을 것이 무슨 큰 걱정을 내려놓은 듯 했다.
 그리운 이를 만나지 않는 데서 얻는 애달픈 평화여.
 그는 근일에 여러 가지로 산란한 자기의 머리를 수습하기 위해 아침부터 법당에서 단좌묵선端坐墨線에 빠졌다. 모든 생각을 다 잊어버리고 그야말로 만념구공萬念俱空의 하루를 보내고 싶었다.
 그러나 이 유오幽奧한 경지를 침입하는 사람이 있었다. 등 뒤에서 벼락을 쳐도 돌아보지도 않을 듯이 든든하게 꿇어 앉은 영일의 귀를 두드린 것은 가람*을 들어서는 은숙의 발자국 소리였다.
 오, 오 거룩한 지경을 어지럽게 하는 어여쁜 침입자여.

---

* 伽藍 : 승가람마僧伽藍摩의 준말. 중이 살면서 불도를 닦는 집. 곧 절의 건물을 통틀어 이르는 말.

영일은 이어 어여쁜 침입자를 맞이하기 위해 성지를 떠나 나왔다.

나올까 봐 겁이 나던 것이, 만나고 보니 역시 반가웠다. 부처같이 점잖던 영일은 어느덧 젊은 연인으로 변했다.

둘은 나란히 영일의 서재로 들어갔다.

"오빠, 오늘은 안 나오고 집에 있으려 했는데 아무래도 갑갑해서. 그리고 화나는 일이 있어서."

은숙은 역시 가면을 못 벗었다. 오늘 안 계시겠다고 하시더니 어떻게 이렇게 절에 계세요? 하고 묻고 싶은 것을 은숙은 참았다.

"왜 무슨 화나는 일이 있어?"

"네, 화나는 일이 있어요. 오늘 아버지께서 새삼스럽게 또 혼인 이야기를 끄집어내겠지요. 그리구 오늘 오후에 미아이(선 보는 것)를 하라기에 화를 내고 나와버렸어요."

은숙은 무엇보다도 그 말을 먼저 꺼냈다.

"미아이 하라는데 화가 왜 나?……"

영일은 자기로서도 자기가 한 말에 대한 의미의 몽롱함에 웃지 않을 수 없었다.

영일에게는 두 가지 생각이 떠돌았다. 은숙이가 그만 다른 곳에 혼인을 해버리고 말았으면 자기와 은숙이 사이의 문제는 어둠 속에서 사라져 버릴 것 같기도 하고, 또 한 편으로는 은숙의 혼인에 대해 자기는 당연하게 반대할 의무나 책임을 가진 것같이도 생각되었다.

"어서 적당한 곳을 물색해 결혼하는 것이 좋지 않으냐?"

영일의 가면에 붙은 입은 제법 오빠답게 말했다.

"싫어요, 싫어요. 저는 결코 결혼하지 않을 거예요."

"결혼 안 하고 어째?"

영일은 이 말을 묻기가 어쩐지 간지러웠다.

"……"

얼마쯤 대답이 없던 은숙은
"저도 오빠같이 일생을 독신으로 지낼 거예요."
하고 고개를 숙였다.
"그럴 필요가 무엇이야?"
"오빠는 그럴 필요가 어디 있어요?"
"나, 나는 출가한 사람이요, 또 너는……."
"저도 출가를 할거예요. 승이 될래요. 저는 오빠가 하는 일은 무엇이든지 좋아 보여요."
석가세존이여, 애욕에 끌려 출가하는 여자에게 선禪을 베풀겠나이까?
"그러나 그것은 아마 일시의 기분이겠지. 그 기분이 도저히 네 일생을 지배하도록 길거나 또 굳세지는 못할 것이다."
"그건 두고 보세요. 제가 정말로 결혼을 하는 날은 오빠를 영원히 떠나는 날일 것 같아요. 그러니까 오빠를 일생 두고 떠나지 않기 위해 결혼하지 않을 거예요."
"아니다. 너와 나는 서로 떠나야 할 것이다. 그래야 피차가 행복할 것이다."
"그건 왜 그래요?"
"그건 나도 모르지."
"아니에요. 저는 그렇게 생각하지 않는다는 것보다 저는 그렇게 되면 살아 있을 수 없을 것 같아요."
"아니다. 떠날 사람은 떠나야 하는 것이다."
"아니에요."
이런 단조로운 문답 밖에 숨은 복잡한 심정은 두 사람에게 침묵을 내렸다.
법당 용마루를 비추던 태양 위에 검은 구름이 덮여 하늘은 차차 흐려졌다.

두 사람의 침묵같이 답답하던 하늘에서는 홀아비의 한숨 같은 바람에 굵은 빗발이 들이치기 시작했다.
　비는 차차 굵고 빽빽하게 내리기 시작했다. 하늘은 점점 낮아졌다.
　저주할 비는 은숙의 돌아갈 길을 막았다.
　영일과 은숙에게 밤은 무서웠다. 창 밖에서는 비를 날리는 바람소리가 요란하고 방안에는 가느다란 촛불이 고요하게 조는 그 밤……
　영일은 서재에 딸린 조그만 방을 은숙의 침실로 정해 취침을 권하고 자기는 자기의 침실로 돌아와 누웠다.
　그는 어서 잠이 들기 위해 불을 끄고 눈을 감았다.
　그러나 어여쁜 침입자에게 빼앗긴 잠은 좀처럼 잡히지 않았다.
　마당 한 폭을 격해 있는 은숙의 자는 방이 아득히 멀고 먼 어떤 신비한 나라같이도 생각되고 그 멀고 먼 나라에 있는 은숙이가 자기 육체의 어느 부분도 남기지 않고 어루만지는 듯한 기괴한 감각에 그는 스스로 화를 내고 밖으로 나갔다.
　소리 없이 내리는 가는비에 젖은 깊은 밤은 지옥보다도 캄캄했다.
　모든 죄악이 울렁거리는 암흑의 세계를 쏘다니던 어지러운 발길을 멈춘 그는 도적보다도 조심스럽게 귀를 기울였다.
　잠든 여자의 가느다란 숨결이 폭풍처럼 그의 온몸에 흐르는 피를 물결치게 했다. 그 가느다란 숨결을 분명히 듣기 위해 자기 심장의 두근거리는 고동까지도 방해가 되었다.
　조수같이 밀려오는 이상한 힘에 떨리는 그의 손이 어떤 방문을 열기 위해 마녀의 귀걸이 같은 문고리를 붙잡았다.
　영일은 뜻밖에 자기 앞에서 일어나는 벽력같은 음성에 깜짝 놀라 뒤로 물러섰다.
　그 벽력같은 음성이 자기 손에 잡혔던 문고리와 문설주가 서로 부딪치는 소리인 줄을 알았을 때에 그는 비로소 은숙의 침실문 밖에서 잠옷 바람으로 떨고 서 있는 자기를 발견했다. 영일은 있지 못할 곳에 서 있는 자기를 끌고 허둥지둥 자기 방으로 돌아왔다.

　자리에 누웠던 그는 갑자기 무슨 생각을 했는지 벌떡 일어나서 문이라는 문에 달려 있는 고리를 모조리 안으로 걸고도 안심이 안 되는 듯이 두 팔로 울렁거리는 가슴을 부둥켜안고 자리에 쓰러졌다.

　분마奔馬처럼 달리는 정욕을 가두기 위해 문을 안으로 걸고 가슴을 밖으로 잠그는 어리석음에 영일은 미친 사람처럼 어둠 속에서 중얼거리고 코웃음을 쳤다.

　"아아, 이게 무슨 어리석은 짓이냐. 나는 나를 이렇게도 믿을 수가 없는가? 믿다니 믿다니, 나를 어떻게 믿을 수 있나. 지금의 그것은 무슨 추태냐. 돌아가신 스님의 영靈이 그것을 내려다보셨으면 얼마나 꾸짖었으랴. 나는 아직도 젊다. 가까이 있는 여자를 멀리하기에는 수양이 부족하다. 아아, 나는 은숙이를 사랑하는가. 동기와 같이 사랑하는가. 만일 그렇다면 나의 젊음은 왜 어둠 속에서 뛰는가. 거리가 가까이 있을 때에 뛰는가. 아니다 아니다. 나는 역시 나를 속이고 나를 꾀여가며 그를 이성으로 사랑한 것이다. 그 증거로 나는 그를 누이라고 부른 이후로도 끈적끈적하게 그리워하지 않았던가. 그가 필수에게 붙들려 갔을 때에 나는 분명히 질투에 가까운 감정을 가지고 필수를 미워하지 않았었는가. 내가 병석에 있을 때 나의 이마를 짚고 다리를 주무르는 그의 가냘픈 손에서 전하는 촉감을 나는 어떻게 느꼈던가……. 내가 그를 이성으로 사랑했다면 나는 그의 무엇을 사랑하는가? 영靈이냐, 육肉이냐. 아아, 나의 외로운 영이 그의 다정한 영을 사랑했는가. 그뿐인가. 그러면 나는 왜 어두운 밤에 잠든 그의 문을 열려 했는가. 그러면 그의 육을 사랑하는구나. 그의 육을 사랑한다면 그의 어느 부분을 사랑하는가. 쌍꺼풀진 맑은 두 눈이냐. 오똑한 그의 코냐. 곱게 다문 그의 입술이냐. 하얀 이마 위에 늘어진 몇 오라기 까만 머리털이냐. 그의 온몸에서 떨어지는 썩은 사향 같은 고리타분한 여자의 냄새냐. 어느 부분을 떼어 가지면 내가 만족할 것이냐?……. 아아, 나는 역시 은숙이가 가지고 있는 이성의 모든 것을 사랑하는 것이다. 여자를 그리워하는 것이다. 여자를, 여자를……. 여자를 멀리한다는 것이 나의 일생에 대한 맹세가 아니었던가."

영일은 벌떡 자리에서 일어나 앉았다.

해탈解脫

"안 돼, 안 돼. 여자를 가까이해서는 안 돼. 이성이 그리워서 이 몸에 돌고 도는 피의 방울방울이 미쳐서 흩어지더라도 나는 여자를 가까이할 수는 없다. 돌아가신 스님이 말씀하지 않았는가. 여자를 가까이하지 않는 데만 나의 승리가 있으리라고. 그렇다, 여자를 멀리하자……."

이렇게 결심을 하고 나니 영일의 마음은 튼튼해졌다. 그는 안으로 걸어 맸던 문고리를 벗기고 문을 홱 열어 놓았다. 비 끝에 흩어지는 구름 사이로 주먹만한 커다란 별이 두어 개의 잔별을 끌고 나타났.

"그러나 여자를 멀리하는 데는, 우선 저 은숙이라는 여자를 멀리하는 데는 어떡하면 좋은가? 옛날 옛날 석가세존의 문도 아난다(阿難陁)라는 젊은 장로長老는 마등가(摩登伽) 천족(賤族)의 딸 파카지(波機提)라는 소녀 때문에 몇 번이나 애욕의 구덩이에 빠지려 했던가. 그 소녀는 그 젊은 성도를 위해 조그만 몸을 바치려고 그 얼마나 독사처럼 끈질기게 쫓아다녔던가. 그러나 두 사람은 마침내 자기의 힘으로는 정욕의 불 속에서 뛰어나오지 못하고 석가세존의 위대한 힘을 빌어서 소녀가 출가를 해 승(比丘僧)이 됨으로써 구원을 받지 않았는가. 그러나 우리 두 사람을 구원해 줄 사람은 없는가. 지금 우리 스님이 계셨으면…… 나를 지도해 줄 것이 아닌가……. 나는 내 힘으로 이 애욕의 고苦에서 벗어나야 한다……. 은숙의 말과 같이 은숙이가 출가를 해 승이 되면 어떻게 할 것이냐. 그래서 일평생을 나의 지도 아래서 수도를 한다면 마치 아난다를 연모하던 피카지가 정욕에서 해탈해 출가를 하듯이…… 아니다. 안 될 일이다. 그것은 최후의 죄악을 낳기 위한 거룩한 핑계에 지나지 못한다. 우리의 거리가 가까워지면 남녀의 거리를 멀리할 수는 도저히 없는 것이 사실이다. 우리는 마땅히 거리를 멀리하자. 만나지 않을 도리를 하자. 생각지 않을 결심을 해야 한다. 내가 은숙을 누이라고 부름으로써 나의 외로움을 위로하고 남녀의 거리를 멀리하려고 한 약은 꾀는 훌륭하게 실패한 셈이 아닌가. 이 실패의 보기 싫은 최후의 막이 열리기 전에 그와 나의 사이를 연결하는 누이니 오빠니 하는 줄을 끊어버리자. 그리하여 완전하게 떠나자. 그렇다, 그렇다. 날이 밝는 즉시로 은숙에게 모든 것을 선언하자. 그리하여 어여쁜 적을 이 거룩한 승방에서 내쫓자."

이렇게 모든 방침까지를 결정하고 나니, 이제는 어두운 밤이 어서 걷히기를 기다릴 뿐이었다.

일만 죄악이 머리를 드는 밤, 무서운 죄악이 발밑에 연출되어도 눈을 감고 미소하는 음험한 밤!

밤이 얼마나 깊었던지 얼레빗등 같은 현월*이 동편 하늘 푸른 솔가지 위로 고요히 기어올랐다.

영일은 자기의 굳은 결심이 혹시나 흩어질까 하여 잠들기를 두려워했다.

두 개의 촛불을 좌우로 밝히고 생물처럼 꾸준하게 앉은 그는 고대高臺에 올라앉은 승리자처럼 그윽한 법열에 취했다.

唵! 安茶利 槃茶利 伽蘭提 枳由利 薩婆訶.

이런 신주神呪를 외움으로써 사도邪道를 피하고 음욕탐애淫慾貪愛에서 벗어나고 해탈을 도모하던 대범왕大梵王보다도 제석천帝釋天보다도 사대천왕보다도 자기가 굳센 것 같았다.

---

* 弦月 : 초승달.

'어진 사람은 정신의 활(矢)로 애욕의 마차를 깨뜨리고, 지혜의 고대에서 어리석은 이를 굽어보나니, 어진 사람은 즐거이 높은 봉우리에 선 사람 같고, 어리석은 사람은 슬피 어두운 동곡洞谷을 헤매는 자와도 같도다.'

영일은 속으로 읊조렸다. 밤은 고요히 걷히기 시작했다.

법당에서 염불 목탁 소리가 은은하게 들려 왔다. 목탁 소리도 이제는 끊어지고 일체 중생의 어리석은 잠을 깨우는 새벽의 범종소리가 회색의 골짜기를 굴러서 가늘게 사라졌다.

종소리에 잠이 깬 은숙은 자리에서 일어나서 뒷문으로 나가 조약돌 위로 구르는 맑은 물에 세수를 하고 솔밭 사이로 통한 소삽한 길을 밟으며, 소나무정자 위에서 아침의 노래를 부르는 파랑새들에게 충동을 받았는지 가느다란 목소리로 노래를 부르며 거닐고 있었다.

뒤 솔밭에서 울려오는 노래에 귀를 기울이고 있던 영일은 뒷문을 홱 열고 노래가 울려 나오는 솔밭 속을 쳐다보았다.

어느 틈에 자기를 쳐다보는 영일을 내려다 본 은숙은 손짓으로 영일을 불렀다. 영일은, 이때다 하는 듯이 앞문으로 나서서 결심에 움직이는 발길을 돌려 은숙이가 부르는 곳으로 올라갔다.

"오빠, 어서 올라오세요. 참 유쾌해요. 노래가 저절로 나와요. 저 새무리들처럼……."

은숙은 참으로 유쾌한 듯이 영일을 맞으며 이렇게 말했으나 영일의 표정은 보기에도 불쾌할 만큼 침울했다.

그는 말없이 발밑을 굽어보며 좁은 길도 내버리고 이슬에 젖은 잔디를 밟아 그윽한 솔밭 사이로 한 걸음 한 걸음 들어갔다.

이 어색한 기분에 싸인 은숙은 자기도 모를 무슨 알지 못할 힘에 끌리어 영일의 뒤를 따라섰다.

영일은 우거진 소나무정자 밑에 깔린 바위 위에 털썩 앉았다. 은숙이도 그 밑에 가만히 앉았다.

　비상하게 침착해 보이는 영일의 가슴은 몹시 울렁거렸다.

　밤새도록 그렇게 굳게 정한 결심을 어떻게 실행하나……. 뭐라고 말을 꺼내나……. 오늘은 그대로 지내고 들어간 뒤에 모든 것을 편지로 써 보낼까?

　결심은 흩어지려 했다.

　결심이 흩어질 때에 영일의 눈앞에는 완전한 여자가 나타났다. 이 완전한 여자는 영일의 온몸의 정력을 젊은 눈으로 모아들였다.

　이 젊은 눈에서 뿜어 나오는 불같은 시선은 은숙의 온몸을 근거로 해 무지개처럼 뻗치려 했다. 보는 것만으로 만족하지 못한 그의 육체는 젊은 피가 넘치고, 밀리는 두 팔을 금세 덥석 내밀 듯한 충동에 그는 스스로 놀랐다.

　"여자! 여자! 네 앞에 앉은 것은 여자가 아니냐?"

　어디서인지 이런 소리가 영일의 귀에 울려왔다. 어디서 들리는 소리인지? 영일은 깜짝 놀라 눈을 크게 뜨고 무슨 무서운 물건을 피하는 사람처럼 두 손을 바위 위에다 짚고 꽁무니를 뒤로 뺐다. 그와 동시에 이상한 힘을 짜내어 은숙을 불렀다.

　"은숙 씨!"

　그의 목소리는 과연 떨렸다.

　"……"

　그렇게 부르는 영일에게 대답할 아무런 준비도 없는 은숙은 가만히 고개를 돌려 자기보다 한층 높은 곳에 앉은 영일을 바라볼 뿐이었다.

　이렇게 불러 놓고도 그 뒷말을 뭐라 할지 모르는 영일도 침묵하는 수밖에 다른 수가 없었다.

　왜 그러세요. 말씀하세요, 이렇게 말하는 듯한 은숙의 시선을 바로 받기조차 거북한 영일은 그가 늘 하는 버릇으로 안개 낀 하늘을 쳐다보았다.

"……"

"……"

일초, 이초 거북한 침묵이 쌓였다.

어느 용기 있는 한 편이 이 쌓이는 침묵의 성곽을 헐어 버릴 것이냐.

"은숙 씨……. 이제부터 나는 당신과 완전하게 절교를 하겠습니다."

영일의 말소리는 조금 침착해졌다.

"……"

은숙은 그래도 다문 입술이 떨어지지 않았다.

영일은 차차 용기가 끓어오르는지 의심에 날카로운 은숙의 눈을 똑바로 내려다보며 더욱 침착한 어조로 말을 이었다.

"은숙 씨, 단연히 나와 절교를 해주십시오. 이제부터 일생을 두고 서로 만나지 않기를 이 자리에서 맹세해 주십시오. 내가 먼저 맹세합니다. 그리하여 괴로운 나를 건져 주시오. 말하자면 이제부터는 오빠라는 다리를 건너서 나의 곁에 오지도 말고, 내가 누이동생이라는 줄을 붙잡고 당신에게 가까이 가지도 말자는 말입니다. 당신과 내가 알기 전의 최영일과 김은숙으로 돌아가자는 말입니다. 만일 우리의 정신을 우리의 마음대로 지배할 수가 있다면 이 세상 한 모퉁이에 김은숙이라는 사람이 있다는 것, 또는 최영일이라는 사람이 있다는 그 괴로운 기억조차 씻어 버리자는 말입니다……."

영일은 잠깐 말을 끊었다. 은숙이는 인형처럼 말이 없다.

"은숙 씨, 나는 이런 말을 꺼내기 전에 먼저 당신에게 한마디 꼭 물어볼 것을 잊었습니다. 말이 순서가 바뀌었습니다마는, 대관절 당신은 나를 친오빠처럼 사랑해 오셨습니까? 그리고 이 뒤에도 언제까지나 그렇게 사랑해 주실 수가 있겠습니까?"

"……"

"만일 그렇다 하면, 나는 당신을 여지없이 배반한 사람입니다. 당신을 배반하기보다 나 자신을 속였습니다. 자, 당신의 생각을 말씀해 주시오."

영일의 날카로운 질문에 대해 너무도 명백한 대답을 가슴에 품은 은숙은 괴로웠다.

가슴에 서린 정서를 그대로 풀기에는 은숙은 여자였다. 아직도 수줍은 처녀였다.

"저는 몰라요……."

움츠러드는 말끝에 딸리어 은숙의 고개는 숙여졌.

"은숙 씨, 나는 남을 속이기보다 자기 자신을 속이는 그 고통이 얼마나 참혹한 것인지를 절실하게 느꼈습니다. 풍우에 싸인 개재령 주막에서 당신과 내가 침실을 같이 한 밤에, 나는 날뛰는 나의 사내를 끌어안고 밖으로 뛰어나가서 난을 피할 때에 나는 나의 굳세임에 그래도 자신이 생겨 당신과 길을 같이 할 용기를 내었지요. 그러나 호젓한 구룡연 가에서 나는 또 다시 남자의 화신이 되려고 날뛰었지요. 제 일차의 피난은 역시 그때뿐이었습니다. 나는 마침내 나의 힘으로 어떻게 할 수 없었을 때에 다행히 거기는 길 인도하는 영감쟁이가 있었지요. 그리하여 나는 나의 약함을 알 때에 낙조가 붉은 장전 해변에서 당신이 가진 여자로부터 멀리 피하기 위해 당신의 오빠가 되겠다고 자원했지요. 말하자면 당신과 나 사이에 오빠라 하는, 누이라 하는 성벽을 쌓고 그 성벽을 넘지 않으려는 약은 꾀를 써 왔지요. 그러나 나의 남자는 때에 따라 기회에 따라 그 성벽을 넘어 무엇을 엿보기에 조금도 게으르지 않았습니다. 나의 남성은 그 성벽을 박쥐처럼 날아 넘으려 하고 뱀처럼 기어들려고 애를 씁니다. 아아, 나는 어젯밤에 당신의 침실문을 두드렸습니다. 이대로 버려두면 나의 끈적한 남성이 마침내는 그 성벽을 헐어 버릴 것을 나는 두려워합니다. 나는 남녀의 거리라는 것이 새삼스럽게 무서워졌습니다. 역시 나와 당신은 거리로써 성벽을 막을 수밖에 없을 것입니다. 나는 아무래도 여자를 가까이 못할 몸이요, 그렇게 지키기로 했으니까 당신도 여자로서 멀리할 수밖에 없는 것입니다. 당신은 이 괴로운 나의 간절한 청에 물론 반대하지 말아야 합니다. 그리하여 나를 괴로움에서 건져 주십시오. 그렇게 하기 위해서는 당신이 우선 당신의 환경을 변화시켜 주십시오. 남의 아내가 되어 주시오."

"그건 저는 싫어요."

은숙은 영일의 말을 중간에 막았다. 영일은 그 말에는 대꾸할 생각을 않고 자기가 하던 말을 이었다.

"그보다도 그보다도, 우리는 피차에 만나지 않아야 하는 것을 잊지 맙시다. 자, 이젠 내려갑시다. 이렇게 잠시라도 더 앉아 있는 것도 나에게는 참지 못할 고통입니다."

영일은 초연하게 일어서서 옷을 털었다. 은숙은 그 때야 고개를 들었다. 영일을 불러서 무슨 말을 꼭 해야 할 듯 했다. 그러나 뭐라 불러야 좋을지 얼른 생각이 나지 않았다. 오빠, 하고 이전대로 부를까. 용감하게 영일 씨, 하고 부를까? 이렇게 주저하는 사이에 영일의 발길이 두어 걸음 서있던 자리에서 떠났다.

"……저 좀 보세요. 잠깐만 기다리세요……."

영일은 말없이 돌아다보았다.

"제 말 좀 듣고 가세요."

영일은 다시 물러 와서 늙은 소나무에 기대어 선 채로 은숙의 입에서 나올 말을 기다렸다.

"영일 씨……."

은숙은 마침내 이렇게 부르고야 말았다.

"영일 씨, 저도 벌써 생각하고 있었어요. 우리가 동기같이 사랑한다는 그것이 분명하게 가면이라는 것을. 그래서 그것을 벗으려고 애를 썼어요. 그러나 그 가면을 벗고 난 뒤에 우리는 무엇을 쓰고 서로 대해야 할까요. 저는 이것을 또 생각해 봤어요. 영일 씨 당신은 우리의 거리를 멀리하자고 하시지요. 그러나 우리가 영원히 보지 않기로 하고 거리를 멀리했을 때 우리가 받을 고통을 생각해 보셨습니까?"

"……."

영일은 대답을 주저했다.

"저는 그것을 생각할 때에 지금 당신이 말하는 대로 곧 약속을 할 수는 없어요. 설사 맹세를 한다 할지라도 저는 그것을 그렇게 든든하게 믿을 수가 없어요. 아니 아니, 저는 영일 씨를 다시 만나지 않고도 제가 살수가 있을까가 문제예요. 아마도 살 수 없을 것 같아요. 무슨 명목으로든지 당신의 옆을 떠나지 말고 살았으면 좋겠어요. 아니 그렇게 살지 않고는 살 수 없어요. 그렇기에 저는 승이 될 거예요. 그래서 언제까지나 당신의 곁에서 살 거예요. 이것만은 허락해 주세요."

영일은 딱하다는 듯이 은숙을 바라보다가,

"은숙 씨가 승이 된다는 목적이 어디에 있습니까. 그것을 먼저 들읍시다. 출가참선이 승되는 목적이어야 합니다. 그렇습니까!"

"……."

"내가 없더라도 당신 홀로 수도 생활을 이 절에서 하실 겁니까?"

"그것은 아닙니다. 영일 씨가 없는 곳에 저 홀로 있을 수 없는 것은 어디나 마찬가지입니다."

은숙은 솔직하게 말해버렸다.

"안됩니다, 안됩니다. 그리운 사람을 위해 출가하는 것은 불을 보고 덤벼드는 나비와도 같이 어리석은 일입니다. 우리같이 약한 두 사람은 영원히 거리를 멀리할 수밖에 없겠지요. 떠납시다. 떠납시다. 당신은 당신의 길로, 나는 내가 걷던 길로 돌아보지 말고 걸읍시다."

"아니에요. 저는 당신과 영원하게 떠나는 한 발걸음도 옮겨 놓을 힘이 없어요. 죽음보다도 아픈 고통을 나는 달게 받을 수가 없어요."

"이러나 저러나 이 세상은 원래가 고해입니다. 가로세로, 인생이라는 약한 동물을 싸고 있는 것이 어느 것 하나 고통이 아닌 것이 있겠습니까. 생로병사의 사고四苦는 모든 인간을 여지없이 협박하고 있는 종縱으로 보는 커다란 고통이요, 그밖에 사랑하는 이를 떠나는 고통, 미운 이를 만나는 고통, 유욕의 번민, 그리고 구해도 찾을 수 없고 피해도 피할 수 없는 운명의 사고가 가로 흐르고 있는 것입니다. 이것이 종횡팔고縱橫八苦입니다. 이 종횡무진한 고민 속에서 울고 한숨짓고 몸부림치는 것이 사람입니다. 이 고민에 복종하는 이를 약한 이라 하고 이 고민을 벗어나는 이를 강한 이라고 합니다. 당신과 내가 이 세상에서 다시 보지 않기로 하고 떠난다는 것은 물론 괴로운 일이겠지요. 그러나 이 괴로움에 복종할 때에 우리에게 또 무슨 고통이 없다는 것을 어떻게 믿겠습니까. 그러니 이 고민을 굳세게 이겨 봅시다. 그리하자면 우리의 약한 힘으로는 부득이 서로 떠나는 수밖에 없을 것입니다."

설법이나 하는 듯한 영일의 말은 은숙을 감복시키기 전에 먼저 자기 자신을 감복시켰다.

자기의 설법에 스스로 감복한 영일의 가슴은 적이 평정해졌다. 그는 비로소 냉정한 눈으로 은숙을 바로 내려다볼 수가 있었다.

"그러면 이제는 피차에 아무 말도 더 하지 말고 이대로 떠납시다. 그렇게 함으로써 우리는 팔고의 한 가지인 그리운 이를 떠나는 고민에서 해탈합시다."

이렇게 마지막 선언을 하고 영일은 발길을 앞으로 떼어놓았다. 애달픈 흥분에 떠는 은숙의 어깨를 가련한 듯이 곁눈으로 흘끗, 보며 그 자리를 떠나는 자기를 돌아볼 때 영일은 무엇인가 자기도 모를 굳센 힘을 발견했다.

오오, 가비라성伽毗羅城을 떠난 싯다 태자의 힘은 이러했던가?

잔디를 밟는 영일의 발자취가 자기의 귀에서 사라지려 할 때 은숙은 머리를 들었다.

"영일 씨, 영일 씨. 잠깐만 기다려 주세요. 제가 한마디 더 할말이 있으니."

은숙은 침착성을 잃은 목소리로 불렀다.

영일은 은숙이 부르는 소리를 듣는지 못 듣는지 돌아도 보지 않고 유유히 솔숲 속으로 사라졌다.

풀잎 위에서 하룻밤을 깃든 아침 이슬에 운명을 재촉하는 붉은 햇살은 솔숲 사이로 아롱졌다.

은숙은 넋을 잃은 사람처럼 솔잎 사이로 파랗게 빛나는 하늘을 바라보며 바람에 달리는 구름과 같이 달아나는 자기의 정서를 붙잡고 헤매었다.

원망할 수도 없고, 미워할 수도 없는 영일에 대한 자기의 감정을 자기도 좀 분명하게 붙잡고 싶었다.

'그는 암만해도 약하다. 굳센 듯하나 약하다. 왜 조금 더 사랑을 위해 굳세지 못할까. 그는 나를 사랑한다. 열렬하게 사랑한다. 그러면서도 자기를 이기지 못하는 데 그의 약점이 있는 것이다. 아니다. 그는 굳세게 살기 위해 약하게 사는 이다. 아아, 그는 왜 사랑하는 사람과 결혼을 할 용기가 없는가. 그의 돌아가신 스님이 여자를 가까이하지 말라는 유언이 그의 일생을 지배하도록 그렇게 큰 힘을 가졌을까. 만일 그렇다면 무엇보다도 크다는 사랑의 힘은 왜 그것을 깨뜨리지 못하는가. 우리의 사랑이 그 미신에 가까운 늙은 중의 인생관을 깨뜨릴 만큼 아직도 고조되지 못했는가?'

은숙은 마침내 자기네의 사랑의 양을 헤아리고 싶었다.

지금까지 온순하던 처녀는 어느덧 사랑의 권화*인 듯 굳세지려 했다.

'아아, 나는 그를 어느 정도까지 사랑하는가. 대관절 그가 없이도 나는 살 수가 있는가?…… 없어, 없어! 그가 없이는 나는 못 살아! 온 세상 사람이 다 없어진대도 그 이 한 사람만은 이 세상에 있어야 나는 살 수가 있을 것이다. 그러면 나는 내가 살기 위해서라도 그 이를……'

  은숙은 자기의 생각이 너무도 깊이 들어가는 것을 붙잡기 위해 앉았던 자리에서 벌떡 일어섰다. 은숙의 생각은 다시 뒤로 물러갔다.

  '약한 것은 그 이뿐이 아니다. 나도 약했다. 아니 그 이보다 내가 더 약했다. 나는 왜 그이를 이렇게까지 사랑해오면서 지금까지 나는 당신을 사랑합니다, 당신이 없이는 살수가 없습니다, 당신도 나를 사랑해 주세요. 왜 이렇게 말을 못했던가. 그것보다도 저와 결혼해 주세요 하고 말하지 못했던가. 나는 집에서 뭐라고 결심하고 나왔는가. 가면을 벗기 위해 달음질로 나온 나는 그가 나의 가면을 벗겨 줄 때까지 아무 말도 못하고 주저 속에 방황하지 않았는가. 왜 나는 주저하고 방황했는가? 대관절 우리가 사랑하는 것이 옳은 길일까? 그른 일일까? 만일 옳은 일이라면 주저할 필요가 무엇일까. 그렇다. 그 이가 굳세지기 전에 내가 먼저 굳세질 필요가 있다. 사랑의 힘은 남자나 여자나 차이가 없을 것이다. 오냐, 나는 굳세져야 한다. 대담해져야겠다. 지금에야말로 내가 지금까지 품어온 가슴에 있는 모든 것을 그에게 하나도 숨기지 말고 말을 해야겠다.'

  자기 스스로 용기를 얻은 은숙은 총총히 영일을 찾아 내려갔다.

  영일은 자기 방에도 서재에도 없었다. 이리저리 찾아다니던 은숙은 대법당 불상 앞에 법의를 떨쳐입고 손에 염주를 늘이고 생불처럼 꿋꿋하게 앉은 영일의 뒷모양을 정문으로 들여다보았다.

  비범한 결심과 용기로 달려오던 은숙은 법당 정문 앞에 인형처럼 서서 영일이가 혹시나 돌아볼 때를 기다리고 숨도 크게 쉬지 않고 동정만 살피고 있었다.

---

* 權化 : 어떤 추상적인 것이 구체적인 모습으로 나타난 것처럼 여겨지는 것. 또는 그러한 사람.

불단 위에서 가늘게 피어오르는 몇 줄기 향연, 영일의 바른손에서 미끄러져 돌아가는 염주, 등뒤에서 벼락을 쳐도 돌아다볼 것 같지도 않은 영일의 좌상을 겹겹이 싼 모든 엄숙한 기분에 은숙의 결심과 용기는 그만 자라처럼 움츠러들었다.

은숙의 발길은 그의 입에서 흐르는 가느다란 한숨에 불리어 그 자리를 떠나버렸다.

'아아, 역시 만나지 않는 것이 좋을 것이다.'

은숙은 속으로 중얼거리면서 영일의 서재로 돌아와서

다시 뵙지 않고 저는 들어갑니다. 길이 만나 뵙지 않을 결심으로…….

종이에 이런 간단한 글을 써 놓고 누구에게 간다 온단 말도 없이 절 문을 나섰다.

그들은 이것으로 완전하게 서로 떠날 수가 있었던가?

광곡狂曲

병원 뒤뜰에서 음성과 기분으로 꿈결같이 만나서 두어 마디로 필수를 불러 보았으나 그의 대답조차 들어보지 못하고, 자기를 끌고 가던 간호사에게 등을 떠밀려 영문도 모르고 쫓겨 나온 후로 명숙은 그 뒤에도 미친 듯이 진실하게 병원으로 오기를 게을리하지 않았다. 날이 밝아서 병원 큰문을 열 때부터 밤이 깊어서 문지기가 문을 닫으려고 등을 밀어낼 때까지 병원 구내를 방황하는 것이 명숙의 일과였다.

해뜰 때부터 밤들 때까지 필수라는 환영을 따라 헤매는 명숙에게 병원은 희망과 설움을 한데 뭉쳐 놓은 커다란 세계였다. 이 커다란 세계는 앞 못 보는 명숙에게는 그야말로 방향을 모를 아득한 천지였다. 자기가 아침부터 저녁까지 찾는 필수의 그 후 소식을 그 누구에게 물어도 일러주는 사람이 없었다.

명숙이는 이 날도 보이지 않는 환한 길을 더듬어서 병원으로 왔다. 병원문을 들어서자 바로 자기 앞에서 들리는, 언제 들은 듯한, 자기에게 말하는 말소리에 명숙은 턱을 번쩍 들었다.

"아니, 당신은 참 부지런히도 오십니다."

그것은 분명하게 지난번 자기를 필수에게 끌고 가던 간호사의 음성이었다.

"아이고, 여보세요. 그 이가 요즘은 어떠세요? 좀 일러주세요, 네?"

명숙은 인사할 생각도 잊어버리고 다짜고짜 목마른 듯 안타까운 필수의 소식부터 물었다.

"여보세요. 조용히 말씀하세요. 나는 저번 날 당신을 그 이에게로 데리고 갔다가 큰일날 뻔했어요. 그 이가 그 때 당신을 보더니만 웬일인지 눈을 부릅뜨고 그대로 쓰러지더니 그 뒤로 그만 정신이상이 생겨서 지금 대단합니다."

간호사는 명숙의 귀에다 입을 대다시피 하고 종알종알 말했다.

"아이고, 저 일을 어째. 그래 지금 그 이가 계신 데가 어디입니까?"

명숙은 간호사의 주의도 잊어버리고 소리쳐 물었다.

"여보세요, 떠들지 마세요. 떠들면 이야기하지 않을 거예요…… 그 사람은요, 지금 저 동팔호라고 하는 정신병 환자들만 수용하는 곳에 있답니다."

"동팔호가 어느 쪽입니까?"

"저 동쪽이지요. 왜 동쪽 모르세요? 저, 해뜨는 편이요!……"

간호사는 무슨 말을 더 하려다가 저 편에서 간호부장이 걸어오는 것을 보고 그대로 돌아서 가버렸다.

명숙이는 간호사가 일러준 대로 필수가 입원해 있다는 동쪽을 향해 걸었다.

동방으로 동방으로, 해뜨는 쪽으로. 그 곳에는 필수가 있다. 해뜨는 동편에는…….

명숙의 감은 눈에는 포플러 가지 사이로 새어 내리는 아침 햇살이 따뜻한 감촉과 아울러 환한 빛을 던지는 듯 했다.

햇빛에 끌려 동쪽으로 동쪽으로 가서 이리저리 헤매던 명숙의 발은 어디서인지 울려오는 이상한 음향에 우뚝 서서 소리나는 쪽으로 귀를 기울였다.

   사랑이 그 어떻더냐.
   둥글더냐, 모지더냐.
   길더냐, 짧더냐.
   한 발이나 되더냐, 한 자나 되더냐.
   하, 그리 긴 줄은 몰라도
   끝간데를 모를레라.*

청승맞은 노랫가락 곡조로 부르는 이런 시조 한 수가 어디서인지 들려왔다.

명숙은 자기도 모르게 앗, 하고 놀랐다.

앞 못 보는 명숙의 날카로워진 청각은 그것이 누구의 음성인 줄을 얼른 알았다. 그것은 필수의 음성이었다.

그 노랫가락이 끊기자, 이 년! 이 년! 하고 누구를 보고 호통치는 흥분한 목소리가 들려 왔다. 그 다음에는 누구인지 여자의 음성으로

"가만 있어요. 명숙이가 어린애를 업고 저기 와 있는데!"

---

* 서화담과 황진이의 연정을 나타낸 시조.

이러한 소리가 나자 들려오던 모든 음향은 끊어지고 말았다.

환영에 울려오는 음향의 경이여!

명숙의 귀를 놀라게 한 필수의 미친 노랫가락, 이 년 이 년 하는 필수의 목 메인 소리, 명숙이가 어린애를 업고 저기 와 있는데, 하는 이해 못할 여자의 말소리. 이 모든 음성이 뚝 그치고 한참 동안 쥐 죽은 듯이 고요했다. 명숙은 또 다시 무슨 음향을 들을 양으로 온몸을 귀삼아 기울였다.

이윽고 모래 위에 미끄러지는 슬리퍼 소리가 찰찰 들렸다.

"아이, 정말 저 이가 왔네. 내가 미친 사람에게 거짓말 한 사람은 안 되었군. 호호."

지금 필수에게 명숙이가 저기에 있으니 가만히 있으라고 하던 여자의 음성이었다. 명숙이는, 옳다. 저 이에게 물어 보자, 하고 허둥지둥 말소리 나는 곳으로 쫓아가며

"여보세요. 저 좀 보세요. 제 말 좀 들어주세요."

하고 애닲게 부르짖었다.

"왜 그러세요? 무슨 말씀이세요. 어서 하세요."

여자는 좀 귀찮은 듯이 대답했다.

"지금 그 노래를 부르던 이가 필수 씨지요?"

"네. 그 분입니다."

"그런데 지금 그 이에게 제가 어린애 업고 저기 와 있다고 그러셨지요?"

"네. 그건요, 제가 거짓말로 그랬어요. 그런데 나와 보니 정말 당신이 와 계시군요. 그러니 내가 환자에게 거짓말은 안 한 셈이란 말이지요."

"네. 그럼 왜 거짓말로 제가 왔다고 그러셨어요?"

"그 이가요, 요즘에 와서는 병세가 더 중해졌어요. 그래서 밤낮 없이 쇠창살에 매달려서 맥없이 벙글벙글 웃다가는 갑자기 배를 움켜잡고 하

하하 하고 허리가 끊어지게 웃기도 하고, 또 무슨 생각을 하고는 땅이 꺼지도록 한숨을 짓고 나서는 훌쩍훌쩍 울다가 그 다음에는 엉엉 소리쳐 울고 그리고 평북조平北調로 눈물겹게 수심가도 부르고 지금같이 청승맞게 노랫가락도 부르곤 하지요. 저것 보세요. 지금 또 노래를 부릅니다."
 이 때에 필수가 부르는 노랫소리가 또 들린다.

　　노세, 젊어 놀아. 늙어지면 못 노나 ― 니…….

 둘은 한참 그 소리를 듣다가 노래가 뚝 끊기자 간호사는 자기 하던 이야기를 계속 했다.
 "저렇게 노래를 하다가도 그 앞으로 우리 간호사들이나 혹은 다른 여자가 지나가기만 하면 이년, 소리를 지르고 금세 뛰어나올 듯이 날뛰다가는 쇠창살에 매달리며 외발로 마룻바닥을 뚫어져라 하고 쿵쿵 구르지요. 이렇게 너무 난폭하게 증세가 발작할 때만 간호사들이 쫓아가서, 저기 명숙이가 왔어요! 명숙이가 어린애 업구 왔어요, 하고 소리를 치면 그 사람은 이상하게도 창 밑으로 숨어 버리고 잠잠하지요."
 간호사의 이야기를 여기까지 듣고 섰던 명숙의 감은 눈을 덮은 긴 속눈썹에는 이슬이 빛났다. 간호사는 남은 이야기를 마저 채우려는 듯이,
 "그 이가 웬일인지 당신을 몹시 무서워하더군요. 자기 혼자도 이따금, 명숙 씨 명숙 씨 용서하오 용서해요, 하고 벌벌 떨며 손을 하늘로 곧추들고는 저리로 가 주저앉아서 얼마 동안씩 온순하게 있어요. 그래서 우리들도 그걸 보고는 난폭한 증세가 발작할 때마다 당신이 와 있다고 소리를 질러서 진정을 시키곤 하지요……."
 간호사의 이야기가 끝나자 명숙은 두 손으로 얼굴을 가리고 흐느껴 울며 땅바닥에 주저앉았다. 명숙의 등에서 잠이 들었던 어린애도 명숙이가 쓰러지는 서슬에 잠이 깨어 영문도 모르고 울었다.

이것을 본 간호사도 떨리는 목소리로,
"여보세요. 일어나세요. 누가 오면 또 쫓겨나요. 이 어린애가 자꾸만 울어요. 네."
명숙은 자신의 몸을 땅위에서 일으키며 눈물 젖은 음성으로 간호사에게 애원했다.
"여보세요. 어떻게 제가 그이를 만나게 해주실 수는 없겠어요?"
간호사는 딱하다는 듯이 한참 생각하다가,
"지금 만나신대도 그 이가 당신이 누구인지도 알아보지 못합니다. 그리고 지난번 당신을 그 이와 만나게 해주려고 뒤뜰로 당신을 데리고 갔던 간호사가 호되게 꾸중을 들었답니다. 하마터면 면직을 당할 뻔했답니다……."
간호사는 거절하기가 매우 거북한 듯이 이렇게 말하고 저 편으로 돌아가버렸다.
이 때였다. 저 편에서는
"명숙 씨, 명숙 씨. 용서하시오. 용서해요."
하는 필수의 떨리는 목소리가 울려왔다.
필수가 미쳐서 부르짖는 소리가 명숙의 애달픈 가슴을 그 얼마나 쓰라리게 했던가.
"아아, 그는 나에게 무엇을 용서해 달라는가? 나는 벌써 용서를 하지 않았었던가. 용서한다기보다도 나는 일찍이 한 번이라도 그를 저주하거나 미워해 본 일이 있었던가?……."
아무리 정신상실된 이의 헛소리라 할지라도 그것을 단순하게 미친 사람의 짓으로만 돌릴 수 없는 명숙이는 곁에서 들으면 들릴 만큼 이렇게 혼자서 중얼거렸다.
그렇다. 명숙이는 필수가 자기를 짓밟고 헌신짝같이 버리고 일본으로 갈 때에도 필수를 미워하거나 원망하거나 저주하지 않았었다.

필수가 자기 가슴에서 영원히 떠날 때에 명숙은 그 대책으로 자기가 이 세상을 떠나려 하지 않았던가. 죽음의 나라로 몸을 던지는 그 순간에도 명숙은 필수를 그리워는 했을지언정 미워하지는 못하지 않았는가? 멀리 계신 늙은 아버지 어머니의 생각은 잊었을 때가 많을지언정 필수를 잊어 본 때가 명숙에게 있었던가. 그 진실한 동기인 오빠의 충고도 귓등으로 넘기고, 사라진 그림자 같은 옛사랑의 주인공을 그리며 어둠의 세계를 헤매는 애욕에 사로잡힌 명숙에게 필수는 미친 입으로 무엇을 용서해 달라는가.

감옥의 그것과 같은 시커먼 창살에 매달린 필수의 모양은 참혹했다.

밤송이 같이 함부로 일어선 머리털, 정신기 없는 두 눈만 커다란 광채가 날이 서도록 말라빠진 더러운 얼굴, 무릎 아래로 잘라 버린 깡뚱하게 매달린 한 편 다리. 원숭이의 앞발 같은 비쩍 마른 손, 어디로 보든지 지나간 날 돈의 힘으로 미남자의 젊은 힘으로 홍등의 거리를 헤매고 의지 박약한 여성들을 짓밟던 필수로 볼 수가 없었다.

필수는 왜 그다지도 참혹하게 변했는가?

병든 수원숭이 같은 필수는 지금도 창 밖을 내다보고 서있다. 젊은 미망인의 한숨보다도 창백한 달빛이 정신없이 바깥을 내다보고 섰던 필수의 더러운 얼굴에 쇠창살 그림자를 던지고 있다.

"하하하. 좋다, 좋아. 달이 떠온다. 둥근 달이……. 달아, 밝은 달아. 님의 창 앞에 비친 달아. 좋다, 좋다. 잘한다."

필수는 방금 자기 앞에서 어여쁜 기생이 눈웃음을 건네며 하얀 턱을 떨어가며 목청을 돋우어 노래를 부르고 있는 환청에 취하는지 손뼉을 치며 야단이었다.

"뽀이, 뽀이. 기생 더 불러와, 기생. 응, 얼굴이 예쁘고 소리 잘하고 나이 어린 기생, 알았지? 하하, 좋다."

이렇게 유쾌하게 날뛰던 필수의 얼굴은 갑자기 찌푸려졌다.

"에이, 저 방에 있는 놈이 누구냐, 응? 최영일이 놈이구나. 중놈이로구나. 그 놈이로구나. 자— 자네들 저 놈을 죽어라 하고 때려 주게. 응? 어서 어서……. 아! 이 놈은 또 웬놈이냐. 웬 놈이 남의 뺨을 치느냐. 오오, 한명진이로구나. 한명진이로구나."

이렇게 부르짖으며 한명진이가 뒤에서 금방 쫓아오는 것처럼 온 방안을 쩔쩔매고 돌아다니던 필수는 창을 향해 홱, 돌아섰다.

"이 놈! 이 놈, 네가 죽나, 내가 죽나 해보자."

그는 이를 갈아붙이며 주먹을 높이 둘러맸다. 머리 위에 높이 들었던 주먹은 미친 힘을 다해 쇠창살을 부딪쳤다. 한 번에 만족하지 못하고 두 번에 만족하지 못한 필수의 주먹은 수없이 쇠창살을 때렸다. 쇠창살에 부딪쳐 가죽이 벗어지고 살점이 떨어진 주먹은 마침내 피투성이가 되고 말았다.

그는 피가 뚝뚝 떨어지는 주먹을 하얀 벽에다 함부로 문질렀다. 미친 주먹이 왔다갔다하는 곳에는 피로 그린 착잡한 선이 함부로 그어졌다.

"좋다. 미술전람회다. 이것은 명숙이가 놓은 수다. 하하하."

이렇게 미친 짓을 하던 필수는 눈을 방울처럼 둥글게 뜨더니

"명숙 씨, 명숙 씨. 용서하오. 용서해요."

하고 피묻은 손을 하늘로 곧추들고 싹싹 빌었다.

그 이튿날, 진찰하던 의사는 필수의 부상한 손에 치료를 하고 붕대를 해 주었다. 그러나 필수는 의사와 간호사가 나간 뒤에는 곧 끌러내 버렸다. 매일 그런 일이 반복되었다.

그래서 필수의 손은 좀처럼 낫지 않아서 여러 날을 두고 치료를 받게 되었다. 이 날도 필수의 손에 붕대를 갈아 매기 위해 간호사가 간단한 기구를 가지고 들어왔다.

"가만히 앉아서 이 약을 처매야 해요. 저 문 밖에 명숙이가 어린애를 업고 와 서있으니까."

간호사는 먼저 이렇게 필수를 얼러 놓고, 손에 들었건 수반水盤과 농반*을 내려놓았다.

수반 위에는 붉은 약물이 가득 담긴 커다란 유리잔과 눈같이 흰 약솜이며 핀셋이며 붕대 토막이 놓여 있다.

막 필수의 손을 약물로 씻기려던 간호사는 수반에서 핀셋을 집어들다가
"아이, 참. 가제를 잊어 버렸네."
하며 핀셋을 손에 든 채로 가제를 가져오기 위해 문을 꼭 닫고 밖으로 나갔다.

자리에 온순하게 앉았던 필수는 갑자기 싱글벙글 웃으며 붉은 승홍수**가 담긴 컵을 들고 창 앞으로 갔다.

"좋다, 좋다. 핏빛 같은 포도주로구나. 아니 먹고 어이 하리. 자, 내가 이 술을 마실 테니 불로초를 한 장 부르란 말이야……. 한 잔을 잡수시오. 이 술 한 잔……."

필수는 제 흥에 겨워서 어깨춤을 추어 가며 이렇게 권주가를 부르는 흉내를 내고 승홍수라는 독약 컵을 입에 대었다.

그의 생명을 겨누는 분홍빛 액체.

유리잔은 기울어졌다.

분홍빛 약물은 마침내 필수의 목을 넘어갔다.

필수의 착란한 몸을 길게 잠재우려는 듯이.

간호사는 잊었던 것을 가지고 분주하게 돌아왔다.

"포도주야, 참 좋다. 한 잔 더 부어, 응."

필수는 빈 컵을 간호사에게 내밀었다.

간호사는 필수가 승홍수를 마신 줄 알자 얼굴이 파랗게 질려 어쩔 줄을 모르다가 담당 의사에게 달려갔다.

---

* 膿盤 : Emesis Besin. 더러운 것을 담는 의료기기 용기류의 하나.
** 昇汞水 : 염화 제이 수은을 1000~5000배의 물에 푼 소독약.

의사들이 달려오고 간호사들이 달려오고 병원 안은 필수가 독약 마신 일로 떠들썩했다.

여러 가지로 응급 처치를 하였으나 효험이 없이 필수는 마침내 배를 움켜쥐고 고민하기 시작했다. 고민 중에 하루가 지났다.

필수의 중상에 기적 같은 일이 생겼다.

그가 독약 중독으로 고민하는 사이에 정신 상태가 보통으로 돌아왔다. 의사도 하나의 기적으로 돌려버리고 그 이유를 설명할 수는 없었다.

다만 발작적 정신착란이었든지, 체내의 이상한 고통의 자극으로 정신이 진정된 것이라고 할 뿐이었다. 어쨌든 필수는 미친 데서 참으로 돌아왔다.

그러나 승홍 중독으로 일어나는 위장의 고장은 날로 더해 갔다. 원래 약액이 적었기 때문에 치료를 잘하고 그 경과 여하에 따라서는 생명을 보전할 듯도 한 가느다란 희망을 가진 의사의 지극한 치료를 받았다.

그러나 원래 다리를 자르는 큰 수술을 받고 늑막염이라는 중병을 치르고 나서 겨우 건강이 회복되려 할 때 정신상실이 되어 음식도 제대로 못 먹고 쇠약한 끝이라 치료의 효과가 나지 않고 하얀 환자복에 싸여 누운 해골 같은 필수는 미치기 전 같은 신경질도 없어지고 남과 말하는 것도 싫어했다.

그는 죽음을 각오한 사람처럼 침착했다. 힘없는 눈으로 높은 천장을 날아다니는 두어 마리의 파리를 바라보며 커튼 틈으로 아득하게 내다보이는 한 조각 푸른 하늘을 바라보며 한숨조차 기운 없이 내쉬었다.

그는 무슨 생각을 했는지 고개를 이 편으로 돌리며 머리맡에 앉아 있던 간호사를 불렀다.

"여보시오."

"네."

"내게 무슨 이야기를 좀 들려주구려."

"무슨 이야기를 해드려요?"

종일 가도 벙어리처럼 말을 않던 필수가 이렇게 이야기를 청하는 것이 신기했다.

참회懺悔

필수는 눈을 감고 한참 동안 무엇을 생각하는 듯하더니
"내가 청하는 이야기를 괴로운 대로 꼭 좀 들려주실 겁니까?"
하고 한 번 더 다짐을 받는다.

"글쎄 어떤 이야기 말씀이세요? 저는 원래 말주변이 없어서 옛날이야기 같은 것은 좀처럼 옮기지 못합니다. 그 대신 소설 같은 것을 읽어 달라시면 얼마든지 읽어 드리지요."

"아니요. 그런 것이 아니라 당신이 잘 아실 나의 저간 지낸 이야기를 좀 자세하게 들려 달라는 말입니다."

이렇게 말하는 필수의 바싹 마른 입술에는 쑥스러운 웃음이 지나갔다.
"호호, 선생님의 지내신 일을 제가 이야기를 해 드려요?"
"네. 생각하면 우스운 일이지요. 나의 지난 일이라는 것을 내가 모르고 지내니 이런 갑갑할 일이 어디 있겠소. 그러니 귀찮더라도 이야기를 좀 해주십시오."

"그까짓 것 들으시면 무엇합니까. 불쾌하실 이야기를……."
"그거야 불쾌할는지도 모르지만 이렇게 궁금한 것은 면할 것이니까. 또 다시 생각하면 불쾌할 것도 없지요. 내가 독약을 먹은 것이 정신상실로 한 일이라니까. 아무리 내가 한 일이라 할지라도 정신이상인 때에 한 일이야, 다른 모든 미친 사람들의 하는 짓이나 마찬가지였겠지요. 그러나 사람은 미쳤을 때는 참으로 돌아갈 수가 있다니까 혹시 내가 그 때에 한 일이 나의 일생을 통해 가장 참되고 솔직하게 살아보았을는지도 모르지요. 그러니까 당신의 이야기를 듣는 중에 뜻밖에 유쾌한 일을 발견하게 될는지도 모르지요……. 허허."

필수는 또 한 번 쓸쓸히 웃었다.

자기의 기억권 외에 흐트러진 생애의 한 토막에서라도 선이나 미를 찾아보려는 애달픈 자기 탐구여.

"글쎄요……."

간호사는 필수의 말에 무어라 대답해야 좋을는지 몰라서 그냥 대답을 한다.

"지금 가만히 생각하면 내가 병원에 입원하던 그 때의 일이 희미하게 몇 십 년 전에 지난 일같이 기억이 되고, 그 다음 일은 당초에 상상조차 할 수가 없구려. 사람이 죽었다 살아나면 이럴는지……. 참으로 이상스러워요."

"그래, 그 후의 일은 조금도 기억이 안 되세요?"

간호사는 이야기의 한 끝을 잡아당기는 듯한 필수의 재촉에 이렇게 반문하고, 미쳤다 깨어난 사람의 이야기에 일종의 호기심을 느꼈다.

"모르지요. 말하자면 내 일생에는 과거와 현실 사이에 마치 불꺼진 영사막 같은 검은막이 있다고 할는지. 그래서 그 검은막을 통해 희미하고 아득하게 내다보는 것이 나의 말하자면 미치기 전 일이고, 지금 내가 말하고 보고 하는 것만이 분명한 나의 일 같구려. 그런데 내가 며칠 전에 나를 면회 온 사람과 의사가 이야기하는 것을 귓결에 들어서 내가 미쳐서 독약 먹었던 것을 알았기 때문에 나의 이 기괴한 정신 상태를 이렇게라도 짐작하게 되었지, 그 전에는 웬 영문인지를 도무지 몰라서 그야말로 내가 미쳤나 하고 안타까워했구려. 그러다가 그 미칠 듯이 이상하던 의혹이 내가 미쳤다 깨어난 것으로 판명되고 보니 좀 더 저간의 소식을 자세하게 알고 싶구려. 그리고 또 이상한 것은 중간의 검은막 너머로 희미하게 보이는 나는, 지금 내가 보기에도 몹시 미워 보여요. 그 때에 행한 모든 일이 몹시도 더럽게만 보이는구려."

　필수는 어떤 일찍이 경험해 보지 못한 이상한 기분에 빠지는 듯했다. 지나간 날을 아름답게 추억하는 것을 감상이라면, 지나간 날을 더럽게 보아버리고 처리하는 것은 참회일 것이다. 그렇다. 필수는 확실하게 참회적 정서에 영과 육이 함께 얽히려는 것이다.

　현실보다도 과거를 미워하는 사람이여.

　필수의 이야기를 듣고 있던 간호사도 이상한 기분에 끌려 조용하게 이야기를 시작했다.

　간호사의 이야기는 필수가 다리를 자르는 수술을 마치고 늑막염이 완쾌되어 뒤뜰에서 간호사에게 끌려 산보를 하다가 명숙이라는 여자를 보고 그 자리에서 정신을 잃고 쓰러지던 이야기로부터 시작했다.

　"아아, 명숙이, 명숙이."

하고 눈을 스르르 감았다.

　이야기를 시작하던 간호사는 필수의 이상한 태도에 또 다시 미치지 않을까 겁이 나서

　"여보세요, 선생님. 선생님."

하고 황망하게 필수의 몸을 흔들었다.

　필수는 잠깐 감고 있던 눈을 떴다.

　"이 선생님. 기분이 좋지 않으십니까?"

　"아니오. 괜찮소. 어서 어서 이야기를 하시오. 그런데 그 명숙이라는 여자가 그 다음에도 혹시 병원에 왔나요?"

　"혹시가 뭐예요, 선생님……. 참 가엾어서 못 보겠어요."

　간호사는 얼굴을 찌푸리고 대답했다.

　"그럼 그 뒤에도 왔었나 보군요……."

　이렇게 말하는 필수의 머릿속에는 그 언젠가 자기가 타고 오던 자동차가 종로 청년회관 앞에서 사람을 치어 소동하던 광경이 한 컷의 필름처

럼 지나갔다.

 자동차 옆에 모로 쓰러진 명숙, 명숙의 옆에 나동그라진 명숙의 눈이요, 또 빛인 가느다란 지팡이, 명숙의 등에서 놀라 우는 어린애, 그리고 명숙의 팔과 다리를 주무르며 위로하는 은숙이, 은숙이 뒤에서 걱정스레 내려다보는 영일. 자동차 운전사, 순사, 그밖에 수많은 사람.

 그리고 은숙의 날카로운 시선에 부딪혀 황황하게 자동차 속으로 들어가 버린 침착하지 못하고 비겁하던 그 때의 자기의 태도, 자동차 바퀴 옆에 쓰러진 명숙이를 가엾이 생각하기보다 은숙에 대한 치정痴情, 영일에 대한 질투의 불꽃까지가 지금 새삼스럽게 필수의 마음을 어지럽혔다.

 "오고 말고요. 지금도 저 문밖에 와 있을 것입니다."

 "지금도요?……."

 필수는 의외라는 듯이 눈을 크게 뜨고 간호사를 바라보았다.

 "그럼요, 선생님께서 입원하신 지 며칠 안 되어서부터 병원에 오는 것을 오늘까지 하루도 빠져 본 적이 없어요. 앞 못 보는 이가 어린애를 업고……. 참 가엾어 못 보겠어요."

 "어린애를 업고 와요?"

 "네. 그런데 어린애도 소경이에요."

 "응, 어린애도 소경?"

 이것만은 처음 듣는 소식이었다. 필수의 머리는 불에 달군 쇠끝에 쿡, 찔리는 듯한 자극에 아팠다.

 '누구의 죄냐?'

 자기의 마음 한 귀퉁이에서 일어나는 날카로운 질문에 너무나 분명한 대답을 가진 필수는 눈을 감고 입술을 깨물었다.

 "선생님, 그 이가 선생님과 어떻게 되십니까? 그리고 그 장님 어린애는?……."

 아픈 곳을 건드리는 듯한 쓰라린 고통에 필수는 신음에 가까운 짧은 한숨을 지었다.

"그것은 묻지 마십시오……. 그런데 그 명숙이라는 여자가 와서 뭐라고 간호사들에게라도 이야기하지 않아요?"

"아무리 물어 보아도 당초에 말을 하지 않아요. 그저 필수 씨를 만나 뵙게 해 달라구 애걸만 하지요."

"나를 만나게 해 달라구요?"

"네. 처음 선생님이 입원하신 뒤에 가족 외에는 절대로 면회를 하지 않겠다고 하셨기 때문에, 댁에서 오시는 분 외에는 누구도 면회 허락을 하지 않던 차에 그 이가 왔거든요. 물론 거절을 당할 것이 아니겠어요. 그래도 그 사람은 가지 않고 하루 종일 서서 조르다가 해진 뒤에야 가지요. 매일처럼 그렇게 했어요. 그런 것을 어떤 간호사가 너무 애걸하는 데 못이겨 선생님이 뒤뜰에서 산보할 때에 데리고 들어가 면회를 시켜 드리려고 선생님 앞으로 끌고 가니까 선생님이 그 이를 보시고는 아무 말도 않으시고 그만 졸도를 하셨단 말이지요. 그래서 병원에서는 한참 야단이 났었답니다. 그 뒤에도 그 사람은 날이 밝아 병원 큰문만 열리면 종일토록 병원 구내에 와서 방황하다가 밤이 깊어서 문지기가 등을 밀어 쫓으면 마지못해 가지요. 그래서 남들은 그 이를 미쳤다고 야단이지요. 그래도 우리가 보기에는 실성한 사람 같지는 않아요. 참 지성이에요. 그리고 사철 업고 오는 어린애는 눈은 멀었어도 살결이 희고 예쁘게 생겼어요."

"그 어린애가 내 아들이나 딸입니다. 그리고 명숙이라는 여자는 그 애 어머니고."

필수는 마침내 이렇게 말하고 무엇을 생각하는지 고개를 돌려 창 밖을 내다보았다.

"선생님의 어린애를 아들인지 딸인지도 모르세요?"

간호사는 호기심이 끓어올랐다.

"네, 모릅니다. 모릅니다. 그래, 정말 지금도 문밖에 그녀가 와 있을까요?"

"물론 와 있겠지요. 꼭 있을 것입니다."

"자, 그럼 지금 그 이를 좀 불러다 주세요. 나에게 면회를 시켜 주세요. 네 지금……."

필수의 음성은 흥분에 떨렸다.

"담당 의사에게 물어 보지 않고 제 마음대로 불러올 수가 있나요? 큰일 나게요."

간호사는 환자가 환자인지라 이렇게 책임을 회피하고 곧 데려올 생각을 하지 않았다.

"아니, 의사에게 물어보나마나 잠깐 만나 보는데 무슨 관계가 있겠소. 설마 내가 또 정신이상이야 생길 리가 있으려고."

"호 호 호. 그럴 리야 없겠지만, 그래도 의사의 허가가 있어야 선생님께 면회를 시키도록 되어 있으니까 다른 환자처럼 우리 마음대로 할 수가 있나요. 들어오는 문밖에도 써붙였는데요."

치료관계상 이필수 씨의 면회는 절대 거절.

"그럼 지금 곧 의사에게 가서 면회 허락을 받아가지고 와 주시오. 미안하지마는……."

필수의 조급한 재촉에 못 이겨

"그럼 가서 물어보고 오지요."

하고 간호사는 밖으로 나갔다.

한참 뒤에 필수의 병실로 돌아온 간호사는 머리를 좌우로 흔들면서 자기를 기다리는 필수의 앞으로 왔다.

"안 된다고?"

필수는 물었다.

"네, 절대로 안 된다고요. 그런 것을 물으러 오는 것이 바보라고요."

"하, 하. 내가 또 미칠까 봐서 겁이 나는 게로군……."

"그러니 내일 담당 의사가 회진하실 때에 선생님이 직접 말씀해 보세요……. 그 이가 지금도 와 계시던데요. 저— 동쪽 끝에서 왔다 갔다 하실 적에는 선생님이 아직도 정신병원에 계신 줄 아는가 봐요."

"여보, 나의 이 간절한 청을 저버리지 마시고 잠깐만 그 여자를 이리 좀 불러다 주세요, 네?"

"그것은 할 수가 없습니다. 저의 책임상……."

"아아, 그럼 내가 나가 볼 거예요. 그 지팡이를 이리 주세요."

필수는 수척한 몸을 간신히 침대에서 반만 일으키다가 갑자기 얼굴을 찡그리며 배를 움켜잡고 고민했다.

간호사는 황망하게 일어나서 필수를 간호해 제 자리에 조심스럽게 눕혔다.

"그것 보세요. 운동을 하시면 큰일 납니다. 아무쪼록 안정하고 누워 계셔야지."

필수는 할 수 없이 가만히 누워서 아픈 배를 진정시켰다. 간호사는 잠깐 교대가 되어 나가고, 필수는 눈을 딱 감고 무슨 생각에 깊이깊이 빠졌다.

'나는 왜 명숙이를 만나려고 하는가?……'

이렇게 필수는 자기를 향해 물어 보았다. 그러나 얼른 분명한 대답이 나오지 않았다.

'애욕에 끌려? 아니다, 아니다. 옛사랑이 그리워? 아니다. 이성이 보고 싶어? 아니다. 그것도 아니다. 지금 나에게 여자가 무슨 소용이 있느냐……. 그럼 나는 명숙이를 만나서 무엇을 할 것인가……'

자기로서도 알 수 없는 명숙이를 만나고 싶은 목적은 선善보다도 아름다운 참회의 거룩한 정서일 것이다.

그렇다. 필수는 눈물겨운 참회의 정을 마음껏 하소연하고 싶은 것이다. 자기의 발에 밟혀 참혹하게 희생된 명숙이가 게거품을 흘리며 주먹을 부르쥐고, 이 악마야…… 하고 소리치는 앞에서, 아아 모든 것을 용서해 주시오, 하고 일 저지른 수캐처럼 엎드린 데서 그는 무슨 법열을 느낄 듯한 이상한 감정에 온몸이 끝없이 어둠의 구렁으로 소리 없이 스르르 미끄러져 들어가는 듯한 무서운 적막을 느꼈다.

그의 감은 눈에는 수많은 여자가 나타났다가는 꺼져버렸다. 그들의 눈은 하나같이 날카로운 눈으로 자기를 흘겨보았다.

필수는 그 모든 여자 앞에 공손히 꿇어앉아 손을 모아 일일이 사죄하고 싶었다. 그렇게 생각하니 필수는 자기 자신이 몹시도 불쌍해 보였다.

'오오, 불쌍한 동물아.'

이렇게 마음으로 중얼거리는 필수의 수척한 뺨 위로는 한 줄기의 눈물이 소리 없이 흘렀다.

눈물, 눈물. 참회의 눈물.

교대가 되어 밖으로 나온 간호사는 곧 명숙이 방황하는 곳으로 찾아갔다.

"여보세요. 명숙 씨."

"아이고, 누구십니까?"

명숙이는 자기를 부르는 편으로 돌아섰다.

"저, 그 이 선생님이요, 필수 씨 말씀입니다. 정신의 이상은 회복되셔서 저— 내과병실로 옮겨갔답니다."

"아이, 정신이 정말로 돌아왔어요?"

"정신은 돌아왔는데요, 그 대신에 또 걱정이 생겼답니다. 독약을 마셔서 위독하시답니다."

"네? 독약이요……."

간호사는 필수가 독약 마신 이야기로부터 명숙이를 간절하게 만나고 싶어하나 의사가 허락하지 않아서 면회를 시켜주지 못한다는 것을 여자다운 섬세한 정으로 자상하게 이야기했다.

명숙의 눈에서는 어느덧 눈물이 빛났다.
오오, 눈물의 화신이여.
"여보세요. 어떻게 좀 만날 수가 없을까요?"
"글쎄올시다. 의사가 절대로 허가를 하지 않으니까……. 아무튼 내일 이 선생이 의사에게 말을 하실 겁니다. 오늘은 자기가 걸어 나온다구 자리에서 일어나다가 몸이 더 괴로워지셔서 그대로 쓰러지셨답니다. 내일 어떻게 될는지 보면 알겠습니다."

명숙은 그 날도 문지기에게 쫓겨 자기가 거처하는 곳으로 돌아왔다.
명숙의 모자가 피로한 몸을 쉬기 위해 누워 있는 불꺼진 방은 주검인 듯 고요하고 어두웠다.
이 어두운 방안에는 명숙의 가엾은 공상만이 헤매는 반딧불처럼 반짝였다.
"역시 그 이도 나를 그리워하는가. 나를 만나고 싶어했던가. 이 애를 자기의 자식으로, 나를 이 애의 어미로 사랑하고 그리워한다면 나는 무엇을 원망하랴……. 이제 그 이의 병환이 완전히 나아서……."
가을밤이 짧아라고 뻗치는 공상의 실마리는 피로한 명숙의 잠을 끌고 악착한 현실을 떠나서 미덥지 못한 장래를 향해 달음질쳤다.
"그러나…… 독약의 중독으로 생명이 위독한 그는 얼마나 이 세상에 오래 있을까……. 그 이가 만일 이 세상에서 떠난다면…… 나는……."
회오리바람처럼 일어나는 걷잡을 수 없는 불안에 명숙은 괴로웠다. 공상의 실마리는 장래에 대한 불안에 떠는 명숙을 끌고 다시 아득한 옛날의 화려한 꿈을 따라 물러섰다.
봄날보다 부드러운 자기 가슴에 필수라는 이성의 꽃을 피우던 옛날.
현실이 악착하고 장래가 암담한 사람에게는 다만 쓰러진 과거가 있을 뿐이다. 과거를 붙잡고, 과거를 붙잡고 사는 이의 생명은 썩은 줄을 붙잡고 높은 대(臺) 위에 오르는 이의 그것과도 같은 것이다.

그 이튿날 아침은 다른 날보다도 일찍이 등에는 아침잠이 아직 깨지 않은 어린아이를 업고 왼손에는 아직 피지 않은 봉오리만 다복한 흰국화 한 가지를 들고 지팡이로 길을 더듬어 방긋이 열린 병원문을 들어섰다.

"선생님, 이 꽃 곱지 않아요? 아직 피지 않았기 때문에 꽃향기가 은은해요."

간호사가 피지 않은 흰 국화 한 가지를 코에다 대고 들어오며 필수에게 말했다.

"아아, 벌써 국화꽃 봉오리가 그렇게 폈구려. 그게 웬 겁니까? 방에 꽂아 주시려오."

"그럼요, 선생님께 드려달라구 명숙 씨가 정성껏 가져오신 건데요."

"명숙이가?"

"네, 명숙 씨가 벌써 밖에 와 있어요. 그런데 이 꽃이 다 피기 전에 선생님 병환이 나으시라고 이 꽃을 가져오셨어요. 그러니 얼른 병환이 나으셔야 합니다."

"글쎄요, 그 꽃이 피기 전에 내 생명이 먼저 스러질지 누가 아나요."

"아이, 선생님도…… 그럴 리가 있나요. 왜 의사도 말씀하지 않았어요. 오래 끌어만 가면 자연히 치료가 된다고. 그런데 차차 오래 끌어가지 않습니까?"

이 때에 문을 밀고 들어오는 것은 진찰하러 오는 의사와 간호사였다.

진찰을 받고 난 필수는 무엇보다도 먼저 명숙이와 면회를 시켜 달라고 청했다.

"차차 기회를 보아서 만나게 해 드리지요. 아직은……."

의사는 부드럽게 거절하고 나가 버렸다.

필수는 지금 간호사가 꽂은 가지 위에 가늘게 드리운 아침볕을 바라보고 한숨지었다.

배교背教

　승방의 가을은 그윽하게 깊어 왔다. 승방의 가을, 쓸쓸한 가을!
　동록이 슨 풍경을 흔들고 하늘 높이 달아나는 세상을 배반한 외롭고 거룩한 이의 수레 소리 같은 가을바람, 젊은 여승의 하얀 뺨을 핥고 구불거린 언덕길을 굴러내리는 행려병자의 신음 소리 같은 가을바람! 가을바람은 쇠잔의 씨를 뿌리는 울음의 신이다. 그 지나가는 발자국마다 쇠잔한 그늘이 덮이고 그의 채찍이 움직이는 곳에 모든 것은 울고야 마는 것이다. 찬달 흩어진 잔디 위에 꿈같이 움직이는 나무 그림자를 울리고, 사랑에 주린 벌레 떼를 울리고, 한 뿌리에서 솟아나서 다정한 듯 머리를 모으고 속삭이건마는, 마음은 흩어져 몸부림치는 흰 꽃에 덮인 갈대(芒草) 포기를 울리고 별 떼가 떨어져 구르는 시냇물을 울리고, 백 년 전에 쌓은 무덤까지를 울리고야 마는 가을바람은 영일이라는 젊은 수도자의 '사내 마음' 조차 울려 마지않았다.
　'나는 내가 믿는 바에 따라서 어디까지나 굳세야 한다. 나는 굳센 자다.'
　이렇게 스스로 믿고 그 날 그 날을 이겨 오는 영일이도 가을이 짙어갈수록 가을하늘처럼 텅 비는 자기 마음의 한 귀퉁이를 무엇으로 채울 길이 없었다. 아득하게 사라진 옛날의 추억으로도, 보이지 않는 앞날의 희망으로도, 그 빈 구석은 채울 길이 없었다.
　아무 것으로도 채울 길 없는 마음의 동공洞空에는 언제 떨어졌는지 모르는 한 방울 쓰라린 적막이 밤으로 낮으로 미칠 듯한 속도로 쉼없이 구르고 구르는 것과 같이 애달팠다. 그것은 자기의 힘으로는 도저히 항쟁하지 못할, 의지를 초월한 힘으로 그의 영과 육을 아울러 흔들었다.
　영일은 지금 들국화가 황금 방석인 듯 깔린 석양이 비낀 언덕을 홀로 거닐고 있다. 자기 발밑에 길게 따르는 자기 그림자에도 그는 쓸쓸한 정을 느꼈다.
"아아, 그림자와 나."
해는 졌다. 외로운 그림자조차 거두어가지고…… 영일은 올 길 없는 사람을 부르는 듯한 황혼에 흩어지는 서글픈 마음을 걷잡을 수가 없었다.
'은숙이는 요즘 어떻게 지내는지.'
그의 울렁거리는 가슴속에는 문득 이런 생각이 떠올랐다.
그는 고요하게 침입하는 은숙이를 내쫓기 위해 머리를 좌우로 흔들며 법당으로 돌아왔다.
독경과 명상으로 밤이 깊은 뒤에 영일은 자기 침실로 돌아와 자리에 누웠다. 적이 평정된 그의 가슴은 창백하게 비치는 달빛에, 방향 없이 들려 오는 벌레 소리에 다시 울렁거리기 시작했다.
부처는 언제까지나 그를 보호하지 않았다.
'나는 무엇을 구하는가? 내가 구하는 바가 무엇이냐. 텅 비인 듯한 나의 가슴은 무엇으로 채워야 할 것이냐? 나는 무엇 때문에 이다지도 괴로워하느냐.'
그는 마침내 철저하게 자기를 검토해 보고 싶었다.
'이성이 그리우냐, 여자가?'
이렇게 질문하는 자기에게 그는 명백하게 '아니' 라고 대답했다.
'그러나 너의 지금의 고통은 은숙이가 말한 것처럼, 영원하게 보지 않기로 하고 거리를 멀리함으로써 받는 고통, 그것이 아니냐? 말하자면 은숙이가 그리운 것이 아니냐?'
하고 스스로 자문할 때 그의 마음은 벙어리처럼 침묵했다.
침묵은 괴로운 대답이다. 시인是認이다. 수긍이다.
'보아라. 거기 모순이 있는 것이다. 이성이 즉 여자가 그리운 것이 아니라 은숙이가 그립다는 것이…… 은숙이가 만일 남자라면 동성이라면

너는 이다지도 그를 그리워할 테냐.'
 그는 자기를 빈정거리는 자기에게 이론으로 반박할 대답이 없을 때에 무조건으로 반항하는 마음이 끓어올랐다.
 '그러면서 어찌하여 그리운 이를 그리워하는 것이 무슨 죄악이란 말이냐! 옳다. 그렇다. 그것이 조금도 죄악이 될 것이 없다……. 다만 네가 부질없는 고집에 스스로 고통을 받는 것이 가엾다는 말이다. 자기 마음속의 모순과 갈등을 그대로 두고 번민의 불을 끄려는 그 어리석음을 깨달으란 말이다.'
 그는 이불 속에서 눈을 커다랗게 떴다. 갑자기 무엇을 깨달은 사람처럼 자리에서 벌떡 일어나 앉았다.
 '내가 나를 이렇게도 괴롭게 하는 것은 도리어 죄악이 아닐까? 파랗게 돋는 청춘의 싹을 무참하게 짓밟아버리고 붉게 피려는 인생의 꽃을 애처롭게도 따버리는 것이 과연 순리일까? 아니다. 그것은 자연의 반역이다…….'
 그는 크게 떴던 눈을 스르르 감았다.
 누리는 무덤처럼 고요하고 고요하다. 사면에서 우는 벌레 소리조차 그에게는 들리지 않았다.
 "너는 내가 평생을 두고 이른 한마디 부탁을 잊었느냐."
 그의 귀에는 분명하게 이런 소리가 들렸다. 그와 동시에 자기의 감은 눈앞에 엄연하게 나타나는 돌아가신 해암 스님을 보았다.
 그러나 이 때만은 영일이도 그 스님에게 머리를 숙이고 침묵하거나 황송하게 물러가고 싶지 않았다.
 "오오, 스님이여. 당신의 일생의 부탁은 잊지 않았습니다. 여자를 가까이하지 말라고 하시던 그 부탁을. 그러나 스님이시여, 저는 당신의 그 유훈 속에서 손톱만한 진리도 아직 발견하지 못했습니다. 진리 없는 유훈을 맹목적으로 지키는 것은 부질없이 자아를 고달프게 합니다. 청컨

대 스님이 외로운 저를 불쌍하게 여기시거든 그에 대한 진리를 가르쳐 주세요."

그는 어둠 속에서 합장배례를 했다.

"스님이시여. 당신은 삼천 년 전에 돌아가신 석가모니의 늦게 깨달은 처세술 내지 인생관의 한 조목인 금욕주의를 그대로 밟으시려는 데 지나지 않지요. 아아 그것이 삼천 년 후의 우리에게 무슨 진리가 되며 행복일 것입니까?…… 돈 많은 나라의 왕자로 태어난 싯다르타가 주란화각에 묻혀 금수능라를 몸에 감고 나가도, 미색을 들여와도, 미색 삼천 소녀를 모아 놓고 고르고 골라서 아내를 삼는 등 가지가지의 행락을 누리다가 느긋해진 행락에 밀려 고행 수도를 했다는 것은 그의 처세상 한갓 방편에 지나지 못할 것입니다. 설사 영화를 버리고 출가를 하신 세존은 위대한 분이라 할지라도 그의 그 처세관을 지금의 우리가 무조건으로 답습하는 것이 우리에게 무슨 이익이 되겠습니까?…… 알지 못하겠습니다. 스님은 스님으로서 무슨 진리를 찾으셨습니까. 그렇거든 그 진리를 왜? 제게 일러주시지 않았습니까?"

영일은 스님이 금방 자기 앞에 앉았기나 한 듯이 질문처럼 하소연처럼 입 속으로 웅얼거리고 눈을 떴다.

창틈으로는 한 줄기 파란 달빛이 새어들고 뭇 벌레 소리는 다시 요란하게 울려왔다.

"그렇다. 나는 나를 괴롭히지 말자. 나는 나를 위해 평화롭게 아름답게 살아야겠다. 삼천 년 전 석가를 위해 살 필요도 없고 돌아가신 스님의 무조건한 유훈만을 의지해 살 필요도 없는 것이다. 사랑하는 이를 사랑하는 것이 무엇이 죄가 될 것이냐. 나를 사랑하는 은숙이를 내가 사랑하기로니 그것이 무슨 그릇된 일이냐. 아아, 나는 왜 이 때까지 그렇게 어리석었던고……. 예로부터 지금까지 이성의 사랑을 모른 거룩한 이가 있었던가? 성욕의 본능을 가지지 않은 성자가 있었던가? 만일 그렇다면 그는 천치일 것이다. 다행히 천치가 아닌 내가 이성을 그리워하고 성욕의 본능적 충동을 느끼기로서니 그것이 완전한 사람인 나로서 속을 끓일 바가 무엇이란 말이냐. 대성大聖 석가의 아버지 쟁반왕은 마야 부인의 자매를 아울러 아내로 하지 않았는가. 유태의 성자 예수그리스도를 낳기 위해 처녀 마리아가 잉태를 할 때에는 양치는 목자들까지 추문을 퍼뜨리지 않았던가. 석가 자신은 어떠했는가. 권력과 젊음을 한 데 합쳐서 피어나는 꽃보다도 아름다운 수많은 소녀를 아낌없이 짓밟지 않았는가. 그리고 그것도 부족해 선남선녀가 희사한 돈을 훔쳐서까지 허스미트라는 창녀의 썩은 고기 냄새를 좇은 때가 있지 않았던가. 백약의 장(百藥之長)이라 해 술 냄새를 따르지 않았던가?…… 만민을 위해 십자가에 피를 흘린 예수는 막달라 마리아라는 이성을 위해 얼마나 애를 썼던가. 예수를 동정童貞이라고 막달라 마리아가 증명한 것을 들은 이가 누구냐?……. 소크라테스가 무엇이냐. 공자가 무엇이냐. 그밖에 모든 거룩한 이가 누구냐?"

영일은 어둠 속에서 주먹을 부르쥐고 모든 거룩한 이를 점호나 하듯이 불러 보았다.

"나는 부질없는 나의 고집에 그 얼마나 나를 학대했던가. 남이 불어넣은 나의 정신의 노예가 되어 나의 육체를 얽어매고 채찍질했던가. 육은 영과 똑같이 중한 것이 아닐까? 그러면 육을 시달리게 하는 것은 곧 영을 괴롭게 하는 것이 아닐까? 그러면 육을 위해 영을 희생하는 것이 죄악인 것과 같이 영으로 해 육을 희생하는 것도 커다란 죄악일 것이다. 펄펄 뛰는 청춘을 한아름 안은 내가 이성에 목말라 하는 것은 당연 이상의 당연한 일이 아닌가. 그곳에 무슨 죄악이 숨어 있을 것이냐. 이다지도 나를 괴롭히고 학대함으로써 나는 무엇을 찾으려 하는가. 나의 육을 본능을 함부로 압박하는 것은 부질없이 나의 정신을 피로하게 할 뿐이 아닐까? 그렇다. 대성 석가도 육 년 고행에 주린 배를 움켜잡고, 고행으로 도를 이루려는 것은 어리석은 짓이다…… 스스로 음식을 끊음으로 부질없이 육신을 손상하는 것으로 어찌 해탈의 참 길이 될 수가 있으랴. 내 벌써 고행이 육 년, 이후에 더 고행을 하면 죽음밖에 올 것은 없다⋯⋯ 이렇게 고행함으로써 나는 무엇을 찾았느냐⋯⋯ 그렇다. 나는 이제부터 음식을 충실하게 하고 몸을 건강하게 해 새로운 용기를 내야 한다고, 학같이 파리한 몸을 핍파라나무* 밑에서 일으켜 난다바라難陀婆羅라는 소먹이는 소녀에게 유죽을 빌어먹고 종자從者 다섯 사람에게까지 배척을 받지 않았던가⋯⋯. 그렇다. 육 년 고행에 육체가 귀한 줄을 깨달은 어리석은 이가 석가이다. 배불러야 좋은 지혜가 끓어오르는 줄을 새삼스레 깨달은 이가 석가가 아니었던가?"

육 년 고행에 비로소 육체를 돌아볼 지혜가 생긴 석가보다는 일 년이 못 되는 사랑의 수난에 육체를 해방하는 영일이가 약은 셈인가?

영일은 비로소 모든 것을 깨달은 듯 했다. 그는 최후의 해답을 얻었다.

"고장故障 없는 위장은 식물食物을 요구하고, 병 없는 청춘은 이성을 그리워하는 것이다. 그곳에 아무런 모순도 없고 죄악도 숨지 않았다. 이것을 그르다고 생각하는 이가 있다면 그것이 훌륭한 이단자이다. 사도를 걸어가는 자이다. 그렇다. 나는 지금까지 이단자로서 버티기에 사도를 걷고 있기에 부질없이 땀을 흘리고 허덕인 것이다. 그러면 나에게 이단의 씨를 뿌린 이가 누구냐. 사도로 끌고 간 이가 누구냐? 옳다, 그것은 피 묻은 나의 생명을 키워 주었다는 해암 스님이다. 나의 필생의 은인 해암 스님은 나에게 이단의 씨를 뿌리고 사도로 끌고 갔던가. 생명이 붙어 있는 최후의 순간까지 끈질기게 나에게 부탁한 '여자를 가까이하지 말라'는 말은 그 얼마나 나의 정신과 육체를 괴롭게 만들었던가⋯⋯. 그것은 나를 괴롭게 하기 위해 하신 일은 아닐 것이다. 나는 나를 자기 몸 같이 사랑해 주시던 스님인 줄 내가 믿는다. 그러면 삼천 년 전에 자애에 우는

---

* 苦提樹 : 일명 보리수(Bodhi Tree). 핍파라수는 보리수의 학명. 석가모니 부처님의 고행과 깨달음을 상징하는 나무로, 보리수의 보리는 깨달음을 나타내는 말.

부모를 버리고 어여쁜 처자를 버리고 모든 영화를 버리고 세상을 등지고 떠난 '커다란 이단자' 석가가 뿌리고 간 곰팡이 슨 이단의 씨를 거두어서 스님 자신이 심고 나에게까지 끼치고 가신 것이다. 내가 이제 돌아가신 스님을 원망하기에 그는 너무도 어리석은 이였다. 나는 마땅히 깨달은 바를 좇아서 나의 힘으로나 괴롭게 가리운 이단의 그늘을 거두고 내가 걷고 있는 사도를 떠나서 밝게 넓게 그리고 평화롭게 살아야 한다. 말하자면 사람답게 살아야 한다. 나는 역시 사람이었다. 신도 아니요, 짐승도 아니요, 돌 뭉치도 아닌 사람이다. 사람이 가장 사람답게 사는데 이상할 것은 없다. 그렇게 살려면 나는 무엇보다도 '여자를 가까이 하지 말라' 던 스님의 유훈을 나의 기억 밖으로 내몰아야 한다. 완전하게 잊어버려야 한다. 그것보다도 나의 스님의 정신을 지배한 석가의 금욕주의를 배척해야 한다……."

배교자! 배교자! 배교자의 감은 눈에는 무엇이 비치는가!

영일의 감은 눈 앞에는 해암 노승의 노한 얼굴이 커다랗게 나타났다. 그리고, 너는 나의 평생의 한마디 유훈을 그만 저버리고 말 테냐, 하는 떨리는 목소리가 분명히 귀에 들렸다. 그는 앞에 나타나는 스님의 얼굴을 안 보기 위해, 떨려나오는 스님의 말소리를 안 듣기 위해 귀를 막고 돌아앉았다. 귀까지 막고 앉아 있는 그의 앞에는 대법당 금불이 엉금, 기어들었다. 그는 악에 바친 사람처럼 눈을 감은 채로 주먹을 들어 힘껏 부처의 머리를 내리쳤다. 금불은 천 조각 만 조각으로 부서졌다. 그 다음에는 오백라한五百羅漢이 올챙이 떼처럼 오글오글 모여들었다. 그의 주먹은 또 다시 그것을 부셔 버렸다. 그 다음으로 가슴 답답하게 그의 앞을 가로막는 것은 자기가 이십여 년 자라난 운외사 대법당이었다. 그는 온몸의 힘을 다해 높이 든 주먹을 날렸다. 그것은 책상 위에 놓은 흙으로 만든 모형 건축처럼 산산이 쓰러지고 말았다.

오오, 무참한 파괴여!

그는 눈앞에 나타나는 모든 것을 깨뜨려버리고 안심한 듯이 힘없는 눈을 떴다.

동창에는 어느덧 새벽이 깃들기 시작했다.

'모든 것을 헐어 버렸으니 나는 장차 어떻게 할까? 파괴 후에는 마땅히 건설이 있어야 할 것이다. 불각을 헐어버리고 사랑의 전당을 세우자. 옳다, 나는 나를 사랑하는 은숙이를 주저하지 말고 마음껏 사랑하자. 나의 일생을 바쳐서 사랑하자. 여자로서 사랑하자. 일만 사람에게 공포하고 아내로 맞이하자. 그리하여 짧은 나의 생명을 북돋우자……. 텅 빈 나의 한 귀퉁이를 채우자. 완전한 사람이 되자. 그래서 만일 나의 이 일에 무엇이나 방해하는 것이 있거든 나의 삶을 장해하는 미운 적으로 돌려 굳세게 싸우자. 오오, 나의 화려한 삶의 길을 막을 자가 누구냐…….'

이렇게 생각하니 영일은 무슨 큰 힘을 얻은 듯했다. 갑자기 자기의 앞길이 밝아지는 듯했다. 그는 웃음으로써 나타낼 수 없는 마음의 법열을 느꼈다.

싯다르타는 왕위를 버리고 처자를 떠남으로써 천하만민을 얻을 것을 기뻐했다. 영일은 지금까지 자기가 믿고 지켜 온 모든 것을 버리고 하늘 위에나 하늘 밑에나 하나밖에 없는 자기의 빛난 삶을 얻은 것을 기뻐했다.

이렇게 모든 것을 결심하고 나니 자기의 지나간 일이 몹시도 어리석어 보였다. 자기의 그것뿐이 아니라 이 승방에서 쓸쓸한 일생을 마친 자기의 스님까지도 불쌍해 보이고, 그밖에 삼천 년 전부터 이 후 항구한 세월을 두고 '천상 천하에 오직 나 홀로 높다'는 석가의 그늘 밑에서 이미 스러지고 장차 스러질 수많은 승도가 불쌍하게 생각되었다.

"그러면 밝는 날에 내가 할 일은 무엇이냐. 딴 세상 사람이 될 내가?…… 모든 것은 은숙이와 의논해야 할 것이다. 인생의 반려요, 일생의 길동무인 은숙이와 의논해야 할 것이다."

그는 아직도 엷은 어둠이 스러지지 않은 서재로 가서 촛대에 불을 켜 놓고 한 장의 편지를 썼다.

은숙 씨, 나는 모든 것을 결심하고 이 붓을 듭니다. 나는 약해졌습니다. 아니 강해졌습니다. 떠나는 거리로써는 어떻게 할 수 없는 이미 부딪힌 지 오래인 영과 영을 이 이상 더 괴롭게 할 수가 차마 없음을 깨달았습니다. 나는 내가 새로 창조하려는 나의 빛나는 이 앞의 삶을 의논하기 위해 당신을 만나고자 합니다. 이 편지 보시는 대로 곧 좀 나와 주십시오. 이 글을 받을 당신이 병이나 혹은 다른 일로 만날 기회가 오지 않으면 어찌하나 하는 걱정이 미리 앞서며 이 편지를 봉합니다.

이렇게 쓴 편지를 읽어보고는 영일은 글자마다에 나타나는 자기답지 못한, 흥분이 흐르는 것도 깨닫지 못할 만큼 흥분하여 편지를 봉했다.

고요한 폭풍

뜰. 고요한 뜰, 쓸쓸한 뜰. 청운동 은숙의 집 조그만 뜰. 장독대 옆에 달린 은숙의 손으로 흙을 돋우고 돌을 고인 장난감 같은 화단.
이 화단 위에 지나간 봄날 안개비 연기 끼는 황혼에 부드러운 처녀의 손에 씨뿌리고 북돋우는 화초들도 이제는 검누른 잎사귀가 시드는 줄기에 매달려 돌아오지 못할 지나간 날을 조상하고 다만 두어 떨기 황국이 쓰러져가는 토담을 베개 해 머리를 모으고 졸고 있을 뿐이었다.
쓸쓸한 뜰, 고요한 뜰, 어여쁜 폐허여.
그 곳에는 나비의 피로한 날개 소리도 끊기고 병든 아낙네의 신음 소리 같은 벌의 속살거림도 없고 이제는 낮이면 화단과는 인연이 먼 참새 떼가 종알거리고 해 곧 지면 뭇 벌레의 악단이 되는 고요한 뜰, 쓸쓸한 화단, 어여쁜 폐허…… 때는 정오가 지났다. 쓸쓸한 태양이 가볍게 드리우고 있다. 높은 하늘 위에서는 엷은 구름 떼가 오고가고 부딪치고 흩어지고 헤어진다. 모든 것이 늙어가는 가을날 오후에만 볼 수 있는 빛 없는 빛에 빛나는 맑고 밝은 경景이다.

은숙은 지금 이 밝고 고요하고 쓸쓸한 대자연 한 귀퉁이에 실연한 처녀보다도 외롭게 서 있다.

담 너머에서 떨리는 잠자리의 단풍같이 붉은 날개를 보고 소녀처럼 손뼉을 치기에는 너무도 우울한 자기의 가슴을 안고…….

"얘야, 아가. 그 국화분들은 밤에는 들여놓고, 낮에는 내놓아야 한다. 요즘은 밤에 무서리가 내리기 쉬우니까."

마루에 앉은 은숙의 어머니가 은숙에게 이르는 말이다.

"그까짓 것 들여놔 무얼 해요. 서리가 오면 시드는 거고, 봄이 오면 피는 게 꽃인데……."

은숙의 대답에는 가벼운 허무가 흘렀다.

"저 애가 요즘 왜 저래졌어. 학교에도 안 가고 손에 일도 안 잡고……."

어머니의 이 말에 별로 대답할 흥미도 없다는 듯이 하늘을 쳐다보고 섰노라니 중문 밖에서

"편지요."

하는 껄끄러운 소리가 들렸다.

중문간으로 나가 편지를 받은 은숙은 손보다도 가슴이 흔들렸다.

그것은 영일의 편지였다.

자기 방으로 들어가 책상 앞에 꿇어앉은 은숙은 무슨 신비한 뚜껑을 여는 듯이 한 겹 종이를 조심스럽게 찢었다.

편지를 읽고 난 은숙은 그 편지를 쓰던 영일이 이상으로 흥분되었다.

두 세 번을 거듭 읽은 은숙은 편지를 책상 위에 엎어놓고 눈도 깜빡이지 않고 무엇을 생각했다.

너무도 뜻밖의 편지는 은숙에게 커다란 의문을 던져 마지않았다.
은숙은 옆에 놓았던 편지를 뒤집어 놓고 다시 한 번 필적을 보았다. 그것이 영일의 필적임을 의심하기에는 글씨가 몹시도 똑똑했다.
'웬일일까. 그가 어찌해 이런 편지를 썼을까. 암만해도 이상한 일이 아닌가……'
은숙의 머리에는 젊은 수도자로서 유감없이 아로새겨진 영일의 침착하고 엄숙한 인상이 떠올랐다.
'거짓말이다. 영일 씨가 이런 편지를 썼을 리가 있나? 그러나 필적이 분명한 바에 나는 무엇을 의심하는 것인가…… 그러나?……'
은숙은 문득 지나간 날의 저주할 기억이 떠올랐다. 필수의 꾀임을 받았던 일이. 그러나 그것이 분명한 영일의 필적 그리고 우편배달이 분명한 것으로 부질없는 의심을 억지로 풀어버렸다. 그 의심을 내던진 뒤에 새로 떠오르는 것은 진퇴의 문제이다. 영일이가 부르는 대로 곧 나가 볼 것인가…… 자기가 결심한 대로 나가지 않아야 옳을 것인가?……
영일과 자기가 만날 때마다 반드시 알 수 없는 기분에 부대껴 애닯게 떨어지던 지나간 날의 거듭된 기억은 은숙을 얼른 일으키지 않았다.
'저번에 운외사에서 들어올 때에 나는 결심하지 않았는가. 영일의 말과 같이 만남으로써 받는 애달픈 고민을 받지 않기 위해 다시는 무슨 일이 있든지 나오지 않으리라고……. 그러나 편지에 쓰인 그대로 나를 기다리고 있다면……내가 안 가보는 것이……."
이러한 주저함를 물리치기에 은숙의 정열은 뜨거웠다.
보이지 않는 줄은 은숙을 끌어 일으키고야 말았다.
만나야 할 두 사람은 만나고야 말았다.
영일이가 은숙에게 절교를 선언하던 운외사 뒤 솔밭 바위 위에서…… 떠나려 해도 떠날 수 없고 미워하려 해도 미워할 수 없는 사이를 멀리하기 위해 죽음보다도 애달픈 절교의 막을 내리던 그 곳에서 그들은 사랑을 속살거리기 위해 나란히 앉았다. 영일은 은숙을 만날 때에 어떻게 자기의 태도를 설명할 것쯤은 이미 생각했지만 막상 만나고 보니 무엇부터 어떻게 해야 좋을는지 알 수가 없었다.

마음으로는 한껏 초조한 영일의 표정은 어색하게도 침착했다. 그는 이 어색한 기분에서 벗어나려는 듯이 무거운 입을 열었다.

"은숙 씨, 내 편지를 보고 웃었지요?"

"아니요. 저는 제일 먼저 의심했지요. 과연 영일 씨가 쓴 것일까? 하고, 그러나 필적으로 보아 의심할 여지가 없어서 저는 신을 대하는 듯 엄숙하게 대했지요."

은숙은 그야말로 신 앞에 선 사람처럼 침착하고 엄숙하게 대답했다.

"은숙 씨, 나는 나의 일생을 당신과 의논하기 위해 당신을 만나고자 했습니다. 나는 나의 모든 과거를 헐어버리고 오늘부터의 미래를 다시 쌓기 위해 지나간 모든 날을 불살라버리고 새날을 맞이하기 위해 당신을 만나고자 했습니다……. 당신과 더불어 괴롭던 과거를 함께 울기 위해 당신을 만나려고 했습니다. 그러기 전에 먼저 은숙 씨에게 분명한 대답을 청합니다. 은숙 씨, 당신은 나를 위해 사는 은숙 씨가 되어 주시겠습니까. 말하자면 나의 은숙 씨가 되어 주시겠습니까? 물론 나는 당신을 위해 사는 내가 되겠습니다. 은숙 씨의 영일이가 되겠습니다. 간단하게 말하면 쓸쓸한 나의 일생을 같이 걸어가 주시겠습니까. 길이 나를 사랑해 주시겠습니까?……"

영일은 간청인 듯 하소연인 듯한 말을 끊고 고개를 돌려 은숙을 바라보았다.

"……."

은숙의 입은 곱게 다문 채로 열리지 않고 머리 전체가 좌우로 흔들렸다. 세 번 네 번 거듭 흔들렸다.

아아, 머리가 가로 흔들림은 노no라는 신호가 아니냐. 예스yes의 반대가 아니냐!

영일은 눈을 크게 떴다.

"그러면 은숙 씨는 나를 사랑해 주실 수 없습니까?"

그의 말소리는 가라앉은 채 떨렸다.

"영일 씨, 영일 씨. 당신은 왜 새삼스럽게 저에게 그것을 묻습니까. 저는 그것이 섭섭해요. 당신의 편지에 쓰시지 않았어요. 우리의 영과 영은 부딪힌 지 이미 오래였다고⋯⋯ 그렇다면 제게 또 다시 물어 보실 것이 무엇이에요. 명백한 대답을 기다릴 영일 씨가 어디 있겠어요. 아직까지 나의 마음에 당신의 혼이, 당신의 마음에 나의 혼이 접촉하지 못한 것이 아닐까요? 저는 그것이 안타까워요. 아직도 회의기에 있는 당신의 마음을 나는 섭섭하게 생각해요. 우리 사이에 아직까지 거리가 남아 있는 것이 섭섭해요⋯⋯."

은숙은 또 한 번 머리를 가로흔들었다.

오오, 예스를 일만 번 거듭한 것보다도 분명한 수긍의 신호여!

"은숙 씨 나는 우리 두 사람의 사랑의 길을 방해하는 모든 것을 깨부셔 버렸습니다. 부처를 깨뜨리고 법당을 깨뜨리고 나의 젊음을 무시하는 나의 머릿속에서 꿈틀거리는 석가의 혼을 내몰아버렸습니다. 그리고 맨 끝으로 나의 돌아가신 스님의 부탁을 영원하게 저버림으로 나는 나의 새로운 삶을 창조하겠습니다. 나는 이것을 당신과 의논해 찬성의 의견을 들으려고 당신을 불렀습니다."

영일은 흥분에 떨리는 말을 거두고 은숙을 바라보았다. 자기의 시력이 다할 때까지 바라보려는 듯이 눈 한 번 깜빡이지 않고 은숙을 바라보았다.

쌀쌀한 바람에 흩어지는 까만 머리털 밑으로 드러나는 하얀 귀밑, 흥분에 물든 불그레한 뺨, 자기의 무릎을 굽어보는 눈, 얼굴에 나타나는 모든 미를 다스리는 듯한 코, 그리고 그의 뽑은 듯한 목 뒤로부터 어깨 위를 휘돌아서 발끝까지 흐르는 순결한 처녀에게서만 볼 수 있는 그것—

미술의 극치를 다한 조각에 어여쁜 혼을 불어넣은 것 같은 그것은 이십육 년 간 모아 놓은 영일의 피의 방울방울을 애욕의 불길에 끓리게 해 마지않았다.
 금세 커다란 음향을 내고 폭발이나 할 듯한 각 일각으로 뜨거워지는 영일의 시선은 이상스럽게 차차 흐려졌다. 꼼짝 않고 앉아 있는 자기와 은숙의 거리가 앉은 채로 점점 멀어지는 것 같기도 하고 또는 옅은 안개 속에 흔들리는 그림자처럼 희미하기도 했다.
 이 때였다. 자기와 은숙의 희미한 사이로 나타나는 검은 그림자를 영일은 분명하게 보았다.
 그것은 만면에 노기를 띤 해암 노승이었다.
 환상! 환상! 저주할 환상!
 영일은 이 환상 앞에서 마음을 떨었다.
 '어떻게 할까?'
 "……."
 "영일 씨!"
 영일을 부르는 은숙의 떨리는 음성은 벙어리같이 답답한 주위의 침묵을 깨뜨렸다. 주저함에 떨리는 영일의 마음을 구원했다. 영일은 잃었던 용기를 다시 찾았다. 해암 노승이여, 물러가소서. 나는 이제는 당신의 상좌가 아닙니다. 은숙이의 애인입니다, 남편입니다……. 그는 마음속으로 날카롭게 부르짖었다.
 그러나 노승의 환상은 쉽게 물러가지 않았다. 영일은 자기 혼자의 힘으로 자기의 앞길을 어지럽히는 해암 노승을 물리칠 수 없어 마지막으로 은숙을 불러서 구원을 청했다.
 "아아, 은숙 씨, 나는 어떻게 하면 좋겠습니까?"
 은숙은 영일의 성대에서 울려 나오는 너무나 애달픈 호소에 자기로서는 무엇이라 대답할지 몰랐다. 그래서 앵무새처럼 영일의 호소 그대로를 위치를 바꾸어 옮겼다.

"아아, 영일 씨. 저는 어떡해요."

애원과 애원이 부딪칠 때 영일은 비로소 최후의 용기를 내었다.

영일은 자기 눈앞에 버티고 서 있는 노승에게 시위나 하려는 듯이 젊음에 떨리는 손을 내밀어 은숙의 손을 잡고 두 사람 사이에는 조그만 틈도 벌어져서는 안 된다는 듯이 한 걸음 다가앉았다.

시위는 더 한층 맹렬해졌다.

악수로 만족하지 못한 젊음은 다시 포옹을 요구했다. 그는 자기의 젊음이 요구하는 대로 은숙의 부드러운 어깨 위에 자기의 팔을 기탄 없이 얹었다.

영일은 지금까지 살아오는 동안에 일찍이 한 번도 경험해 보지 못한 향기에 취각臭覺이 어지러웠다. 그것은 기름기 없는 바람에 흔들리는 은숙의 머리털에서 흩어지는 미묘한 냄새였다. 그 미묘한 냄새는 은숙의 온몸에서 흐르는 이성의 냄새보다도 강렬하게 영일의 취각을 자극했다.

오오, 흑발의 방향芳香이여!

영일은 은숙의 검은 머리 위로 고요히 자기의 입술을 끌고 갔다. 뜨거운 입술에 솟구치는 미랭微冷한 감촉의 야릇한 쾌감에 온몸의 피가 끓어오르는 듯이 그의 입술은 떨렸다.

불같이 타는 영일의 입술은 은숙의 뜨거운 입술이 그리워지고야 말았다.

키스— 입술과 입술이 마주치는 곳에 키스의 불은 붙었다.

이제는 노승의 환상도 사라지고, 누리는 몸 속 같이 고요하고 두 사람의 뛰놀던 심장도 차차 가라앉기 시작했다. 넓고 넓은 천지에 두 사람만이 살아 있는 듯이 호젓했다.

"우리 저 개천가로 산보나 합시다."

영일은 쾌할한 어조로 은숙을 이끌고 우거진 솔밭 사이를 걸었다.

"은숙 씨, 나는 기쁩니다. 참으로 기뻐요."

"저도 기뻐요. 어쩐지 기뻐요."

"음악가인 은숙 씨. 자, 노래를 불러 들려주세요. 괴롭던 지나간 날을 장송하는 만가를 부르세요. 우리 두 사람의 행복을 위해 올 축복할 새날을 맞이하는 송가를 높이 부르세요……."

영일은 이렇게 말하고 웃었다. 은숙도 따라 웃었다.

"영일 씨, 당신도 웃으실 때가 있군요. 저는 모든 음악보다도 영일 씨의 지금 같은 웃음소리를 듣고 싶어요."

"나도 웃지요. 사람이 되었으니까 웃지요. 은숙 씨는 내 감정의 지배자가 아니요. 웃기기도 하고 울리기도 하는…… 그런 당신이니까 당신의 마음대로 할 일이 아닙니까. 하하."

"영일 씨, 그러면 이제부터 우리 어떻게 살아요?"

"옳지요. 우리는 마땅히 그것을 의논해야겠습니다."

"은숙 씨, 나는 이제는 중이 아닙니다. 수도자가 아닙니다. 금욕주의자가 아닙니다. 한 개의 사회인입니다. 남의 남편입니다. 그러니까 이제부터는 사회인으로 굳세게 살고 남의 남편으로서 충실하게 살아야 하겠습니다. 수많은 승도가 한 목탁 두 목탁 빌어 쌓은 풍부한 물질 속에 들어앉아 극락을 꿈꾸며 안일하게 살던 그 생활을 떠나야겠습니다. 그러려면 우리의 새 생활을 만인에게 피로披露하기 위해 결혼을 해야겠지요. 은숙 씨는 물론 이의가 없겠지만 은숙 씨 아버지 어머니께서 허락해 주시겠습니까?"

"허락해 주시겠지요. 만일 아버지 어머니께서 허락을 안 해주신다 할지라도 우리는 그만둘 수 없는 일이 아니에요. 부모님의 어떤 정도까지의 간섭은 자식된 도리로 받는다 할지라도 부모님의 주관으로 우리의 앞길을 방해하신다면, 그 때는 우리의 주관을 강조하고 개성을 철저하게 발휘한다 할지라도 그것이 사회적으로나 한 걸음 더 나아가 도덕관념에 비춰 보더라도 조금도 거리낄 것이 없지 않아요.

은숙은 눈을 똑바로 뜨고 한마디 한마디 새 힘을 주어 가며 이렇게 말했다.

"아아, 은숙 씨. 당신이 그만큼 굳세다면 나의 마음은 얼마나 든든하겠습니까"

이제 그들에게는 교묘한 교제도 필요가 없었다. 해맑은 얼굴이 무엇이랴? 유창한 대화가 무엇이랴. 마음에 있는 그대로를 꾸밈없이 내놓는데 부딪치고 부딪친 영과 영은 어우러져 녹아버리고 마는 것이었다.

영과 영이 한 데 녹아 버릴 때에야 비로소 완전한 한 개의 사람이 되는 것이 아닐까?

시보다도 아름다운 진정한 발로여!

황혼이 깃드는 그윽한 숲 속에는 하룻밤의 평화를 빌기 위해 하느님께 기도나 드리는 듯한 밤새의 지저귀는 소리가 들려 왔다. 그 때야 비로소 해진 줄을 깨달은 듯이 절로 돌아오는 그들에게는 쓸쓸한 가을의 황혼조차 밝아 보이고 상쾌했다.

지나간 이야기, 장차 올 이야기, 꽃을 피우노라고 밤 깊은 줄도 모른 그들은 건너 산봉우리에 북두성이 돌아들 때, 은숙은 객실로 영일은 자기 침실로 들어갔다.

영일은 이상한 흥분에 얼른 잠이 들 수가 없었다. 온누리에서 쉼없이 들리는 벌레 소리, 이불 틈으로 기어드는 쌀쌀한 기운이 모든 것을 그의 관능의 문을 두드려 마지않았다. 그의 동정童貞은 언제까지 온순하게 엎드려 있기를 거부했다. 해방을 요구했다. 그는 자못 괴로웠다.

'나는 지금까지도 나를 이렇게 괴롭힐 필요가 있을까?'

그는 이런 의문을 자기 마음에 던졌다.

'그럴 필요는 도무지 없다. 나는 이제 금욕주의자가 아니다. 남의 남편이다.'

그의 이지는 모든 것을 양보했다. 묵인했다.

영일은 마침내 자기의 방을 나섰다.

어렴풋이 잠이 들려던 은숙은 안으로 걸고 자는 자기 방문을 두드리는 소리에 눈을 뜨고 귀를 기울였다.
"누구세요?"
어둠 속에서 일어나는 은숙의 말소리는 날카로운 듯 흐린 듯했다.
"나요. 나입니다, 영일입니다."
영일은 잔잔하게 그러나 분명하게 대답했다.
"……."
방안에서 아무런 말이 없자 영일은 다시 한번 문을 두드리고
"은숙 씨, 문 좀 열어 주세요."
하고 조금 떨리는 목소리로 영일은 자신을 가지고 자기의 요구를 말했다.
"……."
그래도 안에서는 아무런 대답이 없었다.
은숙은 이불을 푹 뒤집어쓰고 주저했다.
'저 문고리를 벗겨 줄 것이냐, 말 것이냐?'

결혼

은숙은 마침내 이불을 벗었다.
은숙은 역시 처녀였다. 결혼도 하기 전에 아무리 영일이라 할지라도 자기의 모든 것을 바치기에는 그래도 수줍었다.
수줍다기보다도 처녀만이 가질 수 있는 고귀한 자존심이 허락지 않았다.
"영일 씨, 용서해 주세요. 그대로 돌아가 평안하게 주무셔 주세요. 자세한 말씀은 밝는 날에 드리지요."

대답을 듣는 영일이가 불쾌한 감정을 일으키기에는 너무도 정중한 거절이었다. 침착한 그 대답은 어딘가 범치 못할 위엄이 있는 듯 했다.
영일은 취했던 술이 깨는 듯한 기분으로 다시 자기 침실로 돌아왔다.

그 이튿날 그들은 하루바삐 결혼을 추진하기로 약속하고 헤어졌다.

은숙은 그 아버지와 어머니 앞에 주저하면 한량이 없는 자기의 결혼 문제를 차라리 용기 있게 말해버리리라고 결심하고 자기 집으로 들어섰다.
은숙이가 들어서자 은숙의 아버지와 안방에 앉았던 은숙의 어머니는 꾸중 비슷하게 말한다.
"시집도 안 간 색시 년이 어쩌면 그렇게 나가 자곤 하느냐. 글쎄 아버지 어머니가 기다릴 생각도 않고."
"어머니, 용서해 주세요. 잘못했……습……니……다…….."
은숙은 응석 비슷하게 솔직히 사죄했다.
은숙의 아버지는 그 딸의 하는 양이 우스워서 껄껄 웃었다.
"그래 또 절에서 잤니?"
"네."
이렇게 대답하고 잠깐 말없이 앉아 있던 은숙은 마침내 입을 열었다.
"아버지, 저는 결혼을 할거예요."
"왜, 이 년 일생 처녀로 늙는다더니……. 그래 어디 신랑감이 있더냐?"
"……."
"글쎄 말을 해. 누구하고 결혼한다는지 말을 해야 동의를 하지 않느냐."
"저— 운외사에 있는 영일 씨……."
"뭐?"
"최영일 씨하고 결혼할 거예요."
은숙은 한 번 더 분명하게 말하고 고개를 숙였다.

"오빠라고 하더니 별안간 결혼이 무슨 결혼이냐?"

아버지는 참으로 뜻밖이라는 듯이 눈을 커다랗게 뜨고 은숙을 내려다보았다.

아버지보다 한층 더 놀라는 것은 어머니였다.

"이 미친 년. 어디로 시집을 못 가서 그 까짓 중놈한테로 간단 말이냐?"

은숙은 거기에 대해 아무런 대답도 없이 앉아 있었다.

"글쎄 은숙아, 너만 좋으면 그만이지만 그래도 하고많은 사내 중에 왜 그까짓 아비도 없고 어미도 없고 뉘 집 자식인지 알지도 못하는 그까짓 중과 결혼을 한단 말이냐?"

아버지는 한껏 부드러운 말로 그 딸을 달랬다.

"영감께서도 딱하시오. 저만 좋으면 좋은 게 뭡니까. 부모가 되어서 아들딸 시집 장가 보내는데도 마음대로 못해요. 귀여워할 때는 귀여워하더라도 안 될 일은 안 된다고 일러줘야지요."

어머니는 기를 쓰고 대들었다.

"아니, 시대는 그렇지도 않어. 저희끼리 마주보고 마땅해야 하는 거고, 어미 아비는 도장이나 찍어 주면 그만이지마는…… 그러나 하필 중한테 시집 안 가면 갈 데가 없느냐는 말이지……"

"아니에요. 그 사람은 이제부터 중이 아니에요……. 저는 그 사람 외에는 결혼하지 않을 거예요. 네? 아버지……."

은숙은 자기에 대한 태도가 좀 부드러운 아버지에게 의지하려 했다.

"글쎄, 못한다면 못하는 줄로 알고 있어라. 네가 그 사람과 결혼을 한다면 나는 차라리 죽어 버리련다……."

아버지가 말할 틈 없이 어머니는 쌍지팡이를 집고 나섰다.

"아따, 마누라도 너무 떠들지 말고 가만히 있수, 애를 달래야지, 그렇게……."

"달래기는 무얼 달래요. 안 될 일은 안 된다고 딱 잡아떼야 해요……."

지금까지 남편의 말에 그렇게 극성을 부려 본 적이 없는 은숙 어머니의 이번의 태도는 몹시도 강경했다.

"그 사람과 결혼을 못한다면 저야말로 죽어 버릴 거예요."

고개를 드리운 채로 은숙은 이렇게 말했다.

죽기로써 결혼을 반대하는 마누라와 죽기로써 결혼을 하려고 드는 딸 틈에 끼인 은숙의 아버지는 어쩔 줄을 모르고 말없이 앉아 있었다.

이틀이 지난 뒤에 은숙의 아버지는 은숙의 결혼에 동의라기보다 묵인을 하게 되었다.

은숙의 어머니는 여전히 반대를 했다.

딸이 죽기로써 결혼을 하려고, 그 위에 그 아버지가 묵인까지 한 이 결혼을 파괴하기에 은숙의 어머니의 힘은 너무도 약했다.

외로운 자기 주장에 불평의 침묵을 지키는 수밖에 없었다.

은숙은 이 결과를 곧 영일에게 통지했다.

은숙의 통지를 받은 영일은 비로소 자기가 가장 신뢰하는 한명진에게 모든 것을 설파했다.

"선생님, 사랑은 괴로운 것입니다. 죽음보다 쓰라린 맛은 사랑에서만 볼 수 있습니다. 그것만은 각오하셔야 합니다."

명진은 엄연히 말했다.

"명진 씨, 사랑은 괴로운 것인지도 모르지요. 그러나 사랑만은 타협이나 또는 절충이 아님을 나는 깨달았습니다. 또는 이지로 판단하거나 객관으로 비평할 것이 못 되는 줄 압니다. 사랑만은 절대인 줄 압니다……. 명진 씨 나는 사랑을 찾아서 과거의 모든 것을 불살라 버리고 새롭게 살겠습니다. 벌거벗은 몸뚱이로 이 세상에 다시 태어나겠습니다. 명진 씨 나의 이 새로운 삶을 축복해 주세요."

"축복해 드리지요. 얼마든지 축복해 드리지요. 그러나 사람의 축복처럼 효력 없는 것은 없으니까요."

세상만사를 스스롭게 아는 명진에게는 절명에 달한 영일의 행복조차도 스스로워 보였다. 내일 죽을 사람이 오늘 웃는 것 같이 보였다.

"명진 씨, 나는 내일로 이 절문을 등지겠습니다. 새로 건설한 내 세상으로 나가겠습니다. 몸에 떨친 법의를 끌고 목에 맨 염주를 벗어 놓고 나는 이 절을 나가겠습니다. 벌거벗고 나가겠습니다. 그런데 명진 씨와 의논하고 부탁할 것이 있습니다. 이 절에는 많은 재산이 있습니다. 이 절에 부속된 절 재산 외에 돌아가신 스님으로부터 상속된 나의 소위 사유 재산도 적지 않습니다. 그런데 절 재산은 물론 나의 처분 범위에 있지 않으니까 말할 것이 없지마는, 나의 소위 사유 재산은 어떻게나 내가 처분해야 할 것이니까 나는 그것을 어떻게 할까 주저했습니다. 나는 결코 그 정체 모를 물질을 이제부터 시작되는 나의 새생활에 쓸 생각은 전혀 없습니다. 그러나 그것을 내가 등지고 나가는 이 절에 부친다는 것도 나의 마음에는 들지 않는 일이고, 그렇다고 그대로 될 대로 되라고 내버리는 것도 또한 무의미한 일로 생각했습니다. 그래서 나는 내 자산을 어머니 아버지의 따뜻한 품을 모르고 자라나는 고아를 위해 써버리려고 생각했습니다. 아무리 정체 모를 물질이라 할지라도 그것이 나의 것이라고 한 이상 그만한 처분 권리는 내게 있는 줄 압니다. 그러면 남은 문제는 그것을 어떤 고아원에 기부를 할 것이냐, 새롭게 창립을 하느냐가 문제인데, 내 생각 같아서는 이 물질을 전부 명진 씨에게 맡길 터이니 명진 씨가 명숙 씨와 함께 고아원을 세우고 불쌍한 어린 생명들을 길러 주었으면 합니다. 아니 꼭 그렇게 해주십시오. 이것이 명진 씨에게 의논할 일이요, 꼭 부탁하는 한마디입니다."

영일은 무슨 유언이나 하는 듯이 이렇게 말하고 명진의 손을 힘있게 붙잡았다.

영일의 긴 이야기가 끝난 뒤에도 한참 말없이 있던 명진은 길게 한숨

을 지으며,

"나의 동생 명숙이도 사랑에 살기 위해 나를 저버리고 나간 사람입니다."

"어쨌든 나는 지금은 괴로운 물질을 명진 씨에게 맡기고 떠나겠습니다. 안심하고 떠나겠습니다."

그 이튿날 영일은 이십육 년 간 자라난 운외사를 등지고 떠났다.

배교자의 앞길에는 얼마나 커다란 행복이 놓여 있느냐?

젊은 수도자와 이름 높은 여류 음악가와의 결혼설이 한 번 사회에 전해지자 그 비평은 자못 구구했다. 신문 사회면에는 영일의 사유 재산 처분을 장려하는 기사가 크게 나고, 부인란에서는 두 남녀의 사진과 아울러 파란 많은 그들의 연애를 구가하고 그들의 결혼을 축복했다.

딸의 이번 혼인에 어디까지나 반대하던 은숙의 어머니는 그 남편마저 결혼에 양해를 해서 결혼식 날짜까지 정하고 그 준비에 분주할 때에, 불평인지 실망인지 알 수 없는 태도로 자기의 주장을 무시하는 딸의 결혼에 일절 불간섭주의를 가지고 우울하게 들어 앉아있거나 어디로 휙 나가버리거나 했다.

제반 준비도 끝이 나고 성대한 결혼식을 거행할 날도 앞으로 이틀밖에 남지 않았다.

죽음

명숙이가 가져왔다는 봉오리만 가득찬 한 가지의 흰국화가 필수의 머리맡에서 소복한 미인처럼 고요하게 피어난 지도 이제는 여러 날이 지나서 하얀 꽃잎도 차차 마른 콩나물처럼 빛이 변하기 시작했다.

필수의 병은 점점 위중해졌다. 독약의 분량이 많지 않았기 때문에 곧 죽지는 않았지만 원래 쇠약한 몸이었던 위에 승홍 중독으로 위장에 고장이 생겨 음식물을 섭취하지 못하기 때문에, 극도의 영양 부족으로 쇠약에 쇠약을 더해 미이라처럼 온몸이 말라빠져서 의사도 이제는 필수의 병에 대해서는 희망을 가질 수 없게 되었다. 필수 자신은 의사보다도 먼저 자기의 삶에 대한 희망을 버렸다. 살려 해도 살 수 없는 자기인 줄을 철저히 깨달았다.

사람은 삶의 욕망을 포기할 때처럼 살려고 해도 살 수 없는 줄을 각오할 때처럼 진실한 자아를 찾을 때는 없을 것이다.

삶의 욕망조차 가질 수 없는 필수에게 이제는 모든 욕망을 꿈보다도 허투루 버리지 않을 수 없었다. 이러한 필수에게 아직까지 버리지 못한 한 가지 욕망이 있으니 그것은 자기의 의식이 몽롱하기 전에 한 번만이라도 명숙이를 만나고자 하는 것이었다.

그것은 물론 애욕의 발로는 아니었다. 자기의 죽음을 호소하고자 함도 아니었다. 다만 참회적 심리에서 일어나는, 자기로도 인식할 수 없는 자기 위안의 애달픈 욕망이었다.

필수는 의사를 볼 때마다 귀찮을 만큼 명숙을 보여 달라고 애걸했다. 필수의 병을 맡아보는 의사는 마침내 필수의 병에 대해 오늘 하루를 더 살지 못하리라는 진단을 내리게 되었다. 그래서 병자에게는 말하지 않고 관계 가족을 죄다 부르는 동시에, 필수의 마지막 청인 명숙이를 보여주기로 했다. 이 날도 물론 병원 구내 어느 모퉁이에 와 있을 명숙이를 데리고 들어오기 위해 간호사는 밖으로 나갔다.

필수와 명숙의 면회.

병실 문이 고요하게 열리자 간호사의 손에 끌린 어린애를 앞으로 안은 명숙이가 주춤주춤 들어섰다. 필수는 이 비참한 현실 앞에 힘없는 눈을 한껏 크게 떴다.

"명숙 씨."

가늘고 힘없는 필수가 자기를 부르는 소리가 명숙의 예민한 청각을 두드릴 때 명숙의 발걸음은 한층 더 어지러워졌다.

"필수 씨, 필수 씨."

명숙의 목소리는 떨렸다. 간호사가 인도하는 대로 명숙은 필수가 누운 침대 옆에 놓인 의자에 앉았다. 필수의 야윈 손이 명숙의 손을 힘껏 쥐었다.

마땅히 해야 할 많은 말을 가진 두 사람은 모든 말을 일시에 잊어버린 듯이 말없이 서있다.

침묵과 침묵은 떨렸다.

"명숙 씨 나는 많은 죄를 지은 이 세상에서 길이 쫓겨난 사람입니다."

죽음보다 가라앉은 필수의 말소리가 겨우 떨리는 침묵을 깨뜨렸다.

그래도 아무 말 없이 고개를 드리우고 앉은 명숙의 두 어깨가 흐느끼는 울음에 떨렸다.

아무렇게나 틀어 올린 기름기 없이 흩어진 머리털 밑으로 드러난 하얀 귀밑, 푹 숙인 이마 너머로 보이는 오뚝한 콧날은 아직까지 옛날 명숙을 추억할 만한 가련한 미가 남아 있었다.

"명숙 씨, 명숙 씨. 나는 내가 지은 죄악을 신 앞에 참회하는 동시에, 명숙 씨에게 지은 나의 죄를 명숙 씨에게 깊이 사죄합니다. 명숙 씨, 한마디로써 나의 죄를 용서한다는 말을 나의 귀에 들려주시오……."

필수는 부드럽게 나오지 않는 말에 힘을 들여가며 그래도 분명하게 말했다.

"아아, 필수 씨. 저는 괴로워요. 저에게 그런 말씀을 하지 마세요. 필수 씨, 나는 지금까지 꿈에라도 필수 씨를 원망하거나 저주해 본 적은 없어요, 자나 깨나 그리워했을 뿐이에요. 저에게 이런 말씀을 하시는 것은 죽기보다도 듣기에 괴로워요."

명숙은 마침내 두 손으로 필수의 팔을 붙잡고 침대 위에 얼굴을 파묻었다.
　명숙의 속임 없는 고백, 필수에 대한 자기의 모든 것을 축소한 이 한마디의 눈물 젖은 진정에 감격과 경이를 느끼기에는 필수의 육체와 정신이 너무도 피로했다.
　지금의 필수는 명숙의 젊은 여자를 통해 아름다운 세계를 엿볼 수도 없었다. 들먹거리는 명숙의 어깨 위에 놓인 자기의 손에 부딪히는 애욕의 파랑波浪도 감지 할 수 없었다. 다만 자기가 낳아 놓은 두 개의 폐인이 장차 살아갈 풍랑 높고 안개 낀 삶의 거리를 헤맬 것이 죽음 앞에 선 자기의 이 앞길보다도 캄캄한 듯 했다.
　그는 무엇을 말하려는지
　"명숙 씨……."
하고 불렀다. 그러나 필수가 한 말은 필수의 입 속에서 사라졌다.
　그는 안타까운 듯이 남은 힘을 다해
　"명숙 씨."
하고 불렀다.
　"네."
　명숙의 대답을 들었는지 못 들었는지 필수는 다시 무슨 말을 하는 모양이었다. 그러나 입만 들썩거릴 뿐이요, 음성은 들리지 않았다. 천장을 바라보는 커다란 눈, 안면 근육의 경련을 따라 실그러지는 입은 이제는 필수의 마음대로 놀릴 수도 없었다.
　죽음 앞의 침묵! 눈앞을 어지럽히는 죽음은 그에게 절대의 침묵, 영원의 침묵을 명했다.
　"필수 씨, 필수 씨. 말씀하세요."
　명숙은 점점 차가워지는 필수의 손을 붙잡고 흔들었다. 주위는 갑자기 수선스러워졌다. 두어 번 턱을 힘없이 놀린 필수의 목에서는 보그그, 하고 무슨 미묘한 소리가 끓어올랐다.

죽음의 〈노크〉여!

 필수는 갔다. 길가에 내던진 다리 부러진 제웅(薬人形)같은 말라빠진 시체를 하얀 침대 위에 보기 싫게 버리고 이 세상을 떠나고 말았다.

 둘러앉았던 가족들이 마치 죽기를 기다린 듯이 일시에 내놓는 울음은 죽음의 행진곡인 듯 엄숙한 침묵 속에서 일렁거렸다.

 명숙은 간호사의 인도로 다시 밖으로 나갔다.
 그는 무슨 생각을 했는지 걸음을 빨리해 자기의 숙소로 돌아와 방문을 꼭 닫고 들어앉았다.
 "그는 갔다. 이제는 나에게 남은 것이 무엇이냐. 나는 어떻게 할까?"
 명숙에게는 이 간단한 문제가 즉시에 해결을 요구했다.
 삶의 애착에 붙들리기에 명숙은 너무나 삶에 대한 욕망이 스러졌다. 이 세상에 미련이 없었다. 죽지 못해 살기에는 그의 앞길은 너무도 어두웠다. 어디로 갈까? 이렇게 한 번 더 자기에게 물어 볼 때 그의 앞에 상아의 조각처럼 떠오르는 것은 죽음의 길이었다.
 '아아, 죽음의 길조차 없었다면……. 나의 갈 길은 어디였을까?'
 이렇게 생각하니 명숙의 죽음은 그 곳에서 평화로운 꿈같은, 신비한 무엇을 찾을 듯 했다. 그는 일종의 위안과 법열을 느꼈다. 명숙의 이번의 죽음은 지나간 날 필수가 자기를 버리고 달아날 때에 한강에 몸을 던지던 그것과는 아주 다른 각오에서 올 것이다. 먼젓번 그것은 흥분이요, 나를 잃어버린 열정의 죽음이라 하면 이번 것은 냉정하게 판단해 자기를 찾은 차디찬 죽음일 것이다.
 "죽는 데는 어떻게 죽어야 할 것이냐."
 이미 죽음을 각오한 명숙은 자기가 완전히 죽기 전에 다른 사람들이 떠드는 자기의 보기 싫은 죽음을 볼 것을 두려워했다. 실패 없는 죽음을 구해 마지않았다. 앞 못 보는 그에게는 남모르게 죽어버리기도 쉽지 않은 일이었다.
"대관절 밤을 기다리자. 남들이 다 잠든 고요한 밤을……."
밤은 왔다. 싸늘한 밤, 무서운 밤, 이 생과 저 생이 만나는 밤. 그 밤은 왔다.
잠의 나라를 찾아가는 길손들의 선하품 섞인 발자취도 이제는 끊어지고 아름다운 꿈을 가둔 집과 집들은 무덤인 듯 고요하다.
그 밤이 마침내 왔다. 자매인 듯 죽음과 어깨를 겯고 고요하게 찾아왔다.
이 세상 모든 사람이 보조를 맞춰 지나가는 죽음의 행렬 속에서 명명을 뽑아내어 한 걸음 앞세우는 그 밤!
명숙은 자기의 죽음을 결정하자 또 한 가지 생각나는 것이 있었다. 그것은 자기가 생명을 빼앗길 듯한 수난 속에서 낳아서 잠시도 자기 품에서 떼어 본 적이 없는, 아비를 여의고 이제는 또 어미를 떠나려는 앞 못 보는 그 아들의 운명이었다.
"어떻게 하면 좋을까. 쓸쓸한 이 세상에 두고 갈 것이냐? 내가 가는 알지 못할 나라로 데리고 가야 할 것이냐?"
명숙은 주저하지 않을 수 없었다.
"암만 해도 저것은 나와 운명을 같이 해야 할 것이다. 내가 죽고 제가 홀로 떨어지는 이 세상에 저에게 무슨 행복이 있으랴. 오냐. 나는 마땅히 저것의 저주받은 생명을 먼저 거두어 앞세우고 나의 생명을 거두자……."
명숙은 결연히 결심하고 아랫목에서 철모르고 누워 있는 어린애 곁으로 갔다.
명숙은 잠든 어린애의 뺨을 가만히 어루만져 보았다. 따뜻한 육체의 보드라운 감촉, 그것은 확실하게 생명과 생명이 부딪치는 촉감이었다.
잠깐 무엇을 생각하던 명숙은 결심한 듯이 두 손을 한 데 모아서 잠든 어린애의 생명이 두근거리는 가는 목 위에 얹었다. 떨리는 두 손이 어린애의 목을 막 조르려고 할 때에 어린애는 무엇에 놀라는 것처럼 엄마! 하고 외마디 소리를 지르고 잠이 깼다. 그 소리를 들은 체 만 체하고 그대로 목을 내려 누르기에는 명숙의 의식이 너무나 명료했다. 미칠 듯한 흥분이 부족했다. 명숙은 본능적으로 어린애의 목에 대었던 두 손을 움츠렸다. 그리해
"오오, 우리 아가."
하고 한 손으로 어린애의 가슴을 툭툭 쳤다. 그러나 어린애는 좀체 울음을 그치지 않았다.
 명숙은 마침내 어린애를 자기 품에 끌어안고 젖을 물렸다.
 어린것은 날 줄 모르는 어린 천사처럼 어머니의 품에 안기어 젖을 문 채로 종알, 군소리를 했다.
 "오오, 우리 아가. 어서 자거라."
 명숙은 아들의 뺨에 자기의 입술을 문질렀다.
 아직도 눈물이 채 마르지 않은 어린애의 뺨에는 명숙의 눈에서 떨어지는 굵은 눈물이 미끄러졌다.
 자기의 생명보다는 어린 아들의 그것이 좀더 끊기 어려운 젊은 어머니의 거룩한 모성애는 아들의 생명을 거두려는 명숙의 결심을 흐리게 했다.
 "아아, 이 어린것을 차마 어떻게 죽일 수가 있을까……. 내가 이 애의 운명까지를 억지로 지배할 것이 무엇인가. 이 애는 이 애로서의 운명이 있을 것이다. 이 애의 갈 길은 이 애가 스스로 가고, 내가 갈 길은 내가 갈 것뿐이다. 사람은 다 각기 저 갈 길을 갈 것뿐이다……."
 명숙은 어린애를 죽이기보다 먼저 잠을 재우려 했다.
 "자—장, 자—장 우리 아기 자장, 수선화 만발한 맑은 물 위에, 종이배를 띄워 놓고, 어기야 디기야 용궁을 갈까……. 자—장 자—장 우리 아기 자장, 뭇 별이 조는 푸른 하늘로, 기러기의, 등에 업혀, 훨— 훨—

훨— 훨 달맞이 갈까. 자— 장 자— 장 우리 아기 자장, 안개의 모기장 구름 이불에, 날개 돋친 천사 안고, 쌔— 근 쌔— 근 꿈나라 가라…….”
 명숙은 어린애를 재울 때마다 거의 입버릇이 되다시피 부르는 자장 노래를 눈물에 흐린 그러나 침착한 음성으로 가늘게 불렀다.
 “아아, 너에게 자장가를 불러 주는 것도 지금이 마지막이다.”
 명숙이는 곁에 사람이 있으면 들릴 만큼 입 속으로 중얼거리며 젖을 문 채로 다시 콜콜 잠이 든 어린애를 요 위에 조심스럽게 내려 뉘었다.

결혼식 날

 오늘은 영일과 은숙의 결혼식 날이다. 두 사람의 행복한 달력의 첫 장이 나오는 날이다.
 아침이다, 아침!
 지나간 밤에야 어디서 애달픈 죽음이 있었거나 말았거나 지금은 삶의 상징 같은 밝은 아침이다.
 집집에서는 죽음같이 잠겼던 문들을 다투어 열 것이다. 하룻밤 그리워하던 빛을 맞이하기 위한 옅푸른 하늘은 젊은이의 가슴처럼 열리고 태양은 빛에 빛을 더하면서 높이 솟아오르는 즐거운 아침이다. 거룩한 아침이다.
 영일과 은숙의 결혼식 날 아침이다.
 그 누구보다도 먼저 이 아침을 맞이한 영일과 은숙, 그리고 그들의 결혼을 축복하는 이 집안 사람들은 오후 네 시를 기다리기에 초조하고 바쁠 뿐이다.
 영일과 은숙은 마치 이 날을 맞이하기 위해 자기들의 일생이 있었던 것처럼 기뻤다.
 오정도 지났다.

은숙의 집 사랑에서는 신랑과 들러리 일행의 준비에 분주하고 안에서는 신부와 그 들러리들의 준비에 분주하다.

신랑측 들러리 중에는 영일에게나 은숙에게나 인연이 깊은 한명진이가 있었다.

프록 코트에 실크 모자를 쓴 명진이가 체경*을 들여다보며

"나도 참 이러고 보니 굉장히 점잖은 걸, 허허."

하고, 없는 수염을 내리쓸고 웃었다. 이 때였다. 밖에서

"이리 오너라……."

하고 부르는 소리가 들렸다. 조금 있다가 어멈이 사랑문 앞으로 왔다.

"저, 누가 운외사에서 들어오신 선생님을 찾아왔어요."

"가만있어. 좀 기다리래, 응. 실크 모자 좀 바로 써 보고……."

명진은 어멈을 돌아보고 웃으며 대답하고 모자를 벗어 놓고 밖으로 나갔다. 웬 알지 못할 사람이 문밖에 서 있었다.

"당신이 나를 부르셨습니까?"

명진이 물었다.

"네. 당신이 한명진 씨입니까?"

"네, 내가 한명진이요. 무슨 일로 찾으시오?"

"저, 한명숙이라는 아낙네가 당신의 매제妹弟가 되십니까?"

"네, 그렇습니다. 왜 그러시오."

명진은 모르는 사람이 자기의 누이를 말하는 것이 이상해 눈을 똑바로 뜨고 그를 바라보았다.

"저는 원남동 사는 사람인데요, 그 이가 어젯밤에 제 집에서 돌아가셨습니다. 그래, 노형이 운외사에 계신 줄 알고 아침 일찍 찾아나갔더니 이리로 들어오셨다고 해서 찾아온 길입니다."

---

* 體鏡 : 온몸을 비출 수 있는 큰 거울. 몸 거울.

"내 누이가 죽다니요! 명숙이가?"

명진은 눈을 한층 더 크게 뜨고 말하는 사람을 바라보았다.

"네. 그 이가 벌써부터 제 집에 와 계셨는데 어젯밤에 무슨 일인지 자살을 하셨어요."

"자살!"

명진은 말끝도 못 마치고 그 자리에 혼절할 듯이 얼굴이 핼쑥해지며 비틀, 뒤로 물러섰다.

"대관절 한시바삐 제 집으로 같이 가시지요."

"……."

한참 말없이 서 있던 명진은 겨우 정신을 차려 힘없는 말소리로

"네, 가고말고요. 잠깐 기다려 주십시오."

하고 찾아온 사람을 문 밖에 세워 두고 허둥지둥 안으로 들어갔다.

얼굴이 핼쑥해져서 사랑으로 들어온 명진은, 체경을 바라보며 하얀 넥타이를 정성스럽게 매고 있는 영일의 귀에다가 입을 대고 무어라고 속삭였다.

영일은 눈을 크게 뜨고 명진을 돌아보았다.

"어째 그랬어요. 저런 변이 있습니까."

"글쎄 모를 일입니다. 좌우간 저는 지금 곧 가봐야겠습니다."

"암, 가보셔야지요. 저도 오늘이 아니면 당연히 가봐야 할텐데."

"천만에……. 일이 하도 공교롭게 되어 뭐라고 말씀할 수 없이 미안합니다. 가보면 알 테니 자세한 것은 내일이라도 찾아뵙고 말씀드리지요."

명진은 총총히 문밖으로 나가버렸다.

남의 불행과 나의 행복은 혼동할 것이 아니다.

명숙이 자살했다는 소식이 영일과 은숙의 눈앞에 가로놓인 행복과는 아무 상관도 없다는 듯이 결혼식은 진행되었다.

다만 명진이가 갔기 때문에 들러리가 한 사람 줄어서 그것을 보충하기에 애를 썼을 뿐이다. 결혼식은 진행되었다.

서너 대의 자동차가 청운동 은숙의 집 너른 마당을 기점으로 행복의 첫걸음을 떼었다.

오! 행복의 출발이여!

두 사람의 결혼식장인 공회당은 찬란한 장식을 갖추고, 행복의 주인을 기다리며 장차 열릴 예식을 기다리는 수많은 손님들은 정숙하게 앉아 있었다.

정각이 되었다.

비단보를 두르고 화초로 장식한 테이블 저 편에 예복을 갖춘 주례가 점잖게 나서자 조금 뒤에는 어여쁜 피아니스트가 악보를 들고 가벼운 걸음으로 피아노 앞으로 나아갔다.

참관석 중앙인 가족 친족석에는 은숙의 아버지를 중심으로 해 일가친척이 붙어 앉았으나, 며칠째 몸이 아프다고 외딴방에 머리를 싸고 누워 있는 은숙의 어머니만은 보이지 않았다.

신랑의 친족이라고는 그림자도 없다.

"두웅—둥⋯⋯ 둥⋯⋯."

피아노의 유량한 결혼 행진곡이 울려 나왔다.

행복의 첫소리여!

이 행복의 첫소리를 따라 바른편으로 통한 조그만 문에서 신랑이 들러리에게 옹위되어 왕자처럼 점잖게 천천히 걸어나왔다. 구경하러 온 손님들은 약속이나 한 듯이 일제히 뒤를 돌아보았다. 남 잘사는 것을 그렇게 축복할 줄 모르는 신사 숙녀들도 이 시간에만은 모두 눈웃음을 쳤다. 한 사람도 얼굴을 찡그리는 사람은 없었다. 신랑의 일행이 정한 위치에 서자 이번에는 왼편에서 신부의 일행이 나타났다. 하얀 너울 속에 얼굴을 가린 신부가 한아름 꽃을 안고 시녀에게 옹위된 황녀처럼 꽃바구니를 들고 앞에 서서 제비처럼 뜨게 걸어가는 어여쁜 인형 같은 두 소녀의 뒤를 따라 천천히 걸어 들어왔다. 장내는 한껏 정숙했다. 둥둥 울리는 피아노 소리 틈으로는 신부의 비단 옷자락이 끌려가는 음향까지 분명하게 들렸다.

신부가 정한 자리에 서기를 기다려 주례는 다시 신랑 신부의 위치를 들러리를 시켜 정돈하고 나서

"지금부터 최영일 김은숙 두 사람의 결혼식을 거행합니다."
하고 식을 거행하는 첫인사를 했다.

이 때였다. 큰문으로 황황하게 들어오는 한 남자가 있었다.

뜻밖에 뛰어드는 그 사람은 은숙의 집 아범이었다.

아범은 기쁨에 싸여 앉아 있던 은숙의 아버지 곁으로 와서 숨찬 목소리로 그의 귀에다가 속삭였다.

"영감마님, 집에 큰일이 났습니다. 댁 마님께서 지금 돌아가시게 되었습니다……."

"무어! 어째?"

"마님께서 무엇을 잡수시고 곧 돌아가시게 되었습니다. 이걸 좀 보십시오."

아범은 손에 들었던 한 뭉치 편지 같은 종이를 내어 바쳤다.

결혼식은 여전히 진행된다.

"최영일. 이제부터 김은숙을 괴로우나 즐거우나 영원하게 아내로서 사랑하고 지내겠습니까?"

"네."

신랑에게 이렇게 다짐을 받은 주례는 다시 신부를 향해

"김은숙. 오늘부터 최영일을 영원히 남편으로서 서로 의지하고 이 세상을 보내겠습니까?"

"네."

적으나마 분명한 대답이었다.
편지 같은 종이를 펼쳐 보는 은숙의 아버지의 손은 공중에서 보이지 않는 가는 선을 그리며 참혹하게 떨렸다. 그의 늙은 얼굴은 흙빛으로 변했다.

그는 읽던 종이를 둘둘 말아 손에 쥐고 벌떡 자리에서 일어나서 떨리는 걸음으로 식장을 나서서 주례의 앞으로 가서, 여러분 이 두 사람의 이 결혼에 대한 반대…… 에 까지 말하던 주례의 소맷자락을 끌어서 발언을 중지시켰다.

주례는 놀랐다. 신랑 신부며 모인 사람들도 눈을 둥그렇게 뜨고 보았다.

은숙의 아버지는 주례의 귀에다 입을 대고 무엇이라 속삭였다. 주례는 얼빠진 사람처럼 어쩔 줄을 모르고 멍하니 서 있었다.

"어서 그래 주시오."

은숙의 아버지는 주례에게 이렇게 무엇을 재촉하고 신랑과 신부를 데리고 식장 뒷문으로 황황히 사라져버렸다.

멍―하니 서 있던 주례는 겨우 정신을 차려

"이 결혼식은 어떤 사정에 의해 중지되었습니다."

목 속으로 기어 들어가는 소리로 이렇게 말하고 들러리들과 함께 역시 뒷문으로 나가버렸다.

유서

은숙의 집을 나선 명진은 슬프다기보다도 어떤 허무한 생각에 붙들려 입을 딱 붙이고 청운동에서부터 원남동까지 왔다.

"이게 제 집이올시다. 들어가시지요."

명진은 그 사람이 인도하는 대로 어떤 조그만 집 대문을 들어섰다. 마당에는 순사가 서 있고 사람 죽은 것도 구경이라고 계집 사내가 들락날락하는 어수선한 기분이 떠돌았다. 그 집 주인은 꼭 닫힌 뜰아래 방문을 열며,

"들어가 보시지요."

하고 자기가 먼저 들어간다.

찬바람이 휘도는 방 한 편에 이불을 덮어놓은 것이 명숙의 시체였다.

명진의 떨리는 손이 이불을 벗겼다. 코밑에는 피가 흐른 자국이 있고 입으로는 핏기 없는 혀끝이 비죽이 내민 것은 목매어 죽은 것을 증명했다.

누이동생의 죽음이라는 무참한 현실 앞에 석불처럼 말없이 앉아 있던 명진은 주인을 돌아보고 물었다.

"그래, 이 애가 왜 죽었는지 모르겠지요?"

"모르지요. 저 이가 벌써부터 제 집에 와 있었는데 매일처럼 병원에를 가셨어요. 그래 병원에는 무엇하러 매일 가시느냐고 물으면 그저 무슨 일이 있어서 간다고만 하더니 어제도 병원에 들어갔다 왔는데 저녁도 안 자시고 어린애를 데리고 문을 닫고 방으로 들어갔는데 밤이 깊도록 자지는 않는 모양이더군요. 그래 오늘 아침에 일어나 보니 일상 일찍 일어나던 이가 안 일어나겠지요. 그리고 방안에서는 어린아이만 악을 쓰고 울겠지요. 그래 우리 마누라가 문을 열어 보니까 문이 안으로 잠겼있더라는군요. 그래 문을 두드리고 불러 보아도 도무지 대답이 없어서 그만 의심이 더럭 나 집안사람들이 억지로 문을 열고 보니 바로 문결쇠에 참노끈으로 앉아서 목을 매고 이 꼴이 되었구려……. 그래 방바닥에다가 편지를 써 놓은 것을 보고 당신이 운외사에 계신 줄 알고……."

"편지라니! 편지가 어디 있어요?"

"네, 참 저 경관이 가져갔는데."

그제야 문밖에 서 있던 순사는 정복 주머니에서 누런 봉투를 꺼내어 명진에게 주었다. 봉투에는 그야말로 장님이 써 놓음직한 고르지 못한

글씨로 이렇게 써 있었다.

이 편지를 운외사에 있는 한명진 씨에게 전해 주세요.

명진은 떨리는 손으로 편지를 뽑아 읽기 시작했다.

명숙의 유서

오라버님, 저는 이제 길이 이 세상을 떠납니다.

오라버님, 필수 씨는 오늘 저보다 한 걸음 앞서서 저 세상으로 떠나가셨습니다. 오라버님은 이것으로써 제가 죽음의 길을 바삐 하는 이유를 아시겠지요. 오빠, 나는 필수 씨가 계시지 않은 캄캄한 이 세상에서 더 헤맬 아무런 필요를 깨닫지 못한다기보다도 그럴 힘을 잃었습니다. 저의 정신과 육체는 한껏 피로했습니다. 피로한 사람은 자야 하겠지요. 저는 잠의 행복을 절실하게 느낍니다. 길이 깨지 않는 잠, 깨려고 해도 깰 수 없는 절대의 잠……. 오빠, 저는 이 잠의 행복을 얻기 위해 오빠께 냄새나고 더러운 신체를 내맡기는 죄를 깊이 사과합니다. 오빠, 저는 이 보기 싫은 저의 썩은 고깃덩이를 맡기는 것보다 한층 더 미안한 부탁이 있습니다. 그것은 송장이 된 어미의 품에서 울고 있을 저주받은 생명말입니다. 제가 낳은 필수 씨의 아들인 어린것 말입니다. 그 아비에게 버림을 당하고 어미조차 잃어버리는 앞 못 보는 어린것을 저는 저의 죽음보다는 훨씬 주저했습니다. 그러나 어쩐지 저는 저의 생명을 끊는 힘으로는 어린것의 생명을 끊을 수가 없었습니다. 좀더 굳세지 않고는 할 수 없었습니다. 저는 저의 목숨을 끊기에는 굳세었으나 남의 어머니로서는 약했습니다. 남의 생명을 지배하기까지 저는 굳세지 못했습니다.

오빠, 저 불쌍한 외롭고 어린 생명을 캄캄한 이 세상에 버리고도 저는 저의 목적대로 평화로운 긴 잠을 들 수가 있을까요?

 오빠, 제 삶의 피곤은 각 일각으로 덮쳐 옵니다. 죽음의 하품이 터져 나옵니다. 자야 하겠습니다. 길이 자야 하겠습니다. 온 세상이 고요하게 잠든 이 시간에…….

 오빠, 저는 한 올의 삼노끈으로 긴 잠의 베개를 삼기 전에 마지막으로 부탁합니다. 저의 보기 싫은 송장을 불살라 주시고 송장보다도 괴로운 저 어린 생명을 거두어 주세요.

 명진의 손은 떨리면서도 마음은 이상하게도 가라앉는 듯한 침착한 태도로 명숙의 유서를 끝까지 읽고 머리를 들었다.

 명진은 이 모든 것을 초월한 엄숙한 주검 앞에 마음조차 단정하게 꿇어앉았다. 지금까지는 자기의 말을 듣지 않고 필수를 맹목적으로 연모하고 해매는 것에 대한 불쾌한 증오의 감정으로 어떤 일이 있든지 만나지도 말고 죽거나 살거나 저 될대로 되라고 내버려두려 하고 또한 영원히 그렇게 하려 했으나 눈앞에 이 꼴을 볼 때에는 그래도 동기로서 솟아오르는 정을 금할 수가 없었다.

 "아아, 내가 좀 너그럽게 생각하고 좀 친절하게 했다면 이렇게는 안 되었을지도……."

 명진은 회복하지 못할 후회조차 어리석게 떠올랐다. 지나간 날 자기 집에서, 오빠 그럼 용서해 주세요. 저는 저 갈 데로 갈 테니, 하고 어린것을 들쳐업고 표연하게 나서던 이 세상에서의 마지막 이별이 새삼스럽게 추억되었다.

 추억은 추억을 자아내었다.

 자기가 감옥에서 나와서 운외사 승방에서 명숙을 만나던 황혼이며, 신문 기사를 보고 자살미수하여 용산 병원에 입원한 명숙이를 찾아가 만나던 것이며, 여자미술학교를 졸업하는 명숙이를 축하하기 위해 뜻밖에 찾아가서 놀래 주던 일이며, 자기와 명숙이가 어머니 아버지 슬하에서 자라날 때 갈피리를 만들어 달라고 성화를 하고 자기를 쫓아다니던 아득한 옛날 일까지가 추억의 줄을 따라서 별처럼 나타나는 것이었다.
"이 어린아이는 어디 갔습니까?"
명진은 비로소 정신 없이 앉아 있던 자기를 발견하고 주인을 돌아보며 어린아이의 일을 물어 보았다.
"네, 저 방에 있습니다. 아침부터 이 때까지 악을 쓰고 울어서 목이 꼭 잠겨버려 울음소리도 못 내더니 지금에야 막 기진해 잠이 들었습니다. 아이 참, 가엾어서 못 보겠어요. 어서 좀 들어가 보시지요."
마루 귀퉁이에 앉아서 방안의 동정을 보고 있던 주인마누라인 듯한 여자가 주인을 대신해 대답하고 어서 나오라는 듯이 명진을 바라보았다.
명진은 말없이 주인마누라의 뒤를 따라 안방으로 들어갔다.
휑뎅그렁한 두칸방 아랫목 한 편 구석에는 명숙이가 자기의 목숨을 끊으면서도 차마 끊지 못하고 송장보다도 더 괴로울 것인 줄을 번연히 알면서 그 오빠에게 부탁하고 간 어린것이 조그맣게 누워 잠이 들어있다.
명진은 조심스럽게 어린애의 옆으로 가서 조용히 앉았다. 어린아이는 콜콜 잠이 들었건만, 아직도 서러운 울음이 사라지지 않았는지 윗눈썹이 찌긋찌긋 움직이고 흑흑하고 가늘게 느끼기도 하고 호오—하고 애처로운 한숨을 몰아쉬기도 했다.
"아아, 은혜 못 받은 생명이여!"
한참 들여다보던 명진의 크고 검은 두 눈에서는 굵은 눈물이 주르르, 흘렀다.
누이동생의 참혹한 주검을 눈앞에 보고도 나올 줄 모르던 그의 눈물이 그 어린것의 잠 속에도 숨어 있는 설움과 한숨에는 흐르고야 말았다.
인생의 거친 들에서 마르고 말라서 눈물의 종자조차 말라붙은 줄 알았던 명진의 눈에도 눈물은 남아 있었다. 그는 껄끄러운 자기의 입술을 능

금처럼 붉은 부드러운 어린애 뺨에 고요히 문질렀다.
 어린아이여, 불쌍한 천사여. 늦은 가을 산곡보다도 거친 가슴에서 솟아오르는 서글픈 인정의 〈키스〉를 받으라.
 명숙의 시체는 명숙의 유서에 쓰인 대로 곧 화장을 해주기로 했다. 그러나 죽은 지 이십 사 시간이 못 된다는 이유로 화장 인가가 나지 않고 그 이튿날 아침에야 화장 허가가 났다.
 허가가 나고 보니 한 시간이라도 보기 싫은 것을 남의 집에 두기에 무엇해, 보통 화장은 밤에 하는 것이지만 특별히 교섭하여 낮에 하기로 했다.
 정오가 가까워서 조그만 그림자를 끌고 만리재를 넘어가는 명숙의 시체를 실은 마차 뒤에는 명진이가 외롭게 따르고 있었다.
 시체가 화장터에 접수되어 수속을 마치고 붉은 벽돌로 쌓은 화장고의 시커먼 철문이 열리고 명숙의 시체가 주루루, 미끄러져 들어가자 뒤미처 그 뒤에 높이 솟은 굴뚝에서 한 줄기 검은 연기가 피어오르기 시작했다.
 연기, 연기! 모든 것을 사라지게 하는 연기. 사랑도 돈도 명예도, 꿈보다도 종적 없이 흩어지는 연기!
 그 날의 해도 어느덧 서산에 기울고 때 맞춰 일어나는 쌀쌀한 서풍이 명진의 눈물 흔적을 말리고 이 한 줄기의 검은 연기조차도 푸른 하늘로 날려버렸다.
 명진은 가을 저녁 쓸쓸한 바람에 불리어 만리재를 넘어 어린애를 맡긴 집으로 돌아왔다. 주인마누라는 어린애를 방바닥에 앉히고 그 귀에다가 방울을 흔들어 들려주고 있었다. 어린것은 보지는 못하고 달랑달랑 흔들리는 그 소리만 듣고 까르르 까르르 웃고 있었다. 명진은 그 어린것의 천진스러운 모양에 다시금 흐를 듯한 눈물을 참으며 주인에게 두터운 감사를 표하고 어린것을 들쳐안고 그 집을 나섰다.
 황혼이 깃드는 건너 편 담 모퉁이로 사라지는 두 생명의 쓸쓸한 그림자……

은숙이 어머니의 죽음, 그것은 참으로 뜻밖이었다. 하고많은 날을 다 버리고 그 딸의 결혼식 날에 그는 왜 죽지 않으면 안 되었을까? 그는 자기의 딸이 영일이와 결혼을 한다고 할 때 처음부터 끝까지 반대를 했었다. 그러나 신교육을 받은 과년한 딸이 영일이가 아니면 시집을 안 간다고 버티고, 따라서 그 남편까지도 양해해 승낙을 한 그 두 사람의 결혼을 막기에는 자기의 무조건적인 반대는 너무도 힘이 약했다. 그는 절망에 가까운 번민을 느꼈다. 결혼 날이 부득부득 다가 올 때에 그는 병을 핑계해 머리를 싸매고 외딴방에 우울하게 드러누워 일절 간섭을 하지 않았다. 은숙의 아버지를 비롯해 집안사람들도 이것이 물론 진짜병이라고는 믿지 않았다. 말하자면 자기가 반대하는 결혼에 심통이 나서, 될 대로 되어라, 나는 모른다, 하는 것인 줄로만 알 뿐이었다. 그래서 은숙의 아버지나 은숙이나 그 어머니에게 괘념될 것 없이 그대로 진행만 하면 여자의 마음이라 잠시 그랬다가 장차는 풀어지리라 생각하고 결혼을 진행한 것이었다.

그러나 그와 그들 사이에는 그믐밤보다도 어두운 막이 가로막혀 있었다. 그 어두운 막은 마침내 그들로 하여금 죽음이라는 절대의 것을 통해 영원히 회복 못할 후회를 자아내고야 말았다.

결혼 날, 행복한 날! 그 저주할 날은 은숙의 어머니와 은숙, 영일에게 각각 다른 의미로 박두했다.

마침내 그 날 아침도 오고야 말았다. 오후 네 시라는 행복될 시간, 아니 저주할 시간은 이제는 시간을 두고 가까이 다가오고 있었다.

뒷방에 홀로 누워 있는 은숙의 어머니는 언제부터 쓰기 시작했는지 두루마리(周紙) 한 편으로 써 밀어 내놓은 편지가 수북하게 밀려 쌓였건만 아직도 쓰고 있었다.

신랑 신부 일행이 탄 행복을 꿈꾸는 수레가 결혼식장으로 향하는 나팔소리가 울렸다.

은숙의 어머니는 이 소리에 군호나 맞추듯이 황망하게 쓴 글을 봉투에 넣고 '영일과 은숙이 보아라' 하고 써서 자기 머리맡에다가 놓고 미리 준비해 둔 듯한 사기사발에 담긴 액체를 눈을 감고 한 숨에 들이켜고 약사발을 방바닥에 내려놓고 자리에 쓰러졌다. 자리에 쓰러진 단 오 분이 못 되어 극렬한 독약의 급성 중독은 그의 온 내장에 불을 사르는 듯한 고통을 주었다.

그는 마침내 정신을 잃고 헤매는 판에 어멈에게 발견된 것이었다.

아씨 잔칫날에 주인마님이 독약을 먹고 돌아가신 그 광경은 어멈을 참으로 놀래켰다. 어멈은 이 괴변을 즉시 자기 남편에게 고하는 동시에, 집에 모였던 일가 사람 동네 사람들은 물끓듯 수선거렸다.

아범은 무엇보다도 이 급보를 주인에게 알리기 위해 은숙의 어머니가 써 놓은 유서를 들고 피아노 소리가 유량하게 흐르는 결혼식장으로 달음질친 것이다.

육십이 넘은 은숙의 아버지는 자기의 자식이라곤 다만 그것뿐인 외딸 은숙의 결혼이라는 즐거움에 취해 앉았다가 뜻밖에 뛰어든 아범의 마누라가 돌아가실 지경이라는 보고에 과연 놀라지 않을 수 없었다. 그러나 아무리 마누라가 돌아간다고 할지라도 이미 시작한 만인에게 공표하는 결혼식을 중지하려고는 자기도 생각지 않았다. 그러나 아범이 내놓는 길다란 편지, 그 마누라의 유서를 읽어 내려갈 때에 이 결혼식은 아무래도 중지하지 않으면 안 될 이유를 발견하고 마누라가 끝까지 딸의 결혼에 반대하던 까닭도 알 수 있었다.

그래서 주례로 하여금 결혼식 중지를 모인 사람들에게 선언시키고 신랑 신부에게는 엄숙하게 떨리는 음성으로

"너희 두 사람은 부부가 되지 못할 사이다. 자세한 것은 집으로 가면 알 것이니……."

하고 황황하게 뒷문으로 끌고 나와서 결혼식 필하기를 기다리고 있는 자동차에 올라앉으며, 자기도 끝까지는 보지 못한 마누라의 유서를 영일과 은숙의 앞에 펼쳐 놓고 자기는 바깥을 내다보며 길게 한숨을 지었다. 영일과 은숙의 네 개의 눈은 펼쳐지는 유서 위에서 달음질쳤다.

유서!

영일과 은숙아, 사랑하는 나의 아들과 딸아……. 나는 이제 저 생의 문을 열며 이 글을 너희 두 남매에게 쓴다……. 영일아, 나는 지금 이 시간이 아니고는 이십육 년이라는 긴 세월을 두고 하루도 잊어 본 적 없는 나의 피를 나눈 너를, 나의 아들아 하고 불러보지 못한 나는 얼마나 애달팠으랴!

영일아, 네가 만일 네 누이동생이 아닌 다른 여자와 화촉의 인연을 이루었다면 나는 남몰래 얼마나 기뻐했으랴. 내가 일평생 며느리라고 불러보지 못할 인연 깊은 며느리를 위해 그 얼마나 숨은 기도를 올렸으랴. 은숙아, 네가 만일 많고 많은 남자 중에서 영일이를 제외한 다른 남자와 배필이 되었다면 아아, 나는 얼마나 그 사위를 기껍게 맞았으랴. 그러나 이 무슨 운명의 애달픈 희롱이냐. 억 만의 남자가 있고 억 만의 여자가 있는 넓고 넓은 이 세상에서 너희 둘이 결혼하지 않으면 안 된다는 것은 그 무슨 눈물겨운 인과관계이냐?……

은숙아 네가 운외사를 나다닐 때에 내가 얼마나 가슴을 졸였겠느냐. 그러나 너희들이 결의남매를 정하고 친오빠니 친누이와 똑같은 관계로 지낸다는 것을 들을 때 나는 가슴을 쓰다듬고 안심했다. 그리하여 나는 그 얼마나 하느님께 그윽한 감사를 드렸는지 모른다.

영일아 은숙아, 그러나 나는 너희들이 오고가고 함을 볼 때마다 걷잡을 수 없는 불안에 바늘방석에나 앉은 듯 송구했다. 그것은 너희들의 젊음이 주는, 나에게 가장 두려운 불안이었다.

그리하여 너희들이 마침내 젊음의 길을 밟으려 할 때, 결혼을 하려 할 때, 나의 마음은 과연 어떠했으랴. 아이들아, 너희는 마땅하게 말하리라. 그러면 약혼담이 있었던 그때 왜 그 이유를 은숙에게만이라도 일러주지 않았느냐고. 그러나 아이들아, 이것은 나에게 책하지 말아다오. 약사발을 드는 이 순간까지라도 생각하다가 마침내는 이 글을 쓰는 나에게 그것을 책해 괴롭히지 말아다오…….

이 세상이 넓고 사람이 많다 해도 내가 기탄 없이 나의 이십육 년 전에 어둠으로 사라져버린 비밀을 들어줄 사람은 없었다.

은숙아 너도 나의 딸은 될지언정 나는 아니다. 나는 이것을 너에게조차 말 못하고 이 시간에 이른 것이다.

내 아들아, 딸아. 이 어미에게도 이십육 년 전이라는 젊은 시절이 있었다.

내가 너희들에게 할 이야기는 이십육 년 전보다 좀더 올라가서부터 시작해야 할 것이다.

나는 열여덟 되던 해 봄에 어떤 양가집 며느리로 출가했다. 남의 아내가 되었다. 그러나 나는 남의 아내로서 불행했다. 출가한 지 오 년 후인, 내가 스물 세 살 되던 해 가을에 그 남편은 병으로 세상을 떠났다.

그 후로 나는 남편 없는 시집에서 없는 남편을 추억하며 바람 부는 황혼, 달 밝은 새벽, 청상다운 생활을 하고 있었다.

그 때다. 나는 청춘에 세상을 떠난 남편의 명복을 빌기 위해 승방에서 백일기도를 올리게 되었다. 영일아, 그 승방이라는 것이 네가 이십육 년 간 쓸쓸하게 자라난 운외사 승방이다. 그 때 그 절의 방주가 곧 너의 고독한 생명을 키워 준 너의 스님 해암이었다.

영일아, 나는 지금 새삼스럽게 이십육 년 전 사십의 고개를 막 넘은 풍신 좋고 점잖은 중 해암이 내 눈앞에 떠돈다.

지나간 꿈이라기에는 너무도 잊혀지지 않는 끈적끈적한 추억이 지금의 나를 괴롭힌다. 모든 것을 너희에게 알려주기 위해 잡은 붓이건만 이제는 손이 떨려 붓 끝이 흐려 보인다.
아직도 백일기도가 끝나지 않은 어느 날 밤이었다. 내가 홀로 고요히 누운 어두운 방에는 한 개의 검은 그림자가 나타났다.
영일아, 이 검은 그림자의 주인은 누구이겠느냐. 그것은 곧 방주 해암이었다. 너의 스님이었다.
그것이 곧 네가 지금까지 모르고 지내 온 너의 아버지의 그림자였다.
절에 간 색시가 방주중의 말을 거절하기에는 나는 해암이라는 중에게 미약하나마 호의를 가지고 있었다.
금일의 인과를 낳은 그 밤이 지난 뒤로는 나는 염불보다는 잿밥에 쏠렸다. 돌아간 남편의 명복을 빌기보다는 나는 나의 젊음을 노래했다.
수도하는 중과 젊은 미망인의 사랑은 원인과 결과를 분명하게 짓지 않을 수 없었다. 나는 마침내 수도승의 사랑의 씨를 가지고야 말았다.
내 몸의 이상이 다른 사람의 눈에 뜨일 만할 때에 나는 모든 사람의 눈앞에서 사라졌다. 그리하여 해암이 정해 주는 비밀한 곳에서 빛을 등지고 일곱 달이라는 어두운 세월을 보냈다. 나는 그 동안 어둠 속에서 자라는 너의 생명을 얼마나 저주했으랴. 어둠 속에서 어둠 속으로 묻어버리려는 악착한 마음을 일으킨 것도 한두 번이 아니었다. 그러나 나는 약하기 때문에 너를 낳고야 말았다. 그리하여 강보에 싸인 피묻은 생명은 해암의 지시대로 따뜻한 어머니의 품을 떠나 어두운 새벽 쓸쓸한 절 마당 한 귀퉁이에 떨어지게 된 것이었다.
너를 조심스럽게 내려놓고 조그만 돌로 강보 한 귀퉁이를 눌러 놓고 떨리는 그림자를 어둠 속에서 사라지게 하는 무서운 나의 발자취 소리가 지금도 나의 귀에는 남아 있는 듯 하다.
영일아, 그리하여 너의 쓸쓸한 생명은 해암과 내가 계획한 대로 아비도 모르고 어미도 모르는 의지할 곳 없는 고아로서 해암의 거친 품에서 이십육 년간을 살아온 것이다. 아아 나의 자식을 내 품에서 기르면서 이 세상을 떠날 때까지 나의 아들이란 말을 입밖에 내보지도 못하고 지내 온, 돌아가신 너의 아버지 해암의 마음은 그 얼마나 서글펐으랴.

아이들아, 그 뒤에 나는 어떤 경로를 밟아서 은숙이를 낳게 되었을까. 이것을 마지막으로 씀으로써 너희들이 알고자 하는 바를 다 알려주려 한다.

비밀한 사랑의 씨를 남몰래 낳아서 남모르게 내버린 그때도 나의 집 어머니와 아버지는 알았지마는 나는 어떠한 시골로 가서 이미 받은 마음의 상처를 고치는 동안에 다시 나는 여자로서 부활하게 되었다. 지금의 은숙이 아버지인 김씨에게 재가를 하게 되었다. 그리해 김씨의 정중한 사랑의 씨로 은숙을 낳게 되어 묵은 상처도 차차 감추어질 때에 서울로 올라와 살게 된 것이다.

영일아 그 후로 나는 꽃피는 봄, 벌레 우는 가을, 비 내리는 아침, 바람 부는 저녁, 운외사에서 쓸쓸하게 자라는 너를 생각하고 남모르게 흘린 눈물이 그 얼마나 많았으랴. 은숙아 영일아, 내가 죽은 뒤에 너희들의 짧다란 꿈같은 행복의 그림자를 짓밟고 솟아오를 무참한 운명의 거울을 보고 너희들이 놀랄 것을 생각해 보았다. 나는 과연 주저했다. 그러나 영일아 나는 내가 죽음을 눈앞에 불러 놓고라도 너를 나의 아들아, 하고 불러 보는 것을 기쁘게 생각한다. 그리하여 불행하게 나의 의식이 남아 있는 동안에 너희들이 달려와 어머니, 하고 불러 줄 것을 그윽이 기다리는 한 편으로는 너희들의 얼굴을 나의 눈으로 보지 않고 죽었으면 한다. 영일아 은숙아, 죽음의 길이 바쁜 나는 너희들에게 얼마를 되뇌어도 끝이 없을 하소연을 거두고 이제 약사발을 든다.

마당에서는 장차 깨어질 너희들의 행복을 실은 자동차의 나팔 소리가 들린다. 아이들아, 너희의 앞길은 아직도 멀다. 부디 굳세게 살아다오……. 이것이 길이 가는 어미의 마지막 청이다.

영일과 은숙은 눈하나 깜짝하지 않고 참혹한 꿈이나 꾸는 듯이 유서를 끝까지 보았을 때는 자동차가 은숙의 집 문 앞에 닿았다.

그 유서는 영일의 이십육 년 간 잊어버렸던 아버지와 어머니를 찾아주었다.

영일은 서럽다기보다도 꿈같은 이 현실 앞에 온몸이 떨릴 뿐이었다.

그들은 자동차에서 내려 예복을 입은 그대로 허둥지둥 집안으로 들어갔다.

은숙의 어머니는 아직까지는 저 생 사람이 아니었다. 독약의 중독으로 성대의 고장이 생긴 그는 말은 못할지언정 귀와 눈은 아직까지도 명료한 의식 밑에서 듣고 보고, 했다. 이제는 방안을 헤매일 기력도 없는지 눈을 가늘게 뜨고 일초, 이초 앞으로 다가오는 죽음을 맞이하고 있었다.

영일과 은숙은 모여선 사람을 헤치고 어머니의 앞으로 나왔다.

"아이고, 어머니, 어머니."

은숙의 여자다운 날카로운 목소리가 눈물에 흐르는 한 편으로, 이 때만은 침착성을 잃은 영일이가

"어머니, 아아 어머니. 영일입니다."

하고 떨리는 목소리로 부르짖었다.

영일이는 십여 년 만에 비로소 눈물이라는 것을 흘려 보았다. 그의 눈에도 아직까지 눈물이 있었다. 어머니는 가늘게 떴던 눈을 크게 뜨고 떨리는 손을 영일의 앞으로 내밀었다.

영일은 그 어머니의 손을 잡은 채로 그의 앞에 쓰러졌다.

"어머니, 어머니! 이 어머니에 주린 영일에게 나의 아들아 하고 좀 불러주시고 돌아가십시오."

영일은 참으로 어머니에게 주린 사람이었다.

어머니에 주린 사람의 어머니를 만나는 설움이여!

"어머니, 어머니. 아버지가 돌아가실 때에, 아아 죽을 때만은 너에게 일러주려고 했더니 하시던 것을 지금에야 알겠습니다. 어머니, 어머니.

어머니는 저를 내버리고 어디로 가십니까."

영일은 어린아이처럼 소리쳐 울었다. 이십육 년 간 못 보던 그 어머니를 그 짧은 시간에 마음껏 불러보려는 듯이 어머니의 풀어진 옷가슴에다 어린아이처럼 자기의 얼굴을 파묻고 흐느껴 울었다.

애별哀別

벌써 와 있던 의사도 워낙 많은 분량의 약을 먹었기 때문에 손을 써볼 여지가 없다는 절망적인 진단을 내리고 나가는 그 뒤를 쫓아 다른 사람들도 죄 나가버리고 방안에는 영일과 은숙만이 남아 있을 뿐이다. 힘없는 두 팔로 자기 가슴 위에 엎드린 영일을 가만히 끌어안은 그 어머니의 눈에서는 그제야 비로소 눈물이 흘렀다. 그리고 무엇을 말하려고 애를 썼다. 그러나 입술만이 들썩할 뿐이요, 무슨 소리인지는 전혀 알아들을 수가 없었다.

영일은 안타까운 듯이 그 어머니를 들여다보며 흥분된 어조로 호소했다.

"어머니, 어머니의 말씀은 안 들립니다."

남의 말은 분명하게 들리는 그 어머니는 그야말로 안타까운 듯이 자기의 가슴을 쥐어뜯고 얼굴을 붉히도록 목에 힘을 주어 무엇이라 중얼거렸으나 그것도 역시 알아들을 수는 없었다.

다만 눈물에 젖은 여섯 개의 눈이 일초 이초 닥쳐오는 죽음 앞에서 일만정서를 가로 얽고 세로 얽을 뿐이다.

영일의 어머니는, 은숙의 어머니는, 삶의 최후의 순간을 맞이했다.

눈을 힘없이 감고 그야말로 일생의 힘을 다해 아들과 딸의 손을 갈라 잡은 어머니의 손은 시체의 한 부분처럼 차지기 시작했다.

"어머니, 어머니."

"아, 어머니."

영일과 은숙은 번갈아서 어머니를 불렀다.

아들과 딸이 부르는 소리에 어머니의 눈이 가늘게 떠졌다.

오십 평생을 살아온 한 많은 세상을 다시 한 번 돌아보는 눈.

부르고 또 불러보아도 끝이 없는, 영일이가 자기를 부르는 음성, 윤곽조차 흐려지는 그 아들의 얼굴…… 이것을 이 세상에서 마지막 듣는 음성으로 이 세상에서 마지막 보는 물체로 그는 마침내 돌아오지 못할 길을 떠나고야 말았다.

영일과 은숙은 소리쳐 울며 함께 어머니의 시체 위에 쓰러졌다.

황혼을 헤매던 바람소리도 이제는 그치고 밤은 그윽하게 깊어 왔다.

가늘게 가늘게 피어오르는 만수향 연기에 두 개의 촛불이 마주쳐서 조는 시신에는 영일과 은숙이가 입을 봉한 듯 말없이 앉아 있다.

그들은 유서를 볼 때부터 지금까지 서로 아무런 말도 없었다. 그 괴로운 침묵은 그대로 영원히 굳어버릴 듯이 무겁게 가라앉았다. 이 침묵의 다리를 통해 두 사람은 자기의 생각을 달리고 있을 뿐이다. 추억의 조그만 구멍으로 멀리 돌아 보이는 파란 많은 과거, 절벽처럼 가로놓인 무참한 현재, 그리고 그믐밤처럼 캄캄한 미래. 이 모든 것이 뒤섞여 숨어드는 그들의 머리는 마치 가을하늘처럼 텅 빈 것 같기도 하고 한 편으로는 무엇이 가득하게 차 있는 듯도 했다.

그들의 종잡을 수 없는 머리는 한없이 숙여졌다. 온몸은 그대로 밑 없는 구렁으로 미끄러지는 듯했다. 그 어머니의 시체를 지키는 영일이는 새삼스럽게 벌써 세상을 떠난 아버지의 생각이 간절했다. 지금 자기 생각의 전부를 차지한 해암 노승이 과거의 자기에 대한 일거일동이 육친이 아니고는 할 수 없는 일이었음을 새삼스럽게 느낄 때에 영일의 가슴은 무너지는 듯 했다.

아버지를 아버지라고 부르지 못하고 지낸 과거를 불이라도 사르고 싶었다.

이렇게 아버지와 어머니에게 붙잡혀 숙였던 머리는 자기를 돌아보기 위해 풀 없이 들렸다.

'아아, 나는 장차 어떻게 할까? 나를 생각하는 '줄'에는 은숙이가 매달려 오른다. 그리고 은숙이는 어떻게 할 것인가?……'

이렇게 마음속으로 중얼거리고 한참이나 천장을 쳐다보고 앉아 있던 영일은 비로소 굳게 봉한 입을 열어서 은숙을 불렀다.

"은숙아……"

은숙은 대답이 없이 고개만 들었다.

"아아, 은숙아. 너는 역시 나의 동생이었다. 한 어머니가 낳아 주신 피 같은 동생이었다. 우리는 장차 어떻게 해야 할 것이냐?"

영일의 말소리는 침통하고도 서글피 울렸다.

이 말에도 아무 대답도 않고 다시 고개를 드리우는 은숙의 어깨는 새로운 울음에 떨렸다. 영일은 그대로 말을 계속했다.

"은숙아, 은숙아. 이십육 년 전에 강보에 싸서 어두운 새벽 쓸쓸한 절 마당에 나를 내버리고 가셨다는 어머니는 이제 나를 좀더 넓고 쓸쓸한 세상에 내버리고 길이 떠나시는구나……. 은숙아, 그 때에 내버린 고아는 아버지의 품으로 돌아갈 행복한 고아였다. 그러나 지금의 이 커다란 고아인 나로서는 돌아갈 곳이 어디냐?……"

"오빠. 오빠! 저는 갈래요. 어머니 따라서 갈래요."

은숙은 두 손을 영일의 앞에 내놓고 방바닥에 쓰러지듯이 엎드렸다.

"은숙아, 모든 것은 운명이다. 원인이 맺어 준 결과이다. 운명은 결코 저주할 것이 아니다. 인과의 필연성을 똑바로 비추는 거울일 뿐이다. 그렇다. 온 세상 사람들은 이 거울 앞에서 자기의 그림자를 들여다보며 웃고 울고 하는 것이다. 그래서 죽는 것이라든지 사는 것이라든지 모두가 결국은⋯⋯."
 영일은 이 애달픈 현실 앞에서 너무도 약해진 자기를 발견했다. 그리고 모든 것을 운명에 맡기려는 자기의 생각이 스스로 퍽도 스스러웠다.
 은숙은 거기에 대해도 다시 아무런 대꾸도 없다. 쓸쓸한 침묵은 다시 온 방안을 싸고돌았다.

 지나치는 그림자와도 같이 물위에 꺼지는 거품과도 같이 스러지는 것이 인생이라면, 인생이란 죽음의 연속일 것이다. 끊임없는 장식葬式일 것이다.
 늦은 가을 짙은 안개를 짓밟고 나오는 아침의 태양이 말달리고 수레를 몰며 개 짐승이 달음질치고 웃고 고함치고 속살거리는 인생의 거리를 빈정거리는 듯 웃고 내려다보는 아침이다.
 황토현 네 거리로 한 채의 상여가 수많은 발에 움직여 성큼 달아나고 있다.
 은숙 어머니의 장례.
 상여 뒤에는 사랑하는 딸 은숙이와 죽음 끝에 불러낸 아들 영일이가 따르고 있다.

 추색에 잠긴 이태원 일대는 그야말로 무덤처럼도 쓸쓸했다. 앞으로는 푸르게 흐르는 한강이 내려다보이고 뒤로는 이끼 낀 고총古塚 같은 남산이 돌아다 보이는 높다란 위치에 흙냄새 새로운 무덤 한 개가 늘었다.
 은숙 어머니의 무덤.
 호상객이며 상여꾼도 다 돌려보내고 영일과 은숙은 어머니의 무덤 앞에 나란히 앉았다.
 영일은 떠날 길에 바쁜 사람처럼 초조한 마음을 가라앉히기 위해 한참 하늘만 쳐다보고 말이 없었다.

은숙이도 말없이 앉았다. 영일은 모든 것을 결심한 듯이 입을 열었다.
"은숙아, 자 이제 우리는 어떤 길을 걸어야 옳을 것이냐."
"오빠, 우리는 함께 어머니를 따라가요. 저는 이 세상이 싫어졌어요."
 이 때의 은숙은 이상하게도 침착해 보였다.
"아니다, 은숙아. 너는 삶에 대한 애착이라기보다 아무런 필요를 느끼지 않는 동시에 죽음에 대한 절대의 필요도 느끼지 않는다. 죽고 사는 모든 것이 자연일 것이다. 그래서 나는 너의 동의에 곧 찬성하지 않으련다. 내가 살 수 있는 날까지는 살련다. 살 바에는 굳세게 살아보련다. 그러니 내가 굳세기 때문에 사는 것인지 약하기 때문에 못 죽는 것인지 그것은 나도 모르고 남도 모르는 일이다. 살기 위해 애를 쓰는 것이 어리석다면 죽기 위해 조급한 것도 어리석은 일이다. 그러니 너도 살아 달라는 말이다. 죽는 날까지는 살아 달라는 말이다. 그러면 너와 나는 오는 날을 어떻게 살아가야 할 것이냐. 이것이 남은 문제이다. 나는 이 순간까지 그것을 생각하기에 골몰했다. 그리하여 나는 한 가지 해답을 얻었다. 그것은 이별이다. 죽기보다도 애달픈 이별이다. 오누이로 판명되었으니 오누이로 접촉을 하고 일생을 살아야 옳다고도 하리라. 그러나 그것은 도학자의 상식이다. 나는 도학자의 상식으로 교훈 삼지 못할 무엇이 나의 가슴이 숨어 있음을 깨닫는다. 자, 은숙아. 일어서자. 그리하여 너는 이 길로 나는 저 길로 피차에 떠나자. 떠난 뒤에는 무슨 일이 있든지 만나지 않기로 굳게 약속하자. 너는 행여나 쓸쓸한 인생을 홀로 걸어가는 나의 자취를 묻지 말아다오. 찾지 말아다오. 사람 사는 거리에 가다 오다 혹시 만난대도 너는 나를 아는 체 말아다오. 자, 나는 간다……."
 영일은 은숙에게 힘있는 악수를 남기고 돌아섰다.
"아, 오빠!"
 은숙은 영일의 옷소매를 붙잡고 울 듯한 음성으로 불렀다. 그러나 할 말은 얼른 나오지 않았다.

"가는 나를 붙잡지 말아다오. 이 소매를 놓아다오."

 영일은 쓸쓸한 표정으로 은숙을 돌아보며 부드럽게 소매를 떨치고 서서히 발길을 옮겨 놓았다.

 은숙은 이제는 가는 영일을 붙잡을 용기도, 소리쳐 부를 생각도 나지 않았다. 그저 얼빠진 사람처럼 한 걸음 두 걸음 멀어지는 영일의 뒷모양을 바라보고 서 있을 뿐이었다.

 은숙은 멀어지는 영일의 뒷모양을 더 한층 흐려버리는, 소리 없이 고이는 두 눈의 눈물을 손수건으로 씻고 좀더 분명하게 보려 할 때에는 영일의 길다란 그림자가 석양이 비낀 언덕길 모퉁이로 조그맣게 사라져버렸다.

 은숙은 갑자기 앞이 캄캄해지고 발 밑이 어지러워졌다. 두 손바닥으로 얼굴을 가리고 무덤 앞에 쓰러졌다.

 그 날도 그윽이 저물었다. 인생이라는 비극의 한 장면을 덮는 검은 막을 끌고…….

— 신구서림, 1929.

수필

일인일문—삶의 힘
시언時言—여름과 군걱정
나의 로맨틱 시대—상해황포강반上海黃浦江畔의 산책
대중문화에 대한 편상

일인일문 — 삶의 힘

나는 나의 사는 힘을 발견하기 위하여 나 자신의 생활을 검토하여 보았다. 그리하여 나는 자신의 일상생활에서 모순, 비겁성, 그리고 바늘 끝 같은 이기심, 몇 가지 약점만을 발견하였다. 이것이 내가 '산' 다는 '힘'의 전부이다.

그렇다 나는 가시덩굴 같은 모순을 밟지 않고는 나의 생활의 일보를 앞으로 옮겨놓지 못한다. 그리고 비겁한 타협성. 그것이 나에게서 사라진다면 나는 대담하게도 자살을 할 것은 용의할 여지도 없는 일이다. 그 다음으로 꼽히는 이기심. 이거야 말로 나의 생존욕을 증장시키고 나의 생활을 장식하는 나의 삶에 없어서는 안 될 요소이다. 만일 나에게서 이것을 거두어버린다면 나는 권태와 실망에 시들어버릴 것이다.

어떤 '힘답지 못한 힘'에 붙들려 그날그날을 살아가는 결과로는 '후회' 그것을 쌓아갈 뿐이다. '참회는 인생의 기록'이라고 누가 말했는지는 모르지만 나의 이글을 쓰는 순간까지의 삶의 기록이란 후회 그것뿐이다.

이 후회의 기록을 맺어준 나의 과거의 삶을 위한 모든 행동을 뒤져보면 어제 한 일을 오늘에 먼저 달에 한 일을 이달에 작년에 한 일을 금년에 심하면 어떤 순간에 한 일을 그 다음 순간에 후회했다.

이러한 모든 행동은 그것이 후회라는 결과가 올 줄 모르고 행한 것도 많지마는 번연히 후회할 줄 알면서도 어쩔 수 없이 행하거나 또는 자진하여 취한 것도 나는 이 힘에 말려 눈을 둥글게 뜨고 '밥'을 찾으며 발돋움을 놓고 '높은 자리'에 서려하며 뜨거운 머리를 식혀가며 '좋은 글'을 쓰려하고 땀이 나게 주먹을 부르쥐고 '여자'를 쫓아다니는 것이다. 만일 나에게 이 약점을 빼앗는다면— 나로 하여금 참으로 굳센 힘을 가지게 한다면— 나는 나로서 삶의 권리를 방기하고서 따라서 삶의 의무를 저버릴 것은 물론이다.

이렇게 생각하면 나는 나의 이 약점 모순과 비겁한 타협성과 이기심—을 경멸하기보다 중업처럼 붙잡고 사는 날까지 살다가 최후로 오는 커다란 후회를 등에 지고 죽음을 맞이하는 수밖에 없다. (이 짧은 글을 나의 사랑하는 P의 산령靈에 바칩니다) 9월 20일 조朝.

— 《조선일보》(1927. 9. 24).

시언―여름과 군걱정

여름을 제일로 괴로운 시절이라고 개탄하는 것은 시쳇말로 '부르주아지'(돈 많은 사람)들이다. 가난한 사람이라고 땀 흐르고 물 것 덤비는 여름이 좋을리야 없지마는 그래도 부자들보다는 여름이 태평이다.

자― 보아라 '작년에는 석왕사를 다녀왔고 재작년에는 원산서 났는데 금년에는 또 어디를 가야 좋을까' 그네들이 마치 피서하기 위해 세상에 태어난 사람처럼 하늘에 송아지 구름만 배회하면 지지 끓기 시작하는 이 따위 걱정이야말로 가난한 사람들에게는 필요 없는 걱정이며 더욱이 여름이 오면 밥맛이 없어서 살 수가 있어야지 하고 게트림하는 고생도 가난한 사람들은 알지도 못하는 군걱정이다. 그나마 그뿐이냐. 간밤에 모기장 틈으로 모기 한 마리가 들어왔더니만 사랑하는 첩이 학질에 붙잡혔느니 유치원에 갔던 막내아들이 모자를 벗고 놀더니 더위가 들었느니 하는 것 따위들도 해가 길어서 일하기 좋고 냉수에 씻은 보리밥 한 그릇을 게눈같이 감추어버리는 농사꾼이나 노동자들에게 물어보면 꿈에도 모르는 걱정이다. 헐벗고 사는 그들에게는 시원하여 좋고 한 데서 잠을 자도 춥지 않아서 좋은 것이 가난한 사람들의 여름이다. 웬일이냐 부자들의 몸뚱이란 여름에 대한 저항력이 선천적으로 결핍되어 있고 가난한 사람들은 여름이 살기 알맞도록 만들어진 것이냐. 옳지 그런지도 모른다. 부자들의 그 살찌고 기름 낀 몸뚱이는 확실히 여름에 살기에 마땅치 못하다. 그리고 가난한 사람의 검고 말라빠진 신체는 여름에 살기에 적당한가보다. 만일 그렇다면 나는 여름에 걱정 많은 부자들을 위하여 한 가지 묘책을 말한다. '그들 부자에게서(중략) 그러면 여름에 필요치 않은 기름 많은 살이 떨어지리라. 따라서 피서를 비롯한 모든 여름의 걱정이 사라지리라.'

— 《조선일보》(1929. 7. 6).

나의 로맨틱 시대—상해황포강반의 산책

나의 로맨틱하던 시절을 적어 보라고요. 네 분부대로 하지요.
제1기는 요 먼저 달이었든가 '삼천리'에 쓰인 나의 첫사랑 이야기가 있지요. 아 그 옥단인가 하는 하비(下婢)와 '플라토닉' 한 첫사랑을 하였다는 그것 말이에요. 그것이 조일재의 《장한몽》을 《매일신보》를 통하여 본 바로 뒤요, 춘원의 《무정》을 보기 좀 전인가 봅니다. 표지에 석죽화 한 가지를 아담하게 그린 도쿠토미 로카(德富盧花)의 《불여귀》 역 초본을 재독 삼독하던 때도 그 전후인 듯합니다. 그리고 제2기는 아마 내가 큰 뜻을 품고 상해까지 날아가서 유학이랍시고 할 때인데 간신 간신이 애가 쓰이게 오던 학비가 그나마 떨어진지 반년 만에 최후로 온 학자 오백 원을 소매치기에게 잃어버리고 에이 그만 황포강에 빠져 죽어버릴까 하다가 죽지도 못하고 홍구교반(虹口橋畔)에서 밤을 서서 새운 후로 절망 끝에 반동으로 일어나는 '로맨티시즘' 그것에 지배되는 그때였나 봅니다. 내가 지금까지 시를 써본 것도 그때였습니다. 벽파라는 익명으로 《동아일보》에 투고하여 4,5차에 한 번 비례로 4호 1단의 시가 나는 것을 보고는 큰 출세나 한 듯이 스스로 위로를 받았으며 더욱이 그때 강독하던 〈영어연구〉에 '비(雨)'라는 제목으로 영어 단시를 써 보낸 것이 선외가작으로 실린 것을 보고 하루 밤 잠을 못 자던 것도 그때였나 봅니다. 그리고 공부도 못하게 되고 이역에서 밥을 굶을 지경이어서 상해 오주로에 있는 일문지 상해일일신문上海日日新聞에서 모집하는 교정기자 1명 채용시험에 합격하여 입사해서 편집동인 합작소설 〈아오바노소라(靑葉の空)〉의 한 대문을 집필한 것을 인연으로 일본대진재日本大震災통에 나가따 호시오(長田幹彦)라든가 누가 집필하던 연재소설이 중단되어 〈유린〉이라는 달디 단 로맨틱 소설을 '독견'이라는 이름으로 연재하여 그것이 재미있다고 일여학생 나부랭이들에게 편지를 받아보고 간지러운 쾌감을 느끼던 시절도 어지간히 '로맨틱' 하였나 봅니다.

그보다도 제일 로맨틱한 시절은 내가 아호를 누구와 논의 한마디 없이 독견이라고 짓던 시절인가 봅니다. 신천에 있는 우리 집 북창을 열고 누워있으면 송뢰松籟를 씻고 불어오는 바람소리가 쏴아하고 들려오고 그 바람소리 위로 뻐꾸기소리가 아스라하니 들리던 그때인가 봅니다. 《불여귀》보다도 《무정》보다도 훨씬 눈물나고 재미있는 소설을 써보겠다고 구상을 하던 그때입니다. 그때 구상한 것을 중간에 여러 번 마음속으로 수정을 가하여 일문으로 발표한 〈유린〉보다는 《승방비곡僧房悲曲》이 복중의 나이로는 언니뻘이 되는 셈이지요.

길게 말할 것 없습니다. 나는 지금도 오히려 로맨틱한 시절에 있음을 고백합니다. 그 어느 시절보다도 오히려 지지 않는— 이놈의 시절을 어서 벗어나야 나도 어른이 좀 되어보려니 하고 생각은 하면서 이놈의 헌 누더기를 좀체 벗기 힘드니 어찌하면 좋아요.

'로맨티시즘 무료양도無料讓渡— 헌누더기드렁 사오.'

—《삼천리》(1932. 4).

대중문학에 대한 편상

1

민중화 민중화 민중화 모든 것의 민중화 그것은 이미 새로운 제창이 아니다. 이론은 더욱이 아니다. 시대는 벌써 그것을 요구하였으며 맹렬히 요구해 마지않는다. 민중과 몰 교섭한 모든 것에 대한 존재를 근본적으로 부인하기에 주저하지 않는다. 간단히 말하면 그런 것은 없어도 좋다는 말이다.

이런 의미에 있어서 문예 내지 문학도 인간생활에 필요할 존재라면 반드시 민중과 교섭이 있고 민중과 반려하여야 할 것이다. 여기에 비로소 대중문학이 엄연히 대두하는 바이며 우리는 그것을 갈망하며 조장하여 마지않는 소이이다. 이에 나는 문학의 일부문인 문예 그중에서도 내가 전문으로 하는 소설을 중심으로 하여 지정된 지면 내에서 글자 그대로 편견을 적어보려 한다.

2

그러면 대중문학이란 어떤 것이냐. 다시 말하면 대중문학은 마땅히 어떤 요소와 조건을 구비하여야 할 것이다. 우리는 무엇보다도 먼저 이것을 생각할 필요가 있다. 내가 생각한 바로 알기 쉽게 간단히 말하자면 첫째로는 될 수 있는 대로 많은 민중에게 읽힐 수 있는 것이라야 할 것이다. 읽힐 수 없는 것은 그 안에 아무리 좋은 내용이 담겨있다 할지라도 소용이 없을 것이니까. 둘째로는 읽고 나서 그 내용이 무엇인가를 알아야 할 것이다. 읽고 나서 그 내용이 무엇인지를 모르게 된다면 시간과 정력의 소비만이 손해일 것이니까.

셋째로는 읽고 난 뒤에는 읽은이로 하여금 무엇을 다시 생각하게 하여야 할 것이다. 암시가 있어야 할 것이다.

이상의 세 가지는 대중문학에만 한 할 것이 아니라 상아탑 속에서 좌이부동坐而不動이라기보다 와이부동臥而不動하는 예술을 위한 예술파의 읽고 쓰는 중에도 있으며, 있어야 할 요소라고 웃어버릴 이가 있을 것이다. 나 자신도 그렇게 생각한다. 그래서 나는 그 넷째를 들지 않을 수 없다.

그 넷째는 읽고 알고 생각하고 암시를 받은 결과 그것이 그들의 삶에 어떤 '힘'이 되어야 할 것이다. 더욱이 우리 조선민중과 같이 이리 쪼들리고 저리 쪼들리어 삶의 힘이란 여재餘在없이 빼앗기고 있는 민중에게 있어서 이 느낌은 심절深切하다.

그러면 그 필요한 요소와 조건을 구비한 문학 즉 대중문학은 어떠한 것이어야 할 것이냐? 다시 한 번 곱씹어 생각해보자.

먼저 읽히고 알게 하기 위해서는 문장이 어디까지나 평이할 것, 저급에 흐르는 한이 있더라도 취미가 있을 것. 이 두 가지 조건은 절대로 무시할 수 없을 것이다. 그 다음으로 읽고나서 다시 생각케 한 결과로써 어떤 힘을 주는 데는 그 속에서 사상이 움직여야 할 것이다. 여기까지 생각해 왔으니 이제는 이런 내용을 담을 문학의 형식은 어떤 것을 택하여야 할 것이냐 하는 문제가 마지막으로 떠오른다. 나는 이 문제에 답하여 말하려 한다.

3

어느 나라의 민중이 대부분이 아니 거의 전부가 소설(혹은 고담)을 읽는다. 그네들이 가까이하는 서적의 전부가 소설류라고 한대도 과언은 아닐 것이다. 언문소설도 보지 못할 만큼 문맹이거나 소설책 한권 사볼 여유가 없거나 하면 남이 읽는 소리를 듣기라도 하려고 부지런히 좇아다닐 만큼 소설과는 친한 것이다. 농한기에 지방 농촌을 여행해 본 이는 누구나 보았을 것이다. 사랑마다 5,6인 혹은 10여 인씩 모여서 아랫목에는 노인들이 눕고 윗목에는 젊은이들이 둘러앉았고, 한편에서는 머슴들이 새끼를 꼬고 앉았고 조는 듯 깜박이는 잔등 밑에는 한 사람이 앉아서 무슨 책을 고성낭독하고 있는 장한長閑한 광경을— 이것은 사랑만이 아니다. 아낙네들은 아낙네들로서 규방에 모여앉아 이와 같은 광경을 정呈하는 것이다.

그네들이 이렇게 밤이 새는 줄도 모르고 읽고 듣는 것은 물을 것도 없이 고리대금업자의 장부책 같은 조선백지로 장책裝冊 하여 모필로 첨사하고 파손하지 않도록 장판지처럼(때에) 전 고담책(고대소설) 이거나 그렇지 않으면 체모를 소위 신소설이라는 것들이다. 그 소설의 내용은 대개가 효자나 충신이나 열녀나 무용을 고조한 것으로 작년에 본 것을 금년에 또 보고 다시 내년 한가한 시절에 볼 양으로 보고 궤 위에나 문갑 구석에 틀어박아둘 만큼 물리지 않고 끈적끈적하게 소설을 보는 것이다.

그네들이 이렇게 소설을 읽는 목적이 어디 있는가? 이것은 그네들에게 알아볼 필요도 없이 파적이다. 밤은 깊고 심심해서 읽는 것이다. 오락이다. 이 심심해서 오락적으로 읽기 시작한 것이 그들에게는 농한기에 일종 연중행사가 될 만큼 매년 거듭하여 열중하는 것이다.

이렇게 그네들이 끈적끈적하게 고담 소설류를 엽독獵讀함으로써 얻는 바는 무엇이냐. 거기는 아무것도 없다. 그저 파적이다. 극히 천박한 흥미에 끌려 밤을 새우는 것뿐이다. 그 책 중에 나오는 인물의 행동에 일시적이었던 충동을 받아서 쾌소快笑를 하거나 분격하거나 번민하거나 한다 할지라도 그것은 그 초음이면 망각하거나 혹은 기억이 되어 오래간다 할지라도 고담 그대로의 이야기 거리로 이용하는 외에 아무런 정신적 영향도 주지 못한다. 그러기에 만행萬幸이다. 만일 일일이 그네들에게 깊은 인상을 주고 암시를 주어 그네들의 행동에 나타나게 된다거나 의식을 지배하게 된다면 그야말로 위험천만이다.

그래서 손해가 없는 점으로 보아 주색이나 잡기로 밤을 새운 것 보다는 나을는지 모르나 그들이 독서를 함으로써 아무런 이익도 없는 것은 물론이다.

4

지금 나는 우리 민중의 독서취향을 지적하는 동시에 고담이나 소설이 그만큼 민중과 접촉되는 점만으로 보아서라도 대중문학을 담을 그릇으로 소설이 가장 편리할 것이라는 것을 증명하기 위하여 전 항의 그 산 실례를 들었다.

그러면 이제 생각할 것은 그네들에게 지금까지 읽어온 무익한 고담소설 대신으로 읽힐 만한 소설로써 아까 말한 대중문학으로써의 요소와 조건을 구비한 소설은 없을까. 만일 있어서 다수 민중에게 전기와 같은 상태로 숙독, 엽독을 시키게 된다면 그 얼마나 양으로 질로 큰 효력을 낼까 하는 열망이 끓어오른다. 그러나 유감이나마 우리는 아직까지 그 적당한 바를 가지지 못했다. 톨스토이의 작품이 제 아무리 위대하다 할지라도 읽지 않는 우리 민중에게야 무슨 반향을 줄 것이냐 가장 새로운 세계를 움직이는 세상을 담은 서적이 신간된다기로니 눈감고 보지 않는 우리 민중에게야 무슨 암시가 되며 감화를 줄 것이냐 말이다. 먼 예는 그만두고 가장 가까운 예를 들어 우리의 문단에서 일년에 수십 편의 새로운 작품이 수호된다기로니 '케케묵은 장화홍련'을 사가고 언문 삼국지를 재독 삼독하고 춘향전을 백 번을 읽고라도 우리 문단에서 나오는 창작은 냄새도 맡으려고 하지 않는 그네들에게 있어서 무슨 느낄 바가 있겠느냐 말이다.

그렇다고 우리 대중에게는 언제까지나 〈조웅전〉을 읽히고 앵앵도를 맡겨두어야 할 것이냐. 우리는 여기서 눈을 크게 뜨고 팔을 부르걷고 좀 생각해 볼 일이 아닐까? 우리가 가장 새롭다고 하는 사상, 우리 대중이 함께 그 사상 아래 움직이면 우리는 이상적으로 살 수 있다는 그것을 문학이라는 수레에 실어서 방방곡곡에 묻혀있는 우리 민중에게 보냄으로써 그들에게 새로운 힘을 줄 수는 없는가 이제 지난한 사명을 다함에는 다만 대중문학이 있을 뿐이다. 이 지보至寶인 대중문학은 대중작가의 출현이 있은 후에야 할일이다.

나는 이런 의미에서 상아탑 속에서 들어앉아서 Art for art를 종알거리고 있는 문인작가를 가두로 불러내는 바이며 좁다란 문예진 속에 모여앉아서 밤낮 민중은 귀도 기울이지 않는, 자기네의 이론만으로 '조그만 투쟁'을 삼고 있는 신흥문인들도 다같이 농촌으로 광산으로 달려갈 필요가 있지 않을까.

대중작가가 되려면 무엇보다도 우선 그 작품을 민중에게 읽히는 수법으로 써 읽히기에 노력하여야 할 것을 잊어서는 안 될 조건이다. 여기에 대하여 아래와 같은 질문이 있을지도 모른다.

'그렇게 읽히기에만 노력하여 민중의 비위를 맞추어 읽히는데 성공한다면 그것으로써 무슨 효과를 낼 터이냐 하고 그렇다 나도 거기에 잠긴 일리를 부인하는 것은 아니다. 그러나 우선 해독이 안 될 범위 내에서라도 우리가 쓰는 작품을 그들에게 접촉시키는 것은 결코 무용한 일은 아닐 것이다. 그리하여 점진적으로 그들에게 부어주고자 하는 바를 부어 들어갈 것이다. 사상의 근저를 엿개잡고 흥미의 농후한 통속작품으로 민중에게 가까이 가보는 것은 결코 그른 일은 아닐 것이다. 의사가 환자에게 잘디잔 약에 백당을 섞어 먹이고 금계랍을 갑에 넣어 먹이는 일이 그른 일이 아니리라는 것과 같은 이유 아래서.

5

끝으로 나는 우리 문단에서 떠드는 소설이 민중과 어느 정도의 교섭이 있으며 접근이 되는가를 고찰하고 다음으로 본제에서 과히 탈락되지 않을 범위 내에서 떳떳한 작품을 말하고 고橋를 막으련다.

대체 문단소설 그것이 문단인을 제한 외에 통틀어 몇 사람의 눈이나 거치고 있는가? 가령 4천 부를 발행하는 대잡지에 창작소설이 실렸다고 하자 그래서 독자 그가 다 그 소설을 본다고 하면 4천 명이 될 것이다. 그러나 잡지 독자 4천 명이 모두 소설독자라고는 믿을 수 없다. 그러나 잡지 한 권은 한 사람만이 보고 치우는 것이 아니니까 빌려 보는 사람 혹은 그 가족을 가산하여 무리이나마 창작 한 편을 4천 명이 보았다면 족할 것이다(그러나 이 통계는 몹시 너그러운 통계이다). 내가 어떤 지방을 갔을 때 독자로부터 그 잡지에는 소설이라는 것을 왜 내냐고 하는 질문을 여러 사람에게 받았다. 이것을 미루어 본다면 잡지에 나는 창작 한 편의 독자는 기실 한심한 수 일는지도 모른다. 농민을 위하여 쓴 창작이 사실 농민의 귀나 눈은 스쳐도 못보고 문단일우一隅에서 평가 대 작가 그보다도 정실관계에 있는 작가 대 작가의 몇 마디 이야기 거리가 되고 묻히고 마는 것이 거의 통례이다. 다시 한심한 일이다.

그나마 많은 민중과 교섭되고 접근되는 것은 신문의 연재소설이다. 소위 통속소설이라는 것이다. 이것은 그 발표기관인 신문이 어느 정도까지 민중화된 그만큼 많은 독자를 가진 것과 그 소설(통속소설?)도 대중소설로의 모든 요소를 구비치는 못하였다 할지라도 소위 창작(순예술품이라는) 보다는 민중과 교섭이 있으며 접근할 취미를 담은 까닭일 것이다. 작품의 통속화 그것이 독자를 많이 끌어낸다는, 다시 말하면 민중과 반려할 수 있다는 엄연한 현상을 우리 작가는 신중히 고려하고 연구할 필요가 있는 긴급한 문제이다.

그리고 현하 우리문단에서 활동하는 작가로는 그 누가 작품을 통해 민중과 교섭이 가장 많을 것이냐 하는 것을 묻고 싶다. 그것은 아무래도 《무정》〈재생〉〈허생전〉 등의 작자 춘원을 들지 않을 수 없을 것이다. 그것은 판매서점의 통계가 증명하고 시골 마나님이 서구를 알고 순영을 친한 것으로 보아 알 수 있을 것이다.

그러면 민중과 접근이 많은 춘원의 작품을 통하여 민중은 무엇을 얻고 있는가. 춘원의 작품은 어느 정도의 이익을 독자에게 주고 있는가 하는 것을 고찰해볼 필요를 느끼나 지면관계로 후기에 밀고 그밖에 남녀노소 우리 모든 민중과 널리 자주 접근하며 교섭이 있는 춘향전 기타 민중이 애독하는 몇 종의 고대소설과 본지에 연재된 노거산인老居山人의 '어사 박문수', 김려 씨의 강담물, 농민생활을 제재로 하여 쓰는 이기영 씨의 창작 등에 대하여 민중과의 접근되는 정도 내지 교섭의 여하를 통속적 고찰을 시하려던 계획도 지면초과로 중지한다. 〈망론다사〉

—《중외일보》(1928. 1. 7~9).

해설

한국 근대 대중소설의 개척자

1. 들어가는 글

　대중소설과 본격소설이 경계를 넘나들고 있다는 포스트모던 사회임에도 불구하고 여전히 교육이나 연구의 장에서는 훌륭한 정전의 목록이 우위를 점하고 있고, 그 성은 아주 견고하게 보인다. 그러나 반면에 그 장을 떠나서 살펴보자면 대중독자들의 일상을 지배하는 것은 지극히 대중적인 드라마나 영화, 소설들이라고 할 수 있다. 근대적인 소설이 발생한 이래 소설의 연구와 독자들의 취향 사이의 괴리는 대중소설이 제대로 자리매김하는데 가장 큰 방해요소가 되었다고 할 수 있을 것이다. 우리 문학사에서도 예외는 아니어서 일반대중 독자들의 심금을 울리고 영향을 미쳤던 많은 대중소설들은 제대로 자리매김 되지 못한 채 정전의 목록에 삽입되지 못하고 있고, 대중소설 작가들 역시 철저하게 문학사의 뒷자리로 물러난 채 여전히 정당한 평가를 받지 못하고 있는 것이 사실이다.

2. 최독견의 생애

　1920~30년대 우리 문단에서 빼놓을 수 없는, 대중독자들의 사랑을 널리 받았던 최독견 역시 그러한 작가 중에 하나이다. 1901년 3월 15일 황해도 신천군 신천읍 무정리에서 출생한 최독견은 16세까지 동네서당에서 한학을 수학하고 보통학교를 졸업했다. 1919년 독립운동의 영향을 받아 고등보통학교를 졸업하고 중국 상해로 건너가 혜령전문학교 중문

과에 입학했다. 고향에서 학비가 오지 않아 고학을 하다가 마지막으로 온 학자금을 잃어버리고 일문지日文紙인 《상해일일신문上海日日新聞》에서 단 1명만을 모집하는 교정기자 시험에 합격하여 근무를 하게 되었다. 이때 신문사 편집동인합작소설〈아오바노소라(靑葉の空)〉를 집필한 것을 계기로 관동대지진으로 연재되던 소설이 중단되자 독견獨鵑이란 이름으로 〈유린蹂躪〉이라는 로맨틱한 소설을 연재하여 재미있다는 일본여학생들의 편지를 받았다(최독견, 〈나의 로맨틱시대—상해황포강반의 산책〉, 《삼천리》 1932. 2. 85면).

이후 1925년 단편 〈정화淨化〉 발표 이후 1926년 〈소작인의 딸〉 〈유모乳母〉 〈푸로수기〉 〈책략策略〉 등 여러 편의 작품을 동시에 발표하면서 본격적으로 문단에 등단을 했다. 그러나 그가 작가로서 확고한 입지를 굳힌 것은 《조선일보》에 《승방비곡》(27), 《난영》(27~28), 《향원염사》(28~29) 등을 발표하면서부터이다. 당시 최독견은 《조선일보》 기자였던 김을한에게 좋은 소설자료가 있는데 편집국장에게 말해달라는 부탁을 했고, 《조선일보》의 편집국장이던 한기악은 무명작가로서는 전례 없이 파격적으로 원고를 보지도 않고 신문에 연재하게 했는데 그 작품이 바로 최독견의 대표작이며 본격적인 대중소설인 《승방비곡》이었다(김을한, 〈단정과 독견과 나—신경순, 최상덕 양 형을 추모함〉, 《조선일보》, 1970.6.9).

《승방비곡》으로 주가를 높인 최독견은 이때부터 본격적으로 언론계와 문단에서 활발한 활동을 전개한다. 1927년 중외일보 기자, 1928년에는 매일신보 학예부장으로 취임했으나 신문제호의 벚꽃 그림을 무궁화로 바꿔 그린 사건으로 퇴사하고, 1935년 동양극장의 지배인으로 취임하기까지 《신소설》(30), 《해방》(30), 《대중시대》(31), 《시대상》(31) 등의 잡지에서 집필동인으로 활동을 했다. 이 시기에 독견은 〈환원還元〉(《신소설》), 〈연애시장戀愛市場〉(《해방》), 〈구흔舊痕〉 〈명일〉 등을 발표했다.

1933년에는 문화연구를 위해 일본 동경에서 유학을 하고, 1935년에는 일본에서 활동하다 돌아온 먼 친척인, 무용인 배구자와 그녀의 남편 홍순언이 세운 우리나라 최초의 연극전용극단인 '동양극장'의 전속작가 겸 지배인으로 활동을 했다. 당시 동양극장은 일반대중들의 사랑을 받는 신파극을 주로 공연했고, 그 작품들은 대중들의 폭발적인 사랑을 받았다. 동양극장은 '청춘좌', '호화선' 등 여러 전속극단을 운영하고 있었고, 다양한 레파토리로 공연을 올렸기 때문에 많은 작가들을 보유하고 있었다. 최독견 역시 청춘좌의 전속작가로 여러 작품을 각색하여 공연에 올렸는데 《승방비곡》은 동양극장의 대표적인 공연작으로 대중들의 폭발적인 사랑을 받았다.

1938년 동양극장의 주인이었던 홍순언이 병으로 사망하자 사장에 취임한 독견은 배우와 작가들에 대한 파격적인 대우와 상업적인 고려 없이 시작한 방만한 경영, 신파극의 쇠퇴 등의 사회적인 분위기가 맞물리면서 19만 원의 부도를 내고, 잠적하여 만주로 은둔하면서 고향 신천에서 과수원과 어장을 경영했다. 해방이 되자 조만식이 이끄는 조선민주당의 기관지 《황해민보》를 주재했던 그는 여기에 연재하던 소설 《안중근전》으로 김일성 정권에 반동으로 지칭되자 월남하여 작품 활동을 하게 된다. 그가 월남하자 AP통신에서는 '이북에서 최초로 월남해 온 작가'라고 해서 전 세계적으로 소개하기도 하였다. 당시 서울에 기반이 없던 그는 원고료 이만 원을 받고 《서울신문》에 〈새벽〉을 연재했다.

1950년 6·25가 발발하고 1951년 《대구매일신문》 주필로 활동했던 독견은 1952년 5월에 《서울신문》 편집국장으로 취임을 한 뒤 종군작가단의 단장으로 전쟁에 참가한다. 종군작가단은 1950년 6·25가 발발하자 민총구국대 산하에서 1951년 5월 26일에 종군작가단으로 조직되었는데, 1952년 5월 16일 임원개편을 하면서 독견은 종군작가단의 단장이 되어 종군작가단의 기관지인 《전선문학》을 주관하였다. 이로 인하여 그는 1955년 6·25전쟁 중 종군작가로 참전한 공로를 인정받아 금성화랑 무공

훈장을 받기도 하였다. 휴전 후 1954년에는 《연합신문》 주필 겸 편집국장으로, 1959년에는 《세계일보》 주필 겸 편집국장으로 활발한 언론활동을 했다.

그해 4월 독견은 《야화》라는 월간지를 창간한다. 그런데 6월 10일에 발간한 7월호에 시인 조영암이 전창건이라는 필명으로 〈하와이 사람들〉이란 제목 하에 전라도 개땅쇠 말살론이라는 전라도 사람들을 모욕하는 글을 실음으로써 그 사건의 파문이 각계로 확산되어, 법정으로까지 비화되었다. 이에 독견은 6월 12일 자진 폐간 신고서를 내고 그 기사의 필자 조영암과 편집인 이종렬은 보안법으로, 발행인이었던 독견은 명예훼손으로 법원에 기소되기에 이르렀다. 7월 11일 조영암과 이종렬은 출판물에 의한 명예훼손혐의로 구속 기소되고, 독견은 기소유예처분으로 석방되었다.

세칭 《야화》필화사건으로 불리는 이 사건은 신생잡지의 상업성과 센세이셔널리즘이 빚어낸 결과였고, 동시에 대중소설가로서 일반대중들에 대한 독견의 다양한 관심이 빚어낸 사건이라고 할 수 있다. 《야화》지의 전신은 《야화》지의 편집책임자였던 이종열이 발행했던 《야담과 실화》 (1955년 창간)라고 할 수 있다. 《야담과 실화》의 주된 기사들은 주로 떠돌아다니는 통속적인 읽을거리들이었는데 꽤 많은 독자를 확보하고 있었고, 당시 잡지들의 짧은 수명에 비해 장수했던 잡지였다. 그러나 발행인 이종열이 여러 종류의 잡지들에 손을 대면서 거액의 손실을 보고 폐간을 했는데, 독견은 《야담과 실화》의 발행인이었던 이종열을 편집 책임자로 삼아 《야담과 실화》와 성격이 별로 다르지 않은 《야화》를 발간하기에 이르렀던 것이다.

필화사건으로 번진 기사는 '야화' 사가 영업적 책략을 의도했던 글로 당시 《야화》지는 7천500부를 발행해 놓은 상태였다. 개땅쇠 말살론이라는 전라도 사람을 모욕하는, 의도적으로 실어놓은 센세이셔널한 글이 사회적으로 문제가 되면서 민족분열과 지방파벌을 부추긴다는 호된 비판과 함께 지나친 상업성을 의도했던 《야화》는 창간 두 달여 만에 폐간을 맞이하는 운명을 맞게 되었던 것이다. 야화지 필화사건 이후로 독견은 더 이상 언론계에서도 문단에서도 활동을 하지 못한 채 1970년 6월 5일 사망했다.

독견의 사망 당시 한 언론인은 추모의 글에서 "독견도 한마디로 말해서 보기 드문 재사로서 풍류생활을 좀 삼가고 좀 더 작가생활에 충실하였더라면 《승방비곡》 이상의 걸작을 남겼을 것을 하고 나는 항상 그 점을 애석하게 생각"한다고 말하고 있는데, 이는 최독견이라는 작가가 지닌 면모의 일면을 잘 지적한 표현이라고 할 수 있다. 독특한 인생역정을 가진 소설가로서 언론인으로서 또한 신극에 정열을 가졌던 작가이며 기획자로서, 독견은 다양한 면모의 작품을 가지고 독자들의 정서를 꿰뚫어 공감을 불러일으키는 데 탁월한 안목을 지녔던 작가라고 할 수 있을 것이다.

3. 최독견의 작품세계

최독견은 1925년 〈정화淨化〉를 시작으로 1956년 〈마담의 생태生態〉라는 작품으로 작품활동을 마감할 때까지 중장편 6편, 단편 38편, 평론 수필 20여 편 정도를 남겼다. 그의 문학작품은 성향에 따라 크게 3기로 나눌 수 있다. 1기의 작품은 처녀작인 〈정화〉를 발표한 이후 《승방비곡》을 발표하기 전까지의 작품들이며, 2기는 《승방비곡》 이후 해방 전까지의 장편소설과 작품들이고, 3기는 해방이후의 작품들이다.

독견의 작품을 편의상 1,2,3기로 나누었을 때 독견이 소설가로서 활동을 시작한 뒤의 공식적인 처녀작은 1925년에 발표한 〈정화〉라고 할 수 있다. 그런데 그는 어느 수필에서 자신의 처녀작을 1921년 상해일일신문 기자로 재직하던 때 쓴 〈유린〉이라고 밝히고 있는데, 이 작품은 1928년 《동아일보》에 발표한 같은 제목의 소설이 있어 논란의 여지가 남아 있다. 《상해일일신문》에 실렸던 〈유린〉은 50여 회분의 중편소설이었다고 하는데(문덕수,《세계문예대사전》, 교육출판공사, 1994.1732면), 독견은 〈유린〉이라는 처녀작을 '달디 단 로맨틱한 소설'이라고 평하고 있다.

그러나 《동아일보》에 실린 〈유린〉은 1928년 2월27일부터 3월 7일까지 연재된 총 8회 분량의 소설이고, 작가가 말했던 것 같은 달콤한 연애소설은 아니다. 주인공 영자는 여학교를 다니는 행실 바르고 성적이 좋은 여학생으로 가난한 아버지를 졸라 공부를 시작했으나 가세가 형편없이 기울어 학업을 도중에 그만두어야 할 상황이 된다. 그러나 그러한 영자의 상황을 딱하게 여긴 담임선생님의 도움으로 장안의 부호 실업가인 백원기의 집에 가정교사 겸 보모로 취직을 한다. 그러던 어느 날 밤 백원기의 아들인 원철은 영자의 방을 찾는데, 그의 아버지가 들어가는 것을 보고 놀란다. 그러나 자기 아버지의 유혹을 물리치는 영자를 보면서 어떤 통쾌한 감정을 느낀다. 다음날 영자는 짐을 싸서 고향으로 돌아가고 영자의 담임은 그 연유를 물으러 온다. 백원기는 영자의 행실을 문제삼아 내보냈다는 말을 하고, 그것을 들은 원철은 아버지의 점잖지 않은 행동을 사실대로 얘기하고픈 충동을 받는다.

이 작품의 서사구조는 백원기의 집에 가정교사로 들어간 영자가 그의 흑심을 품은 호의를 깨닫고 집을 나가고, 영자에게 호감을 가지고 있던 그의 아들은 아버지의 위선적인 면모를 보며 갈등을 느낀다는 것이다. 단순하게 작품의 서사구조로만 본다면 이 작품은 독견이 말한 처녀작 〈유린〉과는 거리가 있는 작품으로 보인다. 그러나 작품을 꼼꼼히 따져보면 단편의 스케일로는 영자와 관련한 초반의 정황이 너무 장황하다는 점, 작품의 결말이 아들로 하여금 백원기의 위선을 폭로하는 내용이라고 보기에는 너무 소략하고 내적인 연관성을 결여하고 있다는 점, 이야기를 확장하면 주인공 영자와 백원기, 그의 부인, 아들 원철, 원철의 친구인 안형식까지 충분히 삼각, 사각의 애정갈등이 전개될 수 있는 여지가 충분하다는 점을 두고 본다면 독견이 말한 자신의 처녀작 〈유린〉이라는 작품이 이 작품과 동일한 작품일 수 있는 가능성을 충분히 가지고 있는 작품이라는 점이다.

〈유린〉은 독견의 처녀작 여부를 알려주는 단서가 된다는 점에서도 의의가 있는 작품이지만 다른 한편으로는 대중소설가로서 최독견의 영향력을 알려주고, 대중소설의 공통적인 서사원리가 반복되는 공식성임을 다시 한 번 확인시켜 주는 작품이기도 하다. 이 작품은 유명한 작품이 아니지만 놀라운 사실은 작품의 서사구조가 30년대 후반 대중들의 열렬한 사랑을 받았던 김말봉의 《찔레꽃》과 매우 흡사하다는 점이다. 〈유린〉의 주인공인 영자와 《찔레꽃》의 주인공 정순은 가난한 여학생이고, 학비를 마련하기 위해 가정교사로 들어가며, 주인의 음흉한 호의로 인해 고난을 당하는 점 등은 두 작품이 아주 유사함을 보여준다. 물론 이러한 몇 가지만으로 두 작품의 영향관계를 말할 수는 없지만 등장인물이나 상황의 설정, 기본적인 서사구조가 매우 흡사함은 부인할 수 없다. 이러한 사실은 앞서 말한 것처럼 당대의 대중소설들이 유사한 패턴의 도식성을 지니고 있었음을 보여주는 것이며, 대중소설가로서 대중들이나 작가들에게 미친 최독견의 영향력을 반증해주는 것이기도 할 것이다.

이외 집주인의 아내와 드난살이로 들어온 돌이의 연애사건과 애정을 둘러싼 그들 간의 갈등, 그녀의 남편과 애인인 돌이의 죽음 앞에서 사랑을 초월한 감정을 느끼는 이야기를 다룬 〈정화淨化〉를 제외한 최독견의 1기 작품들의 특성은 다분히 프로문학적인 취향이 드러난다는 점이다. 이러한 성향을 갖는 작품들로는 〈소작인의 딸〉〈유모乳母〉〈푸로수기〉〈한사람이 차지해야 할 땅〉〈책략策略〉〈단발미인斷髮美人의 사死〉〈고구마〉〈바보의 진노〉〈조그만 심판〉 등을 들 수 있다. 이들 작품은 생존을 위해 주인과 통정하는 아내를 바라봐야 하는 박서방의 비애를 통해 지주계급의 착취와 소작인 계급의 비참한 삶을 보여주거나(〈유모乳母〉), 인색한 주인내외 때문에 출산하던 아내가 죽자 그들을 방방이로 쳐 죽이는 선량한 인간의 변화를 보여주기도 하고(〈바보의 진노〉), 지주의 농간으로 소작도 떼이고 부인을 잃고 감옥까지 갔다 온 허복돌이 방화를 함으로써 주인에게 복수를 하는 등(〈조그만 심판〉) 다분히 초기 경향파 소설과 유사한 상황과 결말을 보여준다.

1기 작품들이 이러한 성향을 가지게 된 것은 이 시기 카프의 세력확장과 만세운동 이후 출간된 잡지들의 현실에 대한 발언 강화, 독립운동의 메카였던 상해에서의 작가의 경험이 다분히 투영되어 나타난 결과라고 할 수 있다. 그러나 다른 한편으로 독견의 이 시기 작품들은 당시의 사회적인 분위기를 담고 있지만, 그 정도나 사건의 정황에 대한 본질적인 접근에 이르면 여타 프로작가들이나 경향파 작가들의 작품과는 다분히 다른 점을 느낄 수 있다. 예를 들면 파렴치한 지주 때문에 아내를 잃고 감옥에도 갔다 오고 결국에는 돈 때문에 지주의 첩이 된 아내를 보고 방화를 함으로써 복수를 꾀하는 〈조그만 심판〉에 등장하는 허복돌의 행위도 이 시기 푸로소설에 등장하는 절대적인 굶주림이나 비참한 현실에서 한 걸음 빗겨난 자리에 놓여있다. 즉 가난을 다루되 상황이 발생한 원인보다는 그로 인해 파생되는 남녀간의 문제에 조금 더 비중을 두고 있다는 것이다.

이러한 점은 〈책략〉에서도 볼 수 있다. 이 작품은 경향적인 작품이라고 평가를 받고 있지만 작중에서는 그러한 면모를 찾아보기가 매우 힘들다. 부잣집 딸인 S는 친구 K를 찾아간다. 그것은 K가 미국으로 유학가는 P선생을 배웅하는지를 알아보기 위해서다. S는 K모르게 말을 둘러대면서 배웅 나갈 의향을 묻고 K가 의향이 없음을 알게 되자, 자기의 책략이 성공했다고 생각하며 기쁜 마음으로 P선생의 배웅준비를 하고 설레는 마음으로 밤을 새운다. 다음날 과자와 과일바구니를 잘 차려들고 배웅을 나간 S는 K가 먼저 와 있는 것을 보고 불쾌해 하다 P선생을 배웅하고 나서 K가 보라는 듯이 인력거를 불러 타고 간다는 내용이다. 이 작품은 부르주아를 대표하는 S와 프롤레타리아를 대표하는 K사이에서 한 남자를 두고 일어난 에피소드를 다루고 있다. 그러나 각 계급을 대변하는 인물들의 성격이 사건이나 행위를 통해 드러나는 것이 아니라 인물들의 입을 통해 서로가 부르주아지와 프롤레타리아임을 드러낸다는 것이다.

그의 작품에 드러난 이러한 면모로 인해 카프작가들은 최독견을 유행 따라 겉멋이 들어 경향적인 작품을 쓴 것으로 보기도 했으나, 그것은 이 시기 작가 최독견이 가지고 있었던 항일적인 의식과 자유롭고 낭만적인 성격이 어우러져서 나타난 결과로 보아야 할 것이다.

다분히 경향적이었던 1기의 작품에 비해 2기는 《승방비곡》을 비롯한 장편소설들과 해방 전까지의 작품들로 대중소설적인 면모를 잘 갖추고 있는 작품들이다. 우리문학사에서 본격적인 대중소설의 등장은 30년대라고 할 수 있을 것이다. 그것은 대중소설을 수용할 수 있는 독자계층의 증가와 소설양식에 대한 심화로 인해 유행하기 시작한 장편소설의 활성화, 소설을 출판하는 근대적인 출판자본이 결합함으로써 가능해진 것이다. 그런데 최독견의 《승방비곡》은 그러한 대중소설의 내적 성숙의 계기를 마련해 준 선행적인 작품으로서도 큰 의의를 부여할 수 있다. 물론 이광수의 《무정》이라는 대중적이면서도 독자들의 사랑을 듬뿍 받았던 텍스트가 있기는 하지만, 최독견의 《승방비곡》은 신파번안소설로부터 내려오는 구소설적인 요소와 영화적 요소의 수용, 근대의 지표를 잘 드러내 주는 대중소설의 계보와 성격을 잘 보여주는 작품으로서 의의를 지닌다.

《승방비곡》은 출생의 비밀, 애정, 원한담을 중심으로 다양한 이야기가 펼쳐진다. 이 작품은 1927년 5월 10부터 9월11일까지 영화소설 형식으로 《조선일보》에 연재되었다가 1929년 신구서림에서 단행본으로 간행이 되었다. 1930년에는 이구영의 감독으로 동양영화사에서 영화로 제작되었으며, 동양극장에서는 대표적인 신파극의 레파토리로 반복 공연하였던 작품이다.

운외사의 승인 최영일과 성악가인 김은숙은 일본에서 유학하고 귀국하는 열차 안에서 우연히 만났다가 금강산 여행길에서 다시 만나게 되어 서로 연정을 느낀다. 그러나 최영일은 평소 여자를 멀리하라는 운외사의 주지 해암의 당부로 그러한 감정을 두려워하다 은숙과 오누이 사이로 지낼 것을 약속한다. 운외사의 주지가 된 영일은 어느 날 오갈 데 없는 앞 못 보는 소경인 한명숙과 그의 어린 아들을 거두고, 방화사건으로 감옥에서 출소한 그녀의 오빠 한명진도 함께 운외사에 머무르게 한다.

한편, 은숙은 성악가로 이름을 날리는 여학교의 교원으로 부자인 이필수의 청혼을 받는다. 이필수는 유부남으로 신여성인 김은숙을 흠모해 여러 가지 방법으로 환심을 사고자 하나 여의치 않자 학교를 운영하는 은숙의 아버지에게 접근하여, 어려워진 학교운영에 자금을 투자하고 은숙과의 결혼 의향을 내비친다. 그러나 영일에게 마음이 있는 은숙은 필수의 마음을 받지 않는다. 이에 필수는 친구 박인환을 내세워 계략을 꾸며 결혼을 성사시키려고 하지만 일이 공교롭게 틀어지고 한명진에 의해 음모가 들통난다. 필수는 한명진과 격투 중에 자신이 쏜 총에 맞아 다리를 절단하게 되고 신경쇠약에 시달리다, 소경이 된 과거의 애인 한명숙의 모습을 보고 정신이상자가 된다.

영일과 은숙은 오누이로 지내기로 한 약속이 사랑을 포장한 것임을 깨닫고 서로의 감정을 속이지 않고 결혼을 약속한다. 그러나 결혼식 날 둘의 결혼을 반대하던 은숙의 어머니가 자결을 하고, 운외사의 주지였던 해암이 영일의 아버지였고, 둘이 사실은 오누이었음이 밝혀진다. 한편 필수는 명숙에 대한 죄책감으로 자살을 기도한 후 살아났지만 그 후유증으로 죽고 명숙 역시 필수를 따라 죽음의 길을 택한다.

《승방비곡》은 발표된 이후 30년대까지 독자들과 관객들에게 폭발적인 사랑을 받았던 작품이다. 이 작품이 독자들의 전폭적인 사랑을 받은 이

유는 작품의 기본적인 골격을 신파소설의 비극성과 공식성에 따라 진행하면서 복잡다기한 이야기들은 다양하게 얽어 독자들의 흥미를 끌어내는 데 성공했기 때문이다. 기본 서사는 최영일과 김은숙의 사랑이야기이다. 여기에 은숙을 좋아하는 바람둥이 필수가 등장함으로써 삼각갈등이 시작된다. 그 과정에서 필수의 부정성을 폭로하기 위해 설정한 한명숙과 한명진의 이야기와 그들 부모들의 이야기까지 다양한 이야기가 교차되어 진행되면서 작품은 흥미를 불러일으킨다. 또한 영일과 은숙이 아버지가 다른 이부 오누이였다는 출생담의 비밀과 그 과정에서 등장하는 추리소설적인 요소, 극적 구성 등이 총망라되어 재미는 더욱 극대화된다.

아울러 작중에서 소작권을 무기로 명숙의 오빠인 한명진과 음전의 사랑이야기에 필수의 아버지가 개입된다. 그들의 사랑이 음전의 죽음과 명진의 방화로 끝나면서 동시에 지주의 횡포에 굴복할 수밖에 없는 가난한 농민들의 삶으로 전개되면서 작품은 1기 작품에서 보여주었던 경향적인 현실의 이야기에로까지 범위를 넓혀간다. 삼각관계, 출생의 비밀과 같은 장치, 추리소설적 구조, 소작권 등 현실적인 이야기를 통해 《승방비곡》은 이전시대 소설들과는 달리 다채로운 서사구성과 현실의 결합을 통해 다양한 이야기의 스펙트럼을 보여주고 있다. 또한 작품 안에 드러나는 근대적인 문물과 요소들이 독자들의 흥미를 끌어내는데 지대한 영향을 주었다.

다른 한편, 《승방비곡》에는 이전 시대의 신파소설적인 요소와 근대적인 면모가 공존하고 있다. 독견은 어느 수필에서 로맨틱하던 시절을 적어보라는 주문에 로맨틱한 시절 1기를 "조일제의 《장한몽》을 《매일신보》를 통하여 본 바로 뒤요. 춘원의 《무정》을 보기 좀 전인가 보구먼요. 표지에 석죽화 한 가지를 아담하게 그린 도쿠토미 로카(德富蘆花)의 《불여귀》번역본을 재독 삼독하던 때도 그 전후인 듯합니다"라고 말하고 있다. 독견이 언급한 작품들은 《무정》을 제외하고는 일본의 신파소설들을 번안, 번

역한 대표적인 신파소설임을 알 수 있는데, 명숙의 이야기에서 보이는 사랑하는 사람에게 버림을 받는 시련담이나 출생담의 비밀들은 다분히 신파적인 요소가 강한 것들이다.

그러나 독견의 《승방비곡》에 나오는 신파적인 요소는 이전 시기의 것과는 다른 면모를 보인다. 1910년대의 번안신파소설들이 일본적인 것의 수용과 밀접한 관계를 지니고 있다면 《승방비곡》에 나타나는 신파적인 요소는 신파극의 쇠퇴, 영화의 융성과 밀접한 관련을 갖는다는 점이다. 《승방비곡》은 발표 당시 영화소설이라는 타이틀을 달고 나왔다. 이는 나운규의 영화 〈아리랑〉이 대중들의 폭발적인 사랑을 받으면서 성공하고, 동시에 이전 신파극에 쏠려있던 대중들의 사랑을 영화가 급속히 대체하면서 신파소설과 밀접하게 닿아있던 대중소설들이 작중에서 영화적인 요소를 차용하게 된 것과 무관하지 않다. 최초의 영화소설인 심훈의 《탈춤》 이후 작가들은 영화적인 장면이 강화된 영화소설이라는 과도기적인 장르의 작품들을 발표했는데, 《승방비곡》 또한 이전의 신파소설적인 요소를 다분히 가지고 있으면서 동시에 영화적인 장면들을 작중에 삽입시키고 있다. 특히 추리소설적인 요소는 그러한 것을 더욱 극대화하여 나타낸 것이며, 사랑하지만 같은 피를 나눈 금기의 사랑은 이전의 작품에서는 보기 힘들었던 영화적인 장면의 삽입이라 할 것이다.

한편 《승방비곡》에는 이전 시기보다는 훨씬 구체적인 양상으로 당대적 현실이나 지향이 작품 안에 드러나고 있다. 1910년대의 작품들이 대부분 삼각애정 갈등이나 최루적인 가족문제와 관련되어 있는 것과는 다르게 1920년대부터 1930년대까지 소설이나 영화에서 다루고 있는 내용은 봉건적 가치관 비판, 자아각성, 계몽, 자본주의의 제 양상, 시대풍자, 여성문제, 가족관계, 애정문제, 추리활극적 요소 등이 대부분이다. 《승방비곡》은 신파적인 요소를 농후하게 지니고 있지만 돈을 통해 매개되는 관계의 자본주의적 양상이나 감정을 솔직하게 드러내는 애정의 문제, 이야기의 긴장과 흥미를 고조시키기 위해 곳곳에서 차용하고 있는 추리활극적 요소들이 골고루 어우러져서 독자대중들의 흥미를 충족시켜주고 있다. 작품의 이러한 점은 대중소설이 장편이라는 근대적 양식을 수용하면서 대중적 삶의 세목을 충실히 보여줌으로써 가능했던 것이라고 할 수 있다.

최독견의 《승방비곡》 외의 2기의 작품들 중 또 하나 주목할 점은 《향원염사》나 《난영》같은 장편에서 보이는 보여주는 자유분방한 요소들이다. 《승방비곡》의 경우 주인공들은 금기와 욕망 사이에서 갈등하지만 결국은 외적인 조건으로 금기가 승리하는 양상을 보인다. 그러나 《향원염사》나 《난영》에 오면 한 여성의 성적 방종을 여과없이 강화하여 보여주거나 (《향원염사》), 돈으로 인해 범죄까지 저지르는 다양한 인간군상들을 그리고 있음을 알 수 있다(《난영》). 이것은 승방비곡에서 한걸음 더 나간 파격적인 소재로의 변모를 보여주는 것이다.

이러한 장편소설들 외에 주목해서 봐야 할 작품들은 순종적인 구여성과 이혼하고 자유연애를 구가하기 위해 연애결혼을 하고, 이상을 찾아 나섰으나 남은 것은 생활의 문제요, 이상과 다른 전도된 관계임을 보여준 〈낙원이 부서지네〉나 〈연애시장〉 같은 작품과 새로운 연애를 위해 세상에서 제일 싫어하는 예방주사를 맞는 주인공을 희화한 〈예방주사〉 같은 꽁뜨, 〈혈가사〉 발굴 이전에는 최초의 추리소설로 추정되었던 〈사형인〉 같은 작품들이다. 〈사형인〉 같은 작품은 독견이 초기작품들에서부터 보여주었던 추리소설적인 요소의 삽입과 구성이 우연이 아님을 보여주는 것이기도 하다. 이 시기의 이러한 작품들은 독견의 문학적 관심이 다양하게 펼쳐져 있었음을 증명하는 작품들이기도 하다.

최독견의 3기 작품들은 해방 이후 50년대까지의 작품들이다. 최독견이 가장 왕성한 작품활동을 했던 시기는 20년대 후반에서 30년대 초반까지이고, 이 시기의 작품들이 그의 문학적 지향이나 성향을 잘 보여주는 것들이다. 반면, 3기의 작품들은 해방 이후부터 50년대까지의 작품들로 구성되어 있는데, 1935년 《삼천리》에 《승방비곡》의 일부분을 수록한 것이 마지막이고 해방 이후 월남하여 쓴 작품으로는 〈새벽〉(49), 〈괴뢰傀儡〉(50), 〈양심良心〉(52), 《애정무한성》(52~53), 〈마담의 생태〉 등이 고작이다. 이 시기는 이전에 비해 현저하게 작품의 수가 줄었는데, 이것은 이 시기 최독견의 활동과 무관하지 않음을 알 수 있다.

 1930년대 들어 최독견은 작품활동보다는 다른 문화활동에 적극적으로 나서게 된다. 33년 극문화를 공부하기 위해 일본으로 유학을 떠났던 독견은 35년 동양극장의 개관과 함께 동양극장의 전속작가이며 총지배인으로 활동의 역량을 모으기 시작한다. 이 시절 그는 흥행을 제일의 목표로 했던 극장주 홍순언의 방침에 따라 '청춘좌'의 전속작가로 자신의 《승방비곡》을 비롯해 《춘향전》 등 많은 작품을 각색하여 공연으로 올렸다. 당시 동양극장은 상업적인 신파극의 메카로 여러 공연을 함께 올리다보니 실상 지배인이며 작가활동을 했던 독견이 소설을 쓸만한 여가가 주어지지 않았으리란 것은 미루어 짐작할 수 있다. 또한 홍순언의 사망 이후 동양극장의 사장이 되어 1년여 만에 부도를 내고 종적을 감춘 뒤 해방이 되어 월남하기까지 고향에서의 생활도 작품 활동과는 거리가 있었음을 알 수 있다.

 월남 이후에도 본격적인 작가로서의 활동보다는 언론인으로서의 활동이 주를 이루었기 때문에 이전만큼 활발한 작품활동을 보여주지 못했던 것이다. 이와 함께 이 시기 독견문학의 특징이라고 한다면 반공 이데올로기적인 경사가 강한 작품이 주를 이루고 있다는 점이다. 해방 이후 많은 작가들이 월북했던 것과는 달리, 독견은 해방 이후에 최초로 월남한 작가로 전 세계에 소개되기도 했는데, 이러한 주변적인 상황이 이 시기 작품의 성향을 결정지은 것으로 보인다. 〈새벽〉은 월남한 이후 2만 원의 고료를 받고 연재한 작품이며, 〈괴뢰〉 《애정무한성》이 그러한 경향을 잘 보여주고 있다. 특히 《애정무한성》은 독견이 종군작가단의 일원으로 전쟁에 참전한 뒤에 씌여진 작품으로 반공사상과 애국심을 고취하는 계몽적이고 작위적인 요소가 다분한 작품이라고 할 수 있다. 이는 독견이 월남하기 전 김일성 정권에 의해 반동으로 몰리면서 월남을 결심했던 것과도 무관하지 않음을 알 수 있다.

해방 이후 독견의 작품들은 대부분 반공사상 등의 계몽적 요소를 가지고 있는 내용이 대부분이지만 그중에서 〈양심良心〉(52)이나 〈마담의 생태生態〉(56)는 월남 이후 독견의 심정의 일단을 잘 보여주고 있고, 전후의 풍속을 잘 그려내고 있어서 흥미로운 작품이다.

〈양심〉의 주인공은 경사 한중이다. 본적은 황해도이고 중학을 졸업했다. 일제 말에 징병에 불응하고 청년애국투사로 활약하였으나 공산당이 되지 못해 탈출하여 대한민국 순경으로 취직한 인물이다. 그는 공무원이 자기의 월급으로 살 수 없는 시절이고, 더욱이 경찰관은 딴 구멍으로 살 것이라는 생각을 당연하게 하는 부정부패가 만연한 사회지만 자신의 월급만으로 살아가려는 양심을 지닌 인물이다. 그러나 월급날 쥐꼬리만한 월급 때문에 아내와 싸움을 하면서 일어난 에피소드를 다루고 있는 작품이다.

이 작품은 아주 짧은 단편인데 양심을 지키며 살고자 하는 나의 이상적 의지와 현실적 삶을 우선하고자 하는 부인의 부딪힘을 뱃속의 아이를 통해 화해하고 이해시켜나가는 모습을 보여주고 있는 꽁뜨적인 요소가 가미된 작품이다. 그런데 이 작품에 주목하게 되는 것은 양심적인 경사 한중의 때문이다. 애국운동을 했지만 공산당이 되지못해 탈출한 인물, 거기에 주변의 부정부패에도 불구하고 자신의 양심을 지니고 살려는 한중이라는 인물 위로 언뜻 독견의 모습이 오버랩 된다는 점이다. 즉 공무원 중에서도 치안을 담당하는 경찰공무원인 그 인물을 통해 월남 이후 남쪽의 체제를 적극적이고 긍정적으로 받아들이려 했던 독견의 심정의 일단을 한중의라는 인물의 양심을 통해 잘 보여준 작품이라는 점에서 흥미롭다.

〈마담의 생태生態〉(56)는 독견의 마지막 작품으로 요릿집 마담의 이야기를 통해 전쟁 이후 사회의 분위기를 재미나게 전하고 있다. 요릿집 안사랑의 마담인 나는 납치당한 남편 때문에 아이들과 살기 위해 마담이 된 인물이다. 늙지도 젊지도 않은 40대의 나이로 술집의 마담이지만 남편을 기다리며 정조를 지키고, 술집의 접대부들을 위해서도 마음을 써주는 인물이다. 그런데 기생이 된 아는 이의 외딸을 도와주려다가 자신이 속아 넘어가 봉변을 당한다는 이야기다.

이 작품은 생계를 위해 술집 마담이 된 마담의 입을 통해 해방 이후 10여 년 만에 먹고 살기 위해 정마담, 부마담, 세컨드마담, 서드마담, 가오마담까지 마담풍년이 든 세태를 말한다. 그 속에서 일관성 없이 매긴 비싼 세금 이야기, 술장사로 세금 포탈하는 방법, 전쟁미망인을 바라보는 사람들의 시선, 술장사를 하면서도 지켜온 정절을 허무하게 잃은 이야기를 통해 등 전쟁 이후 변화한 시정의 풍속을 재미있게 보여주고 있다. 이 작품은 해방 이후의 작품들 중에서는 재미난 시정세태를 잘 그리는 독견의 색채가 가장 잘 나타난 작품이라고 할 수 있다.

4. 나오는 글

최독견은 20년대 《승방비곡》으로 대중소설사에서 빠질 수 없는 중요한 작가로 자리매김했다. 그가 처음 작품활동을 시작했던 시대적인 분위기로 인해 초기의 작품에서는 경향성이 가미된 작품들을 발표하기도 했으나 그의 문학적인 지향은 단연 대중과 함께하는 것이었다. 주변의 비판에도 굴하지 않고 그의 많은 작품들은 최우선적으로 대중들의 흥미를 고려한 것이 대부분이었는데, 이는 독견이 당시의 다른 작가들에 비해 작품을 수용하는 대중독자들을 명확하게 의식하고 있었기 때문에 가능한 것이었다. 또한 그의 문화적인 감각, 특히 상해의 국제적인 분위기 속에서 근대적인 것에 대한 자각과 자유분방한 감각은 그가 작품 안에서 이시기 대중독자들이 원하는 공감요소를 잘 수용해 드러내는데 발군의 실력을 발휘하게 했다.

1920년대 최독견의 작품들이 1910년대의 대중적인 번안신파소설을 넘어서 대중독자들의 사랑을 받을 수 있었던 데는 그의 대중소설이 지닌 이러한 근대적인 감각에서 기인한 것이다. 식민지 시기 독자들에게 절대적인 사랑을 받았던 최독견의 작품들, 그 중에서도 특히 《승방비곡》은 20년대뿐만 아니라, 본격적인 대중소설의 흥성기였던 30년대 대중소설의 붐을 매개한 작품이면서 30년대에도 폭발적인 사랑을 받았던 작품이다. 또한 신파번안소설로부터 내려오는 구소설적인 요소와 영화적 요소의 수용과 근대의 지표를 잘 드러내주는 대중소설의 계보와 성격을 잘 보여주는 작품으로 우리 소설사에서 충분히 자리매김할 수 있는 작품이라고 할 수 있다.

그럼에도 불구하고 그동안 최독견은 문단에서는 거의 잊혀진 채 여전히 통속적인 대중작가로 평가되어 왔고, 그에 대한 제대로 된 서지사항조차 마련되어 있지 않은 것이 사실이다. 그것은 그의 작품이 지닌 통속성과 이야기의 도식성 등이 어우러져 빚어낸 결과이기도 하지만 그동안 문학사에서 고정해 놓은 정전의 목록에서 벗어나 있었기 때문에 다른 작가들의 작품에 비해서 평가받을 기회가 없었기 때문이기도 하다. 그러나 궁극적으로 작품의 수용자인 대중들의 사랑과 또 그들의 공감을 불러일으킨 삶의 세목이나 환상은 대중소설이 필수적으로 가져야 하는 부분들이다. 이러한 점을 감안한다면 대중적인 작품들이 본격문학의 경계를 뛰어넘고 있는 현상황에서 그동안 잊혀졌던 대중소설들은 다시 자리매김되어야 할 것이고, 우리문단의 대표적인 대중소설가였던 최독견 역시 온당하게 재평가 받아야 할 것이다.

작가 연보

1901년   3월 15일 황해도 신천군 신천읍 무정리에서 출생. 본명은 상덕. 필명은 벽파, 독견.
1910년   동네 서당에서 한문을 수학.
1916년   보통학교 졸업.
1919년   3·1독립운동의 영향을 받아 고등보통학교를 중퇴하고 중국 상해로 건너가 고학을 함.
1921년   상해 혜령전문학원 중문과 졸업. 일본어신문인《상해일일신문上海日日新聞社》의 교정기자로 근무. 당시 일본 관동대지진으로 인해 상해일일신문에 연재중이던 일본 작가의 소설이 중단되자 대신 독견이란 이름으로 처녀작〈유린〉을 발표함.
1925년   단편〈정화〉(《신민》(1925.12)를 발표.
1927년   《중외일보》학예부장.《조선일보》에 그의 대표작이 된《승방비곡》(27.5. 11~9.11)을 연재. 곧이어 장편《난영亂影》(1927.9.30~1928.3.7)을 동지에 연재.
1928년   장편《향원염사》를《조선일보》에 연재(1928. 10. 29~1929.10.20).《매일신보》학예부장으로 취임. 같은 신문사에 근무하던 화가 이승만과 공모하여 신문 제호의 바탕 그림을 벚꽃에서 무궁화로 옮겨 그린 사건으로 퇴사.
1929년   《조선일보》현상단편 공모에〈나의 어머니〉로 1등에 입선.
1930년   《승방비곡》영화화. 안종화 연출 윤봉춘, 이경선, 김연실 주연으로 동양영화사에서 제작.
1932년   중편소설〈명일〉(1932.11.23~1933.3.4)을《조선일보》에 연재.
1933년   문화 연구를 위해 일본 동경에 유학.
1935년   먼 친척인 배구자와 그녀의 남편 홍순언이 세운 최초의 연극전용 극장인 '동양극장'의 전속 작가이면서 총지배인으로 근무. 동양극장의 전속극단인 '청춘좌'에서《승방비곡》을 신파극으로 각색 공연.
1938년   홍순언의 죽음으로 동양극장의 사장이 되어 극장을 운영.
1939년   배우들에 대한 파격적인 대우와 방만한 경영으로 부도를 내고 만주 안동의 중국촌으로 은둔.
1941년   태평양 전쟁 중 고향 신천에서 과수원 및 장연 몽금포에서 어장 경영.

　　　　제일극장 경영.
1945년　해주에서 조만식이 이끄는 조민당朝民黨 기관지인 《황해민보》를 주재. 동지에 연재하던 소설 《안중근전》이 김일성 정권에 의해 반동으로 지칭됨.
1947년　월남.
1951년　대구매일신문사 주필 취임.
1952년　종군작가로 전쟁에 참전. 서울신문사 편집국장 취임. 《애정무한성愛情無限城》 연재.
1954년　연합신문사 주필 겸 편집국장 취임.
1955년　6·25전쟁 중 종군작가로 참전한 공로를 인정받아 11월 김팔봉, 구상, 박영준 등과 함께 금성화랑 무공훈장을 받음.
1959년　세계일보사 주필 겸 편집국장에 취임. 그해 4월 월간지 《야화夜話》 창간. 그러나 6월 세칭 《야화》지 필화사건으로 자진 폐간.
1970년　6월 5일 70세를 일기로 사망.

작품 연보

문학비평목록

〈이월창작평二月創作評〉,《신민》 10, 1926. 2.
〈이월창작평二月創作評〉,《신민》 11, 1926. 3.
〈문단산화文壇散話〉,《문예시대》 1, 1926. 11 (비고―최상덕).
〈회상록回想錄〉,《문예시대》 2, 1927. 1 (비고―최상덕).
〈대중문학大衆文學에 대한 편상片想〉,《중외일보》, 1928. 1. 7~9.
〈농민해방農民解放과 농민문예農民文藝〉,《조선농민》 32, 1929. 3 (비고―특집〈농민문예운동農民文藝運動에 대한 제가諸家의 의견意見〉).
〈중앙일보中央日報 정화淨化에 대하여〉,《삼천리》 1, 1929. 6.
〈신문소설잡초新聞小說雜草〉,《철필鐵筆》 1, 1930. 7.
〈팔봉의 원작인〈약혼을 보고〉,《조선일보》, 1929. 2. 22.

소설목록

〈정화淨化〉,《신민》 8, 1925. 12.
〈소작인小作人의 딸〉,《신민》 10, 1926. 2.
〈유모乳母〉,《조선문단》 17, 1926. 6(독견).
〈푸로 수기手記〉,《신민》 16, 1926. 8(독견).
〈한 사람이 차지해야 할 땅〉,《조선농민》, 1926. 8.
〈남자男子〉,《신민》 17, 1926. 9.
〈홍군洪君〉,《신민》 18, 1926. 10(독견).
〈책략策略〉,《문예시대》 1, 1926. 11(독견).
〈벌금罰金〉,《신민》 20, 1926. 12.(독견)
〈단발미인斷髮美人의 사死〉,《문예시대》 2, 1927. 1(독견).
〈고구마〉,《신민》 22, 1927. 2.
〈화부火夫의 사死〉,《신민》 23, 1927. 3.
〈바보의 진노震怒〉,《조선문단》 20, 1927. 3.
〈조그만 심판審判〉,《동광》 12, 1927. 4.
〈무엇 때문에〉,《신민》 24, 1927. 4.

〈낙원樂園이 부서지네〉, 《신민》 25, 1927. 5(독견).
《승방비곡僧房悲曲》, 《조선일보》, 1927. 5. 10~9. 11.
〈황혼黃昏〉, 《신민》 28, 1927. 8.
《난영亂影》, 《조선일보》, 1927. 9. 30~28. 3. 7.
〈오전五錢〉, 《신민》 32, 1927. 12(독견).
〈유린蹂躪〉, 《동아일보》 1928. 2. 27~3. 8.
《향원염사香園艶史》, 《조선일보》, 1928. 10. 29~29. 10. 20.
〈예방주사豫防注射〉, 《조선일보》, 1929. 3. 2~3(독견).
〈청춘靑春의 죄罪〉, 《문예공론》 1~2, 1929. 5~6(미완).
〈여류음악가女流音樂家〉, 《동아일보》, 1929. 5. 24~6. 1(9인 연작).
〈황원행荒原行〉, 《동아일보》, 1929. 6. 8~10. 21(5인 연작).
〈환원還遠〉, 《신소설》 1, 1929. 12(미완).
〈탁류濁流〉, 《중외일보》, 1930. 2. 1~5. 31.
〈푸레센트〉, 《신민》 59, 1930. 7(독견).
〈연애시장戀愛市長〉, 《신소설》 5, 1930. 9.
〈승리자勝利子〉, 《철필鐵筆》 3, 1930. 9(독견).
〈연애시장戀愛市長〉, 《해방》, 1930. 12.
〈사형수死刑囚〉, 《신민》 64~, 1931. 1~(〈혈가사〉 발굴 이전에는 한국 최초의 추리소설로 추정되기도 함).
〈눈오는 밤〉, 《신광》 1, 1931. 2.
〈구흔舊痕〉, 《문예월간》 2, 1931. 12.
〈명일〉, 《조선일보》, 1932. 11. 23~1933. 3. 4.
〈두 번째 남자男子〉, 《월간매신月刊每申》, 1934. 5.
〈마음의 봄〉, 《매일신보》, 1934. 12. 20~35. 7. 10.
〈승방비곡僧房悲曲〉, 《삼천리》 60, 1935. 3('최상덕'으로 한 회 재수록).
〈새벽〉, 《서울신문》, 1949. 12~50. 4.
〈괴뢰傀儡〉, 《신민》 20, 1950. 2.
〈양심良心〉, 《신천지》 51, 1952. 5.
《애정무한성愛情無限城》, 《서울신문》, 1952. 7~53. 2.
〈마담의 생태生態〉, 《새벽》 10, 1956. 3.
*소설집 《승방비곡僧房秘曲》, 신구서림. 1929.

신문·잡지별 수필, 평론 및 소설 목록(가나다 순)

《동광》
〈조그만 심판審判〉(1927. 4)
《동아일보》
〈유린〉(1928. 2. 27~3. 8)/〈여류음악가女流音樂家〉(1929. 5. 24~6. 1) 9인 연작/〈황원행荒原行〉(1929. 6. 8~10. 21) 5인 연작.
《매일신보》
〈마음의 봄〉(1934. 12. 20~35. 7. 10).
《문예공론》
〈청춘青春의 죄罪〉(1929. 5~6)(미완).
《문예시대》
〈책략策略〉(1926. 11)/평론 〈문단산화文壇散話〉(1926. 11)/〈단발미인斷髮美人의 사死〉(1927. 1)/평론 〈회상록回想錄〉(1927. 1).
《문예월간》
〈구흔舊痕〉(1931. 12).
《삼천리》
평론 〈중앙일보中央日報 정화淨化에 대하여〉(1929. 6)/수필 〈추억의 한토막〉(1932. 2), 수필 〈내가 감격한 작품들 : 여자의 일생〉(1931. 1)/〈순사와 전당 : 제4계급의 부호〉(1931. 3)/〈내가 좋아하는 소설중 여성〉(1931. 12)/〈내 소설에 올리고 싶은 여성 타잎〉(1931. 12), 〈상해황포 강반의 추억〉(1932. 4)/〈조선 연극계의 회고와 전망〉(1941. 3)/〈이동극단의 사명〉(1942. 7).
《새벽》
〈마담의 생태生態〉(1956. 3).
《서울신문》
〈새벽〉(1949. 12~50. 4)/〈애정무한성愛情無限城〉(1952. 7~53. 2).
《신광》
〈눈오는 밤〉(1931. 2).
《신민》
〈정화淨化〉(1925. 12)/〈소작인小作人의 딸〉(1926. 2)/평론 〈이월창작평二月創作評〉(1926. 2)/평론 〈이월창작평二月創作評〉(1926. 3)/〈푸로 수기手記〉(1926. 8)/〈남자男子〉(1926. 9)/〈홍군洪君〉(1926. 10)/〈벌금罰金〉(1926. 12)/〈고구마〉(1927. 2)/〈화부火夫의 사死〉(1927. 3)/〈무엇 때문에〉(1927. 4)/〈낙원樂園이 부서지네〉(1927. 5)/ 수필 〈춘

풍에 불니어〉(1927. 5)/〈황혼黃昏〉(1927. 8)/〈오전五錢〉(1927. 12)/〈푸레센트〉(1930. 7)/〈사형수死刑囚〉(1931. 1~)/〈괴뢰傀儡〉(1950. 2).
《신생》
수필 〈서울의 가을〉(1929. 10).
《신소설》
〈환원還遠〉(1929. 12)/〈연애시장戀愛市長〉(1930. 9).
《신천지》
〈양심良心〉(1952. 5).
《신태양》
수필 〈증수회 입문〉(1957. 4)/수필 〈영파 정인혁 형 생애에 생각나는 사람들〉(1954).
《월간매신》
〈두 번째 남자男子〉(1934. 5).
《조선농민》
평론 〈농민해방農民解放과 농민문예農民文藝〉(1929. 3).
《조선문단》
〈유모乳母〉(1926. 6)/〈바보의 진노震怒〉(1927. 3).
《조선일보》
〈승방비곡僧房悲曲〉(1927. 5. 10~9. 11)/〈일인일문─삶의 힘〉(1927. 9. 24)/〈난영亂影〉(1927. 9. 30~28. 3. 7)/〈향원염사香園艷史〉(1928. 10. 29~29. 10. 20)/평론 팔봉의 원작인 〈약혼〉을 보고/〈예방주사豫防注射〉(1929. 3. 2~3).
《중외일보》
평론 〈대중문학大衆文學에 대한 편상片想〉(1928. 1. 7~9)/〈탁류濁流〉(1930. 2. 1~5. 31).
《철필》
평론 〈신문소설잡초新聞小說雜草〉(1930. 7)/〈승리자勝利子〉(1930. 9).
《해방》
〈연애시장戀愛市長〉(1930. 12).
《현대문학》
수필 〈이익상 형에게 주는 글〉(1963).

연구 논문

강현구, 〈최독견의 '승방비곡'에 나타난 영화의 영향〉, 《한국문예비평연구》, 한국현대문예비평학회, 1999.

_____, 〈1920, 30년대 대중소설에 나타난 굿·배드·맨과 변사의 목소리〉, 《국어국문학》134, 국어국문학회, 2003.9.

윤정헌, 〈'승방비곡'과 '방랑의 가인'의 거리〉, 《경일대학교논문집》, 1999.

채호석, 〈대중소설 혹은 근대소설: 1920년대 최독견 장편소설의 의미〉, 《한국문학이론과 비평》16집, 한국문학과 이론 비평학회, 2002.9.

❋ **책임편집 소개**

강옥희
상명대학교 졸업.
상명대학교 대학원 (문학박사).
상명대학교, 용인대학교 강사.

저서로 《한국 근대 대중소설 연구》, 《역사소설이란 무엇인가》
(공저) 외. 논문으로 〈김남천의 장편소설론과 대하〉, 〈1930년대 대중
소설의 출판〉, 〈1930년대 후반 대중소설 연구〉, 〈대중소설의
한 기원으로서의 신파소설〉 등이 있음.

최독견 작품집

발행일 | 2022년 8월 25일 초판 1쇄 발행

지은이 | 최독견   **책임편집** | 강옥희
펴낸이 | 윤형두 · 윤재민   **펴낸곳** | 종합출판 범우(주)
교 정 | 이 라온안   **인쇄처** | 태원인쇄

등록번호 | 제406-2004-000012호 (2004년 1월 6일)
              (10881) 경기도 파주시 광인사길 9-13 (문발동)
대표전화 | 031-955-6900   **팩 스** | 031-955-6905
홈페이지 | www.bumwoosa.co.kr   **이메일** | bumwoosa1966@naver.com

ISBN 978-89-6365-444-7 03810

❋ 책값은 뒤표지에 있습니다.
❋ 잘못된 책은 바꾸어드립니다.